全新彩色版

金敬梅　主编

中华文史大观

唐宋八大家

世界图书出版公司

目 录

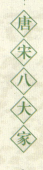

唐宋八大家 · 目录

唐宋八大家 · 目录

《唐宋八大家》前言

　　我国的散文兴起于春秋战国时期，经过秦汉、魏晋时期的发展，到唐宋时又出现了一个新的创作高峰。"唐宋八大家"既是这一时期优秀散文家的代表，还是铸就这一高峰的核心人物。

　　"唐宋八大家"是唐宋时期八位散文名家的合称，他们是唐朝的韩愈、柳宗元，北宋的欧阳修、苏轼、苏洵、苏辙、王安石、曾巩。其中，苏洵是苏轼和苏辙的父亲，苏轼是苏辙的哥哥；王安石、曾巩曾拜欧阳修为师。关于他们，有个顺口溜：韩（韩愈）柳（柳宗元）加欧阳（欧阳修），三苏（苏轼、苏洵、苏辙）并曾（曾巩）王（王安石）。

　　"唐宋八大家"这个称号起源于明朝文人朱右。当时，朱右将这八人的散文合编成书，取名《八先生文集》，八家之名便从此流传开了。后来，有个叫茅坤的读书人根据朱右的选编方法，编成了《唐宋八大家文钞》，随着这本书的流传，"唐宋八大家"这个名称也就逐渐被确定了。

　　"唐宋八大家"相隔两个朝代数百年的时间，之所以被后人相提并论，是因为他们的文章有一些共同之处。首先，他们的文章都继承和发扬了古代散文敢于直言、敢于批评的传统，与先秦的放言不惮和魏晋的师心使气的散文特点相比，他们敢于直谏的特点尤为突出。他们都敢于说出自己心中所知所想且别人不敢说的事实和道理，这其中以韩愈的《论佛骨表》和欧阳修的《与高司谏书》最具代表。在《论佛骨表》中，韩愈冒着

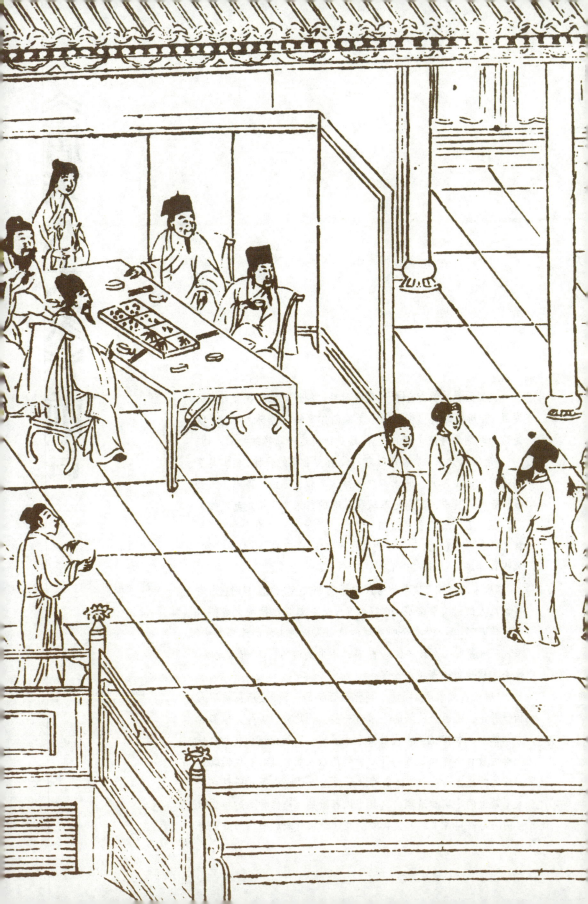

被杀头的危险直言劝谏，甚至说历代帝王尊佛者都乱亡相继、运祚不长，结果被皇帝贬官。在《与高司谏书》中，欧阳修竟然称，自古以来，凡是禁绝善人为朋的君主都是亡国之君，这简直是冒天下之大不韪，也是要被杀头的。

其次，"唐宋八大家"的散文都继承了古代散文直抒胸臆的传统，在文中抒发了自己的真情实感，这类文章以北宋大文豪苏轼的最具代表。苏轼的很多文章都表达了对父母、兄弟和朋友的深厚感情，即使不像是抒情的文章，在字里行间也透露着浓浓的感情。这样的例子，还有韩愈的《祭十二郎文》、苏辙的《为兄轼下狱上书》、曾巩的《学舍记》等等。

最后，从文章风格上来看，"唐宋八大家"的文章继承和发扬了古代散文讲究词令和重视修辞的特点，都善于遣词造句，语言自然凝练，有很深的文学功底。这其中尤以欧阳修最具代表性。欧阳修的文章自然而平易近人。据说，为追求语言的凝练和风格的自然，欧阳修常常把草稿贴在墙上，时时修改，直到满意为止。苏轼的文章不仅平易自然，而且自由洒脱，看似没有多费功力，但其实是花了大力气的。有评论家说，苏轼的平淡，是绚丽以后的平淡，是更高的境界。

为了向广大普通读者介绍"唐宋八大家"的散文，使更多的读者了解和学习他们的文章，我们邀请了研究中国古代散文和"唐宋八大家"散文的专家，选编了这本"唐宋八大家合集"。在内容安排上，强调突出重点篇章，兼顾个人风格，以便读者能更好地了解他们的相似点和各自的特点；在体例安排上，我们为原文做了精练的注释和详尽的译文，以便读者能在领略他们文风的同时，了解他们的思想。其中，注释以疏通字句为主，译文以通俗易懂为主。

由于编者水平和能力有限，书中的疏漏和错误在所难免，敬请广大读者海涵和批评指正。

時太子出城東門觀見老人問因緣時

余時太子出城

孔子曰："三人行，则必有我师。"是故弟子不必不如师，师不必贤于
弟子。闻道有先后，术业有专攻，如是而已。

韩　愈

韩愈（公元768－公元824）字退之，河阳（今河南焦作孟州）人，谥号文，世称韩
文公或韩昌黎。唐代文学家、哲学家、思想家。

韩愈三岁时父母双亡，由兄嫂教养成人。少年时代就有读书经世的志向，刻苦好学，唐
德宗贞元八年（公元792年）考中进士，之后三次考取博学鸿词科都没有考中，便先
后到汴州节度使董晋、徐州节度使张建封幕府任职，后来回到京城担任了四门博士。贞
元末年任监察御史，因为上书皇帝请求为灾区减免赋税而被贬为阳山县令。唐宪宗即
位后，韩愈回到京城任国子博士、太子右庶子等职。担任刑部侍郎时，又因为上书阻
谏皇帝迎佛骨而被贬到地方任刺史，不久之后回京任国子祭酒、兵部侍郎、吏部侍郎、
京兆尹等职。

韩愈在政治上较有作为，但他的突出成就和贡献在文学方面。他与柳宗元共同发起和
领导了古文运动，对后世散文的发展产生了深远的影响。他主张学习秦汉的散文风格，
反对过分追求形式的骈文，强调文章内容的重要性。他的散文内容丰富多样，语言精
练生动，气势雄健奔放。论说散文逻辑性，观点鲜明，有很强的说服力，代表作有《师
说》《原毁》《争臣论》等；抒情散文感情真挚，抒情浓厚，最著名的有《祭十二郎文》；
传记文继承《史记》的传统，在叙述中描写人物，叙述与议论妥帖巧妙，代表作有《张
中丞传后叙》。

韩愈位列"唐宋八大家"之首，有《昌黎先生集》。

元和二年四月十三日夜，愈与吴郡张籍阅家中旧书，得李翰所为《张巡传》。翰以文章自名[1]，为此传颇详密。然尚恨有阙者：不为许远立传，又不载雷万春事首尾。

远虽材若不及巡者，开门纳巡，位本在巡上，授之柄而处其下，无所疑忌，竟与巡俱守死，成功名，城陷而虏，与巡死先后异耳。两家子弟材智下[2]，不能通知二父志，以为巡死而远就虏，疑畏死而辞服于贼[3]。远诚畏死，何苦守尺寸之土，食其所爱之肉，以与贼抗而不降乎？当其围守时，外无蚍蜉蚁子之援，所欲忠者，国与主耳，而贼语以国亡主灭。远见救援不至，而贼来益众，必以其言为信。外无待而犹死守，人相食且尽，虽愚人亦能数日而知死处矣，远之不畏死亦明矣！乌有城坏而其徒俱死[4]，独蒙愧耻求活？虽至愚者不忍为，呜呼！而谓远之贤而为之邪？

说者又谓远与巡分城而守，城之陷，自远所分始。以此诟远，此又与儿童之见无异。人之将死，其脏腑必有先受其病者；引绳而绝之，其绝必有处。观者见其然，从而尤之[5]，其亦不达于理矣！小人之好议论，不乐成人之美，如是哉！如巡远之所成就，如此卓卓[6]，犹不得免，其它则又何说！

当二公之初守也，宁能知人之卒不救[7]，弃城而逆遁[8]？苟此不能守，虽避之他处何益？及其无救而且穷也，将其创残饿羸之余，虽欲去，必不达。二公之贤，其讲之精矣。守一城，捍天下，以千百就尽之卒[9]，战百万日滋之师，蔽遮江淮，沮遏其势，天下之不亡，其谁之功也！当是时，弃城而图存者，不可一二数；擅强兵坐而观者，相环也。不追议此，而责二公以死守，亦见其自比于逆乱，设淫辞而助之攻也。

元和二年四月十三日这天晚上，我和吴郡人张籍翻阅家中的旧书，发现了李翰所写的《张巡传》。李翰常常自夸文章写得好，他的这篇传记写得十分详细周密，然而文章的某些不足之处我也深感遗憾：没有给许远立传，也没有记载雷万春（南霁云）事迹的始末。

许远虽然才智好像不如张巡，可是他打开城门接纳张巡一起守卫睢阳，官位本来比张巡高，却把大权交给了张巡，自己心甘情愿当他的助手而没有任何猜忌，最终和张巡一同守节而死，成就了自己的名声，最后城破被俘，许远只是死的时间跟张巡不同而已。张、许两家的子弟才智低下，不能真正了解自己父辈的大志，认为张巡已死，许远却当了俘虏，怀疑许远怕死而向叛贼投降。许远如果真的怕死，何必一定要坚守这座孤城，吃他的亲属的肉，以此与叛贼顽抗到底而不投降呢？当他被围困坚守的时候，外面连一点弱小的援兵也没有，他想要尽忠的只是国家和皇上罢了，可是叛贼却说国家已亡，皇帝已死。许远眼看救兵不到，而贼

兵却越来越多，一定会相信他们的话。外无援兵还要死守，人吃人都也快吃光了，即使最愚蠢的人也会数着日子知道自己没有几天可活了。由此可以看出，许远的不怕死也是很明显的事。哪有城池被攻破，部下都死了，自己却独自蒙受耻辱而苟活的道理？即使最愚蠢的人也不肯这么做。唉呀！许远这么贤德的人怎么会做这种事？

议论的人又说许远与张巡分开守城，城池是从许远分守的地带被攻破的，以此来指责他，这种见识和儿童的见识没有什么区别。人将要死的时候，他内脏一定先有损坏的地方；绳子被拉断时，一定先有一个容易断的地方。某些看待这件事的人只看到事物的表面，跟着就横加指责，那也太不通情理了。小人好发议论，不乐意成就别人的好事，竟然到了这个地步啊！像张巡、许远的功绩这样的突出，还是不能免于被指责，对于别的人或事又有什么可说的呢？

当张巡、许远刚开始守城的时候，又怎么会料道救兵始终不来救援，因而事先弃城退走呢？假如这里都不能守卫，即使逃到别的地方又有什么用处？等到没有救援，穷困到了极点，带领着那些因为受伤而残废、饥饿而瘦弱的士兵，即使想要转移离开，也肯定不可能了。以张、许二位的贤能，他们考虑的已经非常周密了。守卫一座城池以保卫整个国家，依靠千百名日渐损耗的部下，对付百万日渐增多的敌军，掩护整个江淮，阻止敌人的凶焰，所以国家才没有灭亡，这是谁的功劳呢？在那个时候，丢掉城池而苟活的不只是一两个，手握强兵而坐视不救四周到处都是。议论的人不追究非议这些人，却说张、许二人死守睢阳不对，这也足见他们自己跟乱臣贼子站到了一边，制造一些没有根据的话，帮助敌人来攻击张巡、许远。

◎ 原文注释

〔1〕自名：自己认为好。〔2〕两家子弟：指张巡和许远的儿子。〔3〕辞服：认罪降服。〔4〕乌有：岂有，哪有。〔5〕尤：责难，怪罪。〔6〕卓卓：突出。〔7〕宁能：怎么能，岂能。〔8〕逆遁，事先逃走。〔9〕就尽：要完，指人员减少。

愈常从事于汴、徐二府，屡道于两府间[1]，亲祭于其所谓双庙者，其老者往往说巡、远时事云：南霁云之乞救于贺兰也，贺兰嫉巡、远之声威功绩出己上，不肯出师救。爱霁云之勇且壮，不听其语，强留之。具食与乐，延霁云坐。霁云慷慨语曰："云来时，睢阳之人不食月余日矣！云虽欲独食，义不忍；虽食，且不下咽。"因拔所佩刀，断一指，血淋漓，以示贺兰！一座大惊，皆感激为云泣下。云知贺兰终无为云出师意，即驰去。将出城，抽矢射佛寺浮图，矢着其上砖半箭，曰："吾归破贼，必灭贺兰，此矢所以志也。"愈贞元中过泗洲，船上人犹指以相语。城陷，贼以刃胁降巡，巡不屈，即牵去，将斩之；又降霁云，云未应，巡呼云曰："南八，男儿死耳，不可为不义屈！"云笑曰："欲将以有为也。公有言，云敢不死！"即不屈。

张籍曰："有于嵩者，少依于巡，及巡起事，嵩尝在围中。籍大历中于和州乌江县见嵩，嵩年六十余矣。以巡，初尝得临涣县尉，好学无所不读。籍时尚小，粗问巡、远事，不能细也。云：巡长七尺余，须髯若神。尝见嵩读《汉书》，谓嵩曰：'何为久读此？'嵩曰：'未熟也。'巡曰：'吾于书，读不过三遍，终身不忘也。'因诵嵩所读书，尽卷不错一字。嵩惊，以为巡偶熟此卷，因乱抽他帙以试[2]，无不尽然。嵩又取架上诸书试以问巡，巡应口诵无疑。嵩从巡久，亦不见巡常读书也。为文章，操纸笔立书，未尝起草。初守睢阳时，士卒仅万人，城中居人户，亦且数万，巡因一见问姓名，其后无不识者。巡怒，须髯辄张。及城陷，贼缚巡等数十人坐，且将戮。巡起旋[3]，其众见巡起，或起或泣。巡曰：'汝勿怖，死，命也！'众泣不能仰视。巡就戮时，颜色不乱，阳阳如平常。远宽厚长者，貌如其心；与巡同年生，月日后于巡，呼巡为兄，死时年四十九。"嵩贞元初死于亳宋间，或传嵩有田在亳宋间，武人夺而有之，嵩将诣州讼理[4]，为其所杀。嵩无子。张籍云。

我曾经在汴州、徐州当过从事，屡次来往于汴、徐两府之间，亲自到当地百姓所说的双庙去祭奠二公，那里上了年纪的老人常常说起张巡、许远死前的事情。

南霁云曾经向贺兰进明请求援救，贺兰进明嫉妒张巡、许远的功绩和威望超过自己，不肯出兵相救。不过贺兰进明非常喜欢勇猛雄壮的南霁云，不听他求救的话，想把他强行留在自己身边，准备了丰盛的饮食和动听的音乐，邀请南霁云上座。南霁云非常激动，说："霁云来时，困守睢阳的人已经一个月吃不到东西了，我虽然很想一个人吃，但是大义不允许我这样做。即使吃了，我也咽不下去。"于是拔出所佩带的腰刀砍断了一个手指，鲜血淋漓，拿给贺兰进明看。满座大惊，都感动得替南霁云流泪。南霁云知道贺兰进明始终没有为自己出兵的意思，立刻就飞驰而去。将要出城时，他抽出一枝箭直射佛寺的佛塔，射中佛塔上面的砖石，进去约有半箭，发誓说："我杀贼归来时，一定要灭掉贺兰进明，这枝箭就是标记。"韩愈贞元年间路过泗州，船上的人还指着射箭的那个地方来告诉我。睢阳城被攻破时，叛军用刀威胁着张巡要他投降，张巡没有屈从，立即就被拽走，将要杀死他；又让南霁云投降，南霁云没有吱声，张巡冲着南霁云喊道："南八，男子汉死就死吧，不能做不义的事情屈从贼人！"南霁云笑着说："本来我是想要有所作为的，您既然有命令，霁云怎么敢不死！"于是不屈而死。

张籍说："有一个人叫于嵩，年轻的时候依附张巡，等到张巡起兵抗击安禄山时，于嵩曾经在被围困的城中。大历年间我在和州乌江县见过于嵩，他当时年龄已经六十多岁了。因为张巡的关系他曾经担任过临涣县尉，喜欢学习，无书不读。当时我年龄很小，只能一般地问张巡、许远的事情，不能很细致。据说张巡身高七尺有余，须髯美若神人。他曾经见到于嵩读《汉书》，就问于嵩：'你为什么老是读这本书？'于嵩回答说：'我不熟。'张巡说：'我看书，读起来不超过三遍，一生不忘。'于是背诵于嵩所读的书，整卷背完，一字不错。于嵩非常吃惊，认为张巡偶然读到这一卷，于是胡乱抽出别的书来检验张巡，张巡应声

顺口就背了出来，毫不迟疑。于嵩跟随张巡很久，也没有看见张巡经常读书。做文章，拿过纸笔一挥而就，从来不曾打过草稿。开始防守睢阳的时候，城里的士兵将近万人，睢阳城里的百姓也有几万户，张巡初次见面就问他们的姓名，从这以后，就没有不认识的。张巡生气的时候，胡须就蓬蓬地张开。等到睢阳城被攻破，贼人捆绑张巡等几十个人坐在哪里，将要杀掉他们。张巡起身环顾四周，他的部下看到张巡起身，有的起立，有的坐在那里哭泣。张巡说：'你们不要怕！不过是死罢了，这就是命运。'大家都泪流满面，不能再抬头看他。张巡就义时，脸色不变，坦然自若，就跟平时一样。许远是一个宽厚老实的长者，外貌和他的性格一样，跟张巡是同一年出生的，只是生日比张巡晚些，称呼张巡为兄长，死时才四十九岁。"于嵩在贞元初年死在亳州和宋州之间，有传言说于嵩在亳州和宋州一带有田产，被一个武官强占了去，于嵩要到州里面打官司，被人杀害了，于嵩没有儿子。这些都是张籍说的。

◎ 原文注释

〔1〕屡道：多次经过。道，来往，经过。

〔2〕帙：装书的套子，这里指书。

〔3〕起旋：站起来环顾四周。

〔4〕诣：到。讼理：告状。

◎ 拓展阅读

序跋

序也作"叙"或称"引"，是说明书籍著述或出版旨意、编次体例和作者情况的文章，也包括对作家作品的评论和对有关问题的研究阐发。序一般也在书籍或文章前面，称为"引言"或"前言"，列于书后的称为"跋"或"后序"。"叙"或"跋"有的是作者自己撰写的，也有的是由别人或编者撰写的。

伯夷颂

士之特立独行[1]，适于义而已，不顾人之是非，皆豪杰之士，信道笃而自知明者也。一家非之，力行而不惑者，寡矣；至于一国一州非之，力行而不惑者，盖天下一人而已矣；若至于举世非之，力行而不惑者，则千百年乃一人而已耳。若伯夷者，穷天地亘万世而不顾者也[2]。昭乎日月不足为明，崒乎泰山不足为高[3]，巍乎天地不足为容也！

当殷之亡、周之兴，微子贤也，保祭器而去之；武王周公圣也，从天下之贤士与天下之诸侯而往攻之[4]；未尝闻有非之者也。彼伯夷、叔齐者，乃独以为不可。殷既灭矣，天下宗周，彼二子乃独耻食其粟，饿死而不顾。繇是而言[5]，夫岂有求而为哉？信道笃而自知明也。

今世之所谓士者：一凡人誉之，则自以为有余；一凡人沮之[6]，则自以为不足。彼独非圣人，而自是如此。夫圣人乃万世之标准也。余故曰：若伯夷者，特立独行，穷天地亘万世而不顾者也。虽然，微二子[7]，乱臣贼子接迹于后世[8]。

士人修身做事不随波逐流，只要求符合道义罢了，而不管别人肯定或者反对，就可以算是豪杰之士，他们是对道义有坚定的信念、对自我有明确认识的人。受到一个地方的人的反对，他还是能够努力实践自己的信念而不疑惑，这样的人已经很少了；扩大到一国、一州的人都反对他，他还努力实践自己的信念而不疑惑的，大概天下就只有他一个人罢了；如果是全天下的人都反对他，他还是努力实践自己的信念而不动摇，那么千百年来只有这么一个人了。像伯夷这样的人，就是不顾天下和后世非议而特立独行的人啊！他是那么的光辉，相形之下太阳和月亮都显得不够明亮；他是那么的崇高，相形之下泰山也显得不够雄伟；他是那么的伟大，连天地也不够容纳啊！

当商朝衰落、周朝兴起的时候，微子是贤人，他抱着祭器离开了；周武王、周公是圣人，联合天下的贤人和诸侯去攻打商朝，并没有听到有什么人反对他们。而伯夷、叔齐两个人却偏偏认为这是不对的。商朝已经消灭了，整个天下的人都归顺周朝，那两位先生却偏偏以为吃周朝的粮食是一种耻辱，饿死也不回头。由此来说，难道是有什么所求而这样做的吗？这只是对道义有坚定的信念，并且对自我有明确认识的缘故啊！

现代的所谓士人，一个普通人称赞他，就自以为了不起；一个普通人贬低他，就觉得自己不行。伯夷偏偏否定圣人，而坚定地相信自己是正确的。圣人可是万世的楷模，所以我说：像伯夷这样的人，是立身行事不随波逐流，信念坚定而不顾天下和后世反对的人啊！然而，没有这两位先生的话，叛逆作乱的臣子在后代将绵延不绝了。

○ 周公旦像
周公旦本姓姬名旦，周是他的氏号，公是他的爵位。他是周文王姬昌的第四个儿子，在周文王时期受封周原。周公旦是西周初期著名的政治家、思想家和军事家，是儒学先驱，被尊为"元圣"。周武王死后，周公旦辅佐年幼的周成王执政，他平定"三监叛乱"、营建东都、建立制度，巩固和发展了周王朝的统治。

◎ 原文注释

〔1〕特立：卓立不群的意思。特，独。〔2〕亘：延续不断。〔3〕崒：高峻。〔4〕从：通"纵"，南北为纵，这里是联合的意思。〔5〕繇：通"由"。〔6〕沮：阻止。〔7〕微：无。〔8〕接迹：足迹相接，形容人多，连接不断。

◎ 拓展阅读

中国古代的"士"

士这一阶层很早就出现了，泛指具有一定才能的民间人才。他们往往出身于贫寒之家或没落的贵族，靠自己的一技之长依附于贵族，为他们提供各种服务。提出"士"的理论标准的是孔子。《论语·子路》子贡问："何如斯可谓之士矣？"孔子答曰："行己有耻，使于四方不辱君命，可谓士矣。"这就是说，只要严于律己、忠君爱国的人就能称为"士"。

毛颖者，中山人也。其先明眎[1]，佐禹治东方土，养万物有功，因封于卯地，死为十二神。尝曰："吾子孙神明之后，不可与物同，当吐而生。"已而果然。明眎八世孙䶉[2]，世传当殷时居中山，得神仙之术，能匿光使物[3]，窃姮娥，骑蟾蜍入月，其后代遂隐不仕云。居东郭者曰㕙，狡而善走，与韩卢争能，卢不及。卢怒，与宋鹊谋而杀之，醢其家[4]。

秦始皇时，蒙将军恬南伐楚，次中山[5]，将大猎以惧楚，召左右庶长与军尉，以《连山》筮之，得天与人文之兆[6]。筮者贺曰："今日之获，不角不牙[7]，衣褐之徒，缺口而长须[8]，八窍而趺居，独取其髦[9]，简牍是资。天下其同书[10]，秦其遂兼诸侯乎！"遂猎，围毛氏之族，拔其豪，载颖而归，献俘于章台宫，聚其族而加束缚焉。秦皇帝使恬赐之汤沐，而封诸管城，号曰管城子，日见亲宠任事。

毛颖，是中山人。他的祖先叫明眎，辅助大禹治理东方地区，养育万物有功劳，因此被封在卯地，死后成为十二神之一。明眎曾经说过："我的子孙是神灵的后代，不能像动物一样，应当由口中吐生出来。"后来确实如此。明眎的第八代孙叫䶉，传说在商代居住在中山，得到神仙的法术，能够隐身在光彩中，役使鬼物，拐骗了姮娥，骑着蟾蜍飞升进入月宫，他的后代就此隐居不出来做官了。居住在东边城郭的那个后代叫㕙，狡猾健壮而且善于奔跑，和捷犬韩卢赛跑，韩卢追赶不上，于是恼羞成怒，和另一个捷犬宋鹊合谋杀害了㕙，并把他的一家剁成肉酱。

秦始皇的时候，将军蒙恬南下征伐楚国，暂时驻扎在中山，将要举行大规模打猎来恐吓楚国，召集军中左右庶长和军尉，用《连山》来占卜凶吉，得到上天振兴人类文化礼教的征兆。用蓍草占卜的人祝贺说："今天的猎物，不生角也不长利牙，穿着粗布衣服，嘴上有缺口，还有胡须，全身有八个孔窍，盘腿而坐，只要选取他的毫毛，书写文簿书籍就都靠它了。天下将要统一文字了，秦国将要就此兼并诸侯了吧！"于是进行打猎，包围了毛氏一族，逮取其中的豪长的，用车载毛颖回归，在章台宫进献了俘虏，把毛氏之族集中管理起来。秦始皇让蒙恬赐予毛颖汤沐邑，并把他封在管城，爵号叫管城子，毛颖一天比一天受到秦始皇的亲近、宠爱和重用。

国富兵强叹御天
英明执政数多年
机谋早备并吞志
六国闻风不敢前

秦始王

◎ 原文注释

〔1〕明眎：兔的别称。《礼记》："兔曰明眎。"眎，古"视"字。
〔2〕毚：旧以初生小兔为毚，这里借作专用名。〔3〕匿光：匿形于光中，即隐身术。根据《渊鉴类函》引别的书说，传说兔子具有某种条件时能够隐形，使人看不见。〔4〕醢：肉酱。这里作动词用，剁成肉酱的意思。〔5〕次：驻，停留。〔6〕与：帮助。人文：人类的文化、文明。兆：征兆，指卦象。〔7〕不牙：指兔没有犬齿。〔8〕缺毚：兔上唇有缺毚，今称人的上唇有缺毚的叫兔唇。〔9〕髦：双关语，毛中的长毫，也指人中俊杰。〔10〕其：表示拟议或者揣测。同书，战国时各国文字不同，秦朝统一中国后，曾进行统一文字的工作。

颖为人强记而便敏，自结绳之代以及秦事，无不纂录。阴阳、卜筮、占相、医方、族氏、山经、地志、字书、图画、九流、百家、天人之书，及浮图、老子、外国之说，皆所详悉。又通于当代之务，官府簿书、市井货钱注记，惟上所使。自秦皇帝及太子扶苏、胡亥、丞相斯、中车府令高，下及国人，无不爱重。又善随人意，正直、邪曲、巧拙，一随其人；虽后见废弃，终默不泄。惟不喜武士，然见请亦时往。

累拜中书令，与上益狎，上尝呼为"中书君"。上亲决事，以衡石自程，虽宫人不得立左右，独颖与执烛者尝侍[1]。上休方罢。颖与绛人陈玄、弘农陶泓及会稽褚先生友善，相推致，其出处必偕。上召颖，三人者，不待诏辄俱往，上未尝怪焉。

后因进见，上将有任使，拂拭之[2]，因免冠谢[3]。上见其发秃，又所摹画不能称上意。上嘻笑曰："中书君，老而秃，不任吾用。吾尝谓君'中书'，君今不中书耶？"对曰："臣所谓'尽心'者。"因不复召，归封邑，终于管城。其子孙甚多，散处中国夷狄，皆冒管城；惟居中山者，能继父祖业。

太史公曰：毛氏有两族[4]：其一姬姓，文王之子，封于毛，所谓鲁、卫、毛、聃者也；战国时有毛公、毛遂。独中山之族不知其本所出，子孙最蕃昌。《春秋》之成，见绝于孔子，而非其罪。及蒙将军拔中山之毫，始皇封之管城，世遂有名，而姬姓之毛无闻。颖始以俘见，卒见任使，秦之灭诸侯，颖亦有功。赏不酬劳，以老见疏，秦真少恩哉！

毛颖为人记忆力强并且灵活敏捷，从上古结绳而治的年代一直到秦朝的事情，他没有不加以编纂记录的。阴阳学派、龟筮卜卦、占候看相、医学方技、氏族谱牒、山川经典、地理方志、文字学著作、图录绘画、九流、百家、研究天道和人事关系的书，以及佛、道、外国的学说，都是他所详细了解的。他又通晓当代的事务，官府的簿籍文书、商场的钱财账目纪录，任凭皇上派遣使唤。从秦始皇以及太子扶苏、胡亥、丞相李斯、中车府令赵高，到一般国人，没有不喜爱看重他的。毛颖又善于顺从人的心意，不论正直的、邪曲的、灵巧的、笨拙的，完全顺从他人的心愿；即使被废弃不用，他也始终保持缄默而不泄漏机密。只是不喜欢练武的人，然而受到练武的人的邀请时，他也按时前往。屡次升迁官职被任命为中书令，和皇上倍加亲密，皇上曾经称呼他为"中书君"。皇上亲自处理政事，自我规定以一石重的文书作为每天披阅的定量，这时即使宫中嫔妃都不能站在旁边，惟有毛颖和拿蜡烛的人常常侍候在左右。皇上休息了他才退下。毛颖和绛人陈玄、弘农人陶泓以及会稽人褚先生很友好，相互推重引荐，他们都一同进退。皇上召

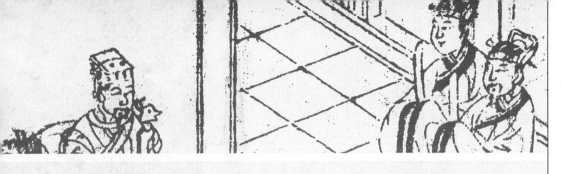

见毛颖的时候，其他三人不等命令往往一起前往，皇上也不责怪他们。

后来有一次毛颖朝见时，皇上打算重用提拔他，毛颖因此脱帽谢罪。皇上见他头顶秃了，并且所摹画的不能符合自己的心意，就笑嘻嘻的对他说："中书君，年老而且发秃，不堪我的任用。我曾经称你'中书'，你现在不中书了吧？"毛颖回答说，"臣就是所说的'尽心竭力'的人。"就此皇上不再召唤他，他回到了自己的封地，死在管城。他的子孙甚多，散居在中原和边远少数民族地区，都冒称管城系氏；惟有住在中山的，能够继承父祖辈的事业。

太史公说：毛氏有两支族。它的一支姓姬，周文王的儿子封在毛地的，就是历史上所说的鲁、卫、毛、聃四个诸侯国中的那个毛伯；战国时有毛公、毛遂。惟独中山这一族不知道他们的祖先出自哪里，他们的子孙却极为繁衍昌盛。《春秋》这部书完成的时候，毛氏被孔子断绝关系，然而这不是他的罪过。到了蒙恬将军拔取中山俊豪，秦始皇把毛颖封在管城，在社会上出了名，这时姓姬的那支毛族反而默默无闻了。毛颖开始以俘虏的身份进见皇上，终于受到重用，秦国消灭诸侯各国，毛颖有着一份功劳。给他的赏赐不足以报酬他的功劳，因为他年老就疏远冷落他，秦统治者真是缺少恩义啊！

◎ 原文注释

〔1〕烛：指烛台。〔2〕拂拭：扫除尘垢，引申为提拔、器重。〔3〕免冠谢：免冠，脱帽。谢，表示认错、道歉。古代常用免冠来表示谢罪。这里化用其话，实指毛笔去掉笔套时，暴露笔毛稀脱，显示已不堪任使，故有歉意。〔4〕两族：一族是人类毛氏，一族是兔类毛氏。

◎ 拓展阅读

传

记载历史上较有影响且事迹突出的人物生平的文字。多采用叙述、描写等手法，展示人物的生平风貌。一般由他人记述，亦有自述生平者，称"自传"。传记大体分两大类：一类是以记述翔实史事为主的史传或一般纪传文字；另一类属文学范围，以史实为根据，但不排斥某些想象性的描述。

○ 品画鉴宝 菩萨像·唐

此图为一幅画幡。图中的菩萨手托透明的琉璃碗，脚踏莲座，嘴上有胡须，是早期男性化的菩萨像，在晚唐以后的菩萨像中，这种画法已经不多见了。

◎ 原文注释

〔1〕伏：俯伏。古代奏表、书信上对尊长表示自己意见时的谦词。

〔2〕考：老。

〔3〕运祚：世运，古代多指王朝的盛衰兴亡。

〔4〕昼日一食：根据《南史》，梁武帝晚年「溺信佛道，日止一食」。

臣某言：伏以佛者西域之一法耳[1]。自后汉时流入中国，上古未尝有也。昔者黄帝在位百年，年百一十岁；少昊在位八十年，年百岁；颛顼在位七十九年，年九十八岁；帝喾在位七十年，年百五岁；帝尧在位九十八年，年百一十八岁；帝舜及禹年皆百岁。此时天下太平，百姓安乐寿考[2]，然而中国未有佛也。其后殷汤亦年百岁，汤孙太戊在位七十五年，武丁在位五十九年；书史不言其年寿所极，推其年数，盖亦俱不减百岁。周文王年九十七岁，武王年九十三岁，穆王在位百年。此时佛法，亦未入中国，非因事佛而致然也。汉明帝时，始有佛法，明帝在位才十八年耳。其后乱亡相继，运祚不长[3]。宋、齐、梁、陈、元魏以下，事佛渐谨，年代尤促，惟梁武帝在位四十八年。前后三度舍身施佛，宗庙之祭，不用牲牢，昼日一食[4]，止于菜果，其后竟为侯景所逼，饿死台城，国亦寻灭。事佛求福，乃更得祸；由此观之，佛不足事，亦可知矣！

臣韩愈进言：臣谨以为佛教不过是外国的一种宗教罢了。从后汉时期才流传到中国来，上古时代是没有的。在古时候，黄帝在位一百年，享年一百一十岁；少昊在位八十年，享年一百岁；颛顼在位七十九年，享年九十八岁；帝喾在位七十年，享年一百零五岁；帝尧在位九十八年，享年一百十八岁；帝舜和禹享年都是一百岁。这时候天下太平，百姓安乐长寿，然而中国并没有佛教。那以后殷汤王也享年一百岁，汤王的孙子太戊在位七十五年，武丁在位五十九年；史书上没有说他们年岁到底多少，推想他们的年龄，大概也都不少于一百岁。周文王享年九十七岁，武王享年九十三岁，穆王在位一百年。这时候也还没有佛教流传到中国，他们并不是由于信奉佛教才达到这样的高寿。汉明帝的时候，开始有了佛教，汉明帝在位仅仅十八年罢了。那以后社会混乱，君主接连死亡，国运都不长久。宋、齐、梁、陈、元魏以来，信奉佛教越来越恭敬小心，立国时间和皇帝寿命却更加短促，梁武帝在位仅仅四十八年。梁武帝前后三次舍身献佛，宗庙的祭祀不用牛羊牲畜，自己白天只吃一顿饭，并且只吃蔬菜果品，可他后来竟然被侯景逼迫，饿死在台城中，不久国家也灭亡了。信奉佛教为了求福，却反而得到祸殃，这样看来，佛教不值得信奉，也就可以明白了。

高祖始受隋禅，则议除之。当时群臣材识不远，不能深知先王之道、古今之宜，推阐圣明，以救斯弊，其事遂止，臣常恨焉。伏惟睿圣文武皇帝陛下，神圣英武，数千百年已来，未有伦比。即位之初，即不许度人为僧尼道士，又不许创立寺观，臣常以为高祖之志，必行于陛下之手；今纵未能即行，岂可恣之转令盛也？今闻陛下令群僧迎佛骨于凤翔，御楼以观[1]，异入大内[2]，又令诸寺递迎供养。臣虽至愚，必知陛下不惑于佛，作此崇奉，以祈福祥也；直以年丰人乐，徇人之心，为京都士庶设诡异之观、戏玩之具耳。安有圣明若此，而肯信此等事哉！然百姓愚冥，易惑难晓，苟见陛下如此，将谓真心事佛；皆云："天子大圣，犹一心敬信；百姓何人，岂合更惜身命！"焚顶烧指，百十为群；解衣散钱，自朝至暮；转相仿效，惟恐后时；老少奔波，弃其业次[3]。若不即加禁遏，更历诸寺，必有断臂脔身以为供养者。伤风败俗，传笑四方，非细事也。

夫佛本夷狄之人，与中国言语不通，衣服殊制，口不言先王之法言，身不服先王之法服，不知君臣之义、父子之情。假如其身至今尚在，奉其国命，来朝京师，陛下容而接之，不过宣政一见，礼宾一设，赐衣一袭，卫而出之于境，不令惑众也。况其身死已久，枯朽之骨，凶秽之余，岂宜令入宫禁？孔子曰："敬鬼神而远之。"[4] 古之诸侯行吊于其国，尚令巫祝先以桃茢祓除不祥，然后进吊。今无故取朽秽之物，亲临观之，巫祝不先，桃茢不用，群臣不言其非，御史不举其失，臣实耻之。乞以此骨付之有司，投诸水火，永绝根本，断天下之疑，绝后代之惑，使天下之人知大圣人之所作为，出于寻常万万也。岂不盛哉！岂不快哉！佛如有灵能作祸祟[5]，凡有殃咎，宜加臣身；上天鉴临，臣不怨悔。无任感激恳悃之至，谨奉表以闻。臣某诚惶诚恐。

高祖刚接受隋朝禅让的时候，就商议废除佛法。当时群臣见识浅近，不能深刻理解先前圣王的道理，也不能深刻理解古代和今天的现实，推广高祖皇帝的圣明主张，来补救迷信佛教造成的弊端，废除佛教的措施就此停顿下来，我常常对此感到遗憾。臣谨以为，睿圣文武皇帝陛下神圣英武，千百年来没有能比得上的。陛下刚刚即位的时候，就不许人剃度为僧尼道士，又不准创办佛寺道观，我常常以为高祖的志愿一定在陛下的手中可以得到实现；现在即使还不能立即实行，哪里可以放纵它让它兴盛起来呢？现在听说陛下命令许多僧人到凤翔府去迎接佛骨，御驾登楼观看，把佛骨抬进皇宫，又命令各个寺庙相继迎接供奉。我虽然极为愚笨，但是也完全知道：陛下是不会受佛的迷惑，进行这种敬奉活动，以此来祈求幸福吉祥的；不过是因为年成丰收、百姓和乐，顺应人们的心意，为京城的士人

和百姓增添一些有意思的景观、游戏娱乐的东西罢了。哪里有陛下如此圣明，却肯相信这种事情呢？然而百姓愚昧，容易被迷惑难以明白，如果看到陛下这样做，就会认为陛下真心实意地信佛了，都会说："天子是大圣，尚且一心崇敬信仰，我们百姓是何等样人，怎么可以再爱惜自己的身体性命呢？"他们百十个人成群结队，焚烧头顶和手指；自早到晚，施舍衣服，散发钱财；互相辗转效仿，害怕自己落到后面；老老少少往来奔走，抛弃了他们的职业和本份。如果不立即加以阻拦，让佛骨流传到各个寺院，一定会有人砍下自己的臂膀，割下自己身上的肉来供佛的。败坏风俗，被四方之人传为笑谈，这并不是小事啊！

佛本是化外之人，和中国言语不通，衣服制作式样不同，口中讲的语言和古代圣王的礼法不合，身上穿的衣服和古代圣王的规范不合，不懂得君臣的关系准则，父子的感情伦理。假如佛本人到现在还活着的话，奉他国君之命到大唐京城来拜访朝见，陛下容纳接待他，不过在宣政殿接见一下，由礼宾院设宴招待，赐给他一套衣服，派人护送他离开国境，不会让他迷惑群众的。何况他已经死了很长时间了，指骨枯朽，不过是污秽不祥尸体的残留部分，哪里可以让他进入到皇宫禁地呢？孔子说："敬重鬼神，但是和它们保持距离。"古代诸侯在他的国家进行吊唁活动时，还叫巫祝先用桃枝笤帚扫除不祥之气，然后才进行活动。现在无缘无故取来这污秽的东西，亲自去观看，没有巫祝先行，不用桃枝笤帚清扫，众臣不讲这种做法不对，御史不指出这种做法的失误，我实在对此感到羞耻。请求把这指骨交给有关部门的负责人，投入到水中或者火中，永绝祸患，断绝天下人的疑虑，免除后代人的疑惑，使天下的人知道皇帝大圣人的所作所为超过普通人万万倍，这才是大大的盛事啊！这才是痛快淋漓的事啊！佛如果有灵验，能够制造灾祸的话，凡是有什么罪过灾难，都由我一个人承受好了。苍天在上，请明察，我决不后悔抱怨。我不胜感激恳切之至，谨奉上这奏表说给陛下听。臣韩愈衷心诚惶诚恐。

◎ 原文注释

〔1〕御：古代对皇帝所作所为的敬称。

〔2〕舁：抬。大内：皇帝宫殿的总称。

〔3〕次：指所处的社会地位。

〔4〕敬鬼神而远之：出自《论语》。孔子以为鬼神不可知，对之表示尊敬，是为了使风俗敦化，而不赞成迷信。

〔5〕祟：鬼神所造成的灾祸。

◎ 拓展阅读

舍利子

"舍利子"最初是佛祖释迦牟尼的骨灰的别称。"舍利"是梵文"Sarira"的音译，意思为"身骨"或"灵骨"，即死者火葬以后的残余骨灰。舍利子的形状千变万化，有圆形、椭圆形，有成莲花形，有的成佛或菩萨状；它有白、黑、绿、红等颜色。修行有成就的高僧及在家信徒，往生后也都能得到舍利，如中国的六祖惠能，近代的弘一、印光等大师们，都留下相当数量的舍利。

蓝田县丞厅壁记

丞之职所以贰令，于一邑无所不当问，其下主簿、尉。主簿、尉乃有分职。丞位高而逼，例以嫌不可否事。文书行，吏抱成案诣丞，卷其前，钳以左手，右手摘纸尾，雁鹜行以进，平立睨丞曰："当署！"丞涉笔占位署[1]，惟谨[2]，目吏，问："可不可？"吏曰："得。"则退。不敢略省，漫不知何事。官虽尊，力势反出主簿、尉下。谚数慢，必曰"丞"，至以相訾謷[3]。丞之设，岂端使然哉[4]？

博陵崔斯立种学绩文，以蓄其有，泓涵演迤[5]，日大以肆[6]。贞元初，挟其能，战艺于京师，再进再屈千人；元和初，以前大理评事言得失黜官，再转而为丞兹邑。始至，喟曰："官无卑，顾材不足塞职。"既噤不得施用，又喟曰："丞哉，丞哉！余不负丞，而丞负余。"则尽枿去牙角，一蹑故迹，破崖岸而为之。

丞厅故有记，坏漏污不可读，斯立易桷与瓦[7]，墁治壁[8]，悉书前任人名氏。庭有老槐四行，南墙钜竹千梃[9]，俨立若相持，水㶁㶁循除鸣[10]。斯立痛扫溉，对树二松，日哦其间。有问者，辄对曰："余方有公事，子姑去！"

考功郎中知制诰韩愈记。

县丞的职位是作为县令的副手，一县的军政事务他都应该过问。县丞的下面是主簿、县尉，主簿、县尉各有分管的专职。县丞的地位很高，有威逼县令的架势，所以按照惯例，县丞为了避嫌，对县令所决定的事不置可否。公文发送的时候，办事人员捧着已经完成的案卷到县丞那儿去，卷起文件的前面部分，用左手夹着，右手捻出公文的末尾，摇摇摆摆地走过来，直挺挺地站着，斜眼看着县丞说："应该签署。"县丞拿起笔来，选准自己签名的位置，恭顺小心地签上自己的名字，抬头望着办事人员问道："行不行？"办事人员说："就这样。"转身退了出去。县丞不敢粗略查看一下文件的内容，糊里糊涂不知道里面讲了些什么事情。县丞的官位虽然比较尊贵，但权力和作用反而在县尉、主簿之下。社会上数说闲散官职时，一定说到县丞，甚至把这作为互相责骂嘲笑的话头。县丞官职的设置，难道本来就是让它落得这个样子的吗？

博陵人崔斯立，辛勤地钻研学问和编著文章，用来积蓄他的知识才能。他的才学像大水那样深厚渊深，日益发展。贞元初年，他仗恃自己的才能在京城拼搏文场，两次赴试都将众多的竞争者折服。元和初年，他在担任大理评事时，因为论说政事的是非而被贬官。经过两次调动后，来这里做了县丞。他刚到来的时候，叹息说道："做官不论职位高低，只怕自己这块材料不够充当这个职位。"后来在有口难言、有志难伸的现实面前，又叹息道："县丞啊！县丞啊！我不辜负县丞的职位，县丞的职位却辜负了我啊！"就这样，他完全失去了棱角和锋芒，一切按照旧例，不问原则权限而敷衍县丞的职事。

县丞办公处原来有一篇壁记，因为房屋损坏漏水而污损得无法阅读了。崔斯立更换了房屋的椽子和瓦片，粉刷修整了墙壁，把前任县丞的姓名全部写在上面。庭院里有四行老槐树，南墙边上有千棵大竹，庄严地挺立着，好像在互相对峙，流水绕着台阶发出潺潺响声。崔斯立一个劲儿地洒扫庭院，左右相对种上两棵松树，每天在这里吟咏诗歌。有人来问事的，他就回答说："我正有公务，您暂且离开这里吧！"

考功郎中知制诰韩愈作记。

◎ 原文注释

〔1〕涉笔：动笔，着笔。占：观测确定。〔2〕惟：助词。〔3〕訾謷：诋毁。〔4〕端：本。〔5〕泓涵：蓄水深宏的样子。演迤：绵延伸长的样子。〔6〕以：而。肆：奔放，不受拘束。〔7〕桷：方形的椽子。〔8〕墁：涂抹。〔9〕梃：杆，竿。〔10〕潝潝：流水声。除：庭阶。

◎ 拓展阅读

记

记的文字含义是识记，在这种含义基础上，记逐步获其文体意义，成为经史中一种专事记录的文章体式，主要记载事物，并通过记事、记物和写景、记人来抒发作者的感情或见解，即景抒情，托物言志。作为一种文体，记在六朝获得文体生命，唐代进入文苑，宋代时内容得到拓展，形式更加稳固。明清时主体性色彩更加浓厚，逐渐成熟稳固。

送穷文

元和六年正月乙丑晦,主人使奴星结柳作车,缚草为船,载糗舆粮,牛系轭下,引帆上樯,三揖穷鬼而告之曰:"闻子行有日矣,鄙人不敢问所途,窃具船与车,备载糗粮,日吉时良,利行四方,子饭一盂[1],子啜一觞,携朋挈俦[2],去故就新,驾尘彍风,与电争先,子无底滞之尤[3],我有资送之恩,子等有意于行乎?"

屏息潜听,如闻音声,若啸若啼[4],砉欻嘤嘤[5],毛发尽竖,竦肩束颈,疑有而无,久乃可明,若有言者曰:"吾与子居,四十年余。子在孩提,吾不子愚,子学子耕,求官与名,惟子是从,不变于初。门神户灵,我叱我呵,包羞诡随,志不在他。子迁南荒,热烁湿蒸[6],我非其乡,百鬼欺陵。太学四年,朝齑暮盐,惟我保汝,人皆汝嫌。自初及终,未始背汝[7],心无异谋,口绝行语,于何听闻,云我当去?是必夫子信谗,有间于予也。我鬼非人,安用车船?鼻嗅臭香,糗粮可捐。单独一身,谁为朋俦?子苟备知,可数已不[8]?子能尽言,可谓圣智,情状既露,敢不回避?"

元和六年正月三十日,主人让名叫星的仆人用柳枝编成车,用草扎成船,装上干粮,把牛套在车轭上,把帆升到桅杆上,向穷鬼作了三个揖,祝告说:"听说您将要走了,鄙人不敢问你到哪里去,私下准备好了车和船,装上了充足的干粮,今天是良辰吉日,利于出行四方,您吃碗饭,喝杯酒,带领朋友伙伴离开这老地方到新地方去,车子扬起尘土如同驾云而行。风吹船帆如同拉满弓弦,仿佛和闪电比赛一样。您没有滞留在此的怨恨,我有资助送行的情谊,您诸位有走的打算吗?"

我屏住呼吸,暗暗偷听,彷佛听到了声音,像嚎叫,像啼哭,声音细小杂乱,使我毛发都竖起来了,耸起肩膀,缩着脖子,疑心到底有没有穷鬼,很长时间才听清楚,好像有个声音在说:"我和您一起住,已经四十多年了。您在襁褓中幼儿时期,我没有愚弄您。您长大后读书耕田,求取官职和名声,我一切听从您,不改变我的初衷。守护您家门口的神灵呵斥我,我包羞忍辱,屈意相随,没有二心。您被贬官流放到南方荒僻的地方,那里气候酷热潮湿,让人难以接受,我不是那里的土著,各种鬼都欺负我。您在太学任博士的四年里,穷到早晚只能用姜蒜末和盐水下饭,只有我守护着你。别人都嫌弃你,自始至终,我没有叛变你,心里没有另谋出路的打算,口里从来没有说过要走的话,你从哪里听说我要离开这里?一定是先生听信谗言,对我产生了隔膜。我是鬼而不是人,哪里用得着车和船?我只闻食物的气味,预备干粮就大可不必。我就单独一人,谁是我的朋友伙伴？您假如都了解，能数清我们共有几人呢？如果您能说对了，可以算是无所不知的智者，真实的情况暴露后，我们敢不避开您？"

◎ 原文注释

〔1〕子：指穷鬼。饭：用作动词，吃。盂：盛饭或汤的器皿。〔2〕携、挈：意思相同都是带领的意思。朋、俦同义，朋友，伙伴。〔3〕底滞：停止，滞留。尤：怨恨。〔4〕啸：鸣，发音悠长的叫。〔5〕啬欸嘤嘤：啬欸，细小的声音；嘤嘤，形容声音杂乱。〔6〕热烁：烁同"铄"，消熔。热烁是指酷热伤人。〔7〕未始：未曾。〔8〕已不：已，同"以"。不，同"否"。已不，以否，与否。

主人应之曰："子以吾为真不知耶？子之朋侪，非六非四，在十去五，满七除二，各有主张，私立名字，掠手覆羹[1]，转喉触讳，凡所以使吾面目可憎、语言无味者，皆子之志也。其名曰'智穷'：矫矫亢亢[2]，恶圆喜方，羞为奸欺，不忍害伤；其次名曰'学穷'：傲数与名，摘抉杳微[3]，高揭群言[4]，执神之机；又其次曰'文穷'：不专一能，怪怪奇奇，不可时施[5]，只以自嬉。又其次曰'命穷'：影与形殊，面丑心妍，利居众后，责在人先；又其次曰'交穷'：磨肌戛骨，吐出心肝，企足以待，置我仇冤。凡此五鬼，为吾五患。饥我寒我，兴讹造讪，能使我迷，人莫能闲，朝悔其行，暮已复然，蝇营狗苟，驱去复还。"

言未毕，五鬼相与张眼吐舌，跳踉偃仆，抵掌顿脚，失笑相顾。徐谓主人曰[6]："子知我名，凡我所为，驱我令去，小黠大痴[7]。人生一世，其久几何？吾立子名，百世不磨。小人君子，其心不同，惟乖于时[8]，乃与天通。携持琬琰[9]，易一羊皮[10]，饫于肥甘，慕彼糠糜。天下知子，谁过于予？虽遭斥逐，不忍子疏，谓予不信，请质《诗》《书》。"

主人于是垂头丧气，上手称谢。烧车与船，延之上座。

主人回答穷鬼说："您以为我真的不知道吗？你们这一伙，不是六个，也不是四个，是十个减去五个，七个去掉两个。你们各有各的主张，自己给自己起了名字。暗中牵制，使我动手就会打翻汤碗，开口就会触人忌讳，凡是使我面目可憎、语言无味的，都是你们的意愿。你们第一个名叫'智穷'，刚强正直，厌恶世故圆滑，喜欢为人方正，耻于奸猾欺诈，不忍心伤害别人；第二个叫做'学穷'，轻视考核术数名物的小技，致力于揭示阐发深远微妙的根本规律；第三个名叫'文穷'，不局限于一种写作技巧，写出的文章奇奇怪怪，不能施用于现实，只能自己作为笔墨游戏；第四个名叫'命穷'，影子与身影不同，面目丑陋而内心美好，得利的事在别人之后，有责任则在别人的前头；第五个名叫'交穷'，对朋友诚心诚意，肝胆相照，以热切的心肠对待别人，别人却把我当成仇敌。总共这五个穷鬼，是我的五个祸患，使我饥寒交困，使人们给我编造各种谣言和坏话，你们能够使我沉迷不觉，别人都不能使我和你们分开，我早上后悔自己的行为，晚上还是依然故我，你们像嗡嗡叫的苍蝇和没有廉耻的狗，撵走了又回来。"

话没有说完，五个穷鬼互相瞪着眼睛，吐着舌头，又蹦又跳，前倒后仰，拍手跺脚，你看我，我看你，失声大笑起来，一起对主人说："您知道我们的名字和我们所做的一切，您赶我们走，这是小处聪明，大处糊涂。人生一世，最长又有多少时间？我们使您树立了名声，历经百世也不会磨灭。小人和君子他们的心是不一样的。只有不合于当世，才能与天相通。您不能拿美玉去换一张羊皮，饱食美味却羡慕糠秕做成的稀粥。天下了解您的谁能超过我们？即使遭到您的斥责驱逐，我们也不忍心与您疏远。如果您认为我们的话不可靠，请您到《诗》《书》中去寻找答案。"

主人至此垂头丧气，向穷鬼举手称谢，烧掉扎好的车、船，把穷鬼请到上座。

◎ 原文注释

〔1〕挕手：扭转手。覆羹：把羹汤碗弄翻。

〔2〕矫矫：刚强的样子。兀兀：刚直的样子。

〔3〕摘抉：揭示阐发。杳微：指深远微妙的道理。

〔4〕挹：酌取，这里是吸取的意思。群言：诸家学说。

〔5〕时：当时。施：运用，施用。

〔6〕徐：通"俱"，一同。

〔7〕小黠大痴：在小事上聪明，在大事上糊涂。

〔8〕乖于时：即不合时宜。

〔9〕琬琰：美玉。

〔10〕易：换。

◎ 品画鉴宝　白瓷狮子·唐

◎ 拓展阅读

"送穷鬼"的风俗

晋东南地区的正月初五这一天，民间有将烂衣服扔到墙外的风俗。传说上古高阳氏之子正月里穿一身破衣烂裤，生活上吊儿郎当，后来惨死在巷外。后来民间扔衣以祭，称为"送穷鬼"。送穷之俗在唐代相当盛行，唐诗人姚合写有诗《晦日送穷三首》，其中第一首云：年年到此日，沥酒拜街中。万户千门看，无人不送穷。宋朝以后，送穷风俗也仍然流行。

君讳适，姓王氏。好读书，怀奇负气，不肯随人后举选。见功业有道路可指取，有名节可以戾契致，困于无资地，不能自出，乃以干诸公贵人，借助声势。诸公贵人既志得，皆乐熟软媚耳目者，不喜闻生语，一见，辄戒门以绝。

上初即位，以四科募天下士。君笑曰："此非吾时邪？"即提所作书，缘道歌吟，趋直言试。既至，对语惊人，不中第，益困[1]。

久之，闻金吾李将军年少喜事可撼，乃踏门告曰[2]："天下奇男子王适，愿见将军白事。"一见，语合意，往来门下。卢从史既节度昭义军，张甚[3]，奴视法度士，欲闻无顾忌大语。有以君生平告者，即遣客钩致[4]。君曰："狂子不足以共事。"立谢客。李将军由是待益厚，奏为其卫胄曹参军，充引驾仗判官，尽用其言。将军迁帅凤翔，君随往，改试大理评事摄监察御史观察判官，栉垢爬痒[5]，民获苏醒。

居岁余，如有所不乐，一旦载妻子入阌乡南山不顾。中书舍人王涯、独孤郁、吏部郎中张惟素、比部郎中韩愈日发书问讯，顾不可强起，不即荐，明年九月疾病[6]，舆医京师，某月某日卒，年四十四，十一月某日即葬京城西南长安县界中。

王君名适，喜欢读书，有杰出的才学，以才气自负，不肯跟在别人后头去参

○ 品画鉴宝　历代帝王图·唐·阎立本

加科举考试。他看到功勋业绩还有其他道路可以轻易取得，名声也可以另辟蹊径轻松获取，苦于没有钱财地位，不能凭自己的力量出人头地，就采取请求拜见公卿权贵的做法，想借助他们的声望权势。那些公卿权贵已经得势，都是喜欢听甜言蜜语的人，不喜欢刚正不入耳的话，见过王君一次，就告诫看门的不许再放他进入了。

当今皇上刚刚即位时，开贤良方正直言极谏、才识兼茂明于体用、达于吏理可使从政和军谋弘远堪任将帅四科，招揽天下的人才。王君笑着说："这不是我取得功名的好机会吗？"就提着所作的书，一路唱歌吟诗，去参加贤良方正直言极谏科的考试。到了考场以后，他回答考官的问题使考官震惊，结果没有考中，处境更加困窘。

过了很长时间，王君听说金吾卫李大将军年轻好事，可以说动他为自己办事，就大步登门，对守门人说："天下奇男子王适，愿意见李将军谈点事。"一见面，王君的谈话就合乎李将军的心意，从此经常出入李将军门下。卢从史任昭义军节度史以后，十分跋扈，看不起讲究礼法的士人，想听无法无天的狂言。有人把王君推荐给了卢从史，他就派人拉拢王君到他手下。王君说："这个狂妄的小子不足以共事。"立即谢绝卢从史派来的人。李将军因此对待王君更加情谊深厚，奏请朝廷任命王君为金吾卫胄曹参军，做引驾仗判官，对他言听计从。李将军升任凤翔陇州节度史，王君随李将军去凤翔，改任试大理评事，代理监察御史、观察判官。王君除去了许多弊政，当地百姓获得了休养生息的机会。

在凤翔住了一年多时间，王君好像有些不高兴。有一天，他用车拉着妻子儿女，决然进入阌乡南山不再回来。中书舍人王涯、独孤郁，吏部郎中张惟素，刑部郎中韩愈寄信问候，但不能勉强，就没有马上向朝廷举荐他。第二年九月王君患病，用车拉到京城就医，后于某月某日去世，享年四十四岁。十一月某日，安葬在京城西南的长安县。

◎ **原文注释**

〔1〕益：更加。困，贫困：不得志。

〔2〕踖：用小步子走路。

〔3〕张：张狂，娇纵。

〔4〕钩致：像用钓鱼一样招引人家去，是勾引招致的意思。

〔5〕栉垢：梳去头发里面的污垢。爬痒：搔痒。栉垢爬痒是比喻除弊安民的意思。

〔6〕疾：生病。病：病重。

曾祖爽，洪州武宁令。祖微，右卫骑曹参军。父嵩，苏州昆山丞。妻上谷侯氏。处士高女。高固奇士，自方阿衡、太师，世莫能用吾言，再试吏，再怒去，发狂投江水。初，处士将嫁其女，惩曰[1]："吾以龃龉穷，一女怜之，必嫁官人，不以与凡子。"君曰："吾求妇氏久矣，惟此翁可人意，且闻其女贤，不可以失。"即谩谓媒妪："吾明经及第，且选，即官人，侯翁女幸嫁，若能令翁许我，请进百金为姬谢。"诺，许白翁。翁曰："诚官人耶？取文书来。"君计穷吐实。姬曰："无苦，翁大人，不疑人欺我，得一卷书粗若告身者，我袖以往，翁见，未必取视，幸而听我行其谋。"翁望见文书衔袖，果信不疑，曰："足矣！"以女与王氏。生三子，一男二女，男三岁夭死，长女嫁亳州永城尉姚挺，其季始十岁[2]。

铭曰：鼎也不可以柱车，马也不可使守闾[3]。佩玉长裾，不利走趋。袛系其逢，不系巧愚。不谐其须，有衔不袪[4]。钻石埋辞，以列幽墟[5]。

王君的曾祖父王爽曾任洪州武南县令，祖父王微曾任右卫骑曹参军，父亲王嵩曾任苏州昆山县丞。王君的妻子是上谷的隐士侯高的女儿，侯高是一位才学出众的人，两次做试用的官吏，两次都愤而辞职，后来精神失常投江自杀。

当初，侯高要嫁女儿，鉴于自己一生没有做官的教训，说："我因为和人家意见不合而困窘，我只有一个女儿，我疼爱她，一定要嫁给一个做官的，不能嫁给普通人。"王君说："我长时间地选择妻子，只有这个人合乎我的心意，并且听说他的女儿贤惠，不能错过这个机会。"就对媒婆撒谎说："我明经科考试通过，即将被授予官职，就是做官的人。侯高老人的女儿希望嫁给做官的人，你若是能让侯高老人把女儿许配给我，我就送给你一百两银子作为谢礼。"媒婆答应去向侯高老人说媒。侯高老人说："真的是做官的吗？把授官文书拿来我看。"王君没有办法，向媒婆吐露了实情。媒婆说："不必难过。侯高老人是个厚道君子，不会疑心别人骗他。弄一卷大致像授官文书的字纸，我袖在袖筒里面去他家，老人看见，未必拿过去验看。你最好听我的。"王君于是按照媒婆的机谋行事。侯高老人看见媒婆袖筒里袖着"授官文书"，果然深信不疑，对媒婆说："行了。"就把女儿嫁给王君。侯氏生了三个孩子，一个男孩，两个女孩。男孩三岁就夭折了，大女儿嫁给亳州永城县尉姚挺，那个小女儿才十岁。

王君的铭文这样写道：鼎不能用来支撑车，马也不能让它来看门。佩戴玉石、拖着长衣襟不便于奔跑。人的升沉荣辱只取决于机遇，不取决于聪明还是愚笨。不合于当权者的需要，有抱负有才能也没有办法施展。把这些话刻在石上，埋于地下，陈列在幽暗的丘墓中。

◎ 原文注释

〔1〕惩：吸取教训。

〔2〕季：二女子，也就是小女儿。

〔3〕闾：古代里巷的大门。

〔4〕不谐其须，有衔不祛：谐是调和，衔是含住，祛是摆脱，这里是施展出来的
意思。这两句是说不符合人家的需要，有才能也只能深藏起来无从施展。

〔5〕幽墟：墓穴。

◎ 拓展阅读

墓志铭

墓志铭是中国古代一种悼念性的文体，一般由志和铭两部分组成。志多用散文撰
写，叙述死者的姓名、籍贯、生平事略；铭则用韵文概括全篇，赞扬死者的功业
成就，表示悼念和安慰。但也有只有志或只有铭的。墓志铭在写作上的要求是叙
事概要，语言温和，文字简约。墓志铭一般是铭主死后由别人撰写，主要是对其
一生的评价，偶有铭主本人生前撰写的。

杂古今人物小画共一卷。

骑而立者五人，骑而被甲载兵立者十人，一人骑执大旗前立，骑而被甲载兵行且下牵者十人，骑且负者二人，骑执器者二人，骑拥田犬者一人，骑而牵者二人，骑而驱者三人，执羁靮立者二人，骑而下倚马臂隼而立者一人，骑而驱涉者二人，徒而驱牧者二人，坐而指使者一人，甲胄手弓矢、铁、钺植者七人，甲胄执帜植者十人，负者七人，偃寝休者二人[1]，甲胄坐睡者一人，方涉者一人，坐而脱足者一人，寒附火者一人，杂执器物役者八人，奉壶矢者一人，舍而具食者十有一人[2]，挹且注者四人[3]，牛牵者二人[4]，驴驱者四人，一人杖而负者，妇人以孺子载而可见者六人，载而上下者三人，孺子戏者九人。凡人之事三十有二[5]，为人大小百二十有三，而莫有同者焉。

马大者九匹。于马之中，又有上者，下者，行者，牵者，涉者，陆者[6]，翘者，顾者，鸣者，寝者，讹者[7]，立者，人立者，龁者[8]，饮者，溲者，陟者[9]，降者，痒磨树者，嘘者，嗅者，喜相戏者，怒相踶啮者[10]，秣者，骑者，骤者，走者，载服物者，载狐、兔者。凡马之事二十有七，为马小大八十有三，而莫有同者焉。

牛大小十一头。橐驼三头。驴如橐驼之数而加其一焉。隼一。犬、羊、狐、兔、麋、鹿共三十。旃车三两。杂兵器、弓矢、旌旗、刀剑、矛楯、弓服、矢房、甲胄之属，瓶盂、簦笠、筐筥、锜釜饮食服用之器，壶矢、博奕之具，二百五十有一。皆曲极其妙。

古今人物小画合成一卷。

画上骑马站定五个人，骑马披甲拿着兵器站定的有十人，骑马执大旗在前面站定的有一人，骑马披甲拿着兵器前进并下来牵马的有十人，骑马并背负东西的有两人，骑马并拿着东西的有两人，骑马并加鞭前进的有三人，手拿马络头和缰绳站立的有二人，从马上下来靠着马、手臂上架着隼站立的有一人，骑马加鞭渡水的有二人，步行赶着牲畜吃水草的有二人，坐着指挥施令的有一人，佩戴甲胄手持弓矢握着斧钺的有七人，披戴甲胄手执旗帜的有十人，背负东西的有七人，躺倒休息的有两人，披戴甲胄坐着睡觉的有一人，正在步行渡水的有一人，坐着脱去鞋袜的有一人，因寒冷而烤火的一人，拿着各种东西在劳作的有八人，捧着壶矢的有一人，停下来做饭的有十一人，舀水并灌注的有四人，牵牛的两人，鞭驴向前进的四人，撑着杖背着东西的一人，妇女背着小孩可以看得出的有六人，背着小孩登上走下的有三人，玩耍的小孩有九人。总共有三十二种姿态，大人、小孩有一百二十三人，但形态没有相同的。

马大的九匹。马的中间，又有上去的，下来的，走的，牵的，渡水的，跳越的，抬起脚来的，回头看的，叫的，睡的，动的，立的，像人那样站立起来的，吃草的，饮水的，便溺的，向高处升登的，从高处下来的，发痒在树上蹭的，吐气的，闻东西的，高兴互相戏弄的，发怒互相踢咬的，吃饲料的，被骑着的，奔驰的，慢走的，驮着服物的，驮着狐兔的。总共有姿态二十七种，大马小马有八十三匹，形态也没有相同的。

牛大小十一头。橐驼三头。驴比橐驼还多一头。隼一只。犬、羊、狐、兔、麋、鹿共三十头。旃车三辆。杂兵器、弓矢、旌旗、刀剑、矛盾、弓服、矢房、甲胄之类，以及瓶盂、簦笠、筐筥、锜釜等饮食服用的器具和壶矢、博弈等器具，总共二百五十一种。都画的极其工妙。

◎ 原文注释

〔1〕偃：本义是仰卧，也指卧、躺倒。

〔2〕舍：停下来休息。具食，准备食物，做饭。

〔3〕挹：舀、酌。注，灌入。

〔4〕牛牵：倒装语法，就是牵牛。下面"驴驱"同理。

〔5〕人之事：人的各种姿态。

〔6〕陆：同"踛"，跳越。

〔7〕吪：同"吪"，动。

〔8〕齕：咬，吃草。

〔9〕陟：向高处升。

〔10〕踶：用蹄踢。啮，咬。

○ 品画鉴宝
青釉褐彩小鸟，褐绿彩辟邪、小人、小狗·唐

37

○ 品画鉴宝　三彩陶马·唐　唐代的三彩陶马的规格和种类有二十种之多，在唐三彩的历史上占有重要的地位。

　　贞元甲戌年，余在京师，甚无事。同居有独孤生申叔者，始得此画，而与予弹棋[1]，余幸胜而获焉[2]。意甚惜之，以为非一工人之所能运思，盖丛集众工人之所长耳[3]，虽百金不愿易也。明年出京师，至河阳，与二三客论画品格，因出而观之。座有赵侍御者，君子人也，见之戚然若有感然，少而进曰："噫！予之手摸也[4]，亡之且二十年矣。余少时常有志乎兹事[5]，得国本[6]，绝人事而摸得之，游闽中而丧焉。居闲处独，时往来余怀也，以其始为之劳而夙好之笃也。今虽遇之，力不能为己，且命工人存其大都焉！"余既甚爱之，又感赵君之事，因以赠之，而记其人物之形状与数，而时观之以自释焉。

　　贞元甲戌年，我在京城里没有事情可干。同住的有位叫独孤申叔的先生，当初得到这个画卷，用来和我弹棋赌胜，我侥幸胜利而得到了它。心里对它十分爱惜，认为这绝非一个画工所能构思，应该是聚集了许多画工的专长，即使人家出百金高价也不愿意出让。第二年我就离开京城，到了河阳，和几位客人谈论画的品格，便拿出这个画卷来观赏。在座的有位赵御史，是个正经人，看了很忧伤，好像很有感触，稍过一会儿向前说道："唉，这是我亲手临摹的，失掉将近二十年了。我年轻时曾经对此下过功夫，得到国工的画本，摈弃一切干扰才把它临摹下来，出游闽中时丢失了。一个人空闲时，常常想念到它，因为当初花过一番辛苦，而且一向极为喜爱。如今虽然重新见到，精力已经不够再来临摹了，姑且叫画工画下个大概吧！"我对此既很喜爱，又为赵君的事情感动，于是送还给他，同时记下画上的人物形状和数字，以便时常观看使自己得到宽慰。

◎ 拓展阅读

"气韵"与品画

品画，就是评定或区分画的优劣，以"气韵生动"作为品评的第一标准，显然是
抓住了绘画艺术欣赏品评的根本。谢赫在《古画品录》中，将气、韵两个字连接
为一个词，以"气韵生动"描绘画中人物，即要在画中表达出人物形象的精神气
质和生命优劣，而将"形"的描绘放在了次要的位置。谢赫的"六法论"至今在
绘画的创作与品赏中仍被人们奉为要旨。

读荀子

始吾读孟轲书，然后知孔子之道尊，圣人之道易行，王易王，霸易霸也。以为孔子之徒没，尊圣人者，孟氏而已。晚得扬雄书，益尊信孟氏。因雄书而孟氏益尊，则雄者，亦圣人之徒欤！

圣人之道不传于世。周之衰，好事者各以其说干时君 [1]，纷纷籍籍相乱 [2]，六经与百家之说错杂 [3]；然老师大儒犹在 [4]。火于秦，黄老于汉，其存而醇者，孟轲氏而止耳，扬雄氏而止耳。及得荀氏书，于是又知有荀氏者也。考其辞，时若不粹；要其归，与孔子异者鲜矣，抑犹在轲雄之间乎 [5]？

孔子删《诗》《书》，笔削《春秋》；合于道者著之，离于道者黜去之。故《诗》《书》《春秋》无疵。余欲削荀氏之不合者，附于圣人之籍，亦孔子之志欤！

孟氏醇乎醇者也；荀与扬，大醇而小疵。

当初我读孟轲的书，才知道孔子的学说被尊崇，圣人的大道理就容易推行，行王道不难成为王，行霸道也容易成为霸啊！我认为孔子的门徒去世以后，能够尊崇圣人的，惟有孟子罢了。后来我得到扬雄的著作，更加敬重和信服孟子了。因为扬雄的著作而使孟子的地位更加崇高了，那么扬雄这个人，也是圣人的同类了。

圣人的道理没有在世上完整的流传下来。周朝衰落时，那些好事之徒各人拿着自己的学说去说服当时的君主，众说纷纭，互相扰乱，儒家六经和诸子百家的学说混杂在一起，然而还有一些儒学大师存在。儒经在秦朝遭到焚烧，汉代时又盛行黄老之学，圣人的道理被完整纯粹地保留下来，就只有到孟轲为止了。等到我获得荀子的著作，这才又知道有个荀子。考察他的言词，有时好像不完全纯正；总括他的大旨趋向，却很少和孔子不同的，想来他大概处于孟轲和扬雄的中间吧！

孔子删定《诗经》和《书经》，削改和写定《春秋》，把合于大道的著录下来，把违反先圣之道的删掉，所以《诗经》《书经》《春秋》没有什么毛病。我想删掉《荀子》中的不合理部分，把他附在圣人的经籍里面，这也许是学习孔子的志愿吧！

《孟子》是纯正而又纯正的，《荀子》和扬雄的著作大体纯正而小有毛病。

◎ 原文注释

[1] 好事者：喜欢多事的人，一般用于贬义。[2] 藉藉：杂乱众多。[3] 百家之说：指春秋战国之际各种学派如道、墨、名、法、纵横各家的著作和学说。[4] 老师大儒：泛指传授儒学的大师。孔子的门人如子夏、子贡、曾参等都曾经传授弟子。[5] 抑：犹"意"。

○ 荀子像　荀子是战国时期儒家的代表人物，对儒家的思想有所继承和发展。

◎ 拓展阅读

"王"与"霸"

"王"与"霸"中国古代哲学的一对概念，指王道和霸道，战国时期的思想家通常用它们来概括两种不同的政治主张。《孟子·公孙丑上》说："以力假仁者霸""以德行仁者王"。孟子认为，霸道是一种凭借实力的强权政治，王道是一种以道德为基础的仁政，因此他推崇王道而贬抑霸道。到了汉代，汉宣帝认为"汉家自有制度，本以霸王道杂之"，二者成为统治者两手并用的统治方术。

感二鸟赋

贞元十一年，五月戊辰，愈东归。癸酉，自潼关出，息于河之阴，时始去京师，有不遇时之叹[1]。见行有笼白乌、白鹡鸰而西者，号于道曰："某土之守某官，使使者进于天子。"东西行者，皆避路，莫敢正目焉。因窃自悲。幸生天下无事时，承先人之遗业，不识干戈、末耜、攻守、耕获之勤，读书著文，自七岁至今，凡二十二年。其行已不敢有愧于道，其闲居思念前古当今之故，亦仅志其一二大者焉[2]。选举于有司，与百十人偕进退，曾不得名荐书[3]、齿下士于朝[4]，以仰望天子之光明。今是鸟也，惟以羽毛之异，非有道德智谋，承顾问、赞教化者，乃反得蒙采擢荐进[5]，光耀如此。故为赋以自悼，且明夫遭时者，虽小善必达[6]；不遭时者，累善无所容焉。

贞元十一年五月初二日，韩愈东归故乡。初七日，从潼关出来，在黄河南岸歇息，我此时刚刚离开京城，心中有着不合时宜的感慨。我看到路上有用笼子装着白乌、白鹡鸰向西而去的人，在路上喊着："某地某官，派使者向皇上进贡。"东来西往的人都避开道路，没有人敢正眼去看。我由此感到自己可悲。我有幸生在天下太平的时代，承受祖先的遗业，没有操过兵器、农具，没有经历攻城守土、耕耘收获的辛苦，读书作文，从七岁到现在总共二十二年。自己有事不敢有愧于道德，闲居的时候，思考古往今来的事，也只是记住那些最重要的。到主管部门参加选拔考试，和许多人一起去求取功名，竟然没有能被列名举荐到朝廷当个小官，得以仰望皇上的圣明。如今这两个鸟，只是凭借它们的羽毛与众不同，不是有道德有智谋可以充当皇帝的顾问，或辅助皇帝实行教导开化百姓的，却反而得到选拔推荐，这样光荣显要。因此，我写了这篇赋来抒发自己的伤感，并且说明合于时宜的人，即使只有一点德行，必然显贵得志；不合时宜的人，即使有很多的美德，也没有地方容纳他。

◎ 原文注释

[1] 遇：合。不遇时，不合时宜的意思。

[2] 志：同"识"，记住。

[3] 名荐书：名，列名。荐书，举荐做官的文书。

[4] 齿：齿列。下士：下级官吏。

[5] 采擢荐进：选拔推荐。擢，选拔。

[6] 达：得志，引申为显贵。

○ 品画鉴宝 彩绘陶马·唐

其辞曰：吾何归乎？吾将既行而后思；诚不足以自存，苟有食其从之。出国门而东鹜，触白日之隆景；时返顾以流涕，念西路之羌永。过潼关而坐息，窥黄流之奔猛；感二鸟之无知，方蒙恩而入幸；惟进退之殊异，增予怀之耿耿 [1]；彼中心之何喜，徒外饰焉是逞 [2]。予生命之湮厄 [3]，曾鸟之不如；泪东西与南北 [4]，恒十年以不居；辱饱食其有数，况策名于荐书；时所好之为贤，庸有谓余之非愚？昔殷之高宗，得良弼于宵寐；孰左右者为之先，信天同而神比 [5]。及时运之未来，或两求而莫致；虽家到而户说，只招尤而速累 [6]。盖上天之生余，亦有期于下地；盍求配于古人 [7]，独惆怅于无位 [8]？虽得之而不能 [9]，乃鬼神之所戏；幸年岁之未暮，庶无羡于斯类。

这篇赋是：我回到哪里去啊？我要已行以后才心中思量；实在是不能使自己在京城生活下去，哪里有饭吃就到哪个地方。出了京城的大门向东快走，明亮的阳光照在我的身上；我时时回顾不由得涕泪交流，感叹着通往长安的道路多么漫长。走过了潼关坐下来休息，看到黄河奔腾彭湃；我感叹那两只鸟无知无识，正蒙受皇帝的恩泽得到宠爱。我想到自己和这两只鸟一进一退的巨大差别，心中就增添了烦躁不安；它们心中有什么美好的地方？不过是徒有外表就自命不凡。我一生的命运坎坷多艰，竟然连两只鸟都不如；急急忙忙地奔走四方，已经有十年之久不能安居。屈辱的吃饱饭的日子也是屈指可数，更何况是光荣的被列名于举荐做官的文书；时下所喜爱的人就是贤人，哪有人说我这个人不愚？从前殷高宗武丁在夜间睡梦中得到贤能的助手，他左右的人谁曾向他举荐过傅说？他实在是可以和上天神仙媲美。在时运还没有来的时候，有时是君臣互相追求也没有结果；即使是家家户户都称赞你，也只会找来麻烦和罪过。大概上天生了我，也是对我在世上寄托着希望；我何尝不希望自己比得上傅说，而不因为得不到官位就独自悲伤惆怅？我想那些人没有才能却得到高位，乃是鬼神在冥冥之中耍弄摆布他们；幸而我的年岁还不曾到暮年，不必对那些徒有其表而得志的人产生羡慕。

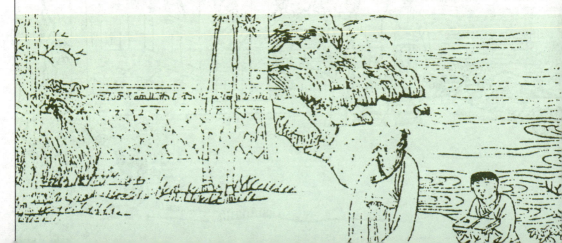

○ 品画鉴宝　黄釉牛·唐

◎ **原文注释**

〔1〕耿耿：烦躁不安。

〔2〕徒外饰焉是逞：徒，徒自，只不过。外饰，指二鸟的漂亮羽毛。是，代词，指"外饰"。逞，夸耀卖弄。

〔3〕湮厄：湮，壅塞。厄，阻碍。这里形容命运坎坷多艰。

〔4〕汩：迅疾的样子。这里形容急急忙忙奔走四方。

〔5〕信天同而神比：信，真。天同，和天一样。比，并。神比，意思是和神一样。

〔6〕招尤而速累：招和速同义，都是招致的意思。尤，过失。累，麻烦，牵累。

〔7〕盍求配于古人：盍，何不。配，比。古人，指上文说的傅说。

〔8〕怊怅：失意伤感的样子。

〔9〕得之而不能：得之，得到官职；不能，没有才能，不能胜任。

◎ **拓展阅读**

赋

赋盛行于汉魏六朝，是韵文和散文的综合体，通常用来写景叙事，也有以较短篇幅抒情说理的。赋主要有三个特点：一、语句上以四、六字句为主，并追求骈偶；二、语音上要求声律谐协；三、文辞上讲究藻饰和用典。排偶和藻饰是汉赋的一大特征。中唐时，赋在古文运动的影响下，又出现了散文化的趋势，形成清新流畅的气势，被称为"文赋"。

原道

博爱之谓仁，行而宜之之谓义，由是而之焉之谓道[1]，足乎己而无待于外之谓德[2]。仁与义为定名，道与德为虚位。故道有君子小人，而德有凶有吉。

老子之小仁义，非毁之也，其见者小也[3]。坐井而观天，曰天小者，非天小也。彼以煦煦为仁，孑孑为义，其小之也亦宜。其所谓道，道其所道，非吾所谓道也。其所谓德，德其所德，非吾所谓德也。凡吾所谓道德云者，合仁与义言之也，天下之公言也。老子之所谓道德云者，去仁与义言之也，一人之私言也。周道衰，孔子没，火于秦，黄老于汉，佛于晋、魏、梁、隋之间。其言道德仁义者，不入于杨，则归于墨；不入于老，则归于佛。入于彼，必出乎此。入者主之，出者奴之；入者附之，出者污之。噫！后之人其欲闻仁义道德之说，孰从而听之？老者曰："孔子，吾师之弟子也。"佛者曰："孔子，吾师之弟子也。"为孔子者，习闻其说，乐其诞而自小也，亦曰"吾师亦尝师之"云尔。不惟举之于口，而又笔

○ 品画鉴宝　北齐校书·唐·阎立本　此图绘北齐皇帝高洋令樊逊、高乾等人共同刊校五经诸史的故事，画中人物众多但形态各异。

之于其书。噫！后之人虽欲闻仁义道德之说，其孰从而求之？ 甚矣，人之好怪也，不求其端，不讯其末，惟怪之欲闻。

古之为民者四，今之为民者六。古之教者处其一，今之教者处其三。农之家

一，而食粟之家六。工之家一，而用器之家六。贾之家一，而资焉之家六。奈之何民不穷且盗也？ 古之时，人之害多矣。有圣人者立，然后教之以相生相养之道。为之君，为之师。驱其虫蛇禽兽，而处之中土。寒然后为之衣，饥然后为之食。木处而颠，土处而病也，然后为之宫室。为之工以赡其器用，为之贾以通其有无，为之医药以济其夭死，为之葬埋祭祀以长其恩爱，为之礼以次其先后，为之乐以宣其湮郁[4]，为之政以率其怠倦，为之刑以锄其强梗。相欺也，为之符玺、斗斛、权衡以信之。相夺也，为之城郭甲兵以守之。害至而为之备，患生而为之防。今其言曰："圣人不死，大盗不止。剖斗折衡，而民不争。"呜呼！其亦不思而已矣。如古之无圣人，人之类灭久矣。何也？无羽毛鳞介以居寒热也，无爪牙以争食也。是故君者，出令者也；臣者，行君之令而致之民者也；民者，出粟米麻丝，作器皿，通货财，以事其上者也。君不出令，则失其所以为君；臣不行君之令而致之民，则

失其所以为臣；民不出粟米麻丝，作器皿，通货财，以事其上，则诛。今其法曰，必弃而君臣，去而父子，禁而相生相养之道，以求其所谓清净寂灭者。呜呼！其亦幸而出于三代之后，不见黜于禹、汤、文、武、周公、孔子也。其亦不幸而不

出于三代之前，不见正于禹、汤、文、武、周公、孔子也。

帝之与王，其号虽殊，其所以为圣一也。夏葛而冬裘，渴饮而饥食，其事殊，其所以为智一也。今其言曰："曷不为太古之无事？"是以责冬之裘者曰："曷不为葛之之易也？"责饥之食者曰："曷不为饮之之易也？"传曰："古之欲明明德于天下者[5]，先治其国；欲治其国者，先齐其家；欲齐其家者，先修其身；欲修其身者，先正其心；欲正其心者，先诚其意。"然则古之所谓正心而诚意者，将以有为也。今也欲治其心而外天下国家，灭其天常，子焉而不父其父，臣焉而不君其君，民焉而不事其事。孔子之作《春秋》也，诸侯用夷礼则夷之[6]，进于中国则中国之。经曰："夷狄之有君，不如诸夏之亡。"《诗》曰：戎狄是膺，荆舒是惩。"今也举夷狄之法，而加之先王之教之上，几何其不胥而为夷也？

夫所谓先王之教者，何也？博爱之谓仁，行而宜之之谓义。由是而之焉之谓道，足乎己无待于外之谓德。其文，《诗》《书》《易》《春秋》；其法，礼、乐、刑政；其民、士、农、工、贾；其位，君臣、父子、师友、宾主、昆弟、夫妇；其服，麻、丝；其居，宫室；其食，粟米、果蔬、鱼肉。其为道易明，而其为教易行也。是故以之为己[7]，则顺而祥；以之为人，则爱而公；以之为心，则和而平；以之为天下国家，无所处而不当。是故生则得其情，死则尽其常。效焉而天神假，庙焉而人鬼飨。曰："斯道也，何道也？"曰："斯吾所谓道也，非向所谓老与佛之道也。尧以是传之舜，舜以是传之禹，禹以是传之汤，汤以是传之文武周公，文武周公传之孔子，孔子传之孟轲，轲之死，不得其传焉。荀与扬也，择焉而不精，语焉而不详。由周公而上，上而为君，故其事行。由周公而下，下而为臣，故其说长。

然则如之何而可也？曰，不塞不流，不止不行[8]，人其人，火其书，庐其居[9]。明先王之道以道之[10]。鳏、寡、孤、独、废、疾者有养也。其亦庶乎其可也。"

博爱被称之为仁，合乎仁的行为叫做义，由仁义再向前叫

做道，自身具有而不依赖外物的叫做德。仁和义是有实际意义的名称，道和德是意义不确切的概念，所以道有君子之道和小人之道，而德有吉德与凶德。

老子轻视仁义，并不是诋毁仁义，而是基于他观念的狭隘。如同坐井观天的人说天很小，其实天并不小。老子视小恩小惠为仁，把谨小慎微认为义，他轻视仁义就是很自然的了。老子所说的道，是他认为的道，不是我所说的道；他所说的德，是他观念里的德，不是我所说的德。凡是我所说的道德，都是结合仁和义来谈的，是天下的公论。老子所说的道德，离开了仁和义，只是他的一家之言。自从周道衰落，孔子去世以后，秦始皇焚烧诗书，黄老学说盛行于汉，佛教盛行于晋、魏、梁、隋之间。那时谈论道德仁义的人，不是归入杨朱学派，就归入墨翟学派；不是归入道学，就归入佛学。归入了这一家，必然背离那一家。尊崇所归入的学派，就贬低所反对的学派；依附归入的学派，就污蔑所反对的学派。唉！后世的人如果想知道仁义道德的学说，应该听谁的呢？道家说："孔子是我们老师的弟子。"佛家也说："孔子是我们老师的弟子。"研究孔学的人听惯了他们的话，愿意接受他们的荒诞言论而菲薄自己，也说"我们的老师曾向他们学习"这一类话，不仅在口头上说，而且又把它写在书上。唉！后人即使想要知道关于仁义道德的学说，又该请教谁去呢？人们喜欢听怪诞的言论真是不可思议了！他们不探求事情的起源，不考究事情的结果，只喜欢听怪诞之说。

古代的人分为四类，今天的人变为六类。古代负有教育人民的任务的，只占四类中的一类，今天却占有三类。务农的一家要供应六家的粮食；务工的一家要供应六家的器物；经商的一家，依靠他服务的有六家。人民又怎能不穷困偷盗呢？古时候，人民遭受的灾害很多。有圣人出现，教给人民以相生相养的生活方法，做他们的君王或老师，驱走蛇虫禽兽，把人们安顿在中原。天冷就教他们做衣裳，饿了就教他们种庄稼。栖息在树木上容易掉下来，住在洞穴里容易生病，于是就教导他们建造房屋。又教导他们制作工艺，供给人民的生活用具；教导他们经营商业，以流通货物；发明医药，以拯救那些濒死的病人；制定葬埋祭祀的制度，以增进人与人之间的恩爱感情；制定礼节，以分清尊卑秩序；制作音乐，以宣泄人们心中的郁闷；实施政令，以督促怠惰懒散之人；制定刑罚，以铲除那些强暴之徒。为防止有人弄虚作假，于是又制作符节、印玺、斗斛、秤尺，作为凭信。为防备争夺抢劫的事发生，于是设置了城池、盔甲、兵器来守卫家国。总之，灾害来了就设法防备；祸患将要发生，就及早防范。现在道家说："如果圣人不死，大盗就不会停止。只要砸烂斗斛、折断秤尺，人民就不会争夺了。"唉！这都是未经思考的话。如果古代没有圣人，人类早就灭绝了。为什么呢？因为人们没有羽毛鳞甲以适应严寒酷暑，也没有锐利的爪牙来夺取食物。因此说，君王是发布命令的；臣子是执行君王的命令并且实施于民众身上的；百姓是生产粮食、丝麻，制作器物，流通商品，来供奉居于统治地位的人的。君王不发布命令，就丧失了作为君王的权力；臣子不执行君王的命令并且不能实施于百姓身上，就失去了作为臣子的职责；百姓不生产粮食、丝麻，制作器物，流通商品来供应在上统治的人，就应该受到惩罚。现在佛家却说，一定要抛弃你们的君臣关系，消除你们的父子亲情，禁止你们相生相养的办法，以便追求那些所谓清净寂灭的世界。哎呀！他们幸亏出生在三代之后，没有被夏禹、商汤、周文王、周武王、周公、孔子所贬斥。他们又不幸未能出生在三代以前，没有受到夏禹、商汤、周文王、周武王、周公、孔子的教诲。

五帝与三王，他们的名号虽不同，但他们之所以成为圣人的原因是一样的。夏天穿葛衣，冬天穿皮衣，渴了要喝水，饿了要吃饭，这些事情虽然各异，但它们获得的智慧是一样的。现在道家却说："为什么不实行远古的无为而治呢？"这就好像责怪人们在冬天穿皮衣："为什么你不穿简便的葛衣呢"或者责怪人们饿了要吃饭："为什么不光喝水，岂不简单得多！"《礼记》说："在古代，想要发扬光辉道德于天下的人，一定要先治理好国家；要治理好国家，一定要先整顿好家庭；要整顿好家庭，必须先进行自身的修养；要进行自我修养，必须先端正思想；要端正思想，必须先使具有诚意。"可见古人所谓正心和诚意，都是为了要有所作为。现在那些修心养性的人，却想置天下国家不顾，灭绝伦理纲常，做儿子的不把他的父亲当作父亲，做臣子的不把他的君上当作君上，做百姓的不做他们该做的事。孔子修《春秋》，对于采用夷狄礼俗的列入夷狄；对于采用中原礼俗的诸侯，就不把他们视为中原人。《论语》说："夷狄虽然有君主，还不如中原没有君主。"《诗经》说："应当攻击夷狄，应当惩罚荆舒。"现在却尊崇夷礼之法，把它抬高到先王的政教之上，那么我们岂不是全都要沦为夷狄了？

所谓先王的政教，是什么呢？就是博爱被称之为仁，合乎仁的行为叫做义。由仁义再向前进就是道。自身具有而不依赖外物的叫做德。与之相关的书有《诗经》《尚书》《易经》和《春秋》。与之相关的法式就是礼仪、音乐、刑法、政令。它们教育的人是士、农、工、商，它们的伦理次序是君臣、父子、师友、宾主、兄弟、夫妇，它们的衣服是麻布丝绸，它们的住处是房屋，它们的食物是粮食、瓜果、蔬菜、鱼肉。它们作为道理是很容易懂得的，它们作为教育是简单易行的。所以，用它们来修身，就能和顺吉祥；用它们来待人，就能做到博爱公正；用它们来修养身心，就能平和而宁静；用它们来治理天下国家，就没有不合适的地方。因此，人活着就能感受到人与人之间的情谊，死了就是结束了人生。祭天则天神降临，祭祖则祖先的灵魂来保佑。有人问："你这个道，是什么道呀？"我说："这是我认为的道，不是刚才所说的道家和佛家的道。这个道是从尧传给舜，舜传给禹，禹传给汤，汤传给周文王、周武王、周公，周文王、周武王、周公传给孔子，孔子传给孟轲，孟轲死后，没有再传下去。只有荀卿和扬雄从中选取过一些，但不精；论述过一些，但不全面。从周公以上，继承的都是在上做君王的，所以儒道能够实行；从周公以下，继承的都是在下做臣子的，所以他们的学说能够流传。

那么，怎么办才能使儒道获得实行呢？我以为：不堵塞佛老之道，儒道就不得流传；不禁止佛老之道，儒道就不能推行。必须把和尚、道士还俗为民，烧掉佛经道书，把佛寺、道观变成民房。阐明先王之道以教导人民，使鳏夫、寡妇、孤儿、老人、残废人、病人都能生活，这样做也就可以了。

◎ 原文注释

〔1〕是：指仁、义。之焉：向前走去。道：道理，此指按儒家的仁义标准去立身行事。〔2〕足乎己：自己内心满足，心安理得。无待于外：不需要外界的任何帮助和劝慰。〔3〕小仁义：把仁义的内容缩小。老子认为仁义是道德被废弃后的产物。非毁之：并不是他有意诋毁仁义。其见者小也：是他的视野狭小，见识短浅。〔4〕湮郁：抑郁，指情志郁塞不舒。〔5〕明明德：弘扬光明的道德。〔6〕则夷之：就把它当夷人看待。〔7〕以之为己：即用先王之道来治己之身。〔8〕不塞不流：佛、老之道不堵塞，儒家的圣人之道就不能流传。止：废止。行：畅行。〔9〕人其人：让僧徒、道士还俗，恢复他们普通人的本性。火其书：烧毁佛教、道教的经书。庐其居：将佛寺、道观改做民房。〔10〕道之：即导之，用先王之道去教导他们。

◎ 拓展阅读

周公吐哺

周公，姓姬名旦，也称叔旦，是周文王之子，周武王之弟，因封邑在周（今陕西岐山北），称为周公。他曾辅佐周武王姬发消灭殷商（即商纣王），是周朝的开国元勋。周公在重视人才、礼贤下士方面是历代学习的典范。据《史记》载：周公洗头时，若有人才求见，深恐因梳理头发而怠慢了客人，就以手握住头发接见客人；往往是洗一次头，要三次握发见客。他吃饭时，若有人才求见，就吐出口中食物去见客，有时吃一顿饭要三次吐出口中的食物。因此"周公吐哺"就成了礼贤下士的代名词。

○ 品画鉴宝　树下人物图·唐　此图绘一个红衣男子伸手摘取风帽的情景。整个画面的线条均用浓墨勾勒，显得粗犷有力。

国子先生晨入太学，招诸生立馆下，诲之曰："业精于勤，荒于嬉；行成于思，毁于随[1]。方今圣贤相逢，治具毕张[2]，拔去凶邪，登崇俊良。占小善者率以录，名一艺者无不庸[3]。爬罗剔抉，刮垢磨光。盖有幸而获选，孰云多而不扬？诸生业患不能精，无患有司之不明；行患不能成，无患有司之不公。"

言未既，有笑于列者曰："先生欺余哉！弟子事先生，于兹有年矣。先生口不绝吟于六艺之文，手不停披于百家之编。纪事者必提其要，纂言者必钩其玄[4]。贪多务得，细大不捐。焚膏油以继晷，恒兀兀以穷年。先生之业，可谓勤矣。觗排异端，攘斥佛老，补苴罅漏，张皇幽眇。寻坠绪之茫茫，独旁搜而远绍。障百川而东之，回狂澜于既倒。先生之于儒，可谓有劳矣。沉浸醲郁，含英咀华，作为文章，其书满家。上规姚姒，浑浑无涯；《周诰》《殷盘》，佶屈聱牙；《春秋》谨严，《左氏》浮夸；《易》奇而法，《诗》正而葩；下逮《庄》《骚》，太史所录；子云，相如，同工异曲。先生之于文，可谓闳其中而肆其外矣。少始知学，勇于敢为；长通于方，左右具宜。先生之于为人，可谓成矣。然而公不见信于人，私不见助于友。跋前疐后，动辄得咎。暂为御史，遂窜南夷。三年博士，冗不见治。命与仇谋，取败几时。冬暖而儿号寒，年丰而妻啼饥。头童齿豁，竟死何裨。不知虑此，而反教人为？"

先生曰："吁，子来前！夫大木为宫，细木为桷，榑栌侏儒，椳闑扂楔，各得其宜，施以成室者，匠氏之工也。玉札、丹砂、赤箭、青芝，牛溲、马勃、败鼓之皮，俱收并蓄，待用无遗者，医师之良也。登明选公，杂进巧拙，纡馀为妍，卓荦为杰，校短量长，惟器是适者[7]，宰相之方也。昔者孟轲好辩，孔道以明，辙环天下，卒老于行。荀卿守正，大论是弘，逃谗于楚，废死兰陵。是二儒者，吐辞为经，举足为法，绝类离伦，优入圣域，其遇于世何如也？今先生学虽勤而不由其统，言虽多而不要其中，文虽奇而不济于用[8]，行虽修而不显于众。犹且月费俸钱，岁靡廪粟；子不知耕，妇不知织；乘马从徒，安坐而食。踵常途之促促，窥陈编以盗窃。然而圣主不加诛，宰臣不见斥，兹非其幸欤？动而得谤，名亦随之。投闲置散，乃分之宜[9]。若夫商财贿之有亡，计班资之崇庳，忘己量之所称，指前人之瑕疵，是所谓诘匠氏之不以杙为楹[10]，而訾医师以昌阳引年，欲进其豨苓也。"

国子先生早上来到太学，召集学生们站立在学舍下面，教导他们说："学业的精进来自勤奋，而荒废则因游荡玩乐；德行的成就来自思考，而败坏则因因循随便。当今圣君有贤臣辅佐，法制健全。除掉凶恶奸邪，提拔英俊善良。有点长处的都被录取，有一技之长的无不被任用。搜罗人材，加以甄别、教育、培养，对他们去粗取精，使得磨炼发光。大概只有侥幸而入选的，怎会有多才多艺而不被高举呢？诸位学生只怕学业不能精进，不要怕主管部门官吏看不清；只怕德行没有成就，不要怕主管部门官吏不公正。"

话还没有说完，有人在行列里笑道："先生在欺骗我们吧？我们这些学生跟从您，到现在已经好几年了。先生嘴里不停地诵读六经的文章，两手不停地翻阅诸子百家的书籍。对记事之文一定写出提要，对议论的文章一定探索它深奥的旨意。不满足地多方面学习，力求有所收获，大小都不舍弃。点上灯烛夜以继日，刻苦用功，一年到头勤奋不止。先生在学业上可以说很勤奋了。抵制、批驳异端邪说，排斥佛教与道家，弥补儒学的缺漏，发挥精深微妙的义理，寻找渺茫失落的古代圣人之道，独自广泛搜求、承接。对异端学说像防堵纵横奔流的各条川河，引导它们东入大海；挽回那已经倾倒泛滥的狂涛怒澜，使它们复归故道。先生对于儒家，可以说是有功劳了。心神沉浸在意味浓郁的书籍里，仔细地品尝咀嚼其中精华，写起文章来，书卷堆满了屋子。向上取法虞、夏时代的典章，深远博大；周代的《诰书》和殷代的《盘庚》拗口艰深难读；《春秋》语言精练准确，《左传》文辞铺张夸饰；《易经》变化奇妙而有法则，《诗经》思想端正而华美；往下一直到《庄子》《离骚》，太史公的记录；扬雄、司马相如的创作，曲调各异却同样巧妙。先生的文章可以说是内容博大精深，文采奔放流畅。先生少年时代就开始懂得学习，敢作敢为；长大之后，通达道理，处事合宜。先生做人，可以说是有成就的了。可是在官场上不能被人们信任，在私交方面得不到朋友的帮助。进退两难，动一动便惹祸获罪。刚当上御史就被贬到南方边远地区。做了三年博士，职务闲散，表现不出成绩。您的命运似乎不济，总是遭受失败。冬天气候还算暖和的日子里，您的儿女们已为缺衣少穿而哭着喊冷；年成丰收而您的夫人却啼哭饥饿。您自己的头顶秃了，牙齿缺了，这样一直到死，有什么好处呢？不知道想想这些，倒反而来教训别人干嘛呢？"

国子先生说："唉，你过来听我说！要知道那些大的木材做屋梁，小的木材做瓦椽、做斗栱，短椽的做门臼、门橛、门闩、门柱的，都量材使用，各适其而建成房屋，这是工匠的技巧啊。贵重的地榆、朱砂，天麻、龙芝，牛尿、马屁菌，坏鼓的皮，全都收集储藏齐备，等到需用的时候使用，这是医师的高明啊。提拔人才公正贤明，选用人才态度公正。灵巧的人和朴质的人都得引进，有的人因谦和而成为美德，有的人因豪放而成为杰出，比较各人的短处，衡量各人长处，按照他们的才能品格适当任用，这是宰相的用人之道啊！从前孟轲爱好辩论，使孔子之道得以阐明，他游历的车迹周遍天下，最后在奔走中老去。荀况恪守正道，发扬光大宏伟的理论，因为逃避谗言到了楚国，还是丢官而死在兰陵。这两位大儒，说过的话成为经典，行为成为法则，远远超越常人，达到圣人的境界，可是他们在世上的遭遇是怎样呢？现在你们的先生学习虽然勤劳却不能继承儒家道统，言论虽然不少却不切合要旨，文章虽然写得出奇却无益于实用，行为虽然有修养却在一般人中没有突出的表现，尚且每月耗费国家的俸钱，每年消耗仓库里的粮食；儿子不会耕地，妻子不懂得织布；出门乘着车马，后面跟着仆人，安稳地坐吃俸禄，局促地按常规行事，眼光狭窄地在旧书里剽窃旧言，东抄西袭。然而圣明的君主不加责罪，也没有被宰相大臣所斥逐，岂不是幸运么？有所举动就遭到毁谤，名声也跟着受影响。被放置于闲散的位置上，这正是恰如其分的。至于商量财物的有无，计较品级的高低，忘记了自己有多大才能、多少分量和什么相称，指责官长上司的缺点，这就等于责问工匠的为什么不用小木桩做柱子，批评医师的用菖蒲延年益寿，却不用猪苓啊！"

○ 品画鉴宝　唐墓壁画《迎宾图》　此图绘有外国使节，因此又被称之为《客使图》。图中的唐朝官员都是鸿胪寺官员，外国使节则来自于与唐帝国交好的异域之邦。

◎ 原文注释

〔1〕业精：学业精进。行成：德行成就。随：因循，要求不严格。〔2〕治具：法令。毕：完全。张：设，建立。〔3〕名一艺者：有一技之长的人。庸：录用。〔4〕提其要：抓住它的纲要。钩其玄：探究它的玄理。〔5〕动辄得咎：动不动就获罪惹祸。〔6〕命与仇谋，取败几时：命运和仇敌合谋，使你不时受到挫折。〔7〕惟器是适：这里是指根据各人的不同才能、特点，安排合适的工作。〔8〕不济于用：无助于实际应用。〔9〕投闲置散，乃之宜：被安置在闲散的地位，是理所当然的。〔10〕是所谓：这就是所谓。诘：追问，责问。杙：小木桩。楹：柱子。

◎ 拓展阅读

中国古代的大学

太学这个名称始于西周，汉代开始设于京师。汉武帝时，董仲舒上"天人三策"，提出"愿陛下兴太学，置明师，以养天下之士"的建议。汉武帝建元六年（公元前135年）在长安设太学。太学之中由博士任教授，初设五经博士，专门讲授儒家经典《诗》《书》《礼》《易》《春秋》。学生称为"博士弟子"或"太学弟子"。汉武帝还下令天下郡国设立学校官，初步建立起地方教育系统。魏晋至明清有时设太学，有时设国子学，或两者同时设立，都是传授儒家经典的最高学府。

○品画鉴宝　粉彩天王俑·唐　此图所绘的粉彩天王凶神恶煞，是常见的天王形象。

古之学者必有师[1]。师者，所以传道、受业、解惑也[2]。人非生而知之者[3]，孰能无惑？惑而不从师，其为惑也，终不解矣。生乎吾前，其闻道也固先乎吾，吾从而师之；生乎吾后，其闻道也亦先乎吾，吾从而师之。吾师道也，夫庸知其年之先后生于吾乎[4]？是故无贵无贱，无长无少，道之所存，师之所存也。

嗟乎！师道之不传也久矣！欲人之无惑也难矣！故之圣人，其出人也远矣，犹且从师而问焉；今之众人，其下圣人也亦远矣，而耻学于师。是故圣益圣[5]，愚益愚。圣人之所以为圣，愚人之所以为愚，其皆出于此乎？爱其子，择师而教之；于其身也，则耻师焉，惑矣。彼童子之师，授之书而习其句读者也[6]，非吾所谓传其道、解其惑者也。句读之不知，惑之不解，或师焉，或不焉，小学而大遗，吾未见其明也。巫医、乐师、百工之人，不耻相师。士大夫之族，曰"师"、曰"弟子"云者，则群聚而笑之。问之，则曰："彼与彼年相若也[7]，道相似也。"位卑则足羞，官盛则近谀。呜呼！师道之不复可知矣！巫医、乐师、百工之人，君子不齿，今其智乃反不能及，其可怪也欤！

圣人无常师。孔子师郯子、苌弘、师襄、老聃。郯子之徒，其贤不及孔子。孔子曰："三人行，则必有我师。"是故弟子不必不如师，师不必贤于弟子，闻道有先后，术业有专攻[8]，如是而已。

李氏子蟠，年十七，好古文，六艺经传皆通习之，不拘于时[9]，学于余。余嘉其能行古道，作《师说》以贻之[10]。

古时求学的人一定有老师。老师，就是传授道理、教授学业、解答疑难问题的人。人不是生下来就懂得知识和道理，谁能没有疑惑呢？有疑惑却不去向老师请教，这些疑惑便始终不能得到解答。出生比我早的人，他懂得道理固然比我早，我跟从他向他学习；出生比我晚的人，他懂得道理也可能早于我，我也跟从他，以他为师。我学的是道理，何必计较他出生比我早或比我晚呢？所以，不论地位高贵还是低贱，不论年长还是年少，有道理的存在，就有老师的存在。

唉！从师求学的风气没有人传承已经很久了，要想没有疑惑是很难的啊！古代圣人，他们的智慧超过普通人很多，却还要从师并向老师请教；现在的许多人，他们的智慧远不及圣人，却以向老师学习为羞耻。所以圣人就更加聪明，愚人就更加愚蠢。圣人之所以成为圣人，愚人之所以成为愚人，大概都是由于这个原因吧？人们喜爱自己的孩子，选择合格的老师来教育他；对于他们自己呢，却把从师求学当作耻的事，真令人难以理解啊！那些教孩童的老师，是教孩子们读书断句的，并非我所说的传授道理、解答疑难的老师。读书不会断句，有疑惑却不向老师求教，学习小的地方，而丢弃大的方面，我看不出他们是明白事理的。巫师医生、乐师及各种工匠，不以互相学习为耻。士大夫这些人，听到称别人老师，称自己为学生，就聚集在一起讥笑人家。问那些嘲笑者为何如此，他们就说："那个人与某人年龄差不多，修养和学识也相近。"以地位低的人为师，就认为是一种羞耻，称官位高的人为师就近于谄媚。啊！从师求学的风尚不能恢复，由此就可以知道其原因了。巫师医生、乐师及各种工匠，君子们不屑与之为伍，现在士大夫们的才智反而不及他们。这不是很奇怪吗！

圣人没有固定的老师，孔子曾以郯子、苌弘、师襄、老聃为师。郯子这一类

○ 孔子像　孔子，名丘，字仲尼，是春秋时期鲁国人，我国古代伟大的教育家、政治家、思想家，儒学的创始人，也是世界上最著名的文化名人之一。

人，他们的品行不如孔子。孔子说："三个人在一起走，其中必定有可以当我老师的人。"因此学生不一定不如老师，老师也不一定比学生强，懂得道理有先有后，技能学业各有专长，如此而已。

李家的孩子名叫蟠，今年十七岁，喜好古文，六经的经文及传注都全面学习过，不受耻学于师的不良风气拘束，向我求学。我赞扬他能继承古人拜师学习的传统，写了这篇《师说》赠给他。

◎ 原文注释

〔1〕学者：指求学的人。

〔2〕传道：传授道理。文中作者所说的道乃儒家之道。受业：教授学业。受，同"授"。解惑：解答疑惑。

〔3〕生而知之者：生下来就懂得知识、道理。

〔4〕庸知其：哪里管它。庸，岂，哪里。

〔5〕圣益圣：前一个"圣"，指古代圣人；后一个"圣"指聪明、懂道理。下一句中前一个"愚"指今之愚人，后一个"愚"，指愚昧而不明事理。

〔6〕授之书：教授书本上的知识。习其句读 (dòu)：教习书上的语句。读，文章中念起来要停顿之处。古书没有标点，故老师教学时，要教断句，句用小圈，读用圆点，也写作"逗"。

〔7〕相若：相似，近似。

〔8〕术业：学术、技能。专攻：专门研究。

〔9〕不拘于时：不受时下风气所拘束。

〔10〕贻 (yí)：赠给。

◎ 拓展阅读

国子监

国子监是中国隋朝以后的中央官学，是中国古代教育体系中的最高学府，到清代变为只管考试、不管教育的考试机构。国子监学生等于秀才，分文、武两种，文称文生，武称武生。明初设中都国子学，后改为国子监，掌国学诸生训导的政令。明成祖永乐元年(1403 年)，北京设国子监，皆置祭酒、司业、监丞、典簿各一员。清代国子监总管全国各类官学(宗学、觉罗学等除外)，设管理监事大臣一员，满、汉祭酒各一员，满、蒙、汉司业各一员，另设监丞、博士、典簿、典籍等学官。

广目天王像·唐 此图绘威武的广目天王凶神恶煞地踩着小鬼的形象，特点鲜明。

愈与李贺书，劝贺举进士[1]。贺举进士有名，与贺争名者毁之，曰："贺父名晋肃，贺不举进士为是，劝之举者为非。"听者不察也，和而倡之，同然一辞。皇甫湜曰："若不明白，子与贺且得罪。"愈曰："然。"

律曰："二名不偏讳。"释之者曰："谓若言'徵'不称'在'，言'在'不称'徵'是也。"律曰："不讳嫌名。"释之者曰："谓若'禹'与'雨'、'丘'与'蓲'之类是也[2]。"今贺父名晋肃，贺举进士，为犯二名律乎？为犯嫌名律乎？父名晋肃，子不得举进士。若父名仁，子不得为人乎？

夫讳始于何时？作法制以教天下者，非周公、孔子欤[3]？周公作诗不讳[4]，孔子不偏讳二名[5]，《春秋》不讥不讳嫌名[6]。康王钊之孙，实为昭王。曾参之父名晳，曾子不讳"昔"[7]。周之时有骐期，汉之时有杜度，此其子宜如何讳？将讳其嫌，遂讳其姓乎？将不讳其嫌者乎？汉讳武帝名"彻"为"通"，不闻又讳车辙之"辙"为某字也[8]。讳吕后名"雉"为"野鸡"，不闻又讳治天下之"治"为某字也。今上章及诏，不闻讳"浒""势""秉""机"也。惟宦官宫妾，乃不敢言"谕"及"机"，以为触犯。士君子立言行事[9]，宜何所法守也？今考之于经，质之于律，稽之以国家之典[10]，贺举进士为可邪？为不可邪？

凡事父母，得如曾参，可以无讥矣。作人得如周公、孔子，亦可以止矣。今世之士，不务行曾参、周公、孔子之行，而讳亲之名则务胜于曾参、周公、孔子，亦见其惑也。夫周公、孔子、曾参，卒不可胜。胜周公、曾参，乃比于宦官宫妾，则是宦官宫妾之孝于其亲，贤于周公、孔子、曾参者邪？

我写信给李贺，劝勉他参加进士科考试。李贺应进士试可以得中，同他竞争的人就出来诋毁他，说李贺的父亲名叫晋肃，李贺还是不参加进士考试为好，劝勉他参加应试的人是错误的。听到这种议论的人，都纷纷附和，众口一词。皇甫湜对我说："如果这件事不辩明，您和李贺都会因此获罪。"我回答说："是的。"

《律》文里说："两个字的人名不专讳一个字。"解释者说："孔子的母亲名'徵在'，孔子说'徵'就不说'在'，说'在'就不说'徵'。"《律》文里又说："人名不讳声音相近的字。"解释者说："例如'禹'之与'雨'，'丘'之与'蓲'就是这样。"现在李贺的父亲名叫晋肃，李贺去考进士，是违背了两个字的人名不专讳一个字呢，还是违背了人名不讳声音相近的字呢？父名晋肃，儿子不能应举考进士，如果父亲名仁，儿子就不能做人了吗？

避讳是从何时开始的呢？制订礼法制度来教化天下人的，不是周公、孔子么？而周公作诗并不避讳，孔子只避母亲双名中的一个字，《春秋》中也没有讥讽人名相近不避讳的事例。周康王钊的孙子谥号是昭王。曾参的父亲名哲，曾子不避"昔"字。周朝时有个人叫骐期，汉朝时有个人叫杜度，他们的儿子怎么避讳呢？是为了避父名的近音字，连他们的姓也要更改吗？还是就不避讳近音字了呢？汉代讳汉武帝名彻，遇到"彻"改为"通"，但未曾听说又讳车辙的辙字，而改为别的字；回避吕后名雉，遇到"雉"字就改称"野鸡"，但未曾听说又讳治天下的治字，而改为别的字。现在臣僚呈送的奏章、皇帝下达的诏书，也未曾听说要避浒、势、秉、机这些字啊。只有那些宦官和宫女，才不敢说谕和机这些字，说这些字是犯忌的。士大夫的言论行为究竟要遵循什么法度呢？考据经典、对照律文、查核国家典章，李贺参加进士考试，到底是可以还是不可以呢？

大凡服侍孝敬父母能如曾参那样，就不会遭非议了；做人如同周公、孔子，也就算达到顶点了。而如今的那些读书人，不努力践行周公、孔子的行事规范，却要在避讳尊亲的名字上去胜过周公、孔子，真是太糊涂了。周公、孔子、曾参毕竟是无法超越的。超越了周公、孔子、曾参，而去向宦官、宫女看齐，那岂不是说宦官、宫女对尊亲的孝顺，比周公、孔子、曾参还要好得多吗？

◎ 原文注释

〔1〕举进士：指唐代的应进士科考试。

〔2〕"律曰"几句：此处所引律文及其解释，参见《礼记》及汉代郑玄的注释。《礼记·曲礼上》："礼不讳嫌名，二名不偏（遍）讳。"郑玄注："为其难辟（避）也。嫌名，谓音声相近。若'禹'（夏禹）与'雨'、'丘'（孔子名）与'区'也。偏，谓二名不一一讳也。孔子之母名徵在，言'徵'不言'在'。"称说与名字中字音相近的字有称名之嫌，故称嫌名。

〔3〕周公：周文王子，周武王弟，周王朝开国大臣。相传他主持制定了周朝礼乐典章制度。

〔4〕"周公用诗"句：《诗经·周颂》中的《噫嘻》及《雝》中有"克昌厥后"句。"发"指周武王，"昌"指周文王，而周公都写入诗中，并没避讳。此处列举"周公作诗不讳"，表现了韩愈对避讳礼法的合理性持怀疑、否定态度。

〔5〕"孔子不偏讳"句：《论语·八佾》记载孔子说："夏礼吾能言之，杞不足徵也。"《论语·卫灵公》记载孔子说："某在斯。"均证实孔子曾分别说到了他母亲的名字"徵"和"在"。

〔6〕"《春秋》不讥"句：譬如卫桓公名字，"桓"与"完"音近，《春秋》并没有加以讽刺。

○ 品画鉴宝　龙首龙柄壶·唐　此壶造型生动别致，
是中晚唐时期我国北方窑出产的三彩精品。

〔7〕"曾参（shēn）之父"二句：曾参为孔子的弟子，素来以孝行著称。他的父亲名
　　点，字晢（xī）。《论语·泰伯》记载曾参有"昔者吾友"之语，"昔"与"晢"
　　同音。

〔8〕"汉讳武帝名"句：汉武帝姓刘名彻，为避其名讳，"彻侯"改称"通侯"，"蒯
　　彻"改为"蒯通"。"彻"与"通"的意思相通。

〔9〕士君子：古代对官僚及乡绅等人物的通称。

〔10〕稽：查核，查询。国家之典：此处指典籍中有关前代避讳的各种记载，唐代
　　　法律中有避讳的相关规定。

◎ 拓展阅读

名字

名字是人的称号，为名和字的合称。在中国古代，名、字分开使用，今称"名字"，
则指姓名或名。据《礼记·内则》记载：古代婴儿出生三个月后，由父亲正式为
之命"名"。这大概是从前医卫条件差，出生满三月，确定能存活，长辈才帮小孩
正式取"名"。"名"是幼时在家供亲长称呼之用，通常称"小名"，或叫"乳名"
"奶名"。字通常由"名"衍生而来，有其紧密的关联。名与字除了表称呼外，还
能显现亲属关系、长幼秩序。

祭十二郎文

年月日，季父愈闻汝丧之七日，乃能衔哀致诚[1]，使建中远具时羞之奠，告汝十二郎之灵：

呜呼！吾少孤，及长，不省所怙[2]，惟兄嫂是依。中年，兄殁南方，吾与汝俱幼，从嫂归葬河阳。既又与汝就食江南。零丁孤苦，未尝一日相离也。吾上有三兄，皆不幸早世。承先人后者，在孙惟汝，在子惟吾。两世一身，形单影只。嫂尝抚汝指吾而言曰："韩氏两世，惟此而已！"汝时犹小，当不复记忆。吾时虽能记忆，亦未知其言之悲也。

吾年十九，始来京城。其后四年，而归视汝。又四年，吾往河阳省坟墓，遇汝从嫂丧来葬。又二年，吾佐董丞相于汴州，汝来省吾。止一岁，请归取其孥[3]。明年，丞相薨。吾去汴州，汝不果来。是年，吾佐戎徐州，使取汝者始行，吾又罢去，汝又不果来。吾念汝从于东，东亦客也，不可以久。图久远者，莫如西归，将成家而致汝。呜呼！孰谓汝遽去吾而殁乎！吾与汝俱少年，以为虽暂相别，终当久相与处，故舍汝而旅食京师，以求斗斛之禄[4]。诚知其如此，虽万乘之公相，吾不以一日辍汝而就也[5]。

去年，孟东野往。吾书与汝曰："吾年未四十，而视茫茫，而发苍苍，而齿牙动摇。念诸父与诸兄，皆康强而早世。如吾之衰者，其能久存乎？吾不可去，汝不肯来，恐旦暮死，而汝抱无涯之戚也[6]！"孰谓少者殁而长者存，强者夭而病者全乎！呜呼！其信然邪？其梦邪？其传之非其真邪？信也，吾兄之盛德而夭其嗣乎？汝之纯明而不克蒙其泽乎？少者、强者而夭殁，长者、衰者而存全乎？未可以为信也。梦也，传之非其真也，东野之书，耿兰之报，何为而在吾侧也？呜呼！其信然矣！吾兄之盛德而夭其嗣矣！汝之纯明宜业其家者，不克蒙其泽矣！所谓天者诚难测，而神者诚难明矣！所谓理者不可推[7]，而寿者不可知矣！虽然，吾自今年来，苍苍者或化而为白矣，动摇者或脱而落矣。毛血日益衰，志气日益微，几何不从汝而死也。死而有知，其几何离；其无知，悲不几时，而不悲者无穷期矣。汝之子始十岁，吾之子始五岁。少而强者不可保，如此孩提者，又可冀其成立邪！呜呼哀哉！呜呼哀哉！

汝去年书云："比得软脚病，往往而剧。"吾曰："是疾也，江南之人，常常有之。"未始以为忧也。呜呼！其竟以此而殒其生乎？抑别有疾而至斯乎？汝之书，六月十七日也。东野云，汝殁以六月二日；耿兰之报无月日。盖东野之使者，不知问家人以月日；如耿兰之报，不知当言月日。东野与吾书，乃问使者，使者妄称以应之耳。其然乎？其不然乎？

今吾使建中祭汝，吊汝之孤与汝之乳母。彼有食，可守以待终丧，则待终丧而取以来；如不能守以终丧，则遂取以来。其余奴婢，并令守汝丧。吾力能改葬，终葬汝于先人之兆，然后惟其所愿。

呜呼！汝病吾不知时，汝殁吾不知日，生不能相养于共居，殁不能抚汝以尽哀，敛不凭其棺，窆不临其穴 [8]。吾行负神明，而使汝夭；不孝不慈，而不能与汝相养以生，相守以死。一在天之涯，一在地之角，生而影不与吾形相依，死而魂不与吾梦相接。吾实为之，其又何尤！彼苍者天，曷其有极 [9]！自今已往，吾其无意于人世矣！当求数顷之田于伊颍之上，以待余年，教吾子与汝子，幸其成；长吾女与汝女，待其嫁，如此而已。呜呼！言有穷而情不可终，汝其知也邪！其不知也邪！呜呼哀哉！尚飨 [10]！

某年某月某日，叔父韩愈在听说你去世后的第七天，才忍着哀痛向你表达心意，并派建中在远方置备了鲜美的祭品，告慰你十二郎的灵魂。

唉，我从小丧父，等到大了，还不清楚父亲是什么模样，只是依靠哥嫂。哥哥中年时在南方去世，我和你年纪都还小，跟随嫂嫂迎回哥哥的灵柩安葬在河阳，之后又和你到江南度日，孤苦零丁，一天也未曾分开过。我上面本有三个哥哥，都不幸早已逝去。继承先人后嗣的，在孙子辈里唯有你，在儿子辈里只有我。子孙两代单传，孤孤单单。嫂嫂曾经一面抚摸着你，一面指着我说："韩家两代，就只有你们两个了！"那时你比我还小，大概已记不得了；我当时虽然已记事，但也体会不到她话里的悲凉啊！

我十九岁时，第一次来到京城，过了四年，才回去看你。又过了四年，我回河阳祭扫祖先的坟墓，碰见你护送嫂嫂的灵柩来安葬。又过了两年，我到汴州辅佐董丞相，你来看我，只住了一年，你就要求回去接家眷。第二年，董丞相去世，我离开汴州，你没能来成。这一年，我去徐州任职，派去接你的人刚启程，我就

被罢职，你又没来成。我考虑，你跟我在东边的汴州、徐州，也是客居，不可能长久居住；从长远考虑，还不如我回到西边，等先安下家再接你来。唉！谁能料到你竟匆匆离我而去呢？当初，我和你都还年轻，以为虽然暂时分别，终究会长久聚在一起的，所以我离开你而旅居京师谋生。假如早知这些，即使让我做居高位的公卿宰相，我也不愿离开你一天而去任职啊！

去年，孟东野要去你那儿，我托他带信给你说："我还不到四十岁，但视力已模糊，头发发白，牙齿也松动。想起父辈和几位兄长，都在身体强壮的盛年早世，像我这样体弱的人，怎能长活于世呢？我无法离开这里，你又不肯来，只怕我早晚一死，你就会有无尽的忧伤。"谁会想到年轻的先死了，而年老的还活着；身体强健的早去了，而体格羸弱的反而还活在人间呢？唉！真是这样呢？还是在梦中呢？还是这传来的消息不实呢？如果是真的，为何我那品德美好的哥哥反而过早地绝后了呢？纯洁聪明的你为何不能承受他的恩泽呢？难道身强力壮的就要早早死去，年老衰弱的就该活在世上吗？真不愿把它当作真的啊！如果是梦，传来的噩耗不确切，可是东野的来信、耿兰的报丧，为何又在我身边呢？啊！这是真的啊！我哥哥有美好的品德竟然过早地失去后代，你纯洁聪明，本来应该继承家业，现在却不能享受你父亲的恩泽了。这正是所谓苍天难以预料，而神意实在难以明白啊！也是天理不可推求，而寿命无法预知啊！即便如此，我自今年开始，头发全变白了，松动的牙齿，也已经脱落了，身体越来越虚弱，精神也越来越差了，时间不会太久就要随你而去了。如果死后有知觉，那么我们分离的日子能多久呢？如果没有知觉，那么我也悲伤不了多久，而不悲伤的日子却是无尽的。你的儿子已十岁，我的儿子才五岁，年轻而强壮的都不能保全，像这么大的孩子，又怎么能希望他们成人立业呢？啊，悲痛啊，真悲痛啊！

你去年来信说："近来得了软脚病，时常发作，疼得厉害。"我说："这种病，江南人常有的。"没有过多忧虑此事。唉，谁知竟然会因这种病而丧了命呢？还是由于别的病而导致这样的结果呢？你的信是六月十七日发的。东野说你是六月二日去世的，耿兰报丧时没有说日期。大概是东野的使者不知道向家人问明你去世的日期，而耿兰报丧竟不懂得应该说明日期。可能是东野给我写信时，才去问使者，使者胡乱说个日期应付罢了！是不是这样呢？

现在我派建中来祭奠你，抚慰你的孩子和你的乳母。他们的生活供应能持续到丧期终了，等到丧期结束后就把他们接来；如果不能持续到丧期终了，我就立刻接来，剩下的奴婢叫他们一起为你守丧。如果我有能力给你迁葬，一定把你安葬在祖先墓地，这样才算了却我的心愿。

唉，你患病时我不知道时间，你去世我不知道日期；你活着的时我们不能住在一起互相照顾，你去世的时候我没有抚尸痛哭；你入殓时我没在棺前凭吊，你入葬时我又没有亲临你的墓穴。我的行为有负神明，才使你这么早死去，我对上不孝顺，对下不慈爱，既不能与你相互照顾一起生活，又不能和你一同死去。一个在天涯，一个在地角。你活着的时候不能和我形影相依，死后也不在我的梦中显现，这都是我造成的，又能埋怨谁呢？天哪，我的哀痛没有尽头啊！从今以后，我已经没有心思考虑世事了！我要回到老家去买几顷地，度过我的残生，教养我的儿子和你的儿子，期望他们成才；抚养我的女儿和你的女儿，直到她们出嫁，我想做的仅此而已。话有说尽的时候，而心情的悲痛却不能终止，你知道呢，还是不知道呢？悲伤啊！请你享用祭品吧！

◎ 原文注释

〔1〕衔哀致诚：饱含悲痛向亡者表达敬意。〔2〕省（xǐng）：知道，明白。怙（hù）：依靠，依偎。《诗经·雅·蓼莪》："无父何怙，无母何恃。"后世因此用"所怙"代父，"所恃"代母，丧父叫"失怙"。〔3〕孥：妻子和儿女的统称。〔4〕斗斛之禄：指俸禄微少。斛（hú）：古量器，唐时十斗为一斛。〔5〕辍：停止，中止。此处指离开。〔6〕无涯之戚：无穷无尽的忧虑和伤痛。〔7〕理者不可推：命运不可推测、揣摩。〔8〕窆（biǎn）：下葬。〔9〕曷其有极：何处是尽头。出自《诗经·唐风·鸨羽》。〔10〕尚飨：古代祭文结尾用语，也作"尚享"，意为期望死者来享用祭品。

◎ 拓展阅读

韩愈"雪拥蓝关"

韩愈在去潮州赴任的途中，遇到一人在雪地等候他，此人是他多年前远游求仙的侄子韩湘。已经成仙的韩湘迎住韩愈说："叔叔您还记得当年花上的'云横九岭家何在，雪拥蓝关马不前'那句吗？说的就是今日之事啊。"韩愈向人打听这里的地名，当地人告诉他，这里是蓝关。于是韩愈嗟叹再三，终于有点相信侄子韩湘有仙风道骨，能预知未来。韩愈对韩湘说："我就借用你那诗联做成一首诗吧。"说完，赋诗一首。这就是著名的《左迁至蓝关示侄韩湘》。据传韩湘想点化韩愈随他修道，被韩愈拒绝。

柳宗元

柳宗元（公元 773－公元 819）字子厚，河东（今山西永济）人，世称柳河东、柳柳州。唐代文学家、哲学家、散文家和思想家。

柳宗元出身于官宦家庭，因此受到很好的教育，少年时代就有才名。唐德宗贞元九年（公元 793 年）考中进士，贞元十四年（公元 798 年）又考中博学鸿词科，被授予集贤殿正学、陕西蓝田县尉的官职，后到京城任监察御史里行。他积极参与王叔文的政治革新，被王叔文提升为礼部员外郎，执掌起草文件和法令的大权。唐顺宗永贞元年（公元 805 年）被贬为邵州刺史，两个月后又被贬为永州（今湖南零陵）司马。唐宪宗元和十年（公元 815 年）回到京城，随后又调任柳州刺史。元和十四年（公元 819 年）死在柳州刺史任上。

虽然柳宗元的仕途并不是很得意，但他却取得了巨大的文学成就。在文学上，他主张"文道合一"、"以文明道"，大力提倡古文运动，与韩愈共同发起和领导了唐代的古文运动，提出革新文体和先"立行"再"立言"，对后世产生了深远的影响。他的政论散文说理透彻，笔锋犀利，结构严谨，有很强的说服力，代表作有《封建论》。他的山水游记散文最为出色，堪称山水游记之宗，被世人千古传诵。在官场的沉浮生涯中，他创作了大量的山水游记散文，如在被贬为永州司马期间写的《永州八记》。在诗歌方面，他的著名作品有《江雪》《渔翁》等。此外，柳宗元还善写寓言，如《三戒》《黔之驴》等。他在哲学方面的著作有《天说》《天时》等。

柳宗元的作品由他的好友刘禹锡保存下来，并编成《柳河东集》。

太尉始为泾州刺史时，汾阳王以副元帅居蒲，王子晞为尚书，领行营节度使，寓军邠州，纵士卒无赖。邠人偷嗜暴恶者，卒以货窜名军伍中，则肆志，吏不得问。日群行丐取于市，不嗛[1]，辄奋击折人手足，椎釜鬲瓮盎盈道上[2]，袒臂徐去，至撞杀孕妇人。邠宁节度使白孝德以王故，戚不敢言。

太尉自州以状白府，愿计事。至则曰："天子以生人分公理，公见人被暴害[3]，因恬然[4]；且大乱，若何？"孝德曰："愿奉教。"太尉曰："某为泾州，甚适[5]，少事；今不忍人无寇暴死，以乱天子边事。公诚以都虞侯命某者[6]，能为公已乱[7]，使公之人不得害。"孝德曰："幸甚！"如太尉请。

既署一月，晞军士十七人入市取酒，又以刃刺酒翁，坏酿器，酒留沟中。太尉列卒取十七人，皆断头注槊上，植市门外。晞一营大噪，尽甲。孝德震恐，召太尉曰："将奈何？"太尉曰："无伤也！请辞于军。"孝德使数十人从太尉，太尉尽辞去。解佩刃，选老躄者一人持马[8]，至晞门下。甲者出，太尉笑且入曰："杀一老卒，何甲也？吾戴吾头来矣！"甲者愕。因谕曰："尚书固负若属耶？副元帅固负若属耶？奈何欲以乱败郭氏？为白尚书，出听我言。"晞出见太尉。太尉曰："副元帅勋塞天地，当务为始终[9]。今尚书恣卒为暴，暴且乱，乱天子边，欲谁归罪？罪且及副元帅。今邠人恶子弟以货窜名军籍中，杀害人，如是不止，几日不大乱？大乱由尚书出，人皆曰尚书倚副元帅，不戢士[10]，然则郭氏功名其与存者几何？"言未毕，晞再拜曰："公幸教晞以道，恩甚大，愿奉军以从。"顾叱左右曰："皆解甲散还火伍中，敢哗者死。"太尉曰："吾未晡食，请假设草具。"既食，曰："吾疾作，愿留宿门下。"命持马者去，旦日来。遂卧军中，晞不解衣，戒候卒击柝卫太尉。旦，俱至孝德所，谢不能，请改过。邠州由是无祸。

　　太尉开始做泾州刺史的时候，汾阳王郭子仪以副元帅的身份驻军蒲州，他的儿子郭晞当尚书，兼任行营节度史，驻军在邠州，放任手下的士兵作强横不法的事情。邠州人里边一些狡猾、贪婪、凶横、邪恶的人，大都进行贿赂，在军队里挂个名头，就任意胡作非为，官吏不能过问。他们每天成群结队在大街上敲诈勒索，如果得不到满足，就常常动手伤人，打断别人的胳膊腿，砸碎坛坛罐罐，扔满整个街道，袒露着膀子大摇大摆地走了，甚至敢于撞杀怀孕的妇人。邠宁节度史白孝德因为汾阳王的缘故，内心忧虑却不敢说。

　　太尉从泾州以官文书禀告邠宁节度史衙门，说要商议公事。到了节度史衙门就说："天子把百姓交给您来治理，您看到百姓被残害，仍旧安然无事。将会引起更大的变乱，怎么办？"白孝德说："愿意听从您的指教。"太尉说："我任泾州刺

史，很闲适，事情也不多；现在我不忍心百姓没有变乱却死去，并且扰乱了天子边地的安全。您如果任命我为都虞侯的话，我可以为您消除变乱，使您的百姓不再受害。"白孝德说："很好！"依从了太尉的请求。

　　太尉代理都虞侯已经有一个月，郭晞部队的士兵十七个人到市上去抢酒，又用刀砍伤了卖酒的人，摔坏了制酒的器具，酒流到河沟里。太尉布置人抓住这十七个人，都砍下脑袋插到长矛上，竖立在市门之外。郭晞的整个军营知道了以后都大喊大叫，穿上甲衣。白孝德非常害怕，召见太尉说："这该怎么办？"太尉说："没有什么关系！请让我到军营里去。"白孝德派遣几十个人跟随太尉，太尉都推辞掉了。解下佩刀，选一名年岁大、脚有毛病的人牵着马，到郭晞的门下。军人都穿着甲衣出来，太尉一边笑着一边进去说："杀一个老兵，何必穿甲衣呢？我提着我的脑袋来了。"穿着甲衣的士兵都惊呆了。太尉于是晓喻那些披甲的士兵说："尚书难道对不住你们吗？副元帅难道对不住你们吗？为什么要用变乱来败坏郭家的功名？请替我通报尚书大人，请出来听我说话。"

郭晞出来会见太尉。太尉说："副元帅功勋充塞天地之间，应当努力做到有始有终。现在尚书放任士兵做凶横的事，做凶横的事就要发生变乱。扰乱了天子边地的安全，想要归罪于谁呢？罪过就会连累副元帅。现在邠州人当中一些不良的子弟进行贿赂，在军队里挂上个姓名，肆意残害百姓，像这样不停止，还能有几天不发生大的变乱呢？大的变乱是从尚书这里引起来的，人们都会说尚书倚仗着副元帅，不管束士兵。如果这样，那么郭家的功名留存下来的还能有多少呢？"话没有说完，郭晞一再拜谢说："幸亏您用大道理教导我，恩德非常大，我愿意率领全军听从您的命令。"又回过头来呵斥身边的士兵说："都解下衣甲分别回到自己的队伍里，再有敢喧哗吵闹者一定处死。"太尉说："我还没有吃晚饭，请代为预备一顿粗饭。"吃过了饭，说："我的病发作了，希望住在你这里。"命令牵马的人回去，明天再来。于是就睡在军营里，郭晞不脱衣服，告诫负责巡逻的士兵保护太尉。天亮后，郭晞与太尉一同来到白孝德的衙门，郭晞谢罪，并说自己没有治军的能力，请允许他改正过错。从此以后，邠州再也没有祸端了。

◎ 原文注释

〔1〕嗛：同"慊"，满足。〔2〕椎：同"槌"，这里作动词用，砸碎。釜：锅。鬲：三条腿似鼎的做饭用器具。瓮，盛酒用的陶器。盎：瓦盆。〔3〕暴害：残害。〔4〕恬然：安然无事。〔5〕甚适：很闲适。〔6〕诚……者：如果……的话。都虞侯，军中的执法官，唐代中期以后设置。命某，叫我来担任。某，段秀实自指。〔7〕已乱：止乱。〔8〕老躄者：年岁大又有毛病的人。躄，指脚有病不便于走路的人。〔9〕务：努力从事。〔10〕戢：禁止，管束。

◎ 品画鉴宝　伏生授经图·唐·王维　此图绘伏生讲授典籍的情景。画中的伏生赤裸肩背，坐在蒲团上，右手持经卷，左手指点，姿态自然。

先是太尉在泾州，为营田官。泾大将焦令谌取人田，自占数十顷，给与农，曰："且熟，归我半。"是岁大旱，野无草，农以告谌。谌曰："我知入数而已，不知旱也。"督责益急，农且饥死，无以偿，即告太尉。

太尉判状，辞甚巽，使人求谕谌。谌盛怒，召农者曰："我畏段某耶？何敢言我！"取判铺背上，以大杖击二十，垂死，舆来庭中。太尉大泣曰："乃我困汝！"即自取水洗去血，裂裳衣疮，手注善药，旦夕自哺农者，然后食。取骑马卖，市谷代偿，使勿知。

淮西寓军帅尹少荣，刚直士也。入见谌，大骂曰："汝诚人耶？泾州野如赭，人且饥死；而必得谷，又用大杖击无罪者。段公，仁信大人也，而汝不知敬。今段公唯一马，贱卖市谷入汝，汝又取不耻。凡为人傲天灾、犯大人、击无罪者，又取仁者谷，使主人出无马，汝将何以视天地，尚不愧奴隶耶！"谌虽暴抗[1]，然闻言则大愧流汗，不能食，曰："吾终不可以见段公！"一夕，自恨死。

及太尉自泾州以司农征，戒其族："过岐，朱泚幸致货币，慎勿纳。"及过，泚固致大绫三百匹。太尉婿韦晤坚拒，不得命。至都，太尉怒曰："果不用吾言！"晤谢曰："处贱，无以拒也。"太尉曰："然终不可以在吾第。"以如司农治事堂[2]，栖之梁木上。泚反，太尉终[3]，吏以告泚，泚取视，其故封识具存。

太尉逸事如右。

元和九年月日，永州司马员外置同正员柳宗元谨上史馆。今之称太尉大节者出入，以为武人一时奋不虑死，以取名天下，不知太尉之所立如是[4]。宗元尝出入岐周邠斄间，过真定，北上马岭，历亭鄣堡戍，窃好问老校退卒，能言其事。太尉为人姁姁[5]，常低首拱手行步，言气卑弱，未尝以色待物；人视之，儒者也。遇不可，必达其志，决非偶然者。会州刺史崔公来，言信行直，备得太尉遗事，覆校无疑。或恐尚逸坠，未集太史氏，敢以状私于执事[6]。谨状[7]。

在这件事情发生之前，太尉在泾州做营田副史。泾州大将焦令谌夺取百姓的田地，自己强占了几十顷地，租给农民耕种，说："将来庄稼成熟了，一半归我。"可是这一年大旱，野地都不长草，农民把情况告诉了焦令谌。焦令谌说："我只知道收入粮食的数目，不管旱不旱。"催逼交粮更加急迫，农民将要饿死了，没有办法偿还，于是告到太尉那里。

太尉审批状子，言词非常婉转，派人求见并告诉焦令谌旱灾严重庄稼不收的情况。焦令谌特别生气，把欠租的农民召到一起，说："我怕姓段的吗？怎么敢去告我？"拿过太尉批过的状子，铺在农民的背上，用大竹板打了二十下，这个农民几乎死去，被抬到营田官衙门的院子里。太尉流着泪说："是我使你受苦！"于是亲自取水洗掉污血，撕破自己的衣服把农民的伤口包上，亲手敷上好药，早晚又亲自喂饱那个农民，然后自己才吃饭。牵过自己骑的马卖了，买了粮食替农民还了，不让他知道。

从淮西调来的主将尹少荣是个刚毅正直的人。进去见到焦令谌，大骂道："你还真的是人吗？泾州的原野如同一片赤土，人们都将要饿死了，可是你一定要得到谷子，又用大竹板子打一个没有罪过的人。段公是一位有仁德守信用的长者，可是你不知道尊敬。现在段公只有一匹马，很便宜的卖掉买来谷子还你，你又不知羞耻的收了下来。你为人对天灾毫不介意，触犯大人，打一个没有罪过的人，又收下仁德的人的谷子，使太尉出门没有马骑，你还有什么脸面活在世上，就是对奴隶还不觉得羞愧吗！"焦令谌虽然凶横高傲，可是听了尹少荣的话，还是感到特别惭愧，并流下汗来，不能吃东西，说："我无论如何也不能再见段公了！"一天晚上，自己感到悔恨死去了。

等到太尉从泾州被征召做司农卿的时候，告诫他的家属："路过岐州，朱泚如果赠送财物，千万不要收下。"等到经过岐州，朱泚硬送给太尉朱绫三百匹，太尉的女婿韦晤坚决不收，可是推辞不掉。到了京城，太尉生气说："果真不照我的话去做！"韦晤向太尉道歉说："我处于低微的地位没有办法拒绝啊！"太尉说："然而无论如何也不能把它放在我的家里。"于是就把它送到司农卿办公的衙门，存放在屋梁上。以后朱泚谋反，太尉被他杀害，手下人把大绫放在房梁上的事告诉朱泚，朱泚取过来仔细一看，大绫原先包装的标记都完好无缺。

太尉散逸而未经记载的事迹如上所述。

元和九年某月某日，永州司马员外置同正员柳宗元谨把以上的事情写出来送给史馆。现在人们称赞太尉以死报国的大节是不符合实际情况的，他们认为太尉是武人，只是一时之间由于激愤而没有考虑自己的生死，来换取留名天下，并不知道太尉的立身行事竟然是这样。我曾经来往于岐周邠鄠一带，过了真定，向北登上马岭山，经过边防的哨所、工事和防守用的碉堡，还有士卒的驻地，私下里询问了年老的军官和退役的士兵，他们能介绍段太尉的生平事迹。太尉为人谦虚温和，不曾用严厉的态度对待过别人。人们看他像个读书人，如果遇到不合理的情况，他一定要实现自己的主张，决不是个偶然牵强的人。刚巧本州刺史崔能先生来到任上，他言语可信，行为正直，完全了解太尉一般人不知道的事情，我反复核对，没有什么可疑的，但又深怕还有散失遗漏的，没有收集到史官那里，才敢把这些逸事写成行状私下送给您。谨写了以上的行状。

◎ 原文注释

〔1〕暴抗：凶横高傲。

〔2〕以如：以之如，把它送到。

〔3〕终：死。朱泚反，硬要段秀实出来做官，段以手板打他，因而被杀害。

〔4〕所立：指太尉的立身行事。

〔5〕姁姁：和悦，和气容易接近。

〔6〕敢：表敬性副词。执事：指韩愈，因为韩愈当时正为史官。古人写文章，用执事称呼对方，意思是不敢直陈，故向对方的执事者陈述，表示对对方的尊敬。

〔7〕谨状：谨，表敬性副词。状，写了以上行状，这里作动词用。

◎ 拓展阅读

行状

汉朝时行状称"状"，元代以后称之"行状"或"行述"（也谓之"事略"），是叙述死者世系、生平、生卒年月、籍贯、事迹的文章，留作史官提供立传的依据。南朝梁刘勰《文心雕龙·书记》："体貌本原，取其事实，先贤表谥，并有行状，状之大者也。"唐代李翱曾为韩愈写过行状，但他在《百官行状奏》写道："由是事失其本，文害于理，而行状不足以取信。"

○ 品画鉴宝　三彩骑马乐俑·唐　此俑头微仰，面向前方，脚踩马镫，身旁放一扁圆鼓，正专注地振臂击鼓。

三戒并序

　　吾恒恶世之人，不知推己之本[1]，而乘物以逞[2]，或依势以干非其类[3]，出技以怒强，窃时以肆暴[4]，然卒迨于祸。有客谈麋、驴、鼠三物，似其事，作《三戒》。

　　我一向讨厌世上有些人，他们不知道掂量一下自己，却凭借外部的力量来逞强逞能，有的倚仗权势硬要和不是自己的同类要好，使出自己的一点本领去激怒强大的对手，有的利用时机而任意行凶作恶，可是结果都遭到了灾祸。有一位客人跟我讲起麋鹿、驴子和老鼠三种动物的故事，同上面说的三种情况很相似，我便写了《三戒》。

◎ 原文注释

〔1〕推：推究、审查。本：本来面目，实际情况。〔2〕乘：依靠、凭借。物：指外界条件、外部力量。逞：放纵横行。〔3〕或：有的。干：求。非其类：不是它的同类。干其非类：指要求与不是它的同类往来友好。〔4〕窃时：趁机。肆暴：肆意行凶作恶。

◎ 拓展阅读

戒

在佛教中，"戒"指行为、习惯、性格、道德、虔敬。为三学之一，六波罗蜜之一，十波罗蜜之一。广义而言，凡善恶习惯皆可称之为戒，如好习惯称善戒（又作善律仪），坏习惯称恶戒（又作恶律仪），但一般限指净戒（具有清净意义的戒）、善戒，特指为出家及在家信徒制定的戒规，有防非止恶的功用。戒与律有区分，一般说来，戒为三藏中的律藏，以戒为律的一部分，而以律为诠说戒的典籍。

临江之人，畋得麋麑，畜之。入门，群犬垂涎，扬尾皆来。其人怒，怛之[1]。自是日抱就犬[2]，习示之，使勿动，稍使与之戏。积久，犬皆如人意。麋麑稍大，忘己之麋也[3]，以为犬良我友，抵触偃仆[4]，益狎。犬畏主人，与之俯仰甚善[5]，然时啖其舌。三年，麋出门，外见外犬在道甚众，走欲与为戏。外犬见而喜且怒，共杀食之，狼藉道上。麋至死不悟。

临江县有一个人，打猎捕获了一只小麋鹿，就把它养起来。他把麋鹿带进家门，一群狗馋涎欲滴地向麋鹿扑了过来。猎人大怒，把狗吆喝开。从此以后，他就每天抱着小麋鹿去接近狗，以便让狗看惯了，不要去伤害它，渐渐的又让狗同它在一起玩耍。时间长了，狗都能按照主人的意思行动。小麋鹿渐渐长大，竟然忘记了自己是麋鹿，以为狗是自己真正的朋友，就和它们在一起打闹翻滚，越来越亲热。狗因为害怕主人，所以就顺着麋鹿的性子和它在一起玩得很好，但是时常添着舌头，想吃麋鹿。三年以后，麋鹿走出门外，看到大路上有许多别家的狗，就跑过去想同它们玩。这些狗见到了麋鹿，真是又高兴又愤怒，一起扑向它，把它咬死吃掉了，吃剩的骨头都乱七八糟地丢在地上。这只麋鹿到死也不明白，狗为什么要吃它。

◎ 原文注释

[1] 怛：恐吓。之，犬。

[2] 抱：指抱着小鹿。就，接近。

[3] 忘己之麋也：忘记自己是鹿了。

[4] 抵触：用头冲撞。偃仆：仰卧和俯伏，指在地上翻滚。

[5] 俯仰：低头和抬头，指上下起伏互相戏耍。

◎ 拓展阅读

重回故里的麋鹿

麋鹿俗称"四不像"。早在三千多年前的周朝时，麋鹿就被捕进皇家猎苑，在人工驯养状态下一代一代地繁衍下来，一直到清康熙、乾隆年间，在北京的南海子皇家猎苑内尚有两百多头。1865年，法国传教士大卫在猎苑隔墙发现了麋鹿，贿赂守苑人，取得麋鹿皮及头骨，第二年麋鹿以大卫氏作为种的命名。其后，南海子麋鹿流入欧洲多家动物园。1900年八国联军入侵北京，再加上水灾，南海子的麋鹿全部毁灭。20世纪50年代，中国才从英国接回几头种兽，1985年又从英国乌邦寺接回20头麋鹿，麋鹿又在北京南海子重新安家落户。

黔之驴

黔无驴，有好事者船载以入。至则无可用，放之山下。虎见之，庞然大物也[1]，以为神。蔽林间窥之，稍出近之，慭慭然莫相知[2]。他日，驴一鸣，虎大骇远遁，以为且噬已也，甚恐。然往来视之，觉无异能者[3]。益习其声，又近出前后，终不敢搏。稍近，益狎，荡倚冲冒[4]，驴不胜怒[5]，蹄之。虎因喜，计之曰[6]："技止此耳！"因跳踉大阚，断其喉，尽其肉，乃去。噫！形之庞也类有德[7]，声之宏也类有能。向不出其技[8]，虎虽猛，疑畏，卒不敢取。今若是焉，悲夫！

贵州本来没有驴子，有个喜欢多事的就用船运了一头来。驴子运到以后，却没有什么用处，就把它放到山下。有一只老虎看到了它，一个庞然大物，以为是个了不起的神物。最初老虎躲在树林里偷偷地看它，后来渐渐地靠近了些，但还是小心翼翼的，不知道它是什么东西。有一天，驴子发出一声长鸣，老虎大吃一惊，逃得远远的，以为驴子要咬自己，吓得要命。可是老虎来来回回的观察，觉得它并没有什么特别的本领。后来更加听惯了驴子的叫声，又在驴子的左右前后转悠，但是始终不敢扑过去搏击。老虎逐渐接近驴子，更进一步去戏弄它，故意碰撞挨挤冲击冒犯它，驴子非常愤怒，便提起蹄子踢向老虎。老虎心里大喜，暗暗估量道："它的本领只不过如此罢了！"于是纵身跃起，一声怒吼，咬断了驴子的喉咙，吃光了它的肉，扬长而去。唉！看驴子的形体是那样的魁梧，好像很有德行；听它的叫声是那样的响亮，好像很有能耐。当初如果不露出自己那一点本领的话，老虎虽然凶猛，但是因为心里疑惧，终究还是不敢吃它的。如今却落得这样的下场，实在是可悲啊！

○ 品画鉴宝　骑驴图·明·张路　此图画一老者骑驴而行的情景。老者悠然自得，任凭驴子嘴气嘶叫，耐人寻味。整个画面用墨简单勾勒而成，更见功力。

○ 品画鉴宝　三彩马·唐

◎ **原文注释**

〔1〕龙：同"庞"。

〔2〕慭慭然：谨慎小心的样子。莫相知：不知道是什么东西。

〔3〕异能：特殊本领。

〔4〕荡：碰撞。倚：靠近。冲：冲击。冒：冒犯。

〔5〕不胜怒：非常愤怒。

〔6〕计：估量，盘算。

〔7〕类：好像。

〔8〕向不出其技：当初如果不露出那么一点本领。

◎ **拓展阅读**

贵州名菜"干锅鸡"

古黔东有一苗寨，盛行百鸡宴。每逢男婚女嫁、拜天祭神之日，寨民倾巢而出，尽献所猎山鸡，放在大铁锅中，苗王挥刀断枝，以枝代铲，边翻炒边跳舞。片刻，鸡香扑鼻，令人垂涎。然而，当时人们不知香味源于残叶落果，便爱屋及乌，视木铲为鸡香之本。苗家干锅鸡由此世代相传，香飘山寨，传遍黔桂。

永某氏之鼠

永有某氏者，畏日，拘忌异甚。以为己生岁直子，鼠，子神也。因爱鼠，不畜猫犬，禁僮勿击鼠。仓廪庖厨，悉以恣鼠不问[1]。由是鼠相告，皆来某氏，饱食而无祸。某氏室无完器，椸无完衣[2]，饮食大率鼠之余也。昼累累与人兼行[3]，夜则窃啮斗暴[4]，其声万状，不可以寝，终不厌。数岁，某氏徙居他州。后人来居，鼠为态如故。其人曰："是阴类恶物也[5]，盗暴尤甚，且何以至是乎哉！"假五六猫，阖门撤瓦[6]，灌穴，购僮罗捕之。杀鼠如丘，弃之隐处，臭数月乃已。呜呼！彼以其饱食无祸为可恒也哉[7]！

永州有一个人，怕触犯忌日，讲究禁忌特别厉害。他以为自己出生的年份正当子年，而老鼠就是子年的神，因此很爱护老鼠，家里不养猫和狗，也禁止童仆捕杀老鼠。他的粮仓和厨房全凭老鼠糟蹋，从不过问。因此，老鼠都奔走相告，纷纷来到他的家里，放心饱餐而没有任何危险。结果他家中竟然没有一件完好的家具，衣架上没有一件完整的衣服，吃的喝得全都是老鼠吃剩下的东西。大白天老鼠成群结队的和人同行，夜里则偷咬东西，放肆的打架，吵闹不断，使人无法入睡，他却始终不觉得讨厌。数年以后，这个人搬迁到别的州去了。搬进来的是另外一家人，老鼠仍旧和从前一样日夜猖獗。新主人说："老鼠是见不得阳光的坏东西，偷咬东西吵闹打架更是厉害，为什么这屋子里的老鼠竟然会猖狂到这种地步呢？"于是他借来五六只猫，关上大门，拆掉屋上的瓦片，用水灌鼠洞，出钱雇了人来四面捕杀老鼠。结果被捕杀的老鼠尸体堆积如山，扔到偏僻隐蔽的地方，过了好几个月臭气才散尽。唉！它们竟然以为，这样吃得饱饱而又太平无事的日子是可以长久维持下去的呢！

○ 品画鉴宝　人物故事图·明·仇英　此图为历史故事画，在情节、表达意向方面构思缜密，表现了画家深厚的技艺。

○ 原文注释

〔1〕恣鼠：任凭老鼠糟蹋。恣，放任。〔2〕椸：衣架。〔3〕兼行：同行。〔4〕窃啮：偷咬。斗暴：剧烈的打架。〔5〕阴类：指怕见光亮只在暗中活动的动物。〔6〕合：关上。〔7〕可恒：可以长久。

○ 拓展阅读

十二生肖

"生肖"是代替十二地支、用来表示人们出生的十二种动物，即鼠、牛、虎、兔、龙、蛇、马、羊、猴、鸡、狗、猪。如寅年出生的人属虎，卯年出生的人属兔。这是中国人特有的一种表示出生时间的方式。关于十二生肖的记载，现有文献资料中，以《诗经》为最早。《诗经·小雅·吉日》里有 "吉日庚午，即差我马"，可见在春秋前后，地支与十二种动物的对应关系已经确立并流传。

憎王孙文并序

王孙居异山，德异性，不能相容。猿之德静以恒，类仁让孝慈，居相爱，食相先，行有列，饮有序。不幸乖离，则其鸣哀。有难，则内其柔弱者[1]。不践稼蔬。木实未熟，相与视之谨；既熟，啸呼群萃[2]，然后食，衎衎焉[3]。山之小草木，必环而行遂其植。故猿之居山恒郁然。

王孙之德躁以嚣，勃诤号呶[4]，喈喈强强[5]，虽群不相善也。食相噬啮，行无列，饮无序。乖离而不思。有难，推其柔弱者以免。好践稼蔬，所过狼藉披攘。木实未熟，辄龁齩投注[6]。窃取人食，皆知自实其嗛[7]。山之小草木，必凌挫折挽[8]，使之瘁然后已。

故王孙之居山恒蒿然。以是猿群众则逐王孙，王孙群众则齚猿[9]。猿弃去，终不与抗。然则物之甚可憎，莫王孙若也[10]。余弃山间久，见其趣如是，作《憎王孙》云：

猿和猢狲住在不同的山上，彼此的品性不相同，互不相容。猿的品性恬静而稳重，大都能仁厚谦让、孝敬慈爱。集居时互相爱护，吃东西时互相推让，行走时有队列，饮水时有秩序。不幸分离走散就发出声声哀鸣召唤同伴。遇到危难，就急忙保护好幼小的幼猿。它们不践踏庄稼和蔬菜。树上的果子没有成熟时，便一起谨慎地看守着。成熟以后，便大家聚集在一起，然后同吃，显得和气欢乐。碰到山上的小树小草一定绕道而行，让草木能够顺利生长。所以猿居住的山头经常草木茂盛一片葱茏。

猢狲的品性暴躁而嚣张，经常互相争斗号叫，呼喝追逐，虽然群居却并不友爱。吃东西时互相撕咬，行走时不成队列，饮水时毫无秩序。有的离群走散了大家也不牵挂它。遇到灾难便抛弃弱小的，只管自己脱身。喜欢作践庄稼蔬菜，所过之处，往往被糟蹋得乱七八糟。树上的果子还没有成熟，就乱咬乱啃扔得满地都是，偷盗人们的食物，都只知道塞满自己的腮囊。碰到山上的小树细草，一定肆意摧残扯折，使草木枯萎死亡才停止。所以猢狲所住的山上常常一片荒芜。

因此猿群众多时就驱逐猢狲，猢狲众多时就咬猿。猿就迁往他处，始终不和猢狲抗争。那么动物中最令人讨厌的，莫过于猢狲了。我被贬逐到这个山区已经很久了，亲眼看到猢狲的行为竟是这样恶劣，就写了这篇《憎王孙文》。

◎ 原文注释

〔1〕内：通"纳"，收纳；引申为保护。

〔2〕萃：聚集。

〔3〕衍衍：和气欢乐的样子。

〔4〕勃诤：怒争。号咿：大声号叫。

〔5〕喈喈：吵闹声。强强：互相追逐的样子。

〔6〕龁齩：咬啃。投注：抛掷。

〔7〕嗛：猴类两颊内储藏食物的皮囊。

〔8〕凌挫折挽：乱折乱拉，任意摧残。

〔9〕醋：咬。

〔10〕莫王孙若：就是"莫若王孙"。

○ 品画鉴宝　猿图·南宋·毛松　此图以极为精细的手法描绘了猿双唇紧闭、双目下注时的专注神情，融入了肖像画的传神特点。

　　湘水之泑泑兮，其上群山。胡兹郁而彼瘁兮，善恶异居其间。恶者王孙兮善者猿，环行遂植兮止暴残。王孙兮甚可憎！噫，山之灵兮，胡不贼旃？跳踉叫嚣兮，冲目宣龂。外以败物兮，内以争群。排斗善类兮，哗骇披纷[1]。盗取民食兮，私己不分。充噱果腹兮，骄傲欢欣。嘉禾美木兮硕而繁[2]，群披竞啮兮枯株根。毁成败实兮更怒喧，居民厌苦兮号穹旻。王孙兮甚可憎！噫，山之灵兮，胡独不闻？

　　猿之仁兮，受逐不校。退忧游兮，惟德是效。廉、来同兮圣囚，禹、稷合兮凶诛。群小逐兮君子违[3]，大人聚兮孽无余[4]。善与恶不同乡兮[5]，否康既兆其盈虚[6]。伊细大之固然兮，乃祸福之攸趋[7]。王孙兮甚可憎！噫，山之灵兮，胡逸而居？

　　湘水悠悠地流啊，它的上游是起伏的群山。为什么这边郁郁苍苍，那边却枯萎荒凉啊！是因为有善恶两种动物分别居住在两边山上。作恶的是猢狲啊！善良

84

的是猿，猿绕道行走让草木顺利生长，猢狲只会肆意摧残草木。猢狲太可恨了！唉，山上的神灵啊！为什么不把猢狲斩尽杀绝？猢狲狂跳乱叫，瞪眼咧嘴露牙根。对外毁坏事物，对内彼此相争。排挤打击善良，喧闹骚扰乱纷纷。偷盗百姓的食物，独占不分给别人。塞满两腮填饱肚皮，得意忘形。好花美树，高大茂盛，成群结队地攀折咬啃，死干伤根。毁坏庄稼糟蹋果实，还要恼怒喧闹，百姓怨恨痛苦，哭喊苍天。猢狲太可恨！唉，山上的神灵啊，为什么你偏偏听不见？

猿的仁厚善良啊！遭受驱逐不计较。悠然自得地避开，只效仿美德。飞廉、恶来互相勾结啊，圣人就被拘囚。大禹、后稷齐心协力，残暴四凶就被铲除。小人们得志，君子就要遭殃，有德行的人聚集，坏人就毫无容身之地。善类与恶类不能共处，幸与不幸已从双方力量的消长上得到预兆。弱小者得祸，强大者得福从来就是这样啊！祸福的趋向是非常明了。猢狲啊太可恨！唉，山上的神灵啊！为什么安居不加以过问？

◎ 原文注释

〔1〕哗骇：喧哗骚动。披纷：散乱不堪。

〔2〕嘉禾：美丽的花。硕而繁：大而茂盛。

〔3〕遂：得逞，得势。违：背时、遭殃。

〔4〕大人：指德行高尚的人。孽：妖害，害人。无余：一个也不剩。

〔5〕不同乡：不能共处。

〔6〕否：厄运、衰败。泰：幸运、兴盛。兆：预兆。盈虚：升降消长。指善人的势力上升，则恶人被逐；恶人的势力上升，则善人遭殃。

〔7〕攸趋：所趋、所向。

◎ 拓展阅读

树倒猢狲散

宋代庞元英《谈薮·曹咏妻》："宋曹咏依附秦桧，官至侍郎，显赫一时。依附者甚众，独其妻兄厉德斯不以为然。咏百端威胁，德斯卒不屈。及秦桧死，德斯遣人致书于曹咏，启封，乃《树倒猢狲散赋》一篇。"后因以"树倒猢狲散"比喻以势利相结合的人，为首者一倒台，依附的徒众即四散逃开。

柳先生曰：越人少恩，生男女，必货视之[1]。自毁齿已上[2]，父兄鬻卖以觊其利。不足，则盗取他室，束缚钳梏之。至有须鬣者[3]，力不胜，皆屈为僮。当道相贼杀以为俗。幸得壮大，则缚取幺弱者。汉官因以为己利，苟得僮，恣所为不问。以是越中户口滋耗，少得自脱。惟童区寄以十一岁胜，斯亦奇矣。桂部从事杜周士为余言之。

童寄者，郴州荛牧儿也。行牧且荛，二豪贼劫持反接，布囊其口，去逾四十里之虚所卖之。寄伪儿啼，恐栗为儿恒状。贼易之，对饮酒醉。一人去为市，一人卧，植刃道上。童微伺其睡，以缚背刃，力下上，得绝，因取刃杀之。逃未及远，市者还，得童大骇。将杀童，遽曰："为两郎僮，孰若为一郎僮耶[4]？彼不我恩也。郎诚见完与恩，无所不可。"市者良久计曰："与其杀是僮，孰若卖之；与其卖而分，孰若吾得专焉[5]。幸而杀彼，甚善。"即藏其尸。持童抵主人所[6]，愈束缚牢甚。夜半，童自转，以缚即炉火烧绝之，虽疮手勿惮[7]，复取刃杀市者。因大号，一虚皆惊。童曰："我区氏儿也，不当为僮。贼二人得我，我幸皆杀之矣，愿以闻于官。"

虚吏白州，州白大府，大府召视，儿幼愿耳。刺史颜证奇之，留为小吏，不肯。与衣裳，吏护还之乡。乡之行劫缚者，侧目莫敢过其门。皆曰："是儿少秦武阳二岁，而讨杀二豪，岂可近耶！"

我柳宗元说：越地的百姓寡恩少情，无论生下男孩还是女孩，都当作货物一样看待。孩子长到七八岁时，父兄就贪图钱财把孩子卖掉。有时贪心不足，就去偷别人家的孩子，偷来以后就用绳子捆绑起来，用铁箍束住头颈，用手铐铐住双手。甚至一些长胡子的成年人因为力气敌不过人家，也都被迫为奴。在大路上互相残害杀戮，竟然成了风气。有的人小时候没有被绑架掠卖，侥幸长大并且身强力壮，就再去绑架那些力小体弱的。汉族官吏借此为自己牟取私利，只要能够得到廉价的童仆，就听任这些人胡作非为而不过问。因此越地一带的户口日益减少，很少有人能够摆脱这种遭遇。只有一个叫区寄的十一岁的孩子被绑架后能够顺利脱身，这事也算是稀奇的了。这是桂管经略观察使从事杜周士对我说的。

区寄是柳州一个砍柴放牛的孩子。有一天，他正在外边放牛打柴，突然被两个强盗绑架。强盗反绑了他的双手，用布蒙住他的口，把他绑到四十多里地外的集市上去卖。区寄假装号啕大哭，做出小孩子常有的那种恐惧害怕的样子。两个强盗很轻视区寄，就在路边对坐喝酒，喝得大醉。其中一个去集市上谈生意找买主，另一个躺下睡觉，把随身携带的一把钢刀插在路边上。区寄暗暗窥视他已经

睡着，就把绑手的绳子靠在刀刃上，用力上下地摩擦，终于弄断了绳子，就拔起钢刀把熟睡的强盗杀死。还没有等到他跑多远，那个找买主的强盗正好回来，一把抓住了区寄，心里非常吃惊，举起刀来想把区寄杀掉。区寄急忙对强盗说："两个主人共有一个童仆，哪比得上一个主人独占一个童仆呢？他待我不好，如果您能够保全我一条性命，并且待我好的话，我什么都听您的。"去找买主的那个强盗考虑了好久才说："与其杀掉这孩子，还不如把他卖掉；与其卖掉钱两人平分，怎么比得上我一个人独得呢？亏得他杀了那个家伙，杀的好。"于是就把同伙的尸体藏好，抓牢区寄住进一家旅店，把他双手绑得更加结实。到了半夜，区寄在地上悄悄翻转身体，把绑手的绳子靠到炉火上去烧，虽然手上的皮肉被烧伤了，可是他不怕。终于烧断绳子松开了双手，再次拔刀杀死了那个去找买主的强盗。接着他就放声大哭，哭声惊动了全集市的人，区寄对大家说："我是区家的孩子，不该给别人当奴仆，有两个强盗绑架了我，幸亏全被我杀掉了，我要求把这件事报告给官府。"

于是，管理集市的官吏上报给州官，州官又呈报给桂管经略观察使，经略观察使亲自召见了区寄，一看竟然是一个稚嫩老实的孩子。桂管观察使兼桂州刺史颜证认为这个孩子了不起，就想把他留在身边做个小官，可是区寄不肯。颜证就送给他一套衣服，派官员护送他回到家乡。他家乡一带专门虏掠贩卖人口的强盗都吓得不敢过区寄的家门，他们都这样说："这孩子比秦武阳还小两岁，就已经杀掉了两个强盗，怎么可以招惹他呢！"

○ 品画鉴宝　秋野牧牛图·宋·阎次平
此图绘两位牧童放牛图，表现了真实生动的乡间生活情景，整个画面充满诗意。

◎ 原文注释

〔1〕货视之：当成货物看待他们。〔2〕毁齿：小孩换牙。这里指七八岁的孩子。〔3〕须鬣者：长胡子的人，指成年人。〔4〕孰若：怎么如，哪里比得上。〔5〕得专：独得。〔6〕持：牢牢抓住。主人所，指借宿的旅店。〔7〕疮手：伤手。

◎ 拓展阅读

百越

百越又称为百越族，是居于现在我国南方的和古代越人有关的各个不同族群的总称。文献上也称之为百粤、诸越。《过秦论》有"南取百越之地"之语。在先秦古籍中，对于东南地区的土著民族常统称之为"越"。在此广大区域内，存在众多的部族，各有种姓，因此不同地区的土著又各有不同的名称，或称"吴越"（苏南浙北一带），或称"南越"（广东一带），等等。因此，"越"又称被称为"百越"。

宋清，长安西部药市人也。居善药。有自山泽来者，必归宋清氏，清优主之。长安医工得清药辅其方，辄易雠[1]，咸誉清。疾病疕疡者[2]，亦皆乐就清求药，冀速已。清皆乐然响应，虽不持钱者，皆与善药，积券如山。未尝诣取直。或不识遥与券，清不为辞。岁终，度不能报，辄焚券，终不复言。市人以其异，皆笑之，曰："清，蚩妄人也[3]。"或曰："清其有道者欤？"清闻之曰："清逐利以活妻子耳，非有道也，然谓我蚩妄者亦谬。"

清居药四十年，所焚券者百数十人，或至大官，或连数州，受俸博，其馈遗清者，相属于户[4]。虽不能立报，而以赊死者千百，不害清之为富也。清之取利远，远故大。岂若小市人哉，一不得直，则怫然怒[5]，再则骂而仇耳。彼之为利，不亦剪剪乎[6]！吾见蚩之有在也。清诚以是得大利，又不为妄，执其道不废[7]，卒以富。求者益众，其应益广。或斥弃沉废[8]，亲与交；视之落然者[9]，清不以怠遇其人，必与善药如故。一旦复柄用[10]，益厚报清。其远取利皆类此。

吾观今之交乎人者，炎而附，寒而弃，鲜有能类清之为者。世之言，徒曰"市道交"。呜呼！清，市人也，今之交有能望报如清之远者乎？幸而庶几，则天下之穷困废辱得不死亡者众矣，"市道交"岂可少耶？或曰："清，非市道人也。"柳先生曰："清居市不为市之道，然而居朝廷、居官府、居庠塾乡党以士大夫自名者，反争为之不已，悲夫！然则清非独异于市人也。"

　　宋清是长安西市药市场里的药商，他存集了好多好药。凡是有从山区或者湖泽地带携带草药来长安出售的药农，一定都去宋清家投售，宋清也很好地接待他们。长安的医生得到宋清的药配成方子，就很容易出售，因此他们都称誉宋清。那些生病长疮的人，也都喜欢到宋清这儿求药，希望快点痊愈。宋清都愉快地答应，即使是不带钱来的人，宋清也都把好药赊给他们，以至于家里债据堆积如山，他也从来不去讨债。有些根本不认识他的人老远上门来凭欠条买药，宋清也不拒绝。到了年终，估计人家无力偿还债款，他就干脆把债券烧掉，再也不提人家欠他钱的事。因为宋清的做法与众不同，其他的商人都取笑他说："宋清这个人，是个傻瓜嘛！"也有人说："宋清是个有道德的人吧！"宋清听到别人的议论，就说："我不过是将本求利来养活老婆孩子罢了，不是有什么道德，但说我是傻瓜也错了。"

　　宋清开药行四十年，被他烧掉债券的有一百几十人，其中有的人后来做了大官，有的甚至管辖几个州，拿着优厚的俸禄，他们派来给宋清馈赠送礼的人在宋清的家门口往来不断。所以说虽然有些人不能立即偿还债款，甚至一直拖欠至死不还，这样的人成千上百，可是并不妨碍宋清致富。宋清要等很久才能获利，惟

○ 品画鉴宝 三彩骑狩猎俑·唐 在唐三彩作品中，狩猎骑俑的数量较多。这类骑俑制作工艺复杂，是当时比较贵重的物品。

其久远，所以利润也大。哪里会像那些德行欠缺的商人呢？你第一次没有还清他的欠款，他就怒形于色，等到第二次上门，他就要破口大骂把你当作仇敌了。他们这样急切求利，不是太显得气量狭窄了吗？我看傻瓜倒是有的，就是那些缺德的商贩。宋清依靠他诚心实意的作风而获得了丰厚的利润，他又不胡来，始终坚持自己的经营方法，终于成为富翁。求他的人越来越多，他的允诺面也就越来越广，有些官吏遭到贬谪罢免，他照样和他们打交道；有些人看上去非常穷困潦倒，宋清也从不怠慢他们，碰到时一定把上等的好药送给他们。等到有朝一日这些人重新掌权时，就更加丰厚地报答宋清了。宋清求利的眼光看得很长远，都同上面的例子相类似。

　　我看今天和人家交朋友的，别人权势显赫时就去巴结人家，别人遭难贫寒了马上就弃之而去，很少有能像宋清那样待人接物的。世上的人只是说"市侩之交"，嘿，宋清，就是一个商人嘛！今天和人打交道的希望别人的报答有能像宋清那样久远的吗？如果有幸能稍微像宋清那样，那么天下遭到穷困屈辱而能免于死亡的人就很多了，"市侩之交"怎么可以少得了呢？有的人说："宋清，不是市侩之徒啊！"我柳宗元说："宋清身居商界不干做生意的那一套，可是那些身居朝廷、身居官府和身居乡党学校，自称为士大夫的人，反而不停地争着做市侩间的那一套，真是可悲啊！那么宋清就不仅仅是不同于一般的商贾了。"

◎ 原文注释

〔1〕鬻：售。〔2〕疕疡：头疮。〔3〕蚩妄人：傻瓜。〔4〕属：连接。〔5〕怫然：即勃然，脸上忽然变色的样子。〔6〕剪剪：气量狭窄的样子。〔7〕执其道：坚持他的经营方法。〔8〕斥弃沉废：指被贬官免职。〔9〕落然：穷困潦倒的样子。〔10〕柄用：指权力。

◎ 拓展阅读

"杏林"的由来

据晋代葛洪的《神仙传》记载：三国时期东吴名医董奉医术精湛，为人治病却不收报酬，凡被治愈者只需在其宅边、园内栽下五棵杏树即可。日久天长，经他治愈的病人数不胜数，他园子里的杏树也已聚棵成林。到了杏熟时，董奉用杏换来谷子，用谷子救济贫困百姓和路过人。从此，"杏林"一词便成了中医界的代称，"杏林高手"也被用来指代医术高超的医生。

始得西山宴游记

自余为僇人^[1]，居是州，恒惴惴。其隙也，则施施而行，漫漫而游。日与其徒上高山^[2]，入深林，穷回溪，幽泉怪石，无远不到。到则披草而坐，倾壶而醉。醉则更相枕以卧，卧而梦。意有所极，梦亦同趣^[3]。觉而起，起而归。以为凡是州之山有异态者，皆我有也^[4]，而未始知西山之怪特。

今年九月二十八日，因坐法华西亭，望西山，始指异之。遂命仆过湘江，缘染溪，斫榛莽，焚茅茷，穷山之高而止。攀援而登，箕踞而遨，则凡数州之土壤，皆在衽席之下。其高下之势，岈然洼然，若垤若穴，尺寸千里，攒蹙累积，莫得遁隐。萦青缭白，外与天际^[5]，四望如一。然后知是山之特出，不与培塿为类^[6]，悠悠乎与灏气俱^[7]，而莫得其涯；洋洋乎与造物者游，而不知其所穷。

引觞满酌，颓然就醉，不知日之入。苍然暮色，自远而至，至无所见，而犹不欲归。心凝形释，与万化冥合^[8]。然后知吾向之未始游，游于是乎始，故为之文以志。是岁，元和四年也。

我自从沦为罪人谪居永州以来，心中常惴惴不安。一有空闲，就经常缓步徐行，四处漫游。每天和同伴们上高山、入深林，走到迂回曲折的溪涧尽头，只要是有幽深的泉水和奇峰异石的地方，无论多远也要去游览一番。到了目的地就拨开野草席地而坐，痛饮而醉。喝醉了大家就相互依靠着入睡，睡着了就进入梦乡，心里想到哪儿，梦中也就到了哪儿了。睡醒了就起身收拾东西回去。总以为凡是永州有特色的山水都已经被我游遍了，而竟然不知道还有一座奇异独特的西山。

今年九月二十八日，因为坐在法华寺西亭里眺望西山，经人指点才发现它确实奇特。于是就带着仆人渡过湘江，沿着冉溪向上走，一路上披荆斩棘，焚茅开道，直向山顶攀登。登上了山顶，坐下来纵目四望，只见附近几州的土地全在坐席之下。那高低起伏的地势，有的山谷幽深，有的低洼凹陷，有的好像蚁冢，有的好像洞穴，看上去似乎在尺寸之间，估计总有千里之遥，那千汇万状的景物全被聚拢收缩积累在一起，清清楚楚的尽收眼底。远处苍茫的群山与白练般的河流互相萦绕，远与天际相连，极目四望，都是这样的景色。然后这才知道，这座巍然独立的高山是不屑于同周围低矮的小土丘为伍的，它广阔宏伟，好像要和整个宇宙的浩气融合为一，茫茫的无边无际，自由自在的与天地同在，千年万代永无尽期。

我怡然斟满酒杯开怀痛饮，竟不知道夕阳已经下山。只见濛濛暮霭，悄悄自远而来，渐渐笼罩了山谷原野，一直到什么也看不见了，而我还不想回去。我心凝神驰，形体似乎消散而忘掉了自身的存在，好像与天地万物融为一体。然后我才知道以前自己没有真正的游览过，这一次的西山之游才是真正游览的开始，所以写了这篇文章记下此事。这一年，是元和四年。

○ 品画鉴宝　黑釉象瓷枕·唐

◎ **原文注释**

〔1〕僇人：受刑戮的人，代指罪人。

〔2〕徒：指同伴以及童仆等。

〔3〕趣：同"趋"，向、往。

〔4〕皆我有：都是我所游历过的。

〔5〕际：合、接。

〔6〕培塿：小土堆。

〔7〕灏气：就是浩气，天地之间的大气。

〔8〕万化：自然万物。冥合：暗合，自然吻合，浑然一体。

◎ **拓展阅读**

"长寿在柳州"

自古有"穿在苏州，玩在杭州，吃在广州，长寿在柳州"的说法，这其实是称赞柳州棺材，因为柳州地区人称棺材为"寿枋"，又叫"长寿"。据说，柳宗元晚年下贬柳州，客死异乡。当时，柳州人民为了纪念柳宗元，特地用了一口由上等的雪松木制成的棺材来装殓柳宗元的遗体。柳宗元的遗体运到了长安后，居然完好无损，从此，柳州的棺材名声大噪。

至小丘西小石潭记

从小丘西行百二十步，隔篁竹，闻水声，如鸣珮环，心乐之。伐竹取道，下见小潭，水尤清冽。全石以为底，近岸卷石底以出，为坻[1]，为屿[2]，为嵁[3]，为岩。青树翠蔓，蒙络摇缀[4]，参差披拂。

潭中鱼可百许头[5]，皆若空游无所依。日光下澈，影布石上，怡然不动[6]；俶尔远逝[7]，往来翕忽[8]，似与游者相乐。

潭西南而望，斗折蛇行[9]，明灭可见。其岸势犬牙差互[10]，不可知其源。

坐潭上，四面竹树环合，寂寥无人，凄神寒骨，悄怆幽邃。以其境过清，不可久居，乃记之而去。

同游者：吴武陵，龚古，余弟宗玄。隶而从者，崔氏二小生：曰恕己，曰奉一。

从小山丘向西走一百二十步，隔着一片竹林，听到流水的声音，好像是人身上佩戴的玉佩玉环碰撞的和鸣，非常悦耳。砍掉竹子开出一条道路，看见下面有一个小潭，潭水澄澈清凉。潭底是一整块岩石，靠近岸边的石底向上翻卷而露出水面，形成坻、屿、嵁、岩等各种形状。潭上青葱的树木、翠绿的藤蔓，遮盖缠绕，摇动连缀，长短不齐，随风飘荡。

潭中的鱼大概有一百多条，都好像在虚空中移动，没有任何依托。阳光直射到水底，鱼儿的影子在潭底石头上凝然不动，忽然一下子又向远处窜去，来往迅疾，好像在和游人共同游乐。

向小潭的西南方望去，小溪好像北斗星那样曲折，像蛇那样蜿蜒，时隐时现。溪岸像狗牙一样参差不齐，不知道它的源头在哪里。

坐在潭边，四面有竹林树木围绕着，静寂得悄无人迹，使人感到心神凄凉，寒气透骨，悲怆幽绝。因为这里的环境过于凄清，不能停留太久，于是写下这篇文章就离去了。

一同去游玩的有吴武陵、龚古，还有我的堂弟宗玄。跟随着一同来的，还有崔家的两个年轻人，名叫崔恕己和崔奉一。

◎ 原文注释

〔1〕坻：水中的小洲或者高地。〔2〕屿：小岛。〔3〕嵁：不平的岩石。〔4〕蒙络摇缀：遮蔽缠绕，摇动连接。〔5〕可：大约。许：表示约数的量词。〔6〕怡然：痴呆不动的样子。〔7〕俶尔：忽然。〔8〕翕忽：轻快迅速的样子。〔9〕斗折：像北斗星那样曲折。蛇行：像蛇那样蜿蜒而行。〔10〕差互：互相交错。

◎ 拓展阅读

柳宗元与典当

柳宗元去柳州后，发现柳州的穷人常把家里的儿女拿去典当换钱。如果当货过期不能赎回，则被典当的人和出面典当的人都要沦为富家奴婢。柳宗元对此深恶痛绝。他想方设法让极贫的人通过劳动换取典当钱，而家中人已经死了的，他便自己拿钱去赎那些被典当的人，使他们免于沦为他人的奴婢。正是由于这种善行，柳宗元赢得了当地人民的尊敬与爱戴。

高天爽氣澄落日
橫煙冷衆莫草玄
亭孤雲亂山影庚子
三月放筆林翁筆意
寫于橘花齋并效其
書法政政恐俱不似也

蝜蝂者，善负小虫也。行遇物，辄持取 [2]，昂其首负之。背愈重，虽困剧不止也 [3]。其背甚涩，物积因不散，卒踬仆不能起。人或怜之，为去其负；苟能行，又持取如故。又好上高，极其力不已，至坠地死。

今世之嗜取者，遇货不避，以厚其室，不知为已累也，唯恐其不积。及其怠而踬也，黜弃之，迁徙之，亦以病矣 [4]。苟能起，又不艾 [5]。日思高其位，大其禄，而贪取滋甚 [6]，以近于危坠，观前之死亡，曾不知戒。虽其形魁然大者也 [7]，其名人也 [8]，而智则小虫也。亦足哀夫！

蝜蝂是一种擅长背东西的小虫。它在爬行中遇到东西，就抓取过来，昂起头背在身上。背上的东西越来越重，虽然累得不行了，但是还是不停地向背上加东西。它的背很毛糙，所以东西堆在上面不容易散落，结果往往被压得跌到爬不起来。人们有时可怜它，给它去掉背上的东西，但它如果仍然能够爬动，见到东西还是要背在身上。它还喜欢向高处爬，用尽了力气也不肯停，一直到掉下来摔死为止。

而今世上那些贪得无厌的人，见到财物就拼命捞取，用以增加自己的家产，不知道这样会成为自己的累赘，反而惟恐财产积累得还不够多。等到一时疏忽栽了跟头，被撤职罢官，贬逐流放，也算是已经吃到苦头了。可是如果一朝能够东山再起，他又会不停地聚敛。天天想爬得更高些，俸禄拿的更多些，贪财好货也就越来越厉害，以至于一步步接近摔死的边缘，看到那些在他以前因为贪财而丧身的例子，就是不知道引以为戒。虽然他的身材高大魁梧，名义上叫做人，而他的智慧却如同小虫蝜蝂一样，也实在使人感到可悲啊！

○ 品画鉴宝　白瓷牙蹬壶·唐

97

◎ 原文注释

〔1〕蝀蟓：一种黑色的小虫。〔2〕辄：就。〔3〕困剧：非常困乏。〔4〕亦以病矣：也算已经吃到苦头了。以，同"已"。病，困苦。〔5〕艾：停止。〔6〕滋甚：更厉害。〔7〕形：形体，身躯。魁然：高大的样子。〔8〕其名人也：他名义上是人。

◎ 拓展阅读

柳宗元成"神"

柳宗元去世后，柳州人民为纪念他，为他在罗池修了一座庙，把他作为神来供奉。当地人遇到天灾人祸，就去庙里祈祷求助，此事一直持续了近三百年。到宋哲宗元祐七年(1093年)，朝廷给柳宗元庙赐了一块"灵文庙"匾额，牒文称其"系前代明贤"。宋徽宗崇宁三年(1105年)，朝廷又追封柳宗元为"文惠侯"。值得一提的是，每一次封赠或加封都是由于当地人民和地方官的请求，可见人民始终记着他。

柳子名愚溪而居。五日，溪之神夜见梦曰："子何辱予，使予为愚耶？有其实者，名固从之，今予固若是耶？予闻闽有水，生毒雾厉气，中之者温屯呕泄 [1]；藏石走濑 [2]，连舻糜解；有鱼焉，锯齿锋尾而兽蹄，是食人，必断而跃之，乃仰噬焉。故其名曰恶溪。西海有水，散涣而无力，不能负芥，投之则委靡垫没，及底而后止，故其名曰弱水。秦有水，挢汩泥淖 [3]，挠混沙砾，视之分寸，眙若睨壁 [4]，浅深险易，昧昧不觊 [5]，乃合泾渭，以自彰秽迹，故其名曰浊泾。雍之西有水，幽险若漆，不知其所出，故其名曰黑水。夫恶、弱，六极也；浊、黑，贱名也。彼得之而不辞，穷万世而不变者，有其实也。今予甚清与美，为子所喜，而又功可以及圃畦，力可以载方舟 [6]，朝夕者济焉。子幸择而居予，而辱以无实之名以为愚，卒不见德而肆其诬，岂终不可革耶？"

柳宗元为愚溪命名后，就在那里居住了下来。过了五天，溪神夜里出现在梦中，说："你为什么侮辱我，让我有愚的名称呢？有愚蠢的实质的，名称当然随着实质，难道我确实是这个样子吗？我听说闽地有条溪水，常有毒雾瘴气，凡是中了毒雾瘴气的人，就会发热呕吐；水底有很多礁石并且水流湍急，一艘艘船被撞得粉碎；水里有鱼，长着锯齿一样的牙齿、刀锋般的尾巴和兽类的蹄子，它吃人时，必定把人咬断抛上去，然后仰头吞食，所以它的名字叫恶溪。西海有条水，涣散而没有浮力，连一根小草也负载不起，把小草投入水中，就逐渐下沉，一直沉到水底才停止，所以它的名字叫弱水。秦地有条河，浑浊得像泥浆，中间夹杂着沙石，就是取很少的水来观察，也像是看墙壁，深与浅、危与安都一片模糊，看不清楚。它和清澈的渭水合流后，就显现出自身的污浊，所以它的名字叫浊泾。雍州西部有条水，幽暗险恶象漆一样黑，不知道它的源头在哪里，所以它的名字叫黑水。'恶'与'弱'都是属于'六极'；'浊'与'黑'都是卑贱的名称。得到这个恶名而不能不接受，历经万世也不改变，因为有与名称相符的实质。如果我非常清澈美好，为你所喜欢，又有灌溉田园的功用，有负载船只的能力，早晚供人们过渡。有幸让你选择居住在这里，却用不符合实际的'愚'来侮辱我，不感激我反而肆意侮蔑，难道永远也不能改变吗？"

愚
溪
对

99

歲在乙丑暮春
玄宰

○品画鉴宝 松溪幽胜图·明·董其昌 此图描绘春夏之交的景色。在近处的山坡上，松树错落有致地穿插其间，在坡下是一片开阔的湖面，岸边山峰层层叠叠，树林密密麻麻，民居隐约其间。整个画面既透露出春季的无限生机，又有山水风景画的幽远宁静的特点。

◎ 原文注释

〔1〕温屯：热气积聚。〔2〕濑：急流。〔3〕掎：拖拉。汩：扰乱，弄乱。〔4〕眙：直视。睨：斜视。

〔5〕觌：见。〔6〕方舟：两船相并。

柳子对曰："汝诚无其实，然以吾之愚而独好汝，汝恶得避是名耶！且汝不见贪泉乎？有饮而南者，见交趾宝货之多，光溢于目，思以两手左右攫而怀之，岂泉之实耶？过而往贪焉犹以为名，今汝独招愚者居焉，久留而不去，虽欲革其名不可得矣。夫明王之时，智者用，愚者伏。用者宜迩，伏者宜远。今汝之托也，远王都三千余里，仄僻回隐，蒸郁之与曹[1]，螺蚌之与居，唯触罪摈辱、愚陋黜伏者，日侵侵以游汝[2]，闷闷以守汝。汝欲为智乎？胡不呼今之聪明皎厉握天子有司之柄以生育天下者，使一经于汝，而唯我独处？汝既不能得彼而见获于我，是则汝之实也。当汝为愚而犹以为诬，宁有说耶？"

曰："是则然矣。敢问子之愚何如而可以及我？"

柳子曰："汝欲穷我之愚说耶？虽极汝之所往，不足以申吾喙[3]；涸汝之所流，不足以濡吾翰[4]。姑示子其略：吾茫洋乎无知，冰雪之交，众袭我绤；溽暑之铄[5]，众从之风，而我从之火。吾荡而趋[6]，不知太行之异乎九衢，以败吾车；吾放而游，不知吕梁之异乎安流，以没吾舟。吾足蹈坎井，头抵木石，冲冒榛棘，僵仆虺蜴，而不知怵惕。何丧何得，进不为盈，退不为抑，荒凉昏默，卒不自克。此其大凡者也。愿以是污汝，可乎？"

于是溪神深思而叹曰："嘻！有余矣，是及我也。"因俯而羞，仰而吁，涕泣交流，举手而辞。一晦一明[7]，觉而莫知所之。遂书其对。

柳宗元回答说："你确实没有愚蠢的实质，可是像我这样愚蠢的人偏偏喜欢你，你哪里还能逃避得了这个名字呢！何况你没有听说过贪泉吗？有一个人喝了它的水向南方走去，见到交趾珍宝很多，光彩夺目，就想用左右两手抓住放在自己的怀里，这难道是贪泉的实质吗？经过那里的人贪婪了尚且用它来命名，如今你偏偏招引愚蠢的人住在这里，又久住不离去，那么即使你想更改名称那也是做不到的了。贤明君主在位的时候，聪明的人受到任用，愚蠢的人被贬斥。受任用的人应该在京城，被贬斥的人应该到边远的地方。如今你托身的地方远离京城三千多里，既偏僻又闭塞，与蒸腾的瘴气为伴，与田螺、河蚌同居，只有因犯罪被抛弃和因屈辱、愚蠢遭到贬谪的人，每天不停地在你这里游荡，盲目目的地守着你。你想有'智'的名称吗？为什么不让那些聪明能干、显贵有力、掌握着朝廷大权用来统治天下百姓的人到你这里来一次，为何只有我独自住在这里？你既然不能得到他们的器重而被我所赏识，这就是你的实质了。正应该说你是愚而你却还以为是侮蔑，难道还有什么可以辩解的吗？"

溪神说："话倒是说的不错。请问你的愚蠢究竟是怎么回事，为什么会影响到我呢？"

柳宗元说："你想了解我愚蠢的全部情况吗？即使你的溪水流到尽头，也不能让我把我要说的话说完；即使弄干你的流水，也不能够沾湿我的毛笔。姑且告诉你一个大概：我昏昏沉沉的无知无识，冰雪交加之时，人们穿皮袍子我穿葛布单衣；闷热的盛夏金属都要融化，人们在风中乘凉，可我却去烤火。我任意奔驰，不知道太行山不同于普通的道路，以至于颠覆了我的车；我乘船肆意漂流，不知道吕梁水不同于平稳的河流，以致沉没了我的船。我踩入陷阱，头撞上树木石头，冲进荆棘丛中，跌倒在毒蛇、蜥蜴身上，却不懂得害怕警惕，不能区分丧失和获得。进用时不感到满足，黜退后不知道谨慎，心情冷漠昏昧不语，始终不能控制自己。这些就是我愚蠢的大概情形。我想用这些来玷污你可以吗？"

溪神深思后叹息说："嘻！你愚蠢的事情够多的了，确实可以影响到我。"随即低下头去感到惭愧，抬起头来叹息，痛哭流涕，举手告别。人神相隔，醒来后不知道它的去向，就记下来这些对话。

○ 品画鉴宝　青瓷镇墓兽·唐　此瓷器面似狮形，头披卷毛，正在昂首高声吼叫。

◎ 原文注释

[1] 曹：群。之与曹，与之为伴。

[2] 侵侵：迅疾，不间断。

[3] 喙：嘴。这里指说话。

[4] 濡：沾湿。翰：毛笔。

[5] 铄：金属融化。

[6] 荡：任意冲撞的意思。

[7] 一晦一明：阴为晦，阳为明，大意是一个阴间（指溪神）一个在阳间（指作者）。

◎ 拓展阅读

河神

河神即黄河水神，是中国古代最有影响的河神。商朝建立以后，对河神的祭祀极为重视，建立河神庙，春秋战国时地方性的河流崇拜也十分活跃。《史记·封禅书》："及秦共天下，令词官所常奉天地名山大川鬼神可得而序也。"河神的统一称呼叫河伯，即常说的河伯；河伯名冯夷（或作冰夷，无夷），始见于《庄子》《楚辞》《山海经》等。《文选》李善注以川后为河伯，《三教源流搜神大全》以禹强为河伯。

柳先生既会州刺史，即治事，还游于愚溪之上。溪上聚黧老、壮齿十有一人，逡足以进，列植以庆。卒事，相顾加进而言曰："今兹是州，起废者二焉，先生其闻而知之欤？"

答曰："谁也？"

曰："东祠蹩浮图，中厩病颡之驹。"

曰："若是何哉？"

曰："凡为浮图道者，都邑之会必有师。师善为律，以敕戒始学者与女释者。甚尊严，且优游。蹩浮图有师道，少而病蹩，日愈以剧，居东祠十年，扶服舆曳，未尝及人，侧匿愧恐殊甚。今年他有师道者悉以故去，始学者与女释者怅怅亡所师，遂相与出蹩浮图以为师。盥濯之，扶持之，壮者执舆，幼者前驱，被以其衣，导以其旗，怵惕疾视，引且翼之。蹩浮图不得已，凡师数百生。日馈饮食，时献巾帨[1]，洋洋也，举莫敢逾其制。中厩病颡之驹，颡之病亦且十年[2]。色玄不疵[3]，无异技，硁然大耳。然以其病，不得齿他马[4]，食，斥弃异皁，恒少食。屏立摈辱，掣顿异甚[5]，垂首披耳，悬涎属地。凡厩之马，亡肯为伍。会今刺史以御史中丞来莅吾邦，屏弃群驷，舟以溯江，将至，亡以为乘，厩人咸曰：'病颡驹大而不，可秣饰焉，他马巴僰痹狭，亡可当吾刺史者。'于是众牵驹上燥土大庑下，荐之席，縻之丝[6]，浴剔蚤鬋[7]，刮恶除浃[8]，莝以雕胡[9]，秣以香萁[10]，错贝鳞缠，凿金文羁，络以和铃，缨以朱绥。或膏其鬣，或靡其膬。御夫尽饰，然后敢持。除道履石，立之水涯，幢旌前罗，杠盖后随，千夫翼卫，当道上驰，抗首出臆，震奋遨嬉。当是时，若有知也，岂不曰宜乎？"

柳先生参加了新任刺史的就职仪式以后，回到家，在愚溪边闲游。溪岸边聚集着脸色黑黄的老汉和壮年男子十一人。他们起步向前，站立成行向柳先生问候。问候后，互相看了看又上前几步说："如今我们州里起用了两个废弃之物，先生是否听说了？"

柳先生回答说："起用了谁啊？"

他们说："是城东寺庙内的和尚和官府马厩里额头有病的马。"

柳先生说："这是怎么一回事啊？"

他们说："凡是信奉佛教的人，大城镇里一定有法师。法师精通戒律，用来训导告诫刚刚出家的男子和尼姑，地位很尊严，并且悠闲自在。瘸腿和尚有相承的师法，但是从小患了瘸腿的病，一天比一天厉害，在城东寺庙住了十年，不是爬着走就是靠车拉着走，从未拜访他人，躲避在寺庙内非常羞愧惶恐。今年别的有师法的人都因故离去了，初出家的人和尼姑们都因为没有法师而不知所措，就共同把瘸腿和尚请出来当法师。给他盥洗干净，搀扶着他，身强力壮的为他赶车，年纪幼小的为他开道，给他穿上法师的衣服，打起法师的旗帜导引，小心翼翼地观察动静，前后左右簇拥着他。瘸腿和尚身不由己，一共收了数百名生徒。每天送给他饮食，时常献上佩巾，瘸腿和尚得意洋洋，所有的人都不敢违反他的条规。官府马厩里那匹额头有病的马额头的病也将近十年了，毛色纯黑全无杂色，没有特别的本事，不过身躯很高大罢了。然而因为它的病，不能获得与别的马同等的待遇，喂养时被排斥到另一个食槽，经常缺少饲料。被抛弃侮辱，十分困顿狼狈，低着脑袋耷拉着耳朵，流下的口水一直拖到地上。马厩中所有的马没有肯和它在一起的。恰好现任刺史以御史中丞的官衔来到我们州，他不乘车马，乘船溯江而上，快要到达时，没有马可以供给使用。马房的人都说：'额头有病的那匹马形体高大、毛色不杂，可以把它喂养修饰一番，此外都是又矮又小的巴蜀马，不配给我们刺史用。'于是人们就把那匹病马牵到地面干净的屋檐下，垫上席子，系上丝缰，为它洗刷、梳篦、修削蹄子、修剪鬃毛，刮掉污垢、清除涕唾，铡碎菰米，喂饲喷香的豆茎，马肚带上镶嵌鱼鳞般的贝壳，马笼头上装饰雕花的金饰，马身上系上铃铛，马颈上套上红色的缨带。有人向马鬃上涂油脂，有人在马屁股上搓摩。驭马的人打扮齐整，才敢把它牵出去。人们清扫道路垫平石块，让它站立在水边，旌旗前面罗列，伞盖后面跟随，人群在两旁护卫，它在大道上奔驰，昂首挺胸，意气风发地遨游嬉戏。这个时候，假如马有知觉的话，难道不说这是应该的吗？"

◎ 原文注释

〔1〕帨：手帕。

〔2〕且：将有。

〔3〕厖：杂色。

〔4〕齿：并列，同等。

〔5〕掣顿：困顿。

〔6〕縻之丝：给它系上丝制的缰绳。

〔7〕刷：梳篦。齐：修削马蹄。鬋：修剪马鬃。

〔8〕洟：鼻液。

〔9〕莝以雕胡：把菰米铡碎作饲料。莝，铡碎饲料。雕胡，菰米。

〔10〕萁：豆茎。

先生曰："是则然矣[1]，叟将何以教我？"

鬻老进曰："今先生来吾州亦十年。足轶疾风[2]，鼻知膻香，腹溢儒书，口盈宪章，包今统古，进退齐良。然而一废不复，曾不若，躄足涎颡之犹有遭也。朽人不识，敢以其惑愿质之先生。"

先生笑且答曰："叟过矣！彼之病，病乎足与颡也；吾之病，病乎德也。又彼之遭，遭其无耳。今朝廷洎四方[3]，豪杰林立，谋猷川行，群谈角智，列坐争英；披华发辉，挥喝雷霆；老者育德，少者驰声；丱角羁贯[4]，排侧鳞征[5]；一位暂缺，百事交并；骈倚县足[6]，曾不得逞，不若是州之乏释师大马也。而吾以德病伏焉[7]，岂躄足涎颡之可望哉？叟之言过昭昭矣[8]，亡重吾罪！"

于是鬻老、壮齿相视以喜[9]，且吁曰："谕之矣[10]！"拱揖而旋，为先生病焉。

柳先生说："这倒是实情啊，老人家对我有何见教？"

面色黑黄的老汉继续说："如今先生到我们这里来也有十年了。您走路比风还快，鼻子能分辨香臭，满腹经书典籍，满口典章制度，通晓古今的事，一举一动模范贤能的人。可是一旦废黜就再也不被起用，竟然不如瘸腿和尚和额头有病流口水的马有好运气。我这个没用的人弄不明白，冒昧的将我的疑惑请教先生。"

柳先生边笑边回答说："老人家错了！他们的毛病，在于腿脚和额头，我的毛病在于品德。而且他们的好运气是碰上了欠缺的时机。如今从朝廷到各地，才能杰出的人众多，计划谋略像江河一样涌流不绝；人们聚谈时较量智慧，共坐时争露才华；华丽的衣服放射出光辉，高谈阔论的声音就像是雷霆；年老的修养德行，年轻的追求声名；连头发梳成两只丫角的孩子，也排列的像鱼鳞；一个职位暂时缺人，无数钻营的事情便会发生；人们挨着挤着颠起脚尖，仍然得不到满足，不像这个州缺少佛教法师和高大马匹。我因为品德有毛病谪居在这儿，难道可以指望瘸腿和尚和额头有病流口水病马那样的机遇吗？老人家的话太夸大我了，请不要加重我的罪过！"

这时面色黑黄的老汉和壮年男子互相看着笑了起来，并且惊叹说："懂得这道理了！"拱手作揖后就回去了，为柳先生忧虑同情。

◎ **原文注释**

〔1〕是则然矣：这倒是实情啊。

〔2〕轶：超过。

〔3〕泊：及、到。

〔4〕丱角羁贯：指代幼年人。丱角，梳发两角的样子。羁贯，
古代儿童的一种发型。

〔5〕排厕鳞征：一排排接踵向前。厕，次、杂。鳞征，鱼贯
而行。鳞，指代鱼。

〔6〕骈倚悬足：形容极尽谋划争夺之能事。骈倚，互相紧靠
着。悬足，提起脚跟，用脚尖着地。

〔7〕伏：指被贬谪。

〔8〕昭昭：明显的样子。

〔9〕喜：这里指故作高兴。

〔10〕谕：明白。

◎ **拓展阅读**

昭陵六骏

昭陵六骏是指陕西礼泉唐太宗李世民陵墓昭陵北面祭坛东
西两侧的六块骏马青石浮雕石刻。每块石刻宽2米、高1.7
米。六骏是李世民在唐朝建立前先后骑过的六匹战马，分别
名为"拳毛騧""什伐赤""白蹄乌""特勒骠""青骓""飒
露紫"。为纪念这六匹战马，李世民令工艺家阎立德和画家
阎立本(阎立德之弟)用浮雕描绘六匹战马列置于陵前。

　　江之浒[1]，凡舟可縻而上下者曰步[2]。永州北郭有步，曰铁炉步。余乘舟来，居九年，往来求其所以为铁炉者无有。问之人，曰："盖尝有锻铁者居，其人去而炉毁者不知年矣，独有其号冒而存。"

　　余曰："嘻！世固有事去名存而冒焉若是耶？"

　　步之人曰："子何独怪是？今世有负其姓而立于天下者，曰：'吾门大，他不我敌也。'问其位与德，曰：'久矣其先也[3]。'然而彼犹曰'我大'，世亦曰'某氏大'。其冒于号有以异于兹步者乎[4]？向使有闻兹步之号，而不足釜锜、钱镈、刀铢者，怀价而来，能有得其欲乎？则求位与德于彼，其不可得亦犹是也。位存焉而德无有，犹不足以大其门，然世且乐为之下。子胡不怪彼而独怪于是？大者桀冒禹，纣冒汤，幽、厉冒文、武，以傲天下。由不知推其本而姑大其故号，以至于败，为世笑僇[5]，斯可以甚惧[6]。若求兹步之实，而不得釜锜、钱镈、刀铢者，则去而之他[7]，又何害乎？子之惊于是，末矣[8]。"

　　余以为古有太史，观民风，采民言。若是者，则有得矣。嘉其言可采，书以为志。

　　江河岸边，凡是船可以系缆、人可以上下的地方叫做"步"。永州城北有个步，名叫铁炉步。我乘船来永州居住了九年，反复寻求它叫做铁炉步的原因，却始终得不到答案。向人打听这件事，回答说："大概曾经有个打铁的人居住过，那人离去以后铁炉毁坏不知有多少年了，惟独这个字号名不副实地存留下来。"

　　我说："嘻！世上果真有事物消失而名称却保留着，名不副实到这种程度吗？"

　　铁炉步的人说："您为什么只对这个感到奇怪。如今世上有倚仗着他的姓氏而立身于天下的人，说什么我家门第高，别人比不上我。要是问他的官位和功业，便说很久以前祖先的事情。可是他仍然说我门第高，世人也说某人门第高，这样冒用名号与这个铁炉步有什么不同吗？假如有人听到铁炉步的名称，而又缺少釜锜、钱镈、刀铢，他带着钱财前来，能实现他的愿望吗？那么想要在那些冒用祖先名号的人身上寻求官位和功业，必然不能获得，就像到铁炉步买铁器一样。有了官位没有功业，仍然不能光大他的门第，可是世人却心甘情愿地拜倒在他面前。您为什么不奇怪那样的事情却只对铁炉步感到奇怪呢？突出的例子是夏桀冒用禹的名号，商纣王冒用汤的名号，周幽王、周厉王冒用周文王、周武王的名号，用来傲视天下。由于他们不知道寻求祖先建功立业的根本，却只想夸耀旧有的名号，以至于败亡，被人们嗤笑、羞辱，这可以让人戒惧。如果有人访求铁炉步的铁炉，没有买到釜锜、钱镈、刀铢，那么就离开这里到别处去买，又有什么害处呢？您为此感到奇怪，眼光太狭窄了！"

　　我认为古代有太史，主管观察民间风习，采集民间言论，像上述这些话就很有价值。我赞赏这些话值得采集，就写下来作为一篇志。

○ 品画鉴宝　白釉人头柄壶·唐

◎ 原文注释

〔1〕浒：水边。

〔2〕縻：牵系。步：码头。

〔3〕久矣其先也：那是很早了，我的先辈如何如何。

〔4〕有以异于兹步者乎：有和这铁炉不一样的地方吗？

〔5〕笑傻：讥笑辱骂。傻：侮辱。

〔6〕斯可以甚惧：这是很值得借鉴的。斯：这。惧：戒惧。

〔7〕去而之他：离开此地而往别处去购买。

〔8〕末：指眼光狭窄，没有抓住事物的要点、本质。

◎ 拓展阅读

志

古代文体一种，也是记的意思。包括：一、山川景物、人事杂记。用来描写山川景物和人事。二、以记事为主。它的特点是篇幅短小，长的千字左右。内容丰富，有历史掌故，遗闻逸事，文艺随笔，人物短论和读书杂记等五花八门。另外还有游志，是专门描写旅游见闻的一种散文形式，《岳阳楼记》等就是这种文体。

永州龙兴寺东北陬有堂，堂之地隆然负砖甓而起者，广四步，高一尺五寸。始之为堂也，夷之而又高，凡持锸者尽死。永州居楚越间，其人鬼且机[1]，由是寺之人皆神之，人莫敢夷。

《史记·天官书》及《汉志》有地长之占[2]，而亡其说[3]。甘茂盟息壤，盖其地有是类也[4]。昔之异书，有记洪水滔天，鲧窃帝之息壤以埋洪水，帝乃令祝融杀鲧于羽郊，其言不经见[5]。今是土也，夷之者不幸而死，岂帝之所爱耶？南方多疫，劳者先死，则彼持锸者，其死于劳且疫也，土乌能神[6]？

余恐学者之至于斯，征是言[7]，而唯异书之信[8]，故记于堂上。

永州龙兴寺的东北角有一处佛堂，佛堂中有一块地方，地皮鼓起来，把方砖也顶了起来，广阔各有四步，高有一尺五寸。听说当初建造佛堂时，把这块土地铲平了，但它又长高起来，而且凡是拿着铁锹铲土的人全部都死去了。永州地处楚、越之间，这里的人迷信鬼。因此寺里的僧侣都认为这块土地有神灵，没有一个人敢去铲平它。

《史记·天官书》和《汉书·天文志》中都有土地长高的验证，但是没有具体的解释。甘茂和秦武王曾经在息壤盟誓，大概那里也有地长高之类的现象吧。从前有一部专门记载奇事异物的书叫《山海经》，上面记载说古时洪水滔天，帝尧派鲧去治水，鲧到天上去偷得天帝的息壤来堵截洪水，结果还是失败了，帝尧就命令祝融在羽山附近杀掉鲧。这种说法荒谬不可信，现在龙兴寺这块土地，企图铲平它的人不幸身死，难道它是天帝所珍爱的吗？我认为这是因为南方多流行瘟疫，劳累的人容易先死，所以那些拿着铁锹的人就是由于劳累过度和传染上瘟疫死的，土地怎么能显神通呢？

我恐怕做学问的人来到这里会引证这个传说，会一昧相信异书邪说，所以在佛堂上记了上述文字。

永州龙兴寺息壤记

◎ 原文注释

〔1〕鬼：作动词用，指迷信鬼神。祆：作动词用，指相信吉凶祸福事前都有征兆。

〔2〕《天官书》是《史记》中的一篇，是我国现存较早的天文学文献之一，里面有"水澹泽竭，地长见象"的话。《汉志》指东汉班固所著的《汉书》中的《天文志》，里面有"水澹地长，泽竭见象"的话。占：预测，征候。

〔3〕亡：同"无"。亡其说，没有关于地长的具体解释。

〔4〕盖其地有是类也：大概那里也有过地长之类的想象吧。

〔5〕不经见：不长见。意思是荒诞不可信。

〔6〕土乌能神：土地怎么能够显神通？

〔7〕征：引证。是言：指龙兴寺民工铲土即死的迷信传说。

〔8〕唯异书之信：就是唯信异书。

◎ 拓展阅读

息壤

息壤是古人对大禹有效治理此处长江边上的洪灾险情（即现在所称的"管涌"）的神秘称谓。息是平息之意，壤泛指治理此处管涌的填充之物。息壤就是指平息这处管涌险情的土壤（沙石土填充物）。《山海经》中有"禹以息壤堙洪水"的记载。《玉堂闲话》也对此有更清楚的表述："禹镌石造龙宫填于空中，以塞水眼。"

113

由冉溪西南水行十里，山水之可取者五，莫若钴鉧潭。由溪口而西陆行，可取者八九，莫若西山。由朝阳岩东南水行至芜江，可取者三，莫若袁家渴。皆永中幽丽奇处也。

楚越之间方言，谓水之支流者为"渴"，音若衣"褐"之"褐"[1]。渴上与南馆高嶂合，下与百家濑合。其中重洲小溪，澄潭浅渚，间厕曲折，平者深黑，峻者沸白。舟行若穷，忽又无际。

有小山出水中，山皆美石，石上生青丛，冬夏常蔚然。其旁多岩洞，其下多白砾，其树多枫、楠、石楠、梗、槠、樟、柚，草则兰芷，又有异卉，类合欢而蔓生，缪缠水石[2]，每风自四山而下，振动大木，掩苒众草[3]，纷红骇绿，蓊葧香气[4]；冲涛旋濑，退贮溪谷。摇扬葳蕤[5]，与时推移，其大都如此，余无以穷其状。

永之人未尝游焉。余得之不敢专也，出而传于世。其地世主袁氏，故以名焉。

由冉溪乘船向西南航行十里，沿途值得观赏的山水景致大致有五处，以钴鉧潭为最好。由冉溪溪口向西步行，值得观赏的景致有八九处，以西山为最好。由朝阳岩乘船向东南航行到芜江，值得观赏的景致有三处，以袁家渴为最好。这些都是永州清幽秀丽的处所。

楚、越地区的方言把反向流动的河水称为"渴"，读音正如穿褐衣的"褐"。袁家渴上游和南馆高峰相接，下游连着百家濑。渴中有片片的沙洲和条条小溪，清澄的潭水和露出水面的小洲交错杂置，曲折相通，水流平静处呈现深黑色，水势险峻处沸腾起白色的浪花。乘船航行好像水路已经穷尽，忽然间前面又是广阔无边。

有座小山突出水中，山上尽是美好的石块，上面丛生着青葱的树木，无论冬夏都很茂盛。山旁有许多岩洞，山下有许多白色的碎石。山上的树木大多是枫、楠、石楠、梗、槠、樟、柚，草是兰草和白芷，还有一种奇异的草，样子好像合欢树，却是蔓生，错杂缠绕在水中的石头上。每当风从四面的山上刮下来，便摇撼大树，拂动小草，红花绿叶吃惊似的纷飞翻卷，散发出浓烈的香气；冲起波涛，卷起漩涡，使河水倒流到溪谷中。动摇飞扬，鲜明壮丽，随着时间不断变化，那里的景色大体如此，我无法把它全部描述下来。

永州的人还从来没有去那里游览过。我发现了它不敢独自享受，便把它写出来公诸于世。那里土地的主人姓袁，所以给它起名叫袁家渴。

◎ 原文注释

〔1〕褐：粗布或者粗麻织成的短衣。〔2〕缪轕：交错纠缠的样子。〔3〕苒：轻柔。

〔4〕蓊葧：蓬蓬勃勃的样子，这里指香气浓烈。〔5〕葳蕤：明丽的样子。

◎ 拓展阅读

石楠

石楠是常绿小乔木，高可达4~6米，树冠球形，干皮块状剥落。幼枝绿色或灰褐色，光滑；单叶互生，厚革质，长椭圆形至倒卵状椭圆形，长9~22厘米，宽3~6.5厘米，先端突渐尖，基部圆或楔形，边缘疏生具腺细锯齿，叶脉羽状，侧脉25~30对，叶表面绿色，幼叶红色，中脉微具毛，叶柄粗壮，长2~4厘米。顶生复伞房花序，花两性，花部无毛，花白色，冠径6~8毫米，雄蕊20枚，内外两轮，与花瓣近等长。

罴

说

鹿畏貙[1]，貙畏虎，虎畏罴[2]。罴之状被发人立，绝有力而甚害人焉。

楚之南有猎者[3]，能吹竹为百兽之音。寂寂持弓矢罂火[4]，而即之山。为鹿鸣以感其类，伺其至，发火而射之[5]。貙闻其鹿也，趋而至，其人恐，因为虎而骇之。貙走而虎至，愈恐，则又为罴，虎亦亡去。罴闻而求其类，至则人也，捽搏挽裂而食之[6]。

今夫不善内而恃外者[7]，未有不为罴之食也。

鹿害怕貙，貙害怕虎，虎害怕罴。罴的样子是头上披着毛发能像人一样站立，非常有力气，并且对人危害很大。

楚地南部有个猎人，善于用竹管吹出各种野兽的叫声。一次他悄悄地拿上弓箭和装在罐子中的火，走到山里去。他吹出鹿鸣的声音来引诱鹿，准备等到鹿来以后，就亮出灯火用箭射它。貙听到鹿鸣的声音以后，就快步跑来，那人害怕了，就吹出老虎的叫声来吓唬貙。貙吓跑以后老虎却又来了，猎人更加害怕，就又吹出罴的叫声，老虎也吓得逃跑了。罴听见叫声便来寻找它的同类，跑到跟前才发现是个人，就揪住猎人把他撕成碎块吃了。

如今不加强自身力量而只是依赖外力的人，没有不成为罴的口中食物的。

◎ 原文注释

〔1〕貙：兽名，形状象狐狸，大小如狗。

〔2〕罴：兽名，熊的一种，比熊大，又名人熊、马熊。

〔3〕楚：今天湖北、湖南一带，春秋战国时属于楚国。

〔4〕罂：瓦罐。

〔5〕发火：亮出火光，用来照明。

〔6〕捽：揪住。搏：扑打。

〔7〕善内：改善内部。

◎ 拓展阅读

棕熊

棕熊是世界上最大的熊科动物（科迪亚克熊880千克，但如果不计亚种，北极熊为最大的熊科动物）。它们的体形健硕，肩背隆起，粗密的被毛有着不同的颜色。棕熊体型较大，公熊体重大约135～390千克，母熊则有95～205千克左右。棕熊肩背上隆起的肌肉使它们的前臂十分有力，前爪的爪尖最长能到15厘米，奔跑速度可达到每小时56千米，且耐力很强。

古之书有记周穆王驰八骏升昆仑之墟者，后之好事者为之图，宋、齐以下传之。观其状甚怪，咸若骞若翔[2]，若龙、凤、麒麟，若螳螂然。其书尤不经，世多有，然不足采。世闻其骏也，因以异形求之。则其言圣人者亦类是矣，故传伏羲曰牛首，女娲曰其形类蛇，孔子如倛头[3]，若是者甚众。孟子曰："何以异于人哉？尧、舜与人同耳。"

今夫马者，驾而乘之，或一里而汗，或十里而汗，或千百里而不汗者；视之毛物尾鬣，四足而蹄，齕草饮水[4]，一也。推是而至于骏，亦类也。今夫人，有不足为负贩者，有不足为吏者，有不足为士大夫者，有足为者；视之圆首横目，食谷而饱肉，绨而清，裘而燠[5]，一也。推是而至于圣，亦类也。然则伏牺氏、女娲氏、孔子氏，是亦人而已矣。骅骝、白义、山子之类，若果有之，是亦马而已矣。又乌得为牛、为蛇、为倛头，为龙、凤、麒麟、螳螂然也哉？

然而世之慕骏者，不求之马，而必是图之似，故终不能有得于骏也。慕圣人者，不求之人，而必若牛、若蛇、若倛头之问，故终不能有得于圣人也。诚使天下有是图者，举而焚之，则骏马与圣人出矣！

古代的书上记载周穆王驾着八匹骏马登上昆仑山，后来喜欢多事的人根据这个故事画成图画，宋、齐以后流传开来。这画上的八骏形状稀奇古怪，都像是在空中飞翔，形状象龙、凤、麒麟，甚至象螳螂一样。记载它们的书尤其荒诞，世上流传很多，然而没有可取之处。世人听说它们是骏马，于是就用稀奇古怪的形状去想象它们。他们谈论圣人时也像这样，所以传说伏羲长着牛头，女娲的形状像蛇，孔子的容貌像凶恶丑陋的倛头，类似这样的说法很多。孟子说："我的模样有什么与众不同之处的呢？尧、舜也和众人一样罢了。"

如今的马拉着车子或者被人乘骑，有的跑一里路就出汗，有的跑十里路才出汗，有的跑数十里、上百里也不出汗。看这些马都遍体长毛有尾有鬣，四脚有蹄，吃草饮水，完全相同。由此来推论到骏马，必然也是这样的。如今的人，有的不能胜任做商贩，有的不能胜任小官吏，有的不能胜任士大夫，有的却能够胜任；看这些人都是头圆眼横，吃粮食、肉类，穿葛衣觉得凉快，穿皮衣觉得暖和，完全相同。由此来推论圣人，必然也是这样的。那么伏羲、女娲、孔子，他们也是人罢了。骅骝、白义、山子这类骏马，假如真有的话，它们也是马罢了，怎么能是牛头、蛇身、倛头，像龙、凤、麒麟、螳螂的样子呢？

然而世上喜爱骏马的人，不在马中去寻求骏马，却一定要以这幅"八骏图"上的样子作标准，所以始终得不到骏马。仰慕圣人的人，不在一般人中去访求圣人，

却一定要问长得像不像牛、蛇和俱头，所以始终不能发现圣人。如果能让天下有这类图画的人，全都把它烧掉，骏马和圣人就会出现了！

◎ 原文注释

〔1〕本篇是柳宗元在永州观看"八骏图"后写的托物起兴的小品文。〔2〕骞：飞。〔3〕俱头：古人驱除疫鬼时戴的一种样子凶恶丑陋的面具。〔4〕龁：咬。〔5〕绤：细葛布。清：凉爽。燠：暖和。

◎ 拓展阅读

周穆王

周穆王是周朝第五代国王，姬姓，名满，周昭王之子，中国历史上最富于神话色彩的君王之一。传说享寿105岁，在位时间约为55年（公元前976－前922年，一说前1001－前947年）。据河南汲县西战国墓出土的《穆天子传》记载，周穆王喜好游历，曾驾八骏之乘驱驰九万里，西行至"飞鸟之所解羽"的昆仑山，观看黄帝之宫，又设宴于瑶池，与西王母做歌相和。

郭橐驼，不知始何名。病偻，隆然伏行[1]，有类橐驼者，故乡人号之"驼"。驼闻之曰："甚善，名我固当。"因舍其名，亦自谓"橐驼"云。其乡曰丰乐乡，在长安西。

驼业种树，凡长安豪富人为观游及卖果者，皆争迎取养[2]，视驼所种树，或移徙，无不活，且硕茂、早实以蕃。他植者虽窥伺效慕，莫能如也。

有问之，对曰："橐驼非能使木寿且孳也，能顺木之天以致其性焉尔。凡植木之性：其本欲舒，其培欲平，其土欲故，其筑欲密。既然已，勿动勿虑，去不复顾。其莳也若子[3]，其置也若弃，则其天者全而其性得矣。故吾不害其长而已，非有能硕茂之也；不抑耗其实而已[4]，非有能早而蕃之也。

他植者则不然。根拳而土易，其培之也，若不过焉则不及。苟有能反是者，则又爱之太殷，忧之太勤，旦视而暮抚[5]，已去而复顾。甚者爪其肤以验其生枯，摇其本以观其疏密，而木之性日以离矣。虽曰爱之，其实害之；虽曰忧之，其实仇之。故不我若也[6]。吾又何能为哉！"

问者曰："以子之道，移之官理，可乎？"驼曰："我知种树而已，理，非吾业也。然吾居乡，见长人者好烦其令，若甚怜焉[7]，而卒以祸。旦暮吏来呼曰：'官命促尔耕，勖尔植[8]，督尔获；早缫而绪，早织而缕；字而幼孩，遂而鸡豚[9]。'鸣鼓而聚之，击木而召之。吾小人辍飧饔以劳吏者[10]，且不得暇，又何以蕃吾生而安吾性耶？故病且怠。若是，则与吾业者，其亦有类乎？"

问者嘻曰："不亦善夫！吾问养树，得养人术。"传其事以为官戒也。

郭橐驼这个人，不知道原来叫什么名。他脊背弯曲，弯着腰走路，好像骆驼一样，所以乡里的人称他为"驼"。橐驼听说了外号的事后，说："很好。给我起这个名字很恰当。"于是他舍弃原名，也自称起"橐驼"了。他的家乡叫丰乐乡，在长安城西边。橐驼以种树为业，长安有钱有势的人以及贩卖果树的，都争着迎接和雇用橐驼。

橐驼所种或移植的树没有一棵不活的，而且高大茂盛，结果结得早并且多。其他种树的人虽然暗中观察、效仿，也没有能赶得上的。有人问他技术高超的原因，他回答说："我并不能使树木长寿而且茂盛啊，只是能顺应树木的自然生长规律以使它的本性得到发展罢了。大凡种树的方法，根要舒展，培土均匀，而且要旧土，拍打结实。这样做了以后，不要再晃动它，不要再担心它，离开后就不再管它了。种植时要像对待孩子那样，种好后放在一边不管它了，那么它的天性就能保全而不受破坏，而能按它本性生长。所以我只是不妨害它生长而已，并没有有能使它高大茂盛的本领啊；我只是不损伤它的果实而已，并没有能使它结得早并且结得多的本领啊。

别人种植的则不是这样。种树时根拳曲而土常换；给树培土，不是过多就是不足。假使不是这样，则又爱得过深，担心太过分。早晨查看，晚上抚摸，已经离开而又回来看看。严重的，用指甲划破树皮来检验它的生死，摇晃树干来看它培的土是疏松还是密实，这就背离了树木的本性。虽说是爱它，其实是害它；虽说是担忧

它，其实是仇恨它。所以说他们比不上我啊。我又有什么特别的本事呢？"

问的人说："把你的种树的经验用到为官治民上，行吗？"橐驼回答说："我只知道种树的道理而已，治理百姓不是我的专长啊。但我居住在乡间时，看见做官的喜欢频发政令，好像是十分怜爱百姓，却给他们造成灾祸。官吏一天到晚地跑来呼喊：'官长催促你们赶快耕种，勉励你们及时种植，督促你们抓紧收获，让你们早点煮蚕茧抽取蚕丝，早点纺你们的线，养育你们的小孩，喂大你们的鸡和猪。'一会儿敲鼓聚集他们，一会儿敲梆子召唤他们。我们这些小民顾不上吃饭来慰劳官吏，尚且不得空闲，又怎么能使我们自身繁衍生息，安顿我们的身家性命呢？所以都穷困并且懈怠。难道像这样，就和我所从事的种树职业有类似之处吧？"

问的人说："咦，不是很好吗！我请教养树的技巧，却得到了治民的手法。"记下这件事来作为官吏的借鉴。

○ 品画鉴宝　彩绘女舞陶俑·唐　此陶俑腰肢向右弯曲，作舞蹈状。陶俑的
面部、衣着的色彩艳丽，翩翩舞姿更具有无限的艺术想象力。

◎ 原文注释

〔1〕隆然：高耸着（指的是脊背）。伏行：身体俯下去走路。

〔2〕争迎取养：争着（把郭橐驼）迎来，养在家中。

〔3〕莳：栽种。

〔4〕抑耗其实：遏制、减少它结实。

〔5〕旦视而暮抚：早上来看看，晚上又来摸摸。

〔6〕不我若：不如我。

〔7〕若甚怜焉：好像很哀怜百姓。

〔8〕勖：勉励。

〔9〕遂：生长，引申为喂大的意思。

〔10〕辍：停止。飧：晚饭。饔：早饭。劳：慰劳。

◎ 拓展阅读

森林——天然制氧厂

氧气是人类维持生命的基本条件。据研究测定，树木每吸收44克的二氧化碳，就
能排放出32克氧气；树木的叶子通过光合作用产生一克葡萄糖，就能消耗2500升
空气中含有的二氧化碳。资料介绍，10平方米的森林或25平方米的草地就能把一
个人呼吸出的二氧化碳全部吸收，供给所需氧气。就全球来说，森林绿地每年为
人类处理近千亿吨二氧化碳，为空气提供60%的净洁氧气，同时吸收大气中的悬
浮颗粒物，又极大地提高了空气质量，并减少了温室气体排放和热效应。

天地果无初乎？吾不得而知之也。生人果有初乎？吾不得而知之也。然则孰为近？曰：有初为近。孰明之？由封建而明之也。彼封建者，更古圣王尧、舜、禹、汤、文、武而莫能去之。盖非不欲去之也，势不可也。势之来，其生人之初乎？不初，无以有封建。封建，非圣人意也。

彼其初与万物皆生，草木榛榛[1]，鹿豕狉狉，人不能搏噬，而且无毛羽，莫克自奉自卫。荀卿有言："必将假物以为用者也。"夫假物者必争，争而不已，必就其能断曲直者而听命焉。其智而明者，所伏必众，告之以直而不改，必痛之而后畏，由是君长刑政生焉。故近者聚而为群，群之分，其争必大，大而后有县大夫，有县大夫而后诸侯，有诸侯而后有兵有德。又有大者，众群之长又就而听命焉，以安其属。于是有诸侯之列，则其争又有大者焉。德又大者，诸侯之列又就而听命焉，以安其封。于是有方伯、连帅之类[2]，则其争又有大者焉。德又大者，方伯、连帅之类又就而听命焉，以安其人，然后天下会于一。是故有里胥而后有县大夫，有县大夫而后有诸侯，有诸侯而后有方伯、连帅，有方伯、连帅而后有天子。自天子至于里胥，其德在人者，死必求其嗣而奉之。故封建非圣人意也，势也。

夫尧、舜、禹、汤之事远矣，及有周而甚详。周有天下，裂土田而瓜分之，设五等，邦群后。布履星罗，四周于天下，轮运而辐集；合为朝觐会同，离为守臣扞城。然而降于夷王，害礼伤尊，下堂而迎觐者。历于宣王，挟中兴复古之德，雄南征北伐之威，卒不能定鲁侯之嗣。陵夷迄于幽、厉，王室东徙，而自列为诸侯矣。厥后问鼎之轻重者有之[3]，射王中肩者有之，伐凡伯、诛苌弘者有之，天下乖戾，无君君之心。余以为周之丧久矣，徒建空名于公侯之上耳。得非诸侯之盛强，末大不掉之咎欤？遂判为十二，合为七国，威分于陪臣之邦，国殄于后封之秦，则周之败端，其在乎此矣。

秦有天下，裂都会而为之郡邑，废侯卫而为之守宰，据天下之雄图，都六合之上游，摄制四海，运于掌握之内，此其所以为得也。不数载而天下大坏，其有由矣。亟役万人，暴其威刑，竭其货贿，负锄梃谪戍之徒[4]，圜视而合从，大呼而成群，时则有叛人而无叛吏，人怨于下而吏畏于上，天下相合，杀守劫令而并起。咎在人怨，非郡邑之制失也。

汉有天下，矫秦之枉，徇周之制，剖海内而立宗子，封功臣。数年之间，奔命扶伤之不暇，困平城，病流矢，陵迟不救者三代。后乃谋臣献画，而离削自守矣。然而封建之始，郡国居半，时则有叛国而无叛郡，秦制之得亦以明矣。继汉而帝者，虽百代可知也。

唐兴，制州邑，立守宰，此其所以为宜也。然犹桀猾时起，虐害方域者，失不在于州而在于兵，时则有叛将而无叛州。州县之设，固不可革也。

或者曰："封建者，必私其土，子其人，适其俗，修其理，施化易也。守宰者，苟其心，思迁其秩而已，何能理乎？"余又非之。周之事迹，断可见矣。列侯骄盈，黩货事戎，大凡乱国多，理国寡。侯伯不得变其政，天子不得变其君，私土子人者，百不有一。失在于制，不在于政，周事然也。秦之事迹，亦断可见矣。有理人之制，而不委郡邑，是矣。有理人之臣，而不使守宰，是矣。郡邑不得正其制，守宰不得行其理。酷刑苦役，而万人侧目。失在于政，不在于制，秦事然也。汉兴，天子之政行于郡，不行于国，制其守宰，不制其侯王。侯王虽乱，不可变也，国人虽病，不可除也；及夫大逆不道，然后掩捕而迁之，勒兵而夷之耳。大逆未彰，奸利浚财，怙势作威，大刻于民者，无如之何，及夫郡邑，可谓理且安矣。何以言之？且汉知孟舒于田叔，得魏尚于冯唐，闻黄霸之明审，睹汲黯之简靖，拜之可也，复其位可也。卧而委之以辑一方可也。有罪得以黜，有能得以赏。朝拜而不道，夕斥之矣。夕受而不法，朝斥之矣。设使汉室尽城邑而侯王之，纵令其乱人[5]，戚之而已[6]。孟舒、魏尚之术莫得而施，黄霸、汲黯之化莫得而行；明谴而导之，拜受而退已违矣；下令而削之，缔交合从之谋周于同列，则相顾裂眦[7]，勃然而起；幸而不起，则削其半，削其半，民犹瘁矣，曷若举而移之以全其人乎？汉事然也。今国家尽制郡邑，连置守宰，其不可变也固矣。善制兵，谨择守，则理平矣。

或者又曰："夏、商、周、汉封建而延，秦郡邑而促[8]。"尤非所谓知理者也。魏之承汉也，封爵犹建；晋之承魏也，因循不革；而二姓陵替，不闻延祚。今矫而变之，垂二百祀，大业弥固，何系于诸侯哉？

或者又以为："殷、周，圣王也，而不革其制，固不当复议也。"是大不然。夫殷、周之不革者，是不得已也。盖以诸侯归殷者三千焉，资以黜夏[9]，汤不得而废；归周者八百焉，资以胜殷，武王不得而易。徇之以为安，仍之以为俗，汤、武之所不得已也。夫不得已，非公之大者也，私其力于己也，私其卫于子孙也。秦之所以革之者，其为制，公之大者也；其情，私也，私其一己之威也，私其尽臣畜于我也。然而公天下之端自秦始。

夫天下之道，理安斯得人者也。使贤者居上，不肖者居下[10]，而后可以理安。今夫封建者，继世而理；继世而理者，上果贤乎？下果不肖乎？则生人之理乱未可知也。将欲利其社稷，以一其人之视听，则又有世大夫世食禄邑，以尽其封略，圣贤生于其时，亦无以立于天下，封建者为之也。岂圣人之制使至于是乎？吾固曰："非圣人之意也，势也。"

124

　　难道自然界果真没有原始阶段吗？我无法知道。人类果真有原始阶段吗？我也没法知道。那么，这两种说法哪种比较接近事实呢？我认为，有原始阶段这种说法比较接近事实。从何说起呢？从"封国土、建诸侯"的封建制就可以知道。那种封建制，经历了古代贤明的君王唐尧、虞舜、夏禹、商汤、周文王和周武王，但没谁能把它废除掉。不是不想废除它，而是事物发展的客观形势不允许，这种形势的产生，大概是在人类的原始阶段吧！不是原始阶段的那种形势，就不可能产生封建制。实行封建制，并非是古代圣人的本意。

　　人类在原始阶段跟万物一同生存，那时野草树木杂乱丛生，野兽成群四处奔窜，人不能像禽兽那样抓扑啃咬，而且身上也没有羽毛来抵御严寒，不能自我供养、自我保护。荀卿说过："人类一定要借用外物为自己所用。"借用外物必然会引起纷争，纷争不停，一定会去找那能判断是非的人，而且听从他的命令。那有智慧又辩明事理的人，服从他的人一定很多。他把正确的道理告诉那些纷争的人，不肯改悔的必然要惩罚他，使他受痛苦之后感到惧怕，于是君长、刑法、政令就产生了。于是附近的人就聚结成群，分成许多群以后，相互间争斗的规模一定更大，相争的规模大了就会产生军队和威德。于是又出现了更有威德的人，各个部族的首领又会听从他的命令，以此来安定自己的部属。于是产生了一大批诸侯，他们相争的规模就更大了。又有比诸侯威德更高的人，许多诸侯又去听从他的命令，以此来安定自己的封国。于是又产生了方伯、连帅一类诸侯领袖，他们相争的规模还要大。这就又出现了比方伯、连帅威德更高的人，方伯、连帅们又去听从他的命令，来安定自己的老百姓，然后天下便统一于天子一人了。因此先有乡里的长官而后有县的长官，有了县的长官而后有诸侯，有了诸侯而后有方伯、连帅，有了方伯、连帅而后才有天子。从最

高的天子到乡里的长官，那些对人民有恩德的人死了，人们一定会尊奉他们的子孙为首领。所以说封建制的产生不是圣人的本意，而是形势发展的必然结果。

尧、舜、禹、汤的事离我们很久远了，到了周代记载就很详备了。周朝占有天下，把土地分割开来，设立了公、侯、伯、子、男五等爵位，分封了许多诸侯。诸侯国像繁星似的遍布四面，聚集在周天子的周围，就像车轮一样，辐条集中于车毂；诸侯聚合王都朝见天子，回到原处就要守卫疆土、捍卫城池。然而传到周夷王的时候，礼法被破坏了，损害了天子的尊严，天子要亲自下堂去迎接觐见的诸侯。到了周宣王的时候，他虽然拥有复兴周王朝的功德，显示出南征北伐的威风，终究还是无力决定鲁君的继承人，周朝日渐衰败下去，直到周幽王、周厉王。后来，周平王把国都向东迁移到洛邑，把自己与诸侯排列在同等地位上去了。从那以后，向周天子询问传国九鼎的事情发生了，用箭射伤天子肩膀的事情发生了，讨伐天子大臣凡伯、逼迫天子杀死大夫苌弘这样的事情也发生了。天下大乱，再没有人把天子看作天子的了。我认为周王朝丧失统治力量已经很久了，只是在公侯之上保存着一个空名罢了！这岂不是诸侯力量太强大而指挥不动，就像尾巴太大摇摆不动而造成的过失吗？于是周王朝分成十二个诸侯国，后来又合并为七个强国，王朝的权力分散到陪臣的手中，最后被受封很晚的诸侯秦国灭掉。周朝败亡的原因，应该就在这里了。

秦朝统一了天下后，废除诸侯国而设立郡县，废除诸侯而委派郡县长官。秦占据了天下的险要位置，在黄河的上游建都，控制着全国，把局势掌握在手里，这是它做得正确的地方。但没过几年便天下大乱，那是另有原因。它频繁征发数以万计的百姓服役，使刑法越来越残酷，耗尽了财力，于是那些扛着锄头被责罚做苦工守边的人们彼此以目示意，最终联合起来，怒吼着汇合成群，奋起反秦。当时有造反的老百姓而没有反叛的官吏，下层的老百姓怨恨秦王朝，上面的官吏惧怕朝廷。全国四面八方互相联合，杀郡守捉县令的事情在各地同时发生。这样的错误在于激起了人民的怨恨，并不是郡县制度的过错。

汉朝取得了天下之后，纠正了秦朝的错误，遵循周朝的封建制，分封自己的子弟和功臣为诸侯王。但没有几年，为了平息诸侯国的叛乱便闻命奔赴镇压，以至连救死扶伤都顾不上，汉高祖刘邦被围困在平城，被箭射伤，如此衰落不振达三代之久。后来由于谋臣献策，才分散削弱诸侯王的势力，并由朝廷命官管理。但是汉朝恢复封建制之初，诸侯国和郡县各占一半，那时只有反叛的诸侯国而没有反叛的郡县，秦朝郡县制的正确性也就清楚了。汉朝以后称帝的，即使再过一百代，郡县制比封建制优越，也是可以知道的。

唐朝建立以后，设置州县，任命州县的长官，它做得非常正确。但还是有凶暴狡猾的人时常起来叛乱、侵州夺县的情况发生，这种过失不在于设置州县而在于藩镇拥有重兵，那时有反叛的藩镇将领而没有反叛的州县长官。郡县制的建立，确实是不可改变的。

有的人说："封建制的世袭君长一定会将其封地当作自己的私人产业尽心治理，将其管辖的老百姓当作自己的儿女悉心爱护，使那里的风俗变好，把那里的政治治理好，这样施行教化就比较容易。郡县制的州县地方官抱着得过且过的心理，只想升官发财，怎么能把地方治理好呢？"我认为这种说法也是不对的。看周朝的情况，就毫无疑问可以明白了：诸侯们骄横，贪财好战，总体来说是政治混乱的国家多，治理得好的国家少。诸侯的霸主不能改变混乱的政局，周天子无法撤换失职的诸侯国的君王，真正爱惜土地爱护人民的诸侯还不到百分之一。造成这种弊病的原因在于封建制，不在于政治措施。周朝的情况就是如此。看秦朝的情况，也可以清楚证明这一点：朝廷有治理百姓的制度，而不让郡县专权，这是正确的；中央有管理政务的大臣，不让地方官独断专行，这也是正确的。但是郡县不能有效实施郡县制的政治主张，郡守、县令不能很好地治理百姓。残酷的刑罚和繁重的劳役使万民怨恨。这种过失在于政治措施，不在于郡县制本身。秦朝的情况便是这样。汉朝建立之初，天子的政令只能在郡县推行，不能在诸侯国推行；天子只能控制郡县长官，却不能控制诸侯王。诸侯王即使胡作非为，天子也不能撤换他们；即使诸侯国的百姓深受苦难，朝廷也无法解救他们。只能等到诸侯王叛乱造反，才把他们逮捕、流放或率兵讨伐，以至灭掉他们。当他们的罪恶尚未完全暴露时，即使他们非法牟利搜刮钱财，依仗权势作威作福，给百姓造成严重的伤害，朝廷也不能对他们采取措施。而郡县则可以说是政治清明、社会安定了。为什么这样讲呢？汉文帝从田叔那里知道了孟舒，从冯唐那里知道了魏尚，汉宣帝听说黄霸执法明察审慎，汉武帝看到汲黯为政简约清静，那么就可以任命黄霸做官，可以恢复孟舒、魏尚原来的官职，甚至可以让汲黯躺着任职，委任他只凭威望去安抚一方。地方官吏犯了罪可以罢免，有政绩可以奖赏。早上任命的官吏，如果发现他不司其职，晚上就可以将他撤掉；晚上任命的官吏，如果发现他违法乱纪，第二天早上就可以罢免他。假使汉王朝把城邑全部都分封给诸侯，即使他们危害百姓，也只能发愁罢了。孟舒、魏尚的治国策略不能实施，黄霸、汲黯的教化无法推行。如果公开谴责并劝导这些诸侯，他们当面接受，但回去就违反了；如果下令削减他们的封地，他们就互相串通联合行动，怒视天子，气势汹汹地反叛朝廷。如果他们不起来闹事，就能削减他们的一半封地。可即使削减一半，百姓还是受害了，何不把诸侯王完全废除掉来保全那里的百姓呢？汉朝的情况就是这样。当今国家完全实行郡县制，普遍任命郡县长官，这种情况是肯定不能改变了。只要妥善地治理军队，慎重地选择地方官吏，那么政局就会安定了。

又有人说："夏、商、周、汉四代实行封建制，他们统治的时间都很长久，而秦朝实行郡县制，统治的时间却很短。"这是不懂得治理国家的人说的话。魏继承汉朝分封贵族的爵位，仍然实行封建制；西晋继承魏，因袭旧制不变，但魏和晋很快就衰亡了，没听说有国运长久的。现在唐朝纠正魏晋的过失改变了制度，开国已近二百年，国家基业更加巩固，这与分封诸侯又有什么关系呢？

有人又认为："治理商、周二代的是圣明的君王啊，他们都没有改变封建制，那么，本来就不应当再议论这件事了。"这种说法十分错误。商、周二代没有废除封建制，是不得已的。因为当时归附商朝的诸侯有三千个，商朝依靠他们的力量才灭掉了夏，所以商汤就不能废除他们；归附周朝的诸侯有八百个，周朝凭借他们的力量才战胜了商朝，所以周武王也不能废弃他们。沿用他来求得安定，因袭他来作为习俗，这就是商汤、周武王这样做的原因。他们是不得已的，并不是什么大公无私的美德，而是有私心，是要使诸侯为己用，并保卫自己的子孙。秦朝废除分封诸侯的办法是最大的公，它的动机是为私的，是皇帝想要树立个人的权威，使天下的人都服从于自己。但是废除分封，以天下为公，却是自秦朝开始的。

至于治国之道，只要治理得好、政局安定，就能得到百姓的拥护。让贤明的人居上位，不肖的人居下位，国家治理才会安定。封建制的统治者，是一代继承一代地统治下去的。这种世袭的统治者，居上位的真的贤明吗？居下位的真的不肖吗？如此一来，百姓究竟是得到太平还是遭遇祸乱，就无法知道了。如果想有利国家，统一百姓的思想，同时又有世袭爵位俸禄，占尽诸侯国的全部封地，即使有圣人贤人生在那个时代，也会没有立足之地，这就是封建制造成的。难道是圣人的制度使事情坏到这种地步吗？所以我说："这不是圣人的本意，而是形势发展所致。"

○ 品画鉴宝
李贤墓观鸟捕蝉图·唐代壁画

◎ 原文注释

〔1〕榛榛：杂乱芜秽。

〔2〕连帅：十个国家合称为连，执掌连的称为连帅。

〔3〕问鼎：鼎是指周王室的传国之宝鼎，问鼎含有藐视王室的意义。

〔4〕负锄梃谪戍之徒：扛着锄头木棍被责罚防守边境的人们，即指陈胜、吴广众人起义之事。

〔5〕纵令：纵使，即使。

〔6〕戚：悲戚。

〔7〕裒眦：怒视。

〔8〕促：短促。

〔9〕资以黜夏：借助于他们的力量才废黜了夏朝。资：力量，在此为动词。

〔10〕不肖：没有才能。

◎ 拓展阅读

郡国制

汉朝在推行郡县制的同时又推行封国制，封国包括王国和侯国，这种两种并行制被称为郡国制。汉朝初期，刘邦为了维持稳定局面，铲除异姓诸侯王，以分封子弟的方式，调和异姓诸侯王与郡国制的两极偏差。刘邦与项羽相争时，先后分封七个异姓王；称帝后，又分封同姓子弟第九王，致使后来中央政府及封国之间的斗争延续了很长的时间。两汉时期虽郡国并行，但仍以郡县制为主，这一制度使郡国杂处，互相牵制，对维护中央集权和国家统一起到了积极作用。

129

○ 品画鉴宝 山水图·清·王铎 此图用墨浓重，山石树木层次分明。半山腰有寺院，民居深藏其间，别有一番趣味。

古之传者有言：成王以桐叶与小弱弟戏[1]，曰："以封汝。"周公入贺。王曰："戏也。"周公曰："天子不可戏。"乃封小弱弟于唐[2]。

吾意不然。王之弟当封邪，周公宜以时言于王，不待其戏而贺以成之也。不当封邪，周公乃成其不中之戏，以地以人与小弱弟者为之主，其得为圣乎[3]？且周公以王之言不可苟焉而已，必从而成之邪？设有不幸，王以桐叶戏妇寺，亦将举而从之乎？凡王者之德，在行之何若。设未得其当，虽十易之不为病；要于其当，不可使易也，而况以其戏乎！若戏而必行之，是周公教王遂过也。

吾意周公辅成王，宜以道[4]，从容优乐，要归之大中而已，必不逢其失而为之辞。又不当束缚之，驰骤之，使若牛马然，急则败矣。且家人父子尚不能以此自克，况号为君臣者邪！是直小丈夫缺缺者之事[5]，非周公所宜用，故不可信。

或曰：封唐叔，史佚成之[6]。

古书上说：周成王拿着一片桐树叶子给年幼的弟弟，并开玩笑说："拿这个封藩给你。"周公入宫庆贺。周成王解释说："我是和他开玩笑呀。"周公说："天子不应该随便开玩笑。"于是周成王就把唐地封给了年幼的弟弟。

我认为此事不是这样的。若周成王的弟弟应该受封，周公就应及时地告诉周成王，而不必等周成王开了玩笑再去庆贺，趁机促成这件事。若周成王的弟弟不该受封，周公就使一个不恰当的玩笑变成了事实，使周成王把土地和百姓封给年幼的弟弟，让一个小孩成为一国之主，周公还能算是圣人吗？况且周公的意思是说君王说话不可随便罢了，难道一定要听从玩笑，并促成它吗？假如不幸，周成王拿了桐叶与妃嫔、太监开玩笑，周公难道也会把玩笑变成现实吗？凡是君王的恩德，要看怎样实行。如果办理不恰当，即使纠正十次也不算过，关键是要办理恰当，不随意改变，更何况是拿它来开玩笑了！如果开玩笑的话也要当真，这就是周公在教唆周成王铸成过错呢。

我认为周公辅佐周成王，应当用圣人之道去引导他，是要使他的言行和娱乐恰如其分，而不是去迎合他的过错并替他辩护，也不要对他管束太严，使他终日操劳，像牛马那样奔忙，急于让他成长反会坏事。而且一家父子之间，尚不能用这种方法来约束，何况还有君臣名分之分呢！这不过是那些市井小民才会干的事，不是周公应采用的做法，所以不可相信。

有的古书说，封唐叔这件事是太史尹佚促成的。

周公

易繫又辭詩歌德音
道隆德盛血誠赤心

◎ 原文注释

〔1〕周成王：名姬诵，周朝时的君主，周武王之子。即位时因年幼不能理政，由其叔父周公姬旦摄政。〔2〕唐：古国名，在今山西翼城县西。〔3〕圣：圣人。儒家典籍中多以此泛指尧、舜、禹、汤、周文王、周武王、周公、孔子等。〔4〕道：圣人之道。这里指儒家的中庸之道，即以一种不偏不倚的合理态度看待万物，也即所谓"中不偏，庸不易"，与下文"大中"同义。〔5〕歉（quē）歉：同"缺"。不知足、不满足。〔6〕史佚：即太史尹佚。周初的史官。

◎ 拓展阅读

谢朓《游东堂咏桐诗》

孤桐北窗外，高枝百尺余。

叶生既婀娜，叶落更扶疏。

无华复无实，何以赠离居。

裁为珪与瑞，足可命参墟。

李清照《忆秦娥·咏桐》

临高阁，乱山平野烟光薄。烟光薄，栖鸦归后，暮天闻角。

断香残酒情怀恶，西风吹衬梧桐落。梧桐落，又还秋色，又还寂寞。

后先生盖千祀兮，余再逐而浮湘。求先生之汨罗兮，揽蘅若以荐芳[1]。愿荒忽之顾怀兮[2]，冀陈词而有光[3]。

先生之不从世兮，惟道是就[4]。支离抢攘兮，遭世孔疚。华虫荐壤兮，进御羔袖。牝鸡咿嘤兮，孤雄束味。哇咬环观兮，蒙耳大吕。董喓以为羞兮，焚弃稷黍。犴狱之不知避兮，宫庭之不处。陷涂藉秽兮，荣若绣黼。榱折火烈兮，娱娱笑舞。谗巧之晓晓兮，惑以为咸池。便媚鞠恧兮，美愈西施。谓谠言之怪诞兮，反置瑱而远违[5]。匿重痼以讳避兮，进俞、缓之不可为。

何先生之凛凛兮，厉碱石而从之。但仲尼之去鲁兮，曰吾行之迟迟。柳下惠之直道兮，又焉往而可施。今夫世之议夫子兮，曰胡隐忍而怀斯。惟达人之卓轨兮，固僻陋之所疑。委故都以从利兮，吾知先生之不忍。立而视其覆坠兮，又非先生之所志。穷与达固不渝兮，夫唯服道以守义。矧先生之悃愊兮[6]，滔大故而不贰。沉璜瘗佩兮，孰幽而不光。荃蕙蔽匿兮，胡久而不芳。

先生之貌不可得兮，犹仿佛其文章。托遗编而叹唱兮，涣余涕之盈眶。呵星辰而驱诡怪兮，夫孰救于崩亡。何挥霍夫雷霆兮，苟为是之荒茫。耀婞辞之晱朗兮[7]，世果以是之为狂。哀余衷之坎坎兮，独蕴愤而增伤。谅先生之不言兮，后之人又何望？忠诚之既内激兮，抑衔忍而不长。矤为屈之几何兮，胡独焚其中肠[8]。

吾哀今之为仕兮，庸有虑时之否臧[9]。食君之禄畏不厚兮，悼得位之不昌。退自服以默默兮，曰吾言之不行。既谕风之不可去兮[10]，怀先生之可忘。

先生去世一千年以后，我又一次遭贬逐，乘舟来到湘江。为寻访先生的遗迹，我到了汨罗江畔，采摘些杜蘅杜若把芳香敬献给先生，望先生在幽冥中能顾念我，使我荣幸地向您诉说衷肠。

先生不与世俗同流，只坚持正确的政治主张，国家支离破碎，你生活的时代使人忧苦。华贵的礼服被抛到了地上，羊皮做的粗劣衣裳被穿起；母鸡咯咯乱叫，昂首独立的雄鸡不能放声高歌；人们围着欣赏糜烂、庸俗的乐曲，对高尚、高雅的音乐却充耳不闻；毒药被当作美味，真正的粮食却被抛弃、烧掉，明知是牢狱也不知避开，却丢下华丽的宫殿任其荒废；掉进污泥，坐卧的地方肮脏，弄得全身污秽，却自觉很荣耀，如同披上锦绣礼服一样；烈火烧断了房梁的椽子，他们反而载歌载舞；喋喋不休的花言巧语，被糊涂地当成动听的乐曲；小丑低三下四逢迎讨好，被认为比西施还漂亮；视治国图强的言论为怪诞，塞住耳朵远走他方；有了重病还不请医生医治，即使请来俞跗、秦缓那样高明的医生也无能为力啊。

先生为何这样令人钦佩、敬重，还非要磨砺针石去治疗那无法治愈的伤痛？

○品画鉴宝 屈原图·明·朱约佶

如同孔子被迫离开鲁国，还说"我慢慢走"一样。柳下惠奉行"直道"，也曾说到哪去都不能实现这种想法。现在世人议论先生，说你为何遭受那样打击还心忧楚国的兴亡？这是通达事理的人的本能作为啊，是知识浅薄的人所无法想象的。抛弃祖国去追求个人私利，你决不忍心这样做；袖手旁观坐视国家灭亡，这更不是先生的性格。无论处境好坏，自己的志向都不会改变，你始终坚持自己的节操和理想。先生对祖国是那样的赤诚啊，宁可壮烈投江而死也决不改变自己的志向。沉在水底和埋进土中的美玉怎么会幽暗无光彩？香草被遮蔽掩藏起来，时间久了怎么会失去芳香？

先生的音容笑貌再也见不到了，但是读你的文章却如同看到了你的形象。捧读先生的作品我心中充满感慨，忍不住热泪盈眶。你怒斥星辰质问各种怪异，那又如何能挽救国家的危亡？为何你指挥风云驾驭雷电，上天下地寻求那渺茫的理想！你的辞藻华美、光辉耀眼的文章，果真让一般世人认为你是在发狂。只有我为你的遭遇而深感不平，心中充满愤怒和悲伤。如果你不写下这些文章，后人又怎么会把你敬仰？你爱国的赤诚在胸中澎湃，怎能长久埋藏心中而不向外宣扬。楚国的芈姓同你的屈姓有多大关系啊，为何偏偏你为国担忧，内心像火一样燃烧？

我感叹现在那些当官的，他们谁能关心国家的治乱兴亡！他们怕的只是国家的俸禄不多，担心的只是自己的官运不通。我只好退身而出，自守志向，默默自行其是，并为不能实现自己的政治主张而感叹。既然这苟且偷安的坏风气无法改变，我对先生的怀念之情又怎么能忘记啊！

◎ 原文注释：

〔1〕揽：持着，拿着。蘅（héng）若：蘅，杜蘅；若，杜若。二者都是香草。荐：进献，上供。指祭祀。

〔2〕荒忽：同"慌惚"，光线暗淡不明亮，指在幽冥之中。

〔3〕冀：希望、期望。陈词：致词，陈述言词。光：荣光，荣耀。

〔4〕惟道是就：只坚持正确的政治主张。

〔5〕瑱（tiàn）：古时贵族挂在帽子两边用来塞耳的玉。

〔6〕矧（shěn）：何况，况且。悃愊（kǔn bì）：诚心诚意。

〔7〕姱（kuā）辞：华丽优美的言辞。姱，优美。晱（tǎng）朗：光辉耀眼。

〔8〕焚其中肠：内心像火一样燃烧。

〔9〕庸：哪里。虑时，考虑时局，关心国家大事。

〔10〕媮（tōu）风：指苟且偷安的坏风气。媮，苟且。

◎ 拓展阅读

刘禹锡《竞渡曲》

沅江五月平堤流，邑人相将浮彩舟。

灵均何年歌已矣，哀谣振楫从此起。

杨桴击节雷阗阗，乱流齐进声轰然。

蛟龙得雨鬐鬛动，螮蛛饮河形影联。

刺史临流褰翠帏，揭竿命爵分雄雌。

先鸣馀勇争鼓舞，未至衔枚颜色沮。

百胜本自有前期，一飞由来无定所。

风俗如狂重此时，纵观云委江之湄。

彩旂夹岸照蛟室，罗袜凌波呈水嬉。

曲终人散空愁暮，招屈亭前水东注。

小人所好者，利禄也；所贪者，货财也。当取同利之时，暂相党引以为朋者，伪也。乃其见利而争先，或利尽而交疏，则反相贼害。虽其兄弟亲戚，不能相保。

欧阳修

欧阳修（1007－1072）字永叔，吉安永丰（今属江西）人，自称庐陵人，号醉翁、六一居士，谥号文忠，世称欧阳文忠公。北宋政治家、文学家、史学家和诗人。

欧阳修四岁丧父，由母亲教养成人，自幼勤学聪颖，聪慧过人。宋仁宗天圣年间中进士，担任馆阁校勘，景祐三年（1036年）因直言论事被贬到夷陵。庆历年间任谏官，支持范仲淹的新政，曾写《与高司谏书》，指责谏官不谏，主张改良政治，但被贬到滁州。宋英宗时任枢密副使、参知政事。宋神宗时任兵部尚书，后以太子少师的官衔致仕。晚年隐居颍州，死后葬在开封新郑（今河南新郑），谥文忠。

欧阳修在政治和文学上都极力主张革新。在政治上，他支持范仲淹的庆历新政；在文学上，他是北宋诗文革新运动的领袖。他认为文章应"明道""致用"，反对靡丽险怪的西昆体。他的散文说理畅达，抒情委婉，对当世和后世都有巨大的影响力。王安石评论欧阳修的散文"充于文章，见于议论，豪健俊伟，雄辞闳辩"，苏辙认为"雍容俯仰，不大声色而文理自胜"。在散文写作上，欧阳修学习韩愈，但又有别于韩愈，在"唐宋八大家"中可谓独树一帜。他的诗与散文风格近似，语言流畅自然，气势舒缓磅礴。他的词风格婉丽，秉承南唐词风，大多表现男欢女爱、离别相思和歌舞宴乐。在史学方面，欧阳修与宋祁合修《新唐书》，并独撰《新五代史》。此外，他还喜欢收集金石文字，编写了《集古录》，对宋代金石学有很大的影响。

有《欧阳文忠公文集》。

修顿首再拜白司谏足下。某年十七时，家随州，见天圣二年进士及第榜，始识足下姓名。是时予年少，未与人接，又居远方，但闻今宋舍人兄弟与叶道卿、郑天休数人者，以文学大有名，号称得人。而足下厕其间[1]，独无卓卓可道说者[2]，予固疑足下不知何如人也。

其后更十一年，予再至京师。足下已为御史里行，然犹未暇一识足下之面，但时时于予友尹师鲁问足下之贤否。而师鲁说足下正直有学问，君子人也。予犹疑之。夫正直者，不可屈曲；有学问者，必能辨是非。以不可屈之节，有能辨是非之明，又为言事之官，而俯仰默默[3]，无异众人，是果贤者邪？此不得使予之不疑也。

自足下为谏官来，始得相识。侃然正色，论前世事，历历可听，褒贬是非，无一谬说。噫！持此辩以示人，孰不爱之？虽予亦疑足下真君子也。

是予自闻足下之名及相识，凡十有四年，而三疑之。今者，推其实迹而较之[4]，然后决知足下非君子也。

欧阳修再拜顿首向司谏您诉说：我十七岁的时候，家在随州，看到天圣二年进士及第的榜文，才知道您的名字。那时我还年轻，没有和社会上的人交往过，又加上住在离京城较远的地方，只听说过现在的宋庠兄弟、叶道卿、郑天休几个人，因为文章特别出名，大家认为这次考试取得了有才干的人。您勉强的和这些人并列在一起，只是没有什么特别的事可以称道的，我当然就要怀疑您是个什么样子的人。

在那以后过了十一年，我第二次来到京城，您已经在御史台任职了，然而还是没有机会和您见面，只是常常向我的朋友尹师鲁询问，您是不是有道德有才能的人。师鲁说您为人正直有学问，是个君子。我还是怀疑您。所谓正直，不能无原则地屈从别人的见解；所谓有学问，一定能够明辨是非。有不能屈从别人的气节和能够明辨是非的能力，又加上身为御史谏官，却无原则地迎合别人，当说的不说，跟大家没有什么不同，这能说是有道德有才能的人吗？这就不能不让我怀疑了。

自从您做了谏官，才得以互相认识，刚直公正的样子，谈论前代事情倒也明白动听，对是非的表扬批评没有一句错误的言论。唉！以这样的口才出现在别人的面前，谁不敬佩他呢？虽然如此我还是怀疑您是不是真正的君子。

这就是我自从听说您的姓名到互相认识，总共十四年中三次怀疑您的情况。现在考察了您的实际言行来衡量一下，然后才肯定地知道您不是一个君子。

◎ 原文注释

〔1〕厕其间：置身在他们中间。厕，置。

〔2〕卓卓：卓越，突出。

〔3〕俯仰默默：随人高下，默不作声。俯仰，本来是低头又抬头，借以形容无原则的迎合别人。

〔4〕较：考察。其：你的。这里用作第二人称代词。实迹：实际言行。

前日范希文贬官后，与足下相见于安道家，足下诋诮希文为人。予始闻之，疑是戏言；及见师鲁，亦说足下深非希文所为，然后其疑遂决。希文平生刚正，好学通古今，其立朝有本末 [1]，天下所共知；今又以言事触宰相得罪。足下既不能为辨其非辜 [2]，又畏有识者之责己，遂随而诋之，以为当黜。是可怪也。

　　夫人之性，刚果懦软，禀之于天 [3]，不可勉强，虽圣人亦不以不能责人之必能。今足下家有老母，身惜官位，惧饥寒而顾利禄，不敢一忤宰相以近刑祸，此庸人之常情，不过作一不才谏官尔；虽朝廷君子，亦将闵足下之不能 [4]，而不责以必能也。今乃不然，反昂然自得，了无愧畏，便毁其贤以为当黜，庶乎饰己不言之过 [5]。夫力所不敢为，乃愚者之不逮；以智文其过，此君子之贼也。

　　且希文果不贤邪？自三四年来，从大理寺丞至前行员外郎；作待制，日日备顾问，今班行中无与比者。是天子骤用不贤之人 [6]？夫使天子待不贤以为贤，是聪明有所未尽 [7]。足下身为司谏，乃耳目之官 [8]，当其骤用时，何不一为天子辨其不贤，反默默无一语，待其自败，然后随而非之？若果贤邪，则今日天子与宰相以忤意逐贤人，足下不得不言。是则足下以希文为贤，亦不免责；以为不贤，亦不免责。大抵罪在默默尔。

　　前几天范希文被贬官，我与您在安道家彼此见过面，您毁谤讥讽希文的为人。我起初听到这些，还怀疑是玩笑话，等到见到师鲁，他也说您十分不满希文的行为，这以后我先前的那种怀疑就没有了。希文一生刚直公正，爱好学习贯通古今，在朝廷为官做事有始有终，天下人都知道。现在又由于进谏触犯了宰相而获罪，您既不能替他辨白无罪，又害怕有见识的人责备自己，于是就跟着别人毁谤他，认为应该贬官，这就太奇怪了！

　　人的本性比如刚强、果断、懦弱、软弱，是从天性得来的，不能勉强。即或圣人也不会拿别人不能办到的事情苛求别人。现在您家中有老母，自己又舍不得官位，害怕挨饿受冻只想着官位和利益，不敢触犯宰相，怕招来刑罚和灾祸，这是一个没

有作为的人通常的想法，只不过是做一个不称职的谏官罢了。即使是朝廷上正直的人，也将会同情您不能替他辨白，并不会苛求您一定这样做。现在却不是这样，您反倒理直气壮、洋洋得意，一点也不羞愧畏惧，还乘机毁谤希文的德行和才能，认为应当贬官，企图以此来掩饰自己不敢直谏的过失。本来有力量而不敢去做，连愚蠢的人都赶不上；用小聪明来掩饰自己的过失，这是君子当中的败类。

再说希文果真没有道德和才能吗？从近三四年来看，他由做大理寺丞到前行员外郎到天章阁待制，天天准备皇帝可能咨询的事情，在同班朝臣中没有能够和他相比的。难道是天子破例任用了没有道德和才能的人？假使天子把不贤的人当作贤能的人，这是皇帝受到蒙蔽的缘故。您身为司谏，是皇帝的耳目，当皇上一旦错用的时候，您为什么不向皇帝说他是没有道德才能的人呢？相反却一声不吭，等他自遭祸殃时，您又跟着别人责备他。假如希文果真有道德有才能，那么今天他触犯皇上与宰相而被赶走，您不能不说话。这就是说，您认为希文是贤人，也脱不掉责任；认为希文没有道德才能，也脱不掉责任。总之您的罪过在当说不说上罢了。

◎ **原文注释**

〔1〕立朝有本末：在朝为官，秉公办事，有始有终。本，树干。末，树梢。本末，意为始终。〔2〕辜：罪，过失。〔3〕禀之于天：是从先天得来的。禀，受。〔4〕闵：同"悯"，怜悯，同情。〔5〕庶乎：就是庶几乎，表示希望之词。不言：就是不敢进谏。〔6〕骤用：指不按制度任用。骤，突然。〔7〕聪明有所未尽：指耳朵没听到，眼睛没看到。尽，及。〔8〕耳目之官：谏官的职责应该有助于皇帝明辨是非，好像是皇帝的耳目一样。

　　昔汉杀萧望之与王章，计其当时之议，必不肯明言杀贤者也；必以石显、王凤为忠臣，望之与章为不贤而被罪也。今足下视石显、王凤果忠邪，望之与章果不贤邪？当时亦有谏臣，必不肯自言畏祸而不谏，亦必曰当诛而不足谏也。今足下视之，果当诛邪？是直可欺当时之人，而不可欺后世也。今足下又欲欺今人，而不惧后世之不可欺邪？况今之人未可欺也。

　　伏以今皇帝即位已来[1]，进用谏臣，容纳言论。如曹修古、刘越，虽殁犹被褒称，今希文与孔道辅皆自谏诤擢用。足下幸生此时，遇纳谏之圣主如此，犹不敢一言，何也？前日又闻御史台榜朝堂，戒百官不得越职言事，是可言者惟谏臣尔。若足下又遂不言，是天下无得言者也。足下在其位而不言，便当去之，无妨他人之堪其任者也。昨日安道贬官、师鲁待罪，足下犹能以面目见士大夫，出入朝中称谏官，是足下不复知人间有羞耻事尔！所可惜者，圣朝有事，谏官不言，而使他人言之。书在史册，他日为朝廷羞者，足下也。

《春秋》之法，责贤者备[2]。今某区区犹望足下之能一言者，不忍便绝足下，而不以贤者责也。若犹以谓希文不贤而当逐，则予今所言如此，乃是朋邪之人尔。愿足下直携此书于朝，使正予罪而诛之，使天下皆释然知希文之当逐[3]，亦谏臣之一效也。

前日足下在安道家，召予往论希文之事。时坐有他客，不能尽所怀[4]，故墷布区区[5]，伏惟幸察[6]，不宣[7]。修再拜。

从前西汉的石显、王凤逼杀萧望之和王章，估计人们当时对这件事的议论一定不会照直说杀了贤才。必定认为石显、王凤是忠臣，萧望之、王章因为不贤而遭到惩罚。现在您看石显、王凤果真是忠臣吗？萧望之、王章果真是奸臣吗？当时有专门负责进谏的臣子，一定不会说自己害怕灾祸而不敢进谏，也一定会说应该诛杀而不值得为他们辩护。现在您看果真应当诛杀吗？这只能欺骗当时的人，而不能欺骗后人。现在您又想欺骗当代人，就不怕后代的人不容欺骗吗？何况连当代人也欺骗不了。

当今皇帝即位以来，任用谏官，采纳忠言，像曹修古、刘越虽然死去，还一直被表扬称颂。当今范希文与孔道辅都是由于谏诤而被提升任用的。您很幸运地生在今天，遇到像现在这样能够采纳意见的圣明君主，还不敢说一句话，是什么原因呢？前天又听说御史台在朝堂出了榜文，告诫百官不准越职言事。这样能够说话的就只有谏官了。像您又一直不说话，这样天下就没有能够说话的人了。您身为司谏，却不说话，就应当离开这个职位，不要妨碍别的能够胜任这个职位的人。昨天余安道贬了官，尹师鲁听候处分，您还有脸面见士大夫，在朝中出出进进还自称谏官，真是不知道人世间还有羞耻之事！值得痛惜的是朝廷出了事，谏官不说话，却让别人去说。这种情况写在史册上，日后给朝廷丢脸的就是您了。

《春秋》的笔法，对待贤者要求愈是严格。今天我仍然诚恳地希望您能说一句公道话，我不忍心对您感到绝望，因而就不照贤人来要求您。假如您仍然认为希文不贤而应该被贬谪，那么我今天所说的这些话，就是与他朋比为奸的邪恶之人了。您可以带上这封信去朝廷，让朝廷治我的罪，杀掉我，使天下的人都清楚地知道范希文应该被赶出朝廷。这也算是谏官的一次功劳了。

前天您在安道家，招呼我去谈希文的事。当时在座还有别的客人，不能说尽我的想法。所以写这封信谈谈我个人的看法，望您思考。言不尽意，到此搁笔。欧阳修再拜。

○ 品画鉴宝　早春图轴·宋·郭熙　此图以近景和中景为主，远处则以空阔的天空为背景，言简意赅，给人以无限悠远的感觉。近景则以浓墨重彩为主，层次感极强。

◎ 原文注释

〔1〕伏以：表示恭敬的发语词。今皇帝：指宋仁宗赵祯。

〔2〕责贤者备：对于贤能的人要求全面严格。

〔3〕释然：清楚、明白。

〔4〕所怀：心里想着的事情，就是想法。

〔5〕布：陈达。区区：就是区区之见，微不足道的意思。

〔6〕伏惟幸察：旧时书信套语，请您考虑的意思。伏惟，敬词，意为俯伏而思。
　　　幸，希望对方做某件事的客套用语。

〔7〕不宣：旧时书信结尾套语，意思是还没有说尽，暂先说到这里。

○ 品画鉴宝　定窑白釉孩儿枕·宋

◎ 拓展阅读

欧阳修快马改稿

据《宋稗类钞》记载，有一次欧阳修替人写了一篇《相州锦堂记》，其中有这样两句"仕宦至将相，富贵归故乡"。交稿后，他又推敲了一下，觉得不妥，便派人骑快马将稿子追回，修改后再送上。来人接过改稿发现，欧阳修将"仕宦至将相，富贵归故乡"改成了"仕宦而至将相，富贵而归故乡"，改动的只是两个"而"字。可增加了两个"而"字，意义虽未改变，但是读起来语气由急促变为舒缓，音节和谐，增加了语言抑扬顿挫的节奏美。

144

读李翱文

予始读翱《复性书》三篇，曰：此《中庸》之义疏尔。智者识其性，当读《中庸》；愚者虽读此，不晓也，不作可焉。又读《与韩侍郎荐贤书》，以谓翱特穷时，愤世无荐己者，故丁宁如此；使其得志，亦未必。然以翱为秦汉间好侠行义之一豪隽[1]，亦善论人者也。最后读《幽怀赋》，然后置书而叹，叹已复读，不自休。恨翱不生于今，不得与之交；又恨予不得生翱时，与翱上下其论也[2]。

况乃翱一时人，有道而能文者莫若韩愈。愈尝有赋矣[3]，不过羡二鸟之光荣[4]，叹一饱之无时尔。此其心使光荣而饱，则不复云矣。若翱独不然，其赋曰："众嚣嚣而杂处兮[5]，咸叹老而嗟卑[6]；视予心之不然兮，虑行道之犹非。"又怪神尧以一旅取天下，后世子孙不能以天下取河北[7]，以为忧。呜呼！使当时君子皆易其叹老嗟卑之心，为翱所忧之心，则唐之天下岂有乱与亡哉！

然翱幸不生今时，见今之事，则其忧又甚矣！奈何今之人不忧也？余行天下，见人多矣，脱有一人能如翱忧者[8]，又皆贱远，与翱无异；其余光荣而饱者，一闻忧世之言，不以为狂人，则以为病痴，予不怒则笑之矣。呜呼，在位而不肯自忧，又禁他人使皆不得忧，可叹也夫！

景祐三年十月十七日，欧阳修书。

我开始读李翱的《复性书》三篇，觉得这不过是《中庸》一书的注释和发挥罢了，聪明人要想真正知道什么叫"性"，应当直接去读《中庸》；愚笨的人即使读了《复性书》，也不懂得说的是什么。做这样的文章大可不必。又读到他的《与韩侍郎荐贤书》，觉得李翱不过是因于当世而愤恨无人推荐自己，所以才那么反复叮嘱。假使他一旦得志，也就未必这样了。不过把韩愈称为秦、汉间一位行侠仗义的豪杰，也可算是善于评论人物了。最后读他的《幽怀赋》，然后放下书，不由得感叹起来；感叹以后再读，简直不能罢休，恨李翱不生在今天，我不能同他结交；又恨我不能生在李翱的年代，与他一同讨论古今政事的得失。

况且和李翱同时代的人们当中，能懂得圣人之道又善于作文的人，再没有谁比得过韩愈了。韩愈曾经有一篇赋，写的不过是羡慕两只鸟儿的显贵荣耀，感叹自己不知什么时候才能吃一顿饱饭。推想他的心意，假使让他得到荣耀和温饱，也许就不那么写了。李翱则不然。他的《幽怀赋》写道："众人吵吵闹闹到处奔忙，都嗟叹自己年老而地位不高，而我心中想到的却不是这些，忧虑的是大道未行。"他在赋中还责怪：唐高祖当年凭一支劲旅而夺得天下，后世子孙则不能凭大唐天下而平定河南河北藩镇。可见他所忧虑的正是这些。唉！假使当时正直的人都能把感叹年老而不被重用之心换成李翱那种忧国忧民之心，那么大唐天下怎么会大

乱以致灭亡呢!

　　然而,李翱有幸没有生在今天。假如他看到当今的情形,那么他的幽愤一定会更加深广。奇怪的是,为何当今的人们却不忧虑呢?我走遍天下,见识的人也算多了,即使有人像李翱那样忧国忧民,也一定会被疏远,遭遇和李翱无异。剩下的那些既显达又温饱的人,一听到忧世的言论,不说他是狂人,就说他是有病的疯子,对他不是发怒就是讥笑。唉!占据高位而不为国分忧,还禁止别人,使人们都不能为国分忧,真是可叹啊!

　　景祐三年十月十七日。欧阳修作。

◎ **原文注释**

〔1〕豪隽:豪杰。〔2〕上下其论:讨论古今政事得失。〔3〕愈尝有赋:指韩愈的《感二鸟赋》。韩愈借鸟和自己对照,写了这篇赋,抒发自己的不平之感。〔4〕光荣:光显荣耀。〔5〕众嚣嚣:众口喧嚣。〔6〕咸叹老而嗟卑:都感叹自己老迈,为自己职位太低鸣不平。〔7〕后世子孙句:指安史之乱以后,河北、河南诸镇被镇割据,唐朝始终不能收复。〔8〕脱有:即使有。

◎ **拓展阅读**

欧阳修补诗

某人爱写诗,有一次与欧阳修同行,但不知道同路的就是欧阳修。走着走着,看到路边一枯柳,按捺不住,便念念有词地来了两句:"远看一枯柳,两个干树杈。"欧阳修听了并没嘲笑他,笑眯眯地说:"你如果能再加上两句,这诗保证漂亮!"这人就绞脑汁使劲地想。欧阳修见他想得挺苦,就给他加了两句:"春来苔是叶,冬至雪做花。"这人听了赞叹不已:后加的两句,使他那棵色彩、生命两无的"死树"立刻充满生机与活力。

太师王公，讳彦章，字子明，郓州寿张人也。事梁，为宣义军节度使，以身死国，葬于郑州之管城。晋天福二年，始赠太师。

公在梁以智勇闻。梁晋之争数百战，其为勇将多矣，而晋人独畏彦章。自乾化后，常与晋战，屡困庄宗于河上。及梁末年，小人赵岩等用事，梁之大臣老将，多以谗不见信，皆怒而有怠心；而梁亦尽失河北，事势已去，诸将多怀顾望。独公奋然自必，不少屈懈。志虽不就，卒死以忠。公既死而梁亦亡矣。悲夫！

五代终始才五十年，而更十有三君，五易国而八姓。士之不幸而出乎其时，能不污其身、得全其节者鲜矣。公本武人，不知书，其语质。平生尝谓人曰："豹死留皮，人死留名。"盖其义勇忠信出于天性而然。予于五代书，窃有善善恶恶之志[1]。至于公传，未尝不感愤叹息。惜乎旧史残略，不能备公之事。

康定元年，予以节度判官来此，求于滑人，得公之孙睿所录家传，颇多于旧史。其记德胜之战尤详。又言敬翔怒末帝不肯用公，欲自经于帝前。公因用笏画山川[2]，为御史弹而见废。又言公五子，其二同公死节。此皆旧史无之。又云：公在滑，以谗自归于京师，而史云召之。是时梁兵尽属段凝，京师羸兵不满数千，公得保銮五百人，之郓州，以力寡，败于中都[3]，而史云将五千以往者，亦皆非也。

太师王公，名彦章，字子明，郓州寿张人。在后梁担任宣义军节度史，以身殉国，葬在郑州管城。后晋天福二年，才追封为太师。

王公在后梁以智慧勇敢而闻名。后梁与后晋之间有几百次战斗，其中勇将众多，但是后晋将士只惧怕王彦章。从后梁乾化年间以后，他经常与后晋交战，在黄河两岸屡次使后晋庄宗皇帝受困。到了后梁末年，小人赵岩主持政事，后梁的重臣老将大多因为谗言离间而不被信任，都气愤而灰心，很快，后梁黄河以北地区全部丢失，将领们见大势已去，大多抱着观望的态度，只有王公奋发自励，抱定必胜信心，毫无屈服松懈之意。他的志向虽然没有实现，但是终于为国尽忠而死。他死后，梁也灭亡了，真是可悲啊！

五代从开始到结束才五十年，经历了十三个国君，五次改换年号，八次改换姓氏。士人不幸出生在那个年代，能够不玷污自己的声名而保全自己的节操的很少。王公本来是个武人，不懂得诗书，他说话质朴，平日曾经对人说："豹死留皮，人死留名。"大概他的义气、勇敢、忠诚、信用是出于天性吧！我写《五代史记》，抱有扬善贬恶的志向。写到王公的传记时，总感到愤慨又可惜，可惜的是旧五代史残缺简略，不能全部记下他的事迹。

康定元年，我因为担任节度判官来到滑州。我访问滑州人，得到了王公的孙子王睿所记录的家传，材料比旧五代史要多，记载德胜战役尤其详细。其中说：宰相敬翔因为梁末帝不肯任用王公而发怒，要在末帝面前上吊。王公后来因为用朝板划地讲述作战失败的情况，遭到御史弹劾而罢职。又说王公有五个儿子，其中两个跟他一样以身殉国。这都是旧五代史中所没有的。家传中说：王公在滑州时，因为受到谗言诬陷，自己回京辩解，可是旧五代史说是朝廷召他回京。当时，后唐军逼境，后梁的军队全归段凝掌握，京城的老弱残兵不满几千，王公只得到几百名保驾兵前往郓州抵御敌军，因为兵力单薄，在中都失败。但是旧五代史说他率领了五千人去郓州，这些都是不对的地方。

○ 品画鉴宝　当阳峪窑绞釉小罐·宋

◎ 原文注释

〔1〕善善恶恶：前面的善恶都是动词，后面的是名词，扬善贬恶的意思。

〔2〕笏：大臣上朝时记事用的手板。

〔3〕中都：故址在今山东汶上县西南。

149

公之攻德胜也，初受命于帝前，期以三日破敌。梁之将相闻者皆窃笑。及破南城，果三日。是时庄宗在魏，闻公复用，料公必速攻，自魏驰马来救，已不及矣。庄宗之善料，公之善出奇，何其神哉！

今国家罢兵四十年，一旦元昊反，败军杀将，连四五年，而攻守之计，至今未决。予尝独持用奇取胜之议，而叹边将屡失其机。时人闻予说者，或笑以为狂，或忽若不闻，虽予亦惑不能自信。及读公家传，至于德胜之捷，乃知古之名将必出于奇，然后能胜。然非审于为计者不能出奇；奇在速，速在果：此天下伟男子之所为，非拘牵常算之士可到也[1]。每读其传，未尝不想见其人。

后二年，予复来通判州事。岁之正月，过俗所谓铁枪寺者，又得公画像而拜焉。岁久磨灭，隐隐可见。亟命工完理之[2]，而不敢有加焉，惧失其真也。公善用枪，当时号"王铁枪"。公死已百年，至今俗犹以名其寺，童儿牧竖皆知王铁枪之为良将也[3]。一枪之勇，同时岂无？而公独不朽者，岂其忠义之节使然欤！

画已百余年矣，完之，复可百年。然公之不泯者[4]，不系乎画之存不存也。而予尤区区如此者[5]，盖其希慕之至焉耳。读其书，尚想乎其人[6]，况得拜其像，识其面目，不忍见其坏也。画既完，因书予所得者于后，而归其人，使藏之。

王公进攻德胜城的时候，开始在皇帝面前接受军令，自称只需三天时间破敌。朝中将相们听到这话都暗自发笑，等到攻破德胜南城，果然只用了三天。当时，后唐庄宗住在魏州，听到王公被任用，料定他一定快速进攻德胜，便从魏州亲自赶到德胜救援，可是已经来不及了。庄宗善于预料，王公善于出奇制胜，是多么的不平凡啊。

现在我们宋朝有四十多年没和辽国打仗了。自从李元昊反叛，打败我们的军队，杀死我们的将领，连接四五年了，可是到现在我们还没有决定攻守的策略。我曾经独自坚持用奇袭取胜的意见，可叹的是边防将领屡次失去机会。人们听到我的说法，有的讥笑我狂妄，有的轻视我的意见就像根本没有听到。后来我自己也感到迷惑，不敢确信自己的意见。等到读了王公家传，看到德胜的大胜仗，才知道古来的名将必定出奇才能获胜，不过不能周密计划的人不可能出奇制胜。奇在于速行，速行在于果断，这只有天下伟大人物才能做到，不是那些被常规所束缚的人能够实现的。我每次读到王公家传，总是想到王公的为人。

两年后，我又来到滑州做通判。今年正月，经过百姓所说的铁枪寺，又找到并参拜了王公的画像。这幅画像因为年代久远，磨损的很厉害，只能模模糊糊地看到王公的模样。我马上责成画工加以修饰整理，却不敢随便添加什么，惟恐失真。王公善于用枪，当时称他为王铁枪。王公已经死了一百年，到现在民间还用铁枪为寺庙取名，小孩牧童都知道王铁枪是一个良将。使用铁枪的勇士在当时难道没有别人吗？但惟有王公名垂不朽，大概是他的忠义气节造成的吧！

画像已经一百年了，修饰整理后，又可以保存百年。不过，王公的永垂不朽并不在于画像的保存与否。我特别留意这幅画像的原因，只是由于对王公无比钦佩仰慕。读他的书，尚且想象他的为人，何况是参拜了他的像，看到了他的容貌呢！所以不忍心看到画像被损。画像修好以后，便写下了我的感受，还给它的主人，让他好好保存。

◎ 原文注释

〔1〕拘牵常算：拘泥牵挂，只会按照常规打算。
〔2〕亟：急切。〔3〕牧竖：牧童。竖，未成年的童仆。〔4〕泯：灭。〔5〕区区：爱慕。〔6〕读其书，尚想乎其人：意思出于《孟子》："颂其诗，读其书，不知其人，可乎？"

◎ 拓展阅读

欧阳修行文求简

欧阳修在翰林院任职时，一次与同院三个下属出游，见路旁有匹飞驰的马踩死了一只狗。欧阳修提议："请你们分别来记叙一下此事。"只见一人率先说道："有黄犬卧于道，马惊，奔逸而来，蹄而死之"，另一人接着说："有黄犬卧于通衢，逸马蹄而杀之。"，最后第三人说："有犬卧于通衢，卧犬遭之而毙。"欧阳修听后笑道："'逸马杀犬于道'，六字足矣！"三人听后脸红地相互笑了起来。

予友苏子美之亡后四年，始得其平生文章遗稿于太子太傅杜公之家，而集录之，以为十卷。

子美，杜氏婿也，遂以其集归之，而告于公曰："斯文，金玉也，弃掷埋没粪土，不能销蚀；其见遗于一时[1]，必有收而宝之于后世者。虽其埋没而未出，其精气光怪已能常自发见[2]，而物亦不能掩也。故方其摈斥摧挫、流离穷厄之时，文章已自行于天下。虽其怨家仇人，及尝能出力而挤之死者[3]，至其文章，则不能少毁而掩蔽之也。凡人之情，忽近而贵远[4]。子美屈于今世犹若此，其申于后世宜如何也？公其可无恨！"

予尝考前世文章政理之盛衰[5]，而怪唐太宗致治[6]，几乎三王之盛，而文章不能革五代之余习。后百有余年，韩、李之徒出，然后元和之文始复于古。唐衰兵乱，又百余年而圣宋兴，天下一定，晏然无事。又几百年，而古文始盛于今。自古治时少而乱时多，幸时治矣，文章或不能纯粹，或迟久而不相及。何其难之若是欤？岂非难得其人欤！苟一有其人，又幸而及出于治世，世其可不为之贵重而爱惜之欤？嗟吾子美，以一酒食之过，至废为民，而流落以死。此其可以叹息流涕，而为当世仁人君子之职位宜与国家乐育贤材者惜也！

我的朋友苏子美去世后的第四年，我才在太子太傅杜衍公家里得到他的生平著作遗稿，整理抄录编成十卷。

子美是杜家的女婿，于是把编成的集子还给杜公，并对他说："这些文章贵如金玉，无论被抛弃埋没在什么地方，都不会腐烂消失。即使一时被遗忘忽视，也一定会有人把他珍藏起来流传后世的。即使在它埋没而未能问世的时候，它的精灵之气照样能常常显示出奇异之光，任何东西也不能掩蔽。当子美在世受到打击、排挤、颠沛流离、穷困潦倒之时，他的文章已经遍行天下。虽然那些冤家仇人竭力排挤他，要将他置之死地而后快，然而他的文章却是谁也无法损毁的。人之常情是轻视近的重视远的，子美在世蒙受冤屈尚且受到如此重视，而他在后世又将得到怎样的重视啊！这样想，您就可以无所遗憾了。"

我曾经考察前代的文章和政治兴衰的关系，奇怪的是，唐太宗治理国家几乎达到夏、商、周三代开国君主的盛世，而文章则未能摆脱齐、梁纤靡浮丽的余风。一百多年来，韩愈、李翱等人倡导古文运动，直到元和年间，古文才开始复兴。唐中期以后，国家衰败，战乱四起。又过了一百年，大宋兴起，天下太平，安然无事。又过了将近一百年，直到今天，古文才开始蔚然成风。自古以来，太平的时候少，战乱的时候多。国家有幸得到大治，而文章还不能精粹，有时过了很久还不能赶上太平盛世，为何文章这样困难呢？难道是难以出现写文章的高手吗？假使一旦出现了那样的人，又有幸生长在太平盛世，世人岂不对他特别珍贵和爱惜吗？可悲的是，我的朋友子美由于一顿酒食的过错，致使废黜为平民，直至漂泊流落穷困而死。这真是应该悲痛流涕，而替当世负有给国家培育人才之责任的仁人君子们可惜啊！

◎ 原文注释

〔1〕见遗：被抛弃。〔2〕精气：精灵之气。光怪：奇异之光。〔3〕虽其二句：指王拱辰陷害苏舜钦，排挤打击杜衍之事。〔4〕忽近而贵远：不重视当今的，看重远古的。〔5〕政理：就是政治。〔6〕致：同"至"，达到。治：指政绩。

○ 品画鉴宝　松涧山禽图·北宋　此图以近景为主，几乎没有中景和远景。在松林泉水间，有数只山禽休息、嬉戏，整个画面也显得生机勃勃。

子美之齿少于予[1]，而予学古文反在其后。天圣之间予举进士于有司，见时学者务以言语声偶摘裂[2]，号为时文[3]，以相夸尚。而子美独与其兄才翁及穆参军伯长，作为古歌诗杂文，时人颇共非笑之，而子美不顾也。其后天子患时文之弊，下诏书讽勉学者以近古。由是其风渐息，而学者稍趋于古焉。独子美为于举世不为之时，其始终自守，不牵世俗趋舍，可谓特立之士也。

子美官至大理评事、集贤校理而废，后为湖州长史以卒，享年四十有一。其状貌奇伟，望之昂然，而即之温温，久而愈可爱慕。其材虽高，而人亦不甚嫉忌，其击而去之者，意不在子美也[4]。赖天子聪明仁圣，凡当时所指名而排斥，二三大臣而下，欲以子美为根而累之者[5]，皆蒙保全，今并列于荣宠。虽与子美同时饮酒得罪之人，多一时之豪俊，亦被收采，进显于朝廷。而子美独不幸死矣，岂非其命也？悲夫！

庐陵欧阳修序。

子美年纪比我小，而我学习古文却在他的后面。天圣年间，我考取了进士，看到一般学者专以词句的声律对偶来割裂文章，当时称为时文，并以此互相夸耀。惟独子美和他哥哥苏舜元以及穆修爱写古体诗歌杂体文章，当时人们颇有非议，甚至讥笑，而子美毫不介意。以后天子看到了时文的弊害，几次下诏告诫学者学习古文文章。从此，崇尚时文的风气才有所平息，一般学者才稍稍趋于古文。惟有子美在人们不作古文的当时始终坚持着，不受世俗的牵制而改变态度。这真可称得上是卓越、独特的人物啊！

子美官做到大理评事、集贤校理就被废黜了，后卒于湖州长史任上，享年四十一岁。他相貌英俊魁梧，看上去气宇轩昂，接近他时便觉得温顺和蔼，相处久了更觉得可亲可爱。他的才学虽高，但一般人不怎么嫉妒他，那些攻击排挤他的人的目的不在子美，有赖天子英明宽

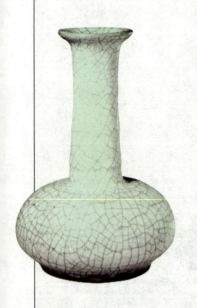

○品画鉴宝 哥窑弦纹瓶·宋

厚，凡是当时被指名加以排斥的那几位执政大臣以及官员本将因子美宴会宾客事连累遭罚的，现在都承蒙得到保全，并成了皇帝身边的宠信之臣。即使与子美同时饮酒获罪的人，多为当时的豪杰俊秀，现在都被起用，显耀的出入于朝廷。惟有子美不幸去世，这难道是命运吗？可悲啊！

庐陵欧阳修作的序。

◎ 原文注释

〔1〕齿：依照牙齿生长情况，推测人的年龄，所以常常用齿来指代年龄。

〔2〕言语声偶：词句的声律对偶。摘裂：割裂，破碎。

〔3〕时文：即当时流行的四六文，或者指进士的诗赋。

〔4〕其击二句：意为攻击排挤苏子美的人，本意不在子美，而在于攻击杜衍等。

〔5〕根：根由。

◎ 拓展阅读

苏舜钦"汉书下酒"

苏舜钦在外舅祁国公杜衍家里读书，每天要喝一斗酒，却不要酒菜。杜衍深以为疑，就派子弟秘密地察看他。只听得他高声朗读《汉书·张良传》，读到"良与客狙击秦皇帝，误中副车"一句时，他就拍着书桌叹惜道：可惜呀，没有击中！于是满饮一大杯。读到"良曰：始臣起下邳，与上会于留，此天以臣授陛下"一句时，又拍案说：君臣相遇，其难如此！说完，又喝了一大杯酒。杜衍知道后，就大笑说：有这样的下酒菜，喝一斗酒实在是不多啊！

六一居士初谪滁山，自号醉翁。既老而衰且病，将退休于颍水之上，则又更号六一居士。

客有问曰："六一，何谓也？"居士曰："吾家藏书一万卷，集录三代以来金石遗文一千卷[1]，有琴一张，有棋一局，而常置酒一壶。"客曰："是为五一尔，奈何？"居士曰："以吾一翁，老于此五物之间，是岂不为六一乎？"客笑曰："子欲逃名者乎？而屡易其号，此庄生所谓畏影而走乎日中者也；余将见子疾走大喘渴死，而名不得逃也。"居士曰："吾固知名之不可逃，然亦知夫不必逃也；吾为此名，聊以志吾之乐尔。"客曰："其乐如何？"居士曰："吾之乐可胜道哉？方其得意于五物也，太山在前而不见，疾雷破柱而不惊；虽响九奏于洞庭之野，阅大战于涿鹿之原，未足喻其乐且适也。然常患不得极吾乐于其间者，世事之为吾累者众也。其大者有二焉，轩裳珪组劳吾形于外，忧患思虑劳吾心于内，使吾形不病而已悴，心未老而先衰，尚何暇于五物哉。虽然，吾自乞其身于朝者三年矣，一日天子恻然哀之，赐其骸骨[2]，使得与此五物偕返于田庐，庶几偿其夙愿焉。此吾之所以志也。"客复笑曰："子知轩裳珪组之累其形，而不知五物之累其心乎？"居士曰："不然。累于彼者已劳矣，又多忧；累于此者既佚矣，幸无患。吾其何择哉？"于是与客俱起，握手大笑曰："置之，区区不足较也。"

已而叹曰："夫士少而仕，老而休，盖有不待七十者矣[3]。吾素慕之，宜去一也。吾尝用于时矣，而讫无称焉，宜去二也。壮犹如此，今既老且病矣，乃以难强之筋骸，贪过分之荣禄，是将违其素志而自食其言[4]，宜去三也。吾负三宜去，虽无五物，其去宜矣，复何道哉！"

熙宁三年九月七日，六一居士自传。

六一居士当初被贬谪到滁州时，自号醉翁。年老以后，身体衰弱多病，即将退休到颍水之畔，又改号为六一居士。

有位客人问道："六一是什么意思？"居士回答说："我家里藏有一万卷书，集录了三代以来的金石遗文一千卷，有一张琴，一盘棋，还常常放上一壶酒。"客人说："这才'五一'，为何说'六一'呢？"居士说："我这一老翁，在这五件物品里面养老终身，这难道不是六个一吗？"客人笑着说："您大概想逃避声名吧！因而屡次改换名号。这正像是庄子所讽刺的那个害怕影子因而在太阳底下奔跑的人。我将要看到你和那人一样，喘着粗气快步奔跑，最后干渴而死，而名声还是逃不了。"居士说："我本来不知道名声不能逃避，然而也知道不必逃避。我起这个名字，聊以记下我的乐趣罢了。"客人问："您的乐趣又怎么样啊？"居士说："我的

乐趣可以说的尽吗？当我陶醉在这五物之中时，泰山在面前也看不见，迅雷破柱也不惊慌。即使在洞庭广阔的原野上奏起九韶仙乐，在涿鹿的广阔平原上观看激烈的战斗，也比不上这么快乐和舒适。然而，我常常苦于不能在这些东西里面尽情娱乐，世上的事情拖累我的太多了。其中大的事情有两件，从外在来说，官场事物劳累了我的身，从内在方面来说，忧郁、烦恼劳累了我的心，使得我身体没有生病就憔悴不堪了，心里没有老就早已衰竭。还有什么空暇来赏玩这五种东西呢？虽然这样，我向朝廷请求告老辞退已经三年了，有朝一日天子哀怜我，赐给我这把老骨头，使我能够同这五物一起返回田园，或许能够满足我素来就有的愿望。这就是我起这个名号的原因。"客人又笑着说："您知道官场事务劳累身体，不知道这五件物品也会劳累心神吗？"居士说："不是这样，被官场拖累，既很劳苦，又有很多忧愁。被这些东西拖累，不仅很安逸，而且没有祸患。你看我选择哪一种呢？"于是和客人一起起身，握手大笑说："不谈了吧，这种小事不值得反复比较。"

过了一会又感叹说："读书人年轻时出去做官，年老了退休，有的往往还不到七十岁。我向来羡慕他们，这是我应该离去的第一个理由。我曾经为朝廷所用，但始终没有值得称道的成就，这是我应该离去的第二个理由。壮年时还这样，现在既老且病，却以难支撑的身体来贪图过分的荣耀和俸禄，这将要违背我平日的志愿和应该离去的话，这是我应该离去的第三个理由。我有这三条应该离去的理由，即使没有这五件物品，我也应该离去了，还有什么可说呢！"

熙宁三年九月七日，六一居士自传。

◎ 原文注释

〔1〕金石遗文：即金石拓本。

〔2〕赐其骸骨：古代官员告老辞退称为乞骸骨，即归死故乡之意。

〔3〕不待七十者矣：欧阳修此时六十二岁，还不到七十岁，这里用前人也有不到
　　七十岁就告退的事例作为自解。

〔4〕违其素志而自食其言：欧阳修晚年的诗文中，经常流露出辞官归田的思想。如
　　《再至汝阴三绝》："十载荣华贪国宠，一生忧患损天真。颖人莫怪归来晚，新
　　向君前乞得身。"

◎ 拓展阅读

欧阳修苦读

欧阳修四岁时就失去了父亲，家里贫穷，没有钱供他上学。太夫人用芦苇秆在地
上画画，教他写字，还教他诵读许多古人的文章。等到年龄大些了，家里没有书
可读，欧阳修就到街坊里做官的人家去借书来读，有时还抄写、摘录。往往还未
抄完，就已经能将文章背诵下来。他白天黑夜废寝忘食，读书成了唯一的任务。正
是这一番苦读，使他小时候所写的诗歌文章就已经像大人的了。

○ 品画鉴宝　松溪观鹿图·南宋·马远
此图绘一文士在溪边凭栏观看二鹿饮水的情景。画风笔势劲健而溟濛隐约，有很强的静谧氛围。

非非堂记

○ 品画鉴宝 执壶·宋

　　权衡之平物，动则轻重差；其于静也，锱铢不失。水之鉴物，动则不能有睹，其于静也，毫发可辨。在乎人，耳司听，目司视。动则乱于聪明，其于静也，闻见必审。处身者不为外物眩晃而动[1]，则其心静；心静则智识明，是是非非，无所施而不中。夫是是近乎谄，非非近乎讪，不幸而过[2]，宁讪无谄。是者，君子之常，是之何加[3]。一以观之[4]，未若非非之为正也。

　　予居洛之明年，既新厅事[5]，有文纪于壁末。营其西偏作堂，户北向，植丛竹，辟户于其南，纳日月之光。设一几一榻[6]，架书数百卷。朝夕居其中。以其静也，闭目澄心[7]，览今照古，思虑无所不至焉。故其堂以非非为名云。

　　用秤衡量物品，在动的状态下就有轻重之差；在静的状态下，即使很微小的差别也不会发生。用水照物，水面动荡就不能看清；水面平静，连毫毛、头发也能分辨。对于人来说，耳朵管听觉，眼睛管视觉，物体处于动态，就会扰乱视听；物体处于静态，就能看得清，听得明。为人处事如果能够不为身外之物的招摇炫耀所诱惑，那么他的心就会很平静，心静人就聪敏，肯定正确的，否定错误的，不论评论什么事物都会恰如其分。但肯定正确近于阿谀逢迎，否定错误容易被当作故意诽谤。不幸有所失误的话，宁可让人说毁谤讥笑，也不去阿谀逢迎。正确的言行是君子的正常现象，它肯定不能给君子增加多少荣耀。综合起来观察，还不如把否定错误看作正当的事情。

　　我到洛阳任职的第二年，重修了河南官署，并写了一篇《河南府重修使院记》刻在墙壁上。又在官署西边修建了厅堂，门朝北，四周种上了竹林，向南开了窗，接纳日月之光。堂内摆设了一个小凳子，一个床榻，书架上放着几百卷书。我早晚居住在堂上。这里很幽静，我可以闭目养神，考察古今得失，思考各种各样的问题，所以这个堂就用"非非"来命名，

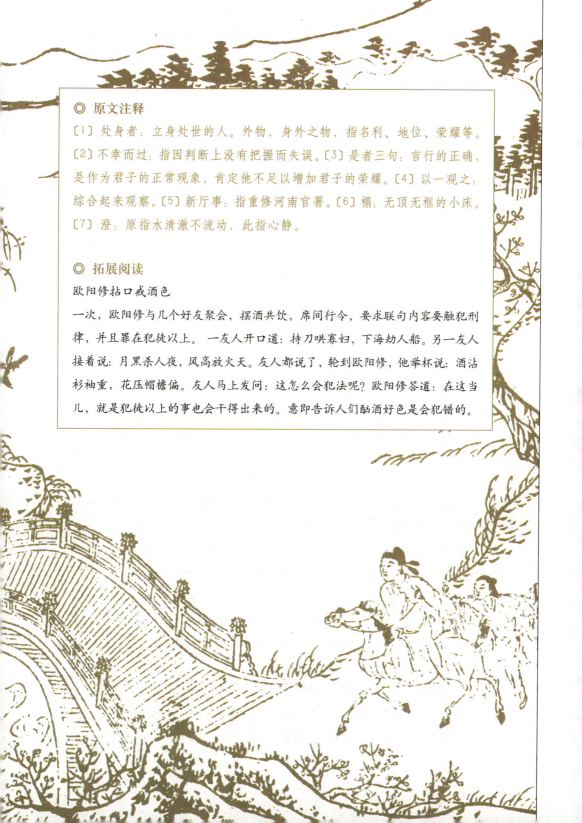

◎ 原文注释

〔1〕处身者：立身处世的人。外物，身外之物，指名利、地位、荣耀等。
〔2〕不幸而过：指因判断上没有把握而失误。〔3〕是者三句：言行的正确，
是作为君子的正常现象，肯定他不足以增加君子的荣耀。〔4〕以一观之：
综合起来观察。〔5〕新厅事：指重修河南官署。〔6〕榻：无顶无框的小床。
〔7〕澄：原指水清澈不流动，此指心静。

◎ 拓展阅读

欧阳修拈口戒酒色

一次，欧阳修与几个好友聚会，摆酒共饮，席间行令，要求联句内容要触犯刑
律，并且罪在犯徒以上。一友人开口道：持刀哄寡妇，下海劫人船。另一友人
接着说：月黑杀人夜，风高放火天。友人都说了，轮到欧阳修，他举杯说：酒沾
衫袖重，花压帽檐偏。友人马上发问：这怎么会犯法呢？欧阳修答道：在这当
儿，就是犯徒以上的事也会干得出来的。意即告诉人们酗酒好色是会犯错的。

夫君去我而何之乎[1]？时节逝兮如波。昔共处兮堂上，忽独弃兮山阿。

呜呼，人羡久生，生不可久，死其奈何！死不可复，惟可以哭。病予喉使不得哭兮，况欲施乎其他[2]！愤既不得与声而俱发兮，独饮恨而悲歌。歌不成兮断绝，泪疾下兮滂沱！行求兮不可过[3]，坐思兮不知处。可见惟梦兮，奈寐少而寤多！

或十寐而一见兮，又若有而若无，乍若去而若来，忽若亲而若疏。杳兮，倏兮[4]，犹胜于不见兮，愿此梦之须臾。

尺蠖怜予兮为之不动，飞蝇闵予兮为之无声。冀驻君兮可久，怳予梦之先惊[5]。梦一断兮魂立断，空堂耿耿兮华灯[6]！

世之言曰："死者澌也[7]。"今之来兮，是也，非也？又曰："觉之所得者为实，梦之所得者为想。"苟一慰乎予心，又何较乎真妄？

绿发兮思君而白[8]，丰肌兮以君而瘠，君之意兮不可忘，何憔悴而云惜？愿日之疾兮，愿月之迟，夜长于昼兮，无有四时。虽音容之远矣，于恍惚以求之。

你离开我到了何处？时间的流逝像河水之波。往日我们共同生活在一起，忽然你抛弃人间葬在山阿。

啊！人们都羡慕长生，然而人生在世却不能长久，对于死有什么办法呢！人死了不能复活，只能使生者痛苦。我喉咙嘶哑哭不出声来，还有什么别的办法来补偿？悲愤不能用哭声发泄，只好长歌当哭，吞下无限的悲痛。歌声断绝，泪如大雨滂沱。四处寻找无法相遇，坐在家里思念又不知道你在何处。只有在梦中才能见到你，奈何梦少而醒着的时候多。

有时十次做梦才能梦见你一次，像是见到你又像是没有，好像你忽然来了又突然匆匆离去，恍惚很亲近又好似很生疏。虽然是那么缥缈不定，但胜过连梦也没有。愿这短暂的梦儿能多多停留。

尺蠖因为可怜我而悄然不动，飞蝇也怜悯我而寂然无声。只希望久久留住你啊！叵是我忽然从梦中惊醒。梦一断魂魄就消散，空空的大堂上挂着微微发光的明灯。

世人说："死就是消失。"现在你来了，是真还是假？人们又说："醒来遇见的是实，梦中看到的是心中所想。"只要心里得到一点安慰，又何必计较真实还是虚妄呢？。

浓密的黑发因为思念你而变白，丰满的肌体因为思念你而变瘦。对你的思念我永远不忘，身体憔悴又有什么可惜？只希望太阳快下山，月亮慢慢走，黑夜长于白昼，不分四季。虽然你的音容笑貌已经远去，我仍然在恍惚的梦中寻求与你相会。

◎ 原文注释

〔1〕夫：发语词。君：你，称呼亡者。去：离
　　开。之：往，到。

〔2〕施：加给，延及。

〔3〕过：应是"遇"。

〔4〕倏：忽然，一刹那。

〔5〕冀：希望。驻：停留。怳：恍然，猛然。

〔6〕耿耿：微明貌。

〔7〕澌：消灭干净。

〔8〕绿发：乌黑而光亮的头发。

◎ 拓展阅读

梦的物理因素

中国古代思想家认为，人的一部分梦境是由来
自体内外的物理刺激制造的。来自体内的物理
刺激，如一个人腹内的食物过量或不足的刺激
而引起的梦境，所谓"甚饱则梦与，甚饥则梦
取"，或"甚饱则梦行，甚饥则梦卧"。有来自
体外的物理刺激，如人在睡眠中"藉带而寝则
梦蛇，飞鸟衔发则梦飞"，"身冷梦水，身热梦
火"等。在梦的分类中的"感梦"（由感受风雨
寒暑引起的梦）和"时梦"（由季节时令变化引
起的梦）均属于由外部物理刺激引起的梦。

臣闻朋党之说，自古有之，惟幸人君辨其君子小人而已[1]。大凡君子与君子，以同道为朋；小人与小人，以同利为朋。此自然之理也。

然臣谓小人无朋，惟君子则有之。其故何哉？小人所好者利禄也，所贪者货财也。当其同利之时，暂相党引以为朋者，伪也。及其见利而争先，或利尽而交疏，则反相贼害，虽其兄弟亲戚，不能相保。故臣谓小人无朋，其暂为朋者，伪也。君子则不然。所守者道义，所行者忠信，所惜者名节。以之修身，则同道而相益；以之事国，则同心而共济；终始如一，此君子之朋也。故为人君者，但当退小人之伪朋，用君子之真朋，则天下治矣。

尧之时，小人共工、驩兜等四人为一朋[2]，君子八元、八恺十六人为一朋[3]。舜佐尧，退四凶小人之朋，而进元、恺君子之朋，尧之天下大治。及舜自为天子，而皋、夔、稷、契等二十二人，并立于朝廷，更相称美，更相推让，凡二十二人为一朋，而舜皆用之，天下亦大治。《书》曰："纣有臣亿万，惟亿万心；周有臣三千，惟一心。"纣之时，亿万人各异心，可谓不为朋矣，然纣以亡国。周武王之臣三千人为一大朋，而周用以兴。后汉献帝时，尽取天下名士囚禁之，目为党人[4]。及黄巾贼起，汉室大乱，后方悔悟，尽解党人而释之，然已无救矣。唐之晚年，渐起朋党之论[5]。及昭宗时，尽杀朝之名士[6]，或投之黄河，曰："此辈清流，可投浊流[7]。"而唐遂亡矣。

夫前世之主，能使人人异心不为朋，莫如纣；能禁绝善人为朋，莫如汉献帝；能诛戮清流之朋，莫如唐昭宗之世。然皆乱亡其国。更相称美、推让而不自疑，莫如舜之二十二臣，舜亦不疑而皆用之，然而后世不诮舜为二十二人朋党所欺，而称舜为聪明之圣者，以能辨君子与小人也。周武之世，举其国之臣三千人共为一朋。自古为朋之多且大，莫如周。然周用此以兴者，善人虽多而不厌也。

夫兴亡之治乱迹，为人君者，可以鉴矣！

臣听说关于朋党的说法，是自古就有的，只希望君主能辨识他们是君子还是小人罢了。大体说来，君子之间是以理想目标相同而结成朋党，小人之间则以暂时利益一致而结成朋党。这是很自然的道理啊。

然而臣以为小人没有朋党，唯有君子才有。这是什么缘故呢？小人所喜欢的是利禄，所贪图的是货财。当他们利益一致的时候，暂时互相勾结而为朋党，这种朋党是虚假的。等到他们见利而各自争先，或者到了无利可图而日益疏远的时候，就会互相残害，即使是兄弟亲戚也不顾。所以臣认为小人没有朋党，他们暂时为朋党，是虚假的。君子就不同，他们所依据的是道义，所奉行的是忠信，所爱惜的是名声和节操。用这些来修养自身，则彼此志向相同又能够互相取长补短，用它们来治理国家，则能够和衷共济，始终如一，这就是君子的朋党。所以做君王的，只应该斥退小人虚假的朋党，而任用君子真正的朋党，只有这样，才能天下大治。

尧的时候，小人共工、驩兜等四人结为朋党，君子八元和八恺等人十六人结为朋党。舜辅佐尧，斥退"四凶"的小人朋党，进用八元、八恺君子的朋党，尧的天下得以大治。等到舜自己做了天子，皋陶、夔、后稷、契等二十二人做官于朝廷之上，彼此互相称道，互相推举谦让，这二十二人为一个朋党，舜全部任用他们，天下也得以大治。《尚书》上说："纣有臣亿万，便有亿万条心；周有臣三千，却只是一条心。"纣王的时候，亿万人心各不相同，可说是不称其为朋党了，然而纣王却因此而亡国。周武王的臣子三千人结成一个大朋党，但周却因此而兴盛。东汉献帝时候，把天下所有名士都看成党人而予以囚禁，直到黄巾军兴起和汉室大乱时才悔悟，把党人都释放了，可是局面已经无法挽救了。唐朝末年，又逐渐兴起朋党的说法，到唐昭宗时，把在朝名士都杀了，有的还被投到黄河里，说是"这些人自称清流，可以投他们到浊流里去让他们变成浊流"。而后唐朝也随之灭亡了。

那些前代的君主能让人人各怀异心不结朋党的，比不上纣；能禁止、断绝好人结为朋党的，比不上汉献帝；能诛杀清流朋党的，比不上唐昭宗时代。然而都因此招致混乱而使他们亡国。而彼此称道赞美、推举谦让而自信不疑的，比不上舜的二十二臣，舜也用之不疑。可是后代的人并不讥讽舜被二十二人结成的朋党所欺骗，反倒称赞舜是聪明的圣主，因为他能辨识君子和小人啊。周武王时，推举他的朝里臣子三千人合成一个朋党，自古以来结为朋党的，从人数之多与规模之大都比不上周，可是周却因此而兴盛，那是因为即使好人再多他们也总觉得不够的缘故啊。

唉，这些治乱兴亡的事迹，做君王的可以引为鉴戒了！

◎ 原文注释

〔1〕"臣闻"二句：先秦典籍《韩非子·孤愤》等，就有关于朋党的记述，故称"自古有之"。

〔2〕"尧之时"二句：相传尧时有不服从统治的共工、驩兜、三苗、鲧，时人谓之"四凶"。

〔3〕"君子八元"句：《左传·文公十八年》："昔高阳氏有才子八人：苍舒、隤敳、梼戭、大临、龙降、庭坚、仲容、叔达……天下之民谓之八恺。高辛氏有才子八人：伯奋、仲堪、叔献、季仲、伯虎、仲熊、叔豹、季狸……天下之民谓之八元。"

〔4〕"后汉献帝时"三句：据《后汉书·党锢列传》记载，汉桓帝时宦官专权，河南尹李膺等二百余人被视为党人，遭受逮捕。汉灵帝时，李膺等百余人死于狱中，全国受株连者达六七百人。这是历史上著名的党锢之祸。作者误记为"汉献帝时"。

〔5〕"唐之晚年"二句：唐穆宗至唐宣宗年间，朝臣中产生以牛僧孺、李宗闵为首的牛党，以李德裕为首的李党，两党相互倾礼，势不两立，斗争延续近四十年。史称"牛李党争"或"朋党之争"。

〔6〕"及昭宗时"二句：据《新五代史·唐六臣传》载，唐哀帝天佑二年，权臣朱全忠(朱温)在白马驿杀裴枢等忠于唐廷的大臣三十余人，诬蔑其为朋党，株连贬死者数百人。唐昭宗是唐哀帝的父亲，唐哀帝又称"昭宣帝"，此处误将"昭宣帝"记作"昭宗"。

〔7〕"咸投之黄河"四句：据《旧五代史·李振传》载，朱全忠的谋臣李振早年多次参加进士考试，未能及第，因此非常痛恨缙绅之士。当朱全忠杀害裴枢等人时，他献计说："此常自谓清流，宜投之黄河，使为浊流。"朱全忠笑着接受了他的意见。清流：有名望的清高的士大夫。

◎ 拓展阅读

牛李党争

唐代宦官专权时，朝廷的官员中反对宦官的大都遭到排挤打击，依附宦官的又分为两派——以牛僧孺为首领的牛党和以李德裕为首领的李党。这两派官员互相倾轧，争吵不休，从唐宪宗时期开始，到唐宣宗时期才结束，闹了将近四十年。历史上把这次朋党之争称为"牛李党争"。牛李党争是唐朝末年高官争权的现象，唐宣宗曾有"去河北贼易，去朝廷朋党难"的感慨，牛李党争使本来腐朽衰落的唐王朝加速了灭亡。

○ 品画鉴宝　西园雅集图·南宋·李迪　此图绘苏轼、米芾、黄庭坚、苏辙等十六位名士在驸马王诜宅邸西园集会的情景。画中的人物动作自然，神态生动。

环滁皆山也[1]。其西南诸峰，林壑尤美。望之蔚然而深秀者，琅琊也[2]。山行六七里，渐闻水声潺潺，而泻出于两峰之间者，酿泉也[3]。峰回路转，有亭翼然临于泉上者，醉翁亭也。作亭者谁？山之僧智仙也[4]。名之者谁？太守自谓也。太守与客来饮于此，饮少辄醉，而年又最高，故自号曰醉翁也。醉翁之意不在酒，在乎山水之间也。山水之乐，得之心而寓之酒也。

若夫日出而林霏开，云归而岩穴暝，晦明变化者，山间之朝暮也。野芳发而幽香，佳木秀而繁阴，风霜高洁，水落而石出者，山间之四时也。朝而往，暮而归，四时之景不同，而乐亦无穷也。

至于负者歌于途，行者休于树，前者呼，后者应，伛偻提携[5]，往来而不绝者，滁人游也。临溪而渔，溪深而鱼肥；酿泉为酒，泉香而酒冽；山肴野蔌，杂然而前陈者，太守宴也。宴酣之乐，非丝非竹，射者中，弈者胜，觥筹交错，起坐而喧哗者，众宾欢也。苍颜白发，颓然乎其间者，太守醉也。

已而夕阳在山，人影散乱，太守归而宾客从也。树林阴翳，鸣声上下，游人去而禽鸟乐也。然而禽鸟知山林之乐，而不知人之乐；人知从太守游而乐，而不知太守之乐其乐也[6]。醉能同其乐，醒能述以文者，太守也。太守谓谁？庐陵欧阳修也。

环绕着滁州城的都是山。它西南面的几座山峰，树林、山谷尤其优美。那树木茂盛、幽静秀丽的，是琅琊山。沿着山路走六七里，就渐渐听到潺潺的水声，从两座山峰中间倾泻而出的，是酿泉。顺着山峰回转的路上，有亭子四角翘起，像鸟张开翅膀一样，坐落在泉水上边的，是醉翁亭。修建亭子的人是谁？是山中的和尚智仙。给它命名的人是谁？是滁州太守用自己的别号醉翁来命名的。太守和客人到这里来喝酒，喝一点就醉了，而且年龄又最大，所以给自己取个别号叫醉翁。醉翁的情趣不在于喝酒，而在于山水之间的秀丽。欣赏山水的乐趣，领会在心里，并寄托在酒里。

太阳一出来，树林中的雾气消散，浮云聚拢，山岩洞穴就昏暗了，阴暗明朗交替变化，就是山间的早晨和傍晚。野花开放，散发清幽的香气，树木枝叶秀顷，形成浓郁的绿阴，天气高爽，霜色洁白，水位低落山石露出，这是山中的四季景色。早晨上山，傍晚归来，四季的景色各异，因而乐趣没有穷尽。

至于背扛肩挑的人在路上歌唱，行路的人在树下休息，前面的人呼唤，后面的人回应，老老少少来往不绝，这是滁州人来这里游赏。到溪边垂钓，溪水深，鱼儿肥；用酿泉的水酿酒，泉水香甜而酒色清净；山中野味，田野蔬菜，杂乱地在

前面摆着，这是太守举行的酒宴。酒宴上畅饮的乐趣，无须靠管弦演奏的音乐。投壶的人投中了，下棋的人得胜了，酒杯和酒筹交互错杂，人们时站时坐，大声喧嚷，宾客们尽情欢乐。那位脸色苍老，头发花白，醉醺醺地在宾客们中间的是喝醉了的太守。

不久夕阳落山，人影纵横散乱，宾客跟随太守返回。这时树林里浓阴遮蔽，鸟儿到处鸣叫，游人离开后禽鸟开始欢唱。然而禽鸟只知道山林的乐趣，却体会不到人的乐趣；人们只知道跟随太守游玩的乐趣，却不知道太守是以百姓的快乐为快乐。喝醉了能够和大家一起享受快乐，酒醒了又能够用文章将其记述下来的，是太守。太守是谁？是庐陵人欧阳修。

◎ **原文注释**

〔1〕"环滁"句：写滁州城四周山川形势。此为夸张之辞，滁州仅西南部有丛山。
〔2〕琅琊：山名，在滁县西南十里。东晋元帝司马睿为琅琊王时曾驻滁州，故滁州溪山有琅琊之名。〔3〕酿泉：又名醴泉，为琅琊溪源头之一。〔4〕智仙：琅琊山琅琊寺（一名开化寺）的僧人。〔5〕伛偻提携：指老人小孩。〔6〕乐其乐：将他人的快乐当作自己的快乐。

◎ **拓展阅读**

醉翁亭

醉翁亭位于琅琊山半山腰的琅琊古道旁，是上琅琊寺的必经之地。初建时只有一座亭子，直到光绪七年（1881年），全椒观察使薛时雨主持重修，才使醉翁亭恢复了原样。现在的醉翁亭总面积虽不到一千平方米，四面环山的亭园内却有九院七亭：醉翁亭、宝宋斋、冯公祠、古梅亭、影香亭、意在亭、怡亭、览余台，风格各异，互不雷同，人称"醉翁九景"。亭中新塑的欧阳修立像神态安详，亭旁有一巨石，上刻圆底篆体"醉翁亭"三字。

贾谊不至公卿论

论曰：汉兴本恭俭，革弊末、移风俗之厚者，以孝文为称首；议礼乐，兴制度，切当世之务者，惟贾生为美谈[1]。天子方愀然说之，倚以为用，而卒遭周勃、东阳之毁，以谓儒学之生纷乱诸事，由是斥去，竟以忧死。班史赞之以"谊天年早终，虽不至公卿，未为不遇"。

予切惑之，尝试论之曰：孝文之兴，汉三世矣。孤秦之弊未救，诸吕之危继作，南北兴两军之诛，京师新蹀血之变。而文帝由代邸嗣汉位，天下初定，人心未集，方且破觚斫雕[2]，衣绨履革[3]，务率敦朴，推行恭俭。故改作之议谦于未遑，制度之风阙然不讲者，二十余年矣。而谊因痛苦以悯世，太息而著论。况是时方隅未宁，表里未辑。匈奴桀黠[4]，朝那、上郡萧然苦兵；侯王僭拟[5]，淮南、济北继以见戮。谊指陈当世之宜，规画亿载之策，愿试属国以系单于之颈，请分诸子以弱侯王之势。上徒善其言，而不克用。

又若鉴秦俗之薄恶，指汉风之奢侈，叹屋壁之被帝服，愤优倡之为后饰。请设痒序，述宗周之长久；深戒刑罚，明孤秦之速亡。譬人主之如堂，所以优臣子之礼；置天下于大器，所以见安危之几。诸所以日不可胜，而文帝卒能拱默化理[6]，推行恭俭，缓除刑罚，善养臣下者，谊之所言，略施行矣。故天下以谓可任公卿，而刘向亦称远过伊、管。然卒以不用者，得非孝文之初立日浅，而宿将老臣方握其事，或艾旗斩级矢石之勇[7]，或鼓刀贩缯贾竖之人[8]，朴而少文，昧于大体，相与非斥，至于谪去。则谊之不遇，可胜叹哉！

且以谊之所陈，孝文略施其术，犹能比德于成、康。况用于朝廷之间，坐于廊庙之上，则举大汉之风，登三皇之首，犹决壅掉坠耳[9]。奈何俯抑佐王之略，远致诸侯之间！故谊过长沙，作赋以吊汨罗，而太史公传于屈原之后，明其若屈原之忠而遭弃逐也。而班固不讥文帝之远贤，痛贾生之不用，但谓其天年早终。且谊以失志忧伤而横夭，岂曰天年乎！则固之善志，逮与《春秋》褒贬万一矣[10]。谨论。

评论的人说，汉代的兴盛的根本在于恭让廉俭，革除弊端、移风易俗方面贡献最大的，当以汉文帝为第一；主张礼乐，建立制度，靠近当世时务的人，只有贾谊受人称颂。皇帝对他的学说刚表现出兴趣，要重用他，却遭到周勃、张相如的诽谤，说儒生挑乱许多事，因此被排斥，最后竟因忧郁而死。班固在《汉书》中评论贾谊道："贾谊英年早逝，虽然未获公卿之位，却不能说未遇到贤明的君王。"

我对此感到疑惑，尝试着阐述此事。汉文帝兴起，已经是汉朝的第三代了。秦代的残暴统治还没有改正，吕后家族的阴谋祸乱又接连而起。南军和北军有诛杀的行为，京城内有杀戮的事件发生。汉文帝由代王承嗣皇位，天下初定，百姓的心没有凝聚一起，于是抛下奢侈的用品，穿着简素的衣鞋，敦厚朴实作表率，施行恭让廉洁。所以更改朔易服色的提议由于没机会而未能实行，制度风俗缺略已经有二十多年没被提倡了。贾谊因此苦恼而可怜世人，感叹而著书立说。而且这时边境还不稳定，内外没有统一，匈奴残暴狡诈，朝那、上郡等地由于战乱而导致萧条。侯王越规，淮南厉王刘长、济北王刘兴居相继因为叛乱而被诛杀。贾谊指明了当务之急需做的事宜，提出长治久安的策略，希望自己担任典属国的官员以牵制匈奴，请求分封各皇太子以遏制侯王的势力。皇上只是喜欢他的言论却不能真正采用。

又借鉴秦朝习俗的恶劣薄陋，指责汉朝风俗的奢侈萎靡，叹息屋内墙上都覆盖着皇帝的服饰，愤怒宫中艺人穿着皇后一样的服饰。恳请建立学校，讲述周朝统治长达八百年的缘由。真正废除刑罚，说明秦朝快速灭亡的原因。就如同让皇帝升堂，用来完善臣子的礼节；把天下交给有德才兼备的人，可以看出安危的关键。各方面不断提出建议，最终才能使皇帝明察安理，推行恭让廉俭，逐步废除刑罚、和善对待臣子，贾谊的主张也就大致推行了。因此，时人认为贾谊可以担任公卿，刘向也承认贾谊的能力远远超过伊尹、管仲。但最终不能得重用，难道不是因汉文帝在位时间短，而一些宿臣老将掌控朝政所造成的吗？他们要么是战场上过关斩将、甘冒危险的勇士，要么是出身屠户贩卖丝品的商人，质朴却少文才，不识大体，相互勾结进行指责排斥，最终把贾谊贬到外地。贾谊的境遇，实在是令人感叹啊！

按贾谊所阐述的，汉文帝略微施行他的主张，就能和周成王、周康王相媲美。况且在朝中任用他，让他坐于庙堂之上，如此展示汉朝的风度，登上三皇之首就如同决堤放水、脱落成熟的稗草上的籽粒一样轻而易举。无奈辅佐君王的才能被压抑，被流放到遥远的诸侯王的地界。故此贾谊经过长沙作词赋凭吊汨罗江，而太史公马迁将其传列于屈原之后，是表明贾谊具有和屈原一样的志向都曾遭放逐。班固不讥讽汉文帝的疏远贤才，痛惜贾生的不被任用，只是认为是他英年早逝而致。贾谊是因不得志忧郁而死，怎能说是寿命的原因呢？班固虽擅长写志，笔法也只达到《春秋》万分之一。我郑重地作此结论。

○ 品画鉴宝　高士观瀑图·南宋·马远

◎ 原文注释

[1] "议礼乐"四句：《汉书·贾谊传》："谊以为汉兴二十余年，天下合洽，宜当改正朔，易服色制度，定官名，兴礼乐。乃草具其仪法，色上黄，数用五，为官名悉更，奏之。文帝谦让未遑也。然诸法令所更定，及列侯就国，其说皆谊发之。"

[2] 破觚斩雕：砸碎酒具，劈掉雕饰器物，意即断绝奢侈。觚（gū），盛酒的器具。雕，雕刻，镂刻。

[3] 衣绨履革：着粗丝料的衣服，穿动物皮做成的鞋，意即穿着不讲究华丽。绨，粗织品。革，去除毛后的兽皮。

[4] 桀黠：凶残狡诈。

[5] 僭（jiàn）拟：超出本分。

[6] 拱默：拱手不说话。

[7] 艾（yì）：通"刈"，割，斩。"艾旗"指拔旗、搴旗。级：首级。矢石：箭和石。古时作战用发箭抛石来打击敌人。

[8] 鼓刀：屠夫宰杀时敲刀有声。这里用以指代屠户。缯（zēng）：丝帛的统称。贾（gǔ）竖：商人。

[9] 决壅稗坠：决堤放水，脱落成熟稗草上的籽粒，意为轻而易举。

[10] "则固之善志"两句：《春秋》以写作笔法而著称，褒贬性强烈，这里讽刺《汉书》不及《春秋》万分之一。

◎ 拓展阅读

李商隐：贾生
宣室求贤访逐客，
贾生才调更无伦。
可怜夜半虚前席，
不问苍生问鬼神。

刘长卿：长沙过贾谊宅
三年谪宦此栖迟，万古惟留楚客悲。
秋草独寻人去后，寒林空见日斜时。
汉文有道恩犹薄，湘水无情吊岂知？
寂寂江山摇落处，怜君何事到天涯！

秋声赋

欧阳子方夜读书，闻有声自西南来者，悚然而听之，曰："异哉！"初淅沥以萧飒，忽奔腾而砰湃，如波涛夜惊，风雨骤至。其触于物也，鏦鏦铮铮[1]，金铁皆鸣；又如赴敌之兵，衔枚疾走[2]，不闻号令，但闻人马之行声。予谓童子："此何声也？汝出视之。"童子曰："星月皎洁，明河在天，四无人声，声在树间。"

予曰："噫嘻悲哉[3]！此秋声也，胡为乎来哉？盖夫秋之为状也：其色惨淡，烟霏云敛；其容清明，天高日晶；其气栗冽，砭人肌骨[4]；其意萧条，山川寂寥。故其为声也，凄凄切切，呼号奋发。丰草绿缛而争茂[5]，佳木葱茏而可悦；草拂之而色变，木遭之而叶脱。其所以摧败零落者，乃其一气之余烈。夫秋，刑官也[6]，于时为阴[7]；又兵象也，于行为金，是谓天地之义气，常以肃杀而为心。天之于物，春生秋实，故其在乐也，商声主西方之音，夷则为七月之律[8]。商，伤也，物既老而悲伤；夷，戮也，物过盛而当杀。""嗟乎！草木无情，有时飘零。人为动物，惟物之灵；百忧感其心，万事劳其形；有动于中，必摇其精。而况思其力之所不及，忧其智之所不能；宜其渥然丹者为槁木[9]，黟然黑者为星星[10]。奈何以非金石之质，欲与草木而争荣？念谁为之戕贼，亦何恨乎秋声！"

童子莫对，垂头而睡。但闻四壁虫声唧唧，如助予之叹息。

我夜里正在读书，听到有声音从西南方向传过来，心里不禁悚然，失声喊道："奇怪啊！"初听时，声音像淅淅沥沥的雨声夹杂着萧萧的风声，忽然间变得奔腾澎湃，像是江河夜间波涛汹涌，风雨骤然来临，碰到物体上发出叮当的响声，如金属相互撞击之声。再听，又像奔赴前线的军队正衔枚疾速开进，听不到号令声，只有人马行进之音。我对童子说："这是什么声音？你出去看看。"童子回答说："月色洁白明亮，星光灿烂，浩瀚银河清晰可见，高悬中天。四下并没有人声，声音是从林间传过来的。"

我于是大悟，叹道："唉，可悲啊！这就是秋天的声响啊，它为什么要来呢？秋景是这样：它的色调惨淡，烟云飘散；它的外表爽朗清静，天空高远，日色明亮；它的气候阴冷，风刺肌骨；它的意境萧杀苍凉，山水寂静，林间空旷。所以发出的声音凄凄切切，而后便呼啸激昂。秋风未起时，绿草繁茂，树木葱茏青翠，令人赏心悦目。然而秋风过后，拂过草地，青草就改变了颜色；掠过森林，树叶落下。摧残花草并使树木凋零的，就是这种肃杀之气的余威。秋天是刑官执法的季节，在时令上属阴；秋天又象征着战争，在五行中属金。这就是常说的天地间的刚正之气，它常常以肃杀的手段显示意志。大自然中的万物都是春天生长，秋天结果实，所以秋天在音乐中属商声，商声代表西方之声，夷则属于七月曲律。商也就是'伤'之

义，万物衰老，都会感到悲伤。夷是杀戮的意思，凡万物过了旺盛期，都会走向衰败。"

"唉，草木是没感情的物种，尚有凋谢零落之时。人为动物，是万物中最有灵性的。无数的忧虑触及他的心绪，无数烦恼的琐事劳累着他的身体；费心劳神，必然会损耗精力。又何况常常思考自己力不能及的事情，忧虑自己的智慧所无法解决的问题，自然会使红润肌肤变得苍老枯槁，乌亮的须发变得花白。为什么要拿并非金石的肌体去像草木那样争荣呢？应当想想究竟是谁给自己带来了磨难，又何必去怨恨这传来的秋声呢？"

童子没有回答，低头渐渐睡去，只听得四壁虫声唧唧，像在陪我一同叹息。

◎ 原文注释

〔1〕 锶（cōng）锶铮铮：金属物件互相撞击时发出的响声。

〔2〕 枚：一种如同筷子样的小木棍。古代士兵行军时含在口中，以防止喧哗发声。

〔3〕 噫（yī）嘻：叹词。

〔4〕 砭（biān）：用石针穿皮肉治病，引申为刺。

〔5〕 缛（rù）：繁密。

〔6〕 刑官：即司寇，古代执掌刑狱的长官，又称为秋官，含有杀戮之意。

〔7〕 阴：古人用阴、阳二气来配合四季，春、夏为阳，秋、冬为阴。

〔8〕 夷：古乐分为十二律（律为乐音高低的标准），夷为其中之一，相对应的月份为七月。

〔9〕 渥（wò）：沾湿，湿润。

〔10〕 黟（yī）：黑色。

○ 品画鉴宝　秋景山水图·宋

◎ 拓展阅读

王维:山居秋暝

空山新雨后，天气晚来秋。

明月松间照，清泉石上流。

竹喧归浣女，莲动下渔舟。

随意春芳歇，王孙自可留。

范仲淹:苏幕遮

碧云天，黄叶地，秋色连波，波上寒烟翠。

山映斜阳天接水，芳草无情，更在斜阳外。

暗乡魂，追旅思，夜夜除非，好梦留人睡。

明月楼高休独倚。酒入愁肠，化作相思泪。

予少家汉东。汉东僻陋，无学者；吾家又贫无藏书。州南有大姓李氏者，其子彦辅，颇好学。予为儿童时，多游其家，见其弊筐贮故书在壁间，发而视之，得唐《昌黎先生文集》六卷，脱落颠倒无次第。因乞李氏以归，读之。见其言深厚而雄博，然予犹少，未能究其义，徒见其浩然无涯，若可爱。

是时天下学者，杨、刘之作，号为"时文"，能者取科第，擅名声，以夸荣当世，未尝有道韩文者。予亦方举进士，以礼部诗赋为事[1]。年十有七，试于州，为有司所黜。因取所藏韩氏之文复阅之，则喟然叹曰："学者当至于是而止尔！"固怪时人之不道，而顾己亦未暇学，徒时时独念于予心，以谓方从进士干禄以养亲。苟得禄矣，当尽力于斯文，以偿其素志。

后七年，举进士及第，官于洛阳[2]。而尹师鲁之徒皆在[3]，遂相与作为古文，因出所藏《昌黎集》而补缀之。求人家所有旧本而校定之。其后天下学者，亦渐趋于古，而韩文遂行于世，至于今盖三十余年矣。学者非韩不学也，可谓盛矣！

呜呼！道固有行于远而止于近[4]，有忽于往而贵于今者。非惟世俗好恶之使然，亦其理有当然者。故孔、孟惶惶于一时，而师法于千万世。韩氏之文，没而不见者二百年，而后大施于今。此又非特好恶之所上下[5]，盖其久而愈明，不可磨灭，虽蔽于暂，而终耀于无穷者，其道当然也。

予之始得于韩也，当其沉没弃废之时。予固知其不足以追时好而取势利，于是就而学之，则予之所为者，岂所以急名誉而于势利之用哉？亦志乎久而已矣！故予之仕，于进不为喜，退不为惧者，盖其志先定，而所学者宜然也[6]。

集本出于蜀[7]，文字刻画，颇精于今世俗本，而脱缪尤多。凡三十年间，闻人有善本者[8]，必求而改正之。其最后卷帙不足[9]，今不复补者，重增其故也[10]。予家藏书万卷，独《昌黎先生集》为旧物也。呜呼！韩氏之文之道，万世所共尊，天下所共传而有也。予于此本，特以其旧物而尤惜之。

我幼年时家住汉东，汉东偏僻闭塞，没有学问高深的人；我家里贫困，没有藏书。随州郡南边有一大户人家姓李，他家的儿子叫李彦辅，很好学。我在儿童时常常到他家去玩，看见他家壁间的一只破竹筐里装着一些旧书，我打开它翻看，得到《昌黎先生文集》共六卷，它们已经脱落颠倒没有次序，于是向李氏索要这部书并带回家。读来感觉见解深刻而且雄奇博大，但是因我年纪小，不能理解它的意义，只是看见博大精深，很是可爱。

那时候，天下求学者都推崇以杨忆、刘筠的文章为标准的"时文"，擅长写这种文章的人就能取得功名，获取美名，并以此夸耀于世，未曾有提起韩愈的文章的。我也是刚考中进士，正在礼部钻研诗赋。十七岁时，参加州试，被取消录取资格。于是我取出所珍藏的韩愈的文章来重新阅读，就忍不住感叹道："求学者应当达到这个境界才罢休啊！"就奇怪当时人不提及韩愈的文章，而自己也没及时学习，只是时常自己在心中默念着，认为正好通过考取进士，取得俸禄来赡养父母。如果得到俸禄了，就要尽心研读韩愈的文章，以便实现自己的心愿。

七年后，我考中进士及第，到洛阳做官。当时，尹师鲁等人都在，于是我们就一起写古文，因此拿出所收藏的《昌黎集》来加以修补，又向别人家搜寻能找到的旧版本来校订。在那以后，天下求学者也渐渐趋向古文写作，韩愈的文章就此流行于世。到现在大约有三十多年了。求学者非韩愈不学，可以说是盛极一时啊！

啊！道本来就有前代流行而当代限止，也有过去忽略而现今重视的现象。这不单是世俗的喜欢或厌恶使它这样，也有它理当如此的一面。所以，孔子、孟子虽然当时惶恐焦虑，却成为后世学习效法的师表。韩愈的文章被埋没不见于世达二百年之久，而今天却被普遍重视，这也不单是好恶所能决定的，也许是时间久了它的意义更显明，不随着时间的变化而磨灭，虽然暂时被埋没，但最终会永远闪光。这是"道"自身的缘故，有其必然性。

我开始学习韩愈的文章，是在它们被埋没、废弃的时候。我原本知道它们不足以用来追逐时好并求取权势和好处，于是便去学习它，哪里是因为急于追名逐利呢？只是有志于此很久罢了！所以，我为官升迁时不会为之高兴；贬谪时也不会为之畏惧，大概是我的志向早已定下，我所学的就应该如此啊。

文集出于蜀地，刻画的文字比现在流行的版本精良得多，但是脱漏错误比较多。在三十间，一听说别人有善本，就一定要求取来订正增补我收藏的文集。文集最后册数不足，现在不再补充，是因为我慎重地对待增补文集这件事。我家藏书达万卷，唯有《昌黎先生文集》是旧物啊。唉，韩愈的文章及其学说，是万世共同尊崇、天下共同传承并享有啊。我对于这套文集，更因为它是旧物而特别珍惜啊。

178

○ 品画鉴宝　耀州窑青釉刻花牡丹纹围棋子盒·宋

◎ **原文注释**

〔1〕以礼部诗赋为事：宋朝礼部主持进士考试，考试主要内容是诗赋，到仁宗以后才开始逐渐重视策、论。〔2〕"后七年"三句：指天圣八年（1030年）欧阳修中进士及第，担任西京（今河南洛阳）留守推官。〔3〕"而尹师鲁"句：尹师鲁即尹洙，欧阳修在洛阳经常与尹洙、梅尧臣、苏舜钦等交流，一起作古文歌诗，遂以文学知名。〔4〕道：指由韩愈所继承和发展的儒家学说。〔5〕非特：不止，不单。〔6〕宜然：适宜，应该这样。〔7〕集：指《昌黎先生集》旧本。〔8〕善本：珍贵罕见、校勘准确的书籍版本。〔9〕卷帙（zhì）：帙本为书套。这里卷帙就是指卷数。〔10〕重增：重视增补这件事，即不肯轻率增补文集。

◎ **拓展阅读**

韩愈读书台

韩愈读书台位于今广东省清远市阳山县环城路边北面石崖。读书台始建于明万历二十五年（1597年），为砖木合构的四角亭，后人屡有重修。明崇祯五年（1632年）易砖为柱，清道光元年（1821年）护以木栅。1964年被再次重修，亭内竖立着明弘汉十二年（1499年）镌刻的韩愈像，高1.5米，宽0.83米。亭外石壁上有韩愈《远览》诗："所乐非吾独，人人共此情。往来三伏里，试酌一泓清。"另有明清时代诗刻数十处，均为历代名贤达士缅怀韩愈的杰作。

盖尝论天人之辨，以谓人无所不至，惟天不容伪。智可以欺王公，不可以欺豚鱼；力可以得天下，不可以得匹夫匹妇之心。

苏　轼

苏轼（1037－1101）字子瞻，眉山（今四川眉山县，在成都西南）人，苏洵之子、苏辙之兄，号东坡居士，世称苏东坡。他是北宋最负盛名的文学家、书画家、诗人、豪放派代表词人，是继欧阳修之后文坛的领袖人物，中国少有的文学和艺术天才。

宋仁宗嘉祐二年（1057年），苏轼与弟弟苏辙同时考中进士，被授予大理评事、签书凤翔府判官的官职。自宋神宗熙宁二年（1069年）起，因反对王安石的变法，苏轼自愿外出任地方官，先后担任杭州通判、密州（今山东诸城）知州、徐州知州等职。宋神宗元丰二年（1079年），苏轼因"乌台诗案"而获罪，被贬为黄州（今湖北黄冈）团练副使。宋哲宗即位后，高太后临朝听政，苏轼再次被起用，担任了朝奉郎、登州（今山东蓬莱）知州，很快又升任礼部郎中。结果还没有当几天礼部郎中，又被升任为起居舍人、中书舍人、翰林学士知制诰等。宋哲宗元祐四年（1089年），苏轼先后任杭州、颍州、扬州、定州的地方官。元祐八年（1093年），宋哲宗把苏轼贬到了惠州（今广东惠阳）、昌化军（今海南儋州）等地。宋徽宗建中靖国元年（1101年），苏轼死在常州，后来被南宋皇帝追赠太师。

苏轼强调文学的独创性、表现力和艺术价值，强调崇尚自然和摆脱束缚。他认为，写文章应达到"如行云流水……文理自然，姿态横生"。他的散文与韩愈、柳宗元、欧阳修齐名，风格平易流畅，豪放自如。他的诗歌数量很多，内容广泛多样，风格以豪放为主；笔力纵横变幻，有浪漫主义色彩；善用夸张和手法比喻，独具艺术风格。苏轼词开豪放派之先河，扫除了晚唐、五代以来的传统词风，扩大了词的题材，丰富了词的意境，对宋词的发展作出了很大的贡献。苏轼还擅长书法和绘画，他的书法用笔丰腴跌宕，自成一家，在当时很有影响。他在绘画方面师从文与可，常画墨竹，但他的画风比文与可更加简劲，有掀舞之势。

苏轼的作品有《东坡七集》《东坡乐府》等。

所贵乎朝廷清明而天下治平者，何也？天下不诉而无冤，不谒而得其所欲[1]。此尧舜之盛也。其次不能无诉，诉而必见察[2]。不能无谒，谒而必见省[3]。使远方之贱吏，不知朝廷之高；而一介之小民[4]，不识官府之难；而后天下治。今夫一人之身，有一心两手而已。疾痛苛痒[5]，动于百体之中，虽其甚微不足以为患，而手随至。夫手之至，岂其一一而听之心哉？心之所以素爱其身者深，而手之所以素听于心者熟，是故不待使令而卒然以自至[6]。圣人之治天下，亦如此而已。百官之众，四海之广，使其关节脉理，相通为一。叩之而必闻，触之而必应。夫是以天下可使为一身。天子之贵，士民之贱，可使相爱，忧患可使同，缓急可使救。

今也不然。天下有不幸而诉其冤，如诉之于天。有不得已，而谒其所欲，如谒之于鬼神。公卿大臣不能究其详悉，而付之于胥吏。故凡贿赂先至者，朝请而夕得；徒手而来者，终年而不获。至于故常之事[7]，人之所当得而无疑者，莫不务为留滞，以待请属。举天下一毫之事，非金钱无以行之。

昔者汉唐之弊，患法不明，而用之不密，使吏得以空虚无据之法而绳天下[8]，故小人以无法为奸。今也法令明具，而用之至密，举天下惟法之知。所欲排者，有小不如法，而可指以为瑕。所欲与者，虽有所乖戾，而可借法以为解。故小人以法为奸。今夫天下所为多事者，岂事之诚多耶？吏欲有所鬻而未得，则新故相仍，纷然而不决，此王化之所以壅遏而不行也[9]。

人们推崇朝廷清明和天下治平，究竟是指什么情况呢？普天下人不必打官司而没有冤狱，不必进见官府，他的愿望就能实现，这是尧舜的太平盛世。次于盛世的社会，尽管不能做到没有诉讼，但是只要起诉就能得到公平审理。有些事不能向官府提出请求，但只要提出就能得到合理解决。使远方的小官吏不感到朝廷高不可攀，使一个普通老百姓不知道谒见官府有什么困难。实现这种目标才能达到天下治平。一个人的身躯具有一颗心两只手，身上生病长疥疮，痛痒牵动全身，虽然病症轻微不足以构成大害，但两手却会随时去保护。那手伸到痛痒处，难道每次都由心发出号令吗？因为心向来深切地爱护他的身体，而手一向熟练地听从心的支配，所以不必等心发出指令，手就迅速自动地去保护。圣明君主治理天下，道理也和这个相似。官员如此众多，国土这样广阔，要使他的关节和脉络互相贯通而成为一个整体。敲击他一定能听到声音，触动他一定会得到反应。这样就能够把天下变成一体。从高贵的天子，到卑贱的士民，都可以使他们互相敬爱，忧患可以共同承受，急难可以互相救援。

现在的情况却不是这样。天下的人遇到不幸，向官府伸冤，就如同求见天帝一样困难。在不得已而向官府提出申请，就好像求见鬼神一样虚渺。公卿大臣不弄清事情原委，就把事情推给下面的小吏办理。所以凡是先送来贿赂的，早晨请办的事情，晚上就有结果。空手不送贿赂的，一年到头也办不成。至于按照常规应该办的事情，应该解决而没有疑义的事，无不尽力刁难，而等待别人来送礼请托。天下到处如此，一点点小事没有金钱就无法办成。

过去汉、唐时代的弊端，毛病出在法律不严明，执法不严密，致使官吏能够以个人的意志当作法律来约束天下，所以小人利用法律的漏洞而胡作非为。现在的法律详明严细，而执行细则多如牛毛，全天下人都感到动辄触法，官吏对于要排斥的人，稍有和法抵牾，就指为罪责，揪住不放；对于和自己要好的人，即使违法乱纪，却可以借曲解法律而为之开脱。所以，小人往往利用法律来为非作奸。现在天下需要处理的事情很多，难道事情果真那么多吗？官吏想贪赃枉法一时未能得逞，就把新旧案件累积堆压起来，纷乱繁多而不解决，这就是政令雍塞而不通行的原因啊。

○ 品画鉴宝　三彩狮子·唐

◎ **原文注释**

〔1〕谒：向上级申诉问题。

〔2〕察：审问，了解。

〔3〕省：检查处理。

〔4〕一介：一个。

〔5〕苛：同"疴"，疥疮。

〔6〕素：一向，往常。卒：猝然，急促。

〔7〕故常之事：按照常情应该办的事。

〔8〕绳：约束。

〔9〕王化：指朝廷政令。雍遏：堵塞。

○ 品画鉴宝　苇岸泊舟·南宋　此图绘一只渔舟在河风吹拂下静静的停泊在岸边，近处有碎石、苇丛。整个画面大量运用水墨，渲染出了浓浓的诗意。

昔桓文之霸，百官承职，不待教令而辨。四方之宾至，不求有司。王猛之治秦，事至纤悉，莫不尽举，而人不以为烦。盖史之所记：麻思还冀州，请于猛。猛曰："速装，行矣。"至暮而符下，及出关，郡县皆已被符[1]。其令行禁止而无留事者[2]，至于纤悉，莫不皆然。符坚以氏羌之种至为霸王，兵强国富，垂及升平者[3]，猛之所为，固宜其然也。

今天下治安，大吏奉法，不敢顾私，而府史之属招权鬻法，长吏心知而不问，以为当然。此其弊有二而已：事繁而官不勤，故权在胥吏。欲去其弊也，莫如省事而厉精[4]。省事莫如任人，厉精莫如自上率之。

今之所谓至繁，天下之事，关于其中，诉者之多，而谒者之众，莫如中书与三司。天下之事，分于百官，而中书听其治要；郡县钱币制于转运使，而三司受其会计。此宜若不至于繁多[5]。然中书不待奏课以定其黜陟[6]，而关与其事，则是不任有司也。三司之吏，推析赢虚，至于毫毛[7]，以绳郡县，则是不任转运使也。故曰省事莫如任人。古之圣王，爱日以求治，辨色而视朝，苟少安焉而至于日出[8]，则终日为之不给。以少而言之，一日而废一事，一月则可知，一岁，则事之积者不可胜数矣。欲事之无繁，则必劳于始而逸于终。晨兴而晏罢，天子未退，则宰相不敢归安于私第，宰相日昃而不退，则百官莫不震悚尽力于王事[9]，而不敢宴游。如此，则纤悉隐微莫不举矣。天子求治之勤，过于先王，而议者不称王季之宴朝而称舜之无为，不论文王之日昃而论始皇之量书，此何以率天下之怠耶？臣故曰：厉精莫如自上率之，则壅蔽决矣。

从前齐桓公、晋文公称霸的时候，各级官员奉行自己的职守，不必等待朝廷指令就把事情办好。四方的宾客到来，不需向有关部门请求。王猛治理前秦，即使细枝末节也没有不妥善处置的，可是人们并不觉得麻烦。正像《晋书》上所记载的那样，麻思要回冀州老家，向王猛请假，王猛说："迅速整理行装，立刻动身吧！"傍晚下达公文，等麻思出关时，各有关郡县都已接到通知。他能做到令行禁止，而不积压政务。直到琐屑小事，莫不如此。符坚作为氏族之君而成为霸主，兵强国富，达到太平，有王猛这样一位政治家的施为，理所当然的会有这样的局面。

如今天下太平，长官大吏奉行法律，不敢徇私舞弊。然而官署办事的小吏却揽权卖法，长官大吏明知不问，习以为常。这样就有两个弊端：事务冗繁而主管官员不勤奋，所以权力落在了衙门小吏的手里。要想革除这个弊端，重要的是精简朝廷事务而振奋精神勤于政务。而精简政务莫如选贤任能，振奋精神莫如朝廷做出表率。

现在所谓最繁忙的，天下的事情都归到那儿，诉讼和请求的都有很多的机关，没有比得上中书省和三司的了。天下的事情分给各级部门管理，而中书省只负责考察百官执政的大要，把郡县的财物钱款交由转运使管理,而三司负责总核国家财赋。这样，事情应该不至于太繁忙。但是中书省不等有关方面审奏官员考核情况就决定官员的升降，直接干预有关部门的具体事务，这就是不信任常设的职官了。三司的官吏核查财赋的盈亏情况，到了毫发不让的地步，来控制郡县的财政，这就是不信任转运使了。所以说精简事务莫如善于用人。古代圣明的君主珍惜光阴伋伋求治，天色微明就上朝听政，如果贪图片刻的安逸，到日出时才上朝，就会整天时间紧迫。往少处说，如果一天废弃一事，一个月就可想而知了。那么一年下来，积压的事情就会不可胜数。所以要想使政务清减，就必须先劳而后逸，一清早就理事到很晚才退朝。天子不退朝，宰相就不敢回家偷闲，宰相日夕不回家，那么百官就会振作勤奋，不敢怠慢，竭尽全力办公值勤，而不敢宴游。这样，即使是细小琐细不为人注意的地方，都会没有遗漏而得到处理。当今皇上求治的勤苦，超过了前代帝王，然而一些议论朝政的人不称颂王季励精图治，日暮退朝，而赞扬帝舜的无为而治，不称述周文王勤于政事，日过中午没有时间吃饭，而讥议秦始皇致力于披阅文件，完不成定量不下殿休息。这些论者为什么要这样提倡天下怠惰呢？所以我说，励精图治莫若朝廷做出表率，如此，政令壅塞的弊端就可以解除了。

◎ 原文注释

〔1〕被符：到官府的文件。〔2〕令行禁止：其法令行止顺利没有积压。〔3〕垂及升平：几乎达到升平景象。〔4〕省事：精简中央官署的政务。厉精：振作精神。〔5〕宜：犹"殆"，大概。这句说，这样大概事务就不繁多了。〔6〕不待奏课：没有等到下属的上报签定文字。黜陟：指官吏的进退升降。〔7〕推析：推算。赢虚：余亏。〔8〕苟少安：如果稍微偷闲。〔9〕震悚：勤奋谨慎。

186

◎ 拓展阅读

苏轼反被聪明误

有一天，苏轼与佛印禅师聊天，苏轼问佛印禅师："你看我现在像什么？"佛印禅师说："我看你像一尊佛。"苏轼笑着对佛印禅师说："我看你像一堆牛屎"。佛印禅师笑笑，没有说什么。苏轼自以为他胜利了，回家后沾沾自喜地和妹妹苏小妹谈起了这件事。苏小妹说："哥哥！你输了。禅师的心是佛一样的境界；所以看你像一尊佛；而你的心态像一堆牛屎一样，看禅师当然也就像一堆牛屎了"。苏轼听后面红耳赤。

夫当今生民之患，果安在哉[1]？在于知安而不知危，能逸而不能劳。此其患不见于今，而将见于他日。今不为之计，其后将有所不可救者。

昔者先王知兵之不可去也，是故天下虽平，不敢忘战。秋冬之隙，致民田猎以讲武，教之以进退坐作之方，使其耳目习于钟鼓、旌旗之间而不乱，使其心志安于斩刈、杀伐之际而不慑。是以虽有盗贼之变，而民不至于惊溃。及至后世，用迂儒之议，以去兵为王者之盛节[2]，天下既定，则卷甲而藏之。数十年之后，甲兵顿弊，而人民日以安于佚乐，卒有盗贼之警，则相与恐惧讹言，不战而走。开元、天宝之际，天下岂不大治？惟其民安于太平之乐，酣豢于游戏、酒食之间[3]，其刚心勇气，消耗钝眊，痿蹶而不复振[4]。是以区区之禄山一出而乘之，四方之民，兽奔鸟窜，乞为囚虏之不暇，天下分裂，而唐室因以微矣。

盖尝试论之：天下之势，譬如一身。王公贵人所以养其身者，岂不至哉？而其平居常苦于多疾。至于农夫小民，终岁勤苦，而未尝告病，此其故何也？夫风雨、霜露、寒暑之变，此疾之所由生也。农夫小民，盛夏力作，而穷冬暴露，其筋骸之所冲犯，肌肤之所浸渍，轻霜露而狃风雨，是故寒暑不能为之毒。今王公贵人，处于重屋之下，出则乘舆，风则袭裘，雨则御盖[5]，凡所以虑患之具，莫不备至。畏之太甚，而养之太过，小不如意，则寒暑入之矣。是故善养身者，使之能逸而能劳，步趋动作，使其四体狃于寒暑之变[6]，然后可以刚健强力，涉险而不伤。夫民亦然。今者治平之日久，天下之人，骄惰脆弱如妇人孺子，不出于闺门。论战斗之事，则缩颈而股栗；闻盗贼之名，则掩耳而不愿听。而士大夫亦未尝言兵，以为生事扰民，渐不可长。此不亦畏之太甚而养之太过欤？

如今人们的忧患究竟在哪里呢？就在于光知道眼前的安定，不知道隐伏的忧患；只能够安逸，不能够辛劳。这种忧患今天虽然还没有表现出来，但以后终将会暴露。如果现在不设想对策，以后将有不可挽救的危险。

古代帝王深知军备不可以废弃，因此天下虽然太平也不敢忘掉戒备。在秋冬空闲之际便召集百姓打猎，借此讲习武事，教给他们前进、后退、跪倒、起立的战法，使他们的耳目习惯于钟鼓、旌旗的号令而不至于产生混乱，使他们的心志习惯于砍杀的场面而毫不畏惧。所以即使发生盗贼变乱，老百姓也不至于惊慌失措。到了后世，采用迂腐的儒生之见，把废除兵备作为帝王的美好措施，天下刚刚平定，就把武器装备收藏起来。几十年后，军器钝朽，而人们一天天过惯了安定的日子。如果突然有盗贼作乱的警报，就会人人恐惧，谣言四起，不战而逃。唐玄宗开元天宝年间，天下能说不十分太平吗？只是那时的百姓安于太平之乐，迷

恋于游戏、酒食之间，他们的刚强之心和勇敢之气被消磨得迟钝衰竭，萎缩僵化，无法振作。因此，小小的安禄山一发难获胜，四方的百姓就像受惊的鸟兽四散而逃，乞求做个俘虏都惟恐不及。从此藩镇割据，天下分裂，唐王朝也一蹶不振。

请允许我试予论述：天下形势，譬如人的身体。王公贵人保养身体的方法，难道不是做到家了吗？但是他们平时却常常因为多病而苦恼。至于农夫平民，一年到头辛苦劳作，却不见他们生什么病。这是什么缘故呢？风雨、霜露、寒暑的气候变化是引发疾病的原因。农夫平民盛夏酷热努力工作，到了严冬寒天仍然在野外劳动。他们的筋骨所冲犯的，肌肤所浸渍的，无非风雨霜露，习以为常，因此寒暑不能使他们受到毒害。如今的王公贵人，住在高楼大厦之内，出行就坐车，遇风就穿皮袄，下雨就打伞，凡是防备病患的用具，没有不齐备的。但是过于畏惧疾病，过度的保养身体，稍有不适，寒暑就会侵害他们，所以善于保养身体的人，使自己能逸能劳，经常行走运动，使身体对于寒暑的变化增强适应力，这才可以做到体质刚健强壮，经受折困而不致损伤。民众也是这样。如今天下太平日久，人们怠惰、脆弱，像妇女小孩，平时不出家门，一谈起打仗的事情就吓得紧缩脖子两腿打颤；一听盗贼之名就捂住耳朵不想听。士大夫们也从来不谈论军事，认为会招惹事端扰乱民心，这种苗头不可助长。这不也是过于害怕风霜雨露而保养的太过分了吗？

◎ 原文注释

[1] 果安在哉：究竟在哪里？果，究竟。安，何。[2] 盛节：指盛德的事。[3] 豢：豢养，寄生。这句说，寄生在吃喝玩乐的生活中。[4] 痿蹶：萎缩衰竭。[5] 御盖：打伞。御，使用。盖，伞。[6] 狃：习以为常。

且夫天下固有意外之患也。愚者见四方之无事，则以为变故无自而有[1]，此亦不然矣。今国家所以奉西北之寇者，岁以百万计，奉之者有限，而求之者无厌，此其势必至于战。战者，必然之势也。不先于我，则先于彼；不出于西，则出于北。所不可知者，有迟速远近，而要以不能免也[2]。天下苟不免于用兵，而用之不以渐，使民于安乐无事之中，一旦出身而蹈死地，则其为患必有所不测。故曰：天下之民，知安而不知危，能逸而不能劳，此臣所谓大患也。

　　臣欲使士大夫尊尚武勇，讲习兵法；庶人之在官者[3]，教以行阵之节；役民之司盗者，授以击刺之术。每岁终则聚于郡府，如古都试之法，有胜负，有赏罚。而行之既久，则又以军法从事。然议者必以为无故而动民，又挠以军法[4]，则民将不安，而臣以为此所以安民也。天下果未能去兵，则其一旦将以不教之民而驱之战[5]，夫无故而动民，虽有小怨，然孰与夫一旦之危哉？

　　今天下屯聚之兵，骄奢而多怨[6]，陵压百姓而邀其上者，何故[7]？此其心以为天下之知战者，惟我而已。如使平民皆习于兵，彼知有所敌，则固以破其奸谋，而折其骄气。利害之际，岂不亦甚明欤？

　　况且天下本来就存在着意外的祸患。见识短浅的人，见到四方没有战争，就认为不会发生什么变故，这也是不对的。现在国家献纳给西夏和辽国的银子绢匹每年以百万计。纳奉的一方钱财有限，索取的一方贪得无厌，这种情况一定会导致战争。战争是必然的趋势啊！不是我们先出兵，就是敌国先发动。不是发生在西部，就是出现在北方。所不能预料的，只是爆发战争时间的早晚和地点的远近而已，但总归是不能避免的。如果天下不能避免用兵，而既要用兵又不逐步练习，于安乐无事中役使百姓，一旦烽火突起，骤然让他们投身战场，那么祸患必然不堪设想。因此说，天下人民知安而不知危，能逸而不能劳，这就是我所谓的重大忧患。

　　我主张要让士大夫重视军备，崇尚勇武，讲习兵法，在籍平民在军中奉职的，教给他们行军作战的规则。负责缉捕盗贼的服役百姓，教给他们搏击刺杀的技能。每到年底把他们聚集在郡府，像古代定期集合官兵在都城演习比赛武事一样，讲胜负，有赏有罚。这样经过长期的训练，再按照军队作战的法规办事。然而朝臣们一定会认为无故扰民，难以与军法相合，百姓将会惊惧不安。但是我认为这正是安定百姓的方略。天下根本不能废弃战争，一旦需要用兵时，却把不懂军事的百姓驱赶到战场上。平时没有变故而使百姓练武，虽然有小的惊扰，但是同一旦爆发战争而毫无准备，仓猝应战比较起来，到底哪种危险更厉害呢？

190

现在国家驻扎在地方的军队骄纵强横，牢骚很多，欺压百姓，要挟上司，这是什么原因呢？这是因为他们心里认为，天下懂得打仗的，只有他们罢了。如果使平民百姓都熟悉军事，屯聚之兵知道还有对手存在，就一定能破除他们的不轨之谋，挫折他们的骄横之气。两种主张的利害界限，难道不是十分清楚吗？

◎ **原文注释**

〔1〕变故无自而有：变故没有发生的条件。
　　变故，意外发生的变化或者事故。

〔2〕要：总归。

〔3〕庶人一句：在官府服役的平民。

〔4〕挠：困扰。

〔5〕不教之民：没有经历过军事训练的百姓。

〔6〕多怨：对许多事情怨恨。

〔7〕邀其上：要挟他的上司。

○ 品画鉴宝　带彩观音·宋

◎ **拓展阅读**

苏轼以联讽住持

有一天苏轼去某寺游览，住持看其衣着平常，招待甚为简慢，就在前堂设座，说"坐，茶"。几句聊过，发觉来客见识谈吐不凡，遂起敬意，让至后厅雅座，忙说"请坐，上茶"。再聊几句，住持才知道此人竟然就是名满天下的苏大学士，惊惶难当，欲请进方丈精舍，急喊"请上坐，上香茶"。告辞之际，住持一再求留墨宝，苏轼莞尔一笑，挥毫写下一副对联："坐，请坐，请上坐；茶，上茶，上香茶。"

祭欧阳文忠公文

呜呼哀哉，公之生于世，六十有六年。民有父母，国有蓍龟，斯文有传[1]，学者有师，君子有所恃而不恐，小人有所畏而不为。譬如大川乔岳，不见其运动，而功利之及于物者，盖不可以数计而周知。今公之没也，赤子无所仰芘[2]，朝廷无所稽疑，斯文化为异端，而学者至于用夷。君子以为无为为善，而小人沛然自以为得时。譬如深渊大泽，龙亡而虎逝，则变怪杂出，舞鳅鳝而号狐狸[3]。昔其未用也，天下以为病；而其既用也[4]，则又以为迟；及其释位而去也，莫不冀其复用；至其请老而归也，莫不惆怅失望，而犹庶几于万一者，幸公之未衰。孰谓公无复有意于斯世也，奄一去而莫予追[5]。岂厌世混浊，洁身而逝乎？将民之无禄[6]，而天莫之遗？昔我先君，怀宝遁世，非公则莫能致。而不肖无状，因缘出入，受教于门下者，十有六年于兹。闻公之丧，义当匍匐往救[7]，而怀禄不去，愧古人以忸怩[8]。缄词千里[9]，以寓一哀而已矣。盖上以为天下恸，而下以哭其私。呜呼哀哉。

啊，悲伤哀痛！欧阳公生于当世才六十六年。有了他，百姓就像是有了父母，国家有了决策的依靠，古文有了传人弘扬，学者得到了宗师，君子有所凭借而不恐惧，小人有所畏惧而不放纵。譬如大河和高山，虽然不曾看到它运动，而它给予万物的利益无法计算而尽知。如今欧阳公溘然长逝，百姓失去了依托庇护，朝廷无法释疑决断，儒术转向了异端，学人以至于从夷奉佛，士大夫以清净无为为佳境，而小人纷纷自庆以为得时。譬如深渊大泽之中失去了龙和虎，各种动物趁机猖獗横行，泥鳅黄鳝狂舞而狐狸肆意号叫。从前您未被重用时，天下人都对此深感遗憾，等到您执掌重柄，则又认为为时太晚。后来您解职离京，人们无不盼望您再次被起用，等到您告老还乡，人们没有不感到怅惘的，并且还怀着一线恳切的希望，期待您尊体健康长寿，谁能料到您无意久留于人世，突然逝去，使我不能再追随！难道您是厌恶社会的浑浊，为保持自身的纯洁而离开我们的吗？抑或百姓无福，而上天不愿留您在人间？从前先父满腹经纶而避世闲居，不是您的荐举就不会被任用。我愚鲁无礼，能有机会追随在您的左右，受教于门下，至今已经有十六年了。闻悉您的噩耗，理当尽力奔趋护持，然而官至牵累而未能动身，真叫我愧对古人羞惭无地。只能在千里之外封寄祭文，用以寄托我无尽的哀思而已！上为天下丧失哲人而哀恸，下为失去恩师而悲泣。啊！无比悲伤哀痛！

◎ 原文注释

〔1〕斯文：原指礼乐制度，此处指文章。

〔2〕仲：依靠。芘：通"庇"，庇护。

〔3〕这句形容变怪十分猖獗。鳅，泥鳅。鳝，黄鳝。

〔4〕既用：指受到重用。宋仁宗嘉佑五年，欧阳修任枢密副使，次年转参知政事，
年五十五岁。

〔5〕奄：突然，急剧。

〔6〕将：抑或，还是。无禄：无福。

〔7〕匍匐：竭力。

〔8〕忸怩：羞愧。

〔9〕缄词：封寄祭词。

◎ 拓展阅读

欧阳修慧眼识英才

苏轼在京城会考时，主审官是大名鼎鼎的文学名家欧阳修。他在审批卷子时被苏轼文采所倾倒，很想点选此篇文章为第一，但他觉得此文很像门生曾巩所写，怕落人口实，所以最后评了第二。发榜时，欧阳修知道文章作者是苏轼后后悔不已，但是苏轼并未计较。苏轼的大方气度和出众才华让欧阳修赞叹不已："这样的青年才俊，真是该让他出榜于人头地啊！"自此正式收苏轼为弟子。

故魏国忠献韩公作堂于私第之池上，名之曰醉白。取乐天《池上》之诗，以为醉白堂之歌。意若有羡于乐天而不及者。天下之士，闻而疑之，以为公既已无愧于伊、周矣，而犹有羡于乐天，何哉？

轼闻而笑曰：公岂独有羡于乐天而已乎？方且愿为寻常无闻之人而不可得者。天之生是人也，将使任天下之重，则寒者求衣，饥者求食，凡不获者求得。苟有以与之，将不胜其求。是以终身处乎忧患之域，而行乎利害之涂，岂其所欲哉！夫忠献公既已相三帝安天下矣，浩然将归老于家，而天下共挽而留之，莫释也。当是时，其有羡于乐天，无足怪者。然以乐天之平生而求之于公，较其所得之厚薄浅深，孰有孰无，则后世之论，有不可欺者矣。文致太平，武定乱略，谋安宗庙，而不自以为功。急贤才，轻爵禄，而士不知其恩。杀伐果敢，而六军安之。四夷八蛮想闻其风采，而天下以其身为安危。此公之所有，而乐天之所无也。乞身于强健之时，退居十有五年，日与其朋友赋诗饮酒，尽山水园池之乐。府有余帛，廪有余粟，而家有声伎之奉。此乐天之所有，而公之所无也。忠言嘉谋，效于当时，而文采表于后世。死生穷达，不易其操，而道德高于古人。此公与乐天之所同也。公既不以其所有自多，亦不以其所无自少，将推其同者而自托焉。方其寓形于一醉也，齐得丧，忘祸福，混贵贱，等贤愚，同乎万物，而与造物者游，非独自比于乐天而已。古之君子，其处己也厚，其取名也廉。是以实浮于名，而世诵其美不厌。以孔子之圣，而自比于老彭，自同于丘明，自以为不如颜渊。后之君子，实则不至，而皆有侈心焉。臧武仲自以为圣，白圭自以为禹，司马长乡自以为相如，扬雄自以为孟轲，崔浩自以为子房，然世终莫之许也。由此观之，忠献公之贤于人也远矣。

昔公尝告其子忠彦，将求文于轼以为记而未果。公薨既葬，忠彦以告，轼以为义不得辞也，乃泣而书之。

已故魏国公韩琦，曾经在私宅水池上建筑了一座厅堂，命名叫"醉白"。并取白乐天《池上》诗意，作《醉白堂》之歌，似乎寓有羡慕乐天而感到望尘莫及的意思。天下士人听说后疑惑不解，认为韩公的功绩既然已经无愧于伊尹和周公，却还去羡慕白乐天，这是为什么呢？

我听说后笑着说：韩公难道是仅仅羡慕白乐天吗？他那是想做一个默默无闻的普通人而无法做到啊！上天诞生韩公，要使他担当起天下的重任，所以寒冷的人向他求衣，饥饿的人向他求食，凡是不获所欲的都要向他索求。即使他有什么都给予人们，也将难以满足人们的索求。这样，韩公也就终生都陷入忧愁当中，而奔走于充满厉害的斗争之途，难道这是他所希望的吗？韩公已经历任三朝宰相，把国家治理得安定昌盛，心怀淡远之志将请还老家，而天下人一起挽留，不放他辞官。在这种情况下，他羡慕白乐天有什么奇怪的吗？然而以乐天平生的业绩去比照韩公，考较他们成绩的大小，那么后世的评论是不容含混的。文治使天下太平，武功能消除叛乱，谋略可以安定社稷，但不自以为功；重视贤才，不吝惜爵禄，却又不让士子对他感恩；严于军法，部队安定，四方敌国想听闻他的风采，天下安危系在他一个人身上。这都是韩公所具有，而乐天所不具备的。在身体强健时就请求退休，退居东都十五年，每天都与朋友赋诗饮酒，享受山水田园之乐，这些都是乐天所具有，而韩公所没有的。以忠直的谏言和美好的谋略效力于朝廷，而文学才华又卓然显扬于后世，无论生死穷达都不改变自己的操守，道德高于古人。这是韩公和乐天所共有的。韩公既不以自己的优点而炫耀，也不以自己的不足而自馁，而是从他们相同的地方寄托自己的意趣罢了。当韩公把形骸寄托在一醉之时，就会把得失看作一回事，把个人祸福丢在一边，不分贵贱，等同贤愚，融合万物，而与大自然同游，不过自比于乐天而已。古代的君子要求自己的多，索取名声的却很少。因此实际超过他的名望，世人不厌倦地传颂他们的美德。像孔子那样的圣人，曾把自己比作老彭，说自己和左丘明相同，认为自己不如颜渊。后代的君子实在没有达到，却往往有浮夸之心。像臧武仲认为自己是圣人，白圭自诩为超过大禹，司马长卿自比为蔺相如，扬雄自比为孟子，崔浩自以为张良。然而世人终究没有赞成的，由此看来，韩公胜过后代君子太远了。

先前韩公曾告诉他的长子忠彦，打算要我为醉白堂写一篇记，但搁置了下来。韩公去世安葬后，忠彦才把他的心意告诉我，我认为这是义不容辞的事情，就挥泪写下了这篇《醉白堂记》。

◎ 拓展阅读

苏轼巧应对

苏轼婚后不久，应邀去黄庭坚家做客，刚到那里，仆人就赶来请他马上回去，说夫人有急事。黄庭坚有心讽刺，吟道："幸早里（杏、枣、李），且从容（苁蓉为一味中药）。"这句里含三种果名，一种药名。苏轼头也不回，蹬上马鞍就走，边走边说："奈这事（奈，苹果之属、蔗、柿），须当归（当归为中药名）。"黄庭坚等听后，无不赞叹苏轼的才思。

象犀珠玉怪珍之物，有悦于人之耳目，而不适于用。金石草木丝麻五谷六材，有适于用，而用之则弊，取之则竭。悦于人之耳目，而适于用。用之而不弊，取之而不竭。贤不肖之所得，各因其才。仁智之所见，各随其分。才分不同，而求无不获者，惟书乎！

自孔子圣人，其学必始于观书。当是时，惟周之柱下史聃为多书。韩宣子适鲁，然后见《易象》与鲁《春秋》。季札聘于上国，然后得闻《诗》之风、雅、颂。而楚独有左史倚相，能读《三坟》《五典》《八索》《九丘》。士之生于是时，得见六经者盖无几，其学可谓难矣。而皆习于礼乐，深于道德，非后世君子所及。

自秦汉以来，作者益众，纸与字画日趋于简便，而书益多，世莫不有，然学者益以苟简，何哉？予犹及见老儒先生，自言其少时，欲求《史记》《汉书》而不可得，幸而得之，皆手自书，日夜诵读，惟恐不及。近岁市人转相摹刻诸子百家之书[1]，日传万纸。学者之于书，多且易致如此，其文词学术，当倍蓰于昔人[2]，而后生科举之士，皆束书不观，游谈无根，此又何也？

予友李公择，少时读书于庐山五老峰下白石庵之僧舍。公择既去，而山中之人思之，指其所居为李氏山房。藏书凡九千余卷。公择既已涉其流，探其源，采剥其华实[3]，而咀嚼其膏味，以为己有，发于文词，见于行事，以闻名于当世矣。而书固自如也，未尝少损。将以遗来者，供其无穷之求，而各足其才分之所当得。是以不藏于家，而藏于其故所居之僧舍，此仁者之心也！

余既衰且病，无所用于世，惟得数年之闲，尽读其所未见之书，而庐山固所愿游而不得者，盖将老焉。尽发公择之藏，拾其余弃以自补，庶有益乎？而公择求余文以为记，乃为一言，使来者知昔之君子见书之难，而今之学者有书而不读，为可惜也。

象牙、犀角、宝珠、美玉等奇异珍贵的东西，可以愉悦人们的耳目，但没有实用价值。金石、草木、丝麻、五谷、六材有实用价值，但是使用久了就会损毁，取用多了就会枯竭。说到既能让人赏心悦目，又有实用价值，用也用不坏、取也取不完的东西，贤者与不肖者根据才智的差别，能够各有所得；仁者和智者由于天分的不同，各自会有所发现。才智天赋虽然各异，只要开卷寻求，就不会没有收获的，大概只有书吧。

从圣人孔子开始说起，人们的学习必定是从读书开始的。在这个时代，只有周朝的柱下史老子的书最多。韩宣子到鲁国之后，才见到《易象》和鲁《春秋》。季札到鲁国访问，才听到《诗经》的风、雅、颂。而楚国只有左史倚相能读《三坟》《五典》《八索》《九丘》这些典籍。士人出生在那个时代，能够见到六经的没有几个人，他们要学习可以说是很困难了，但他们都熟悉音乐礼仪，深深领悟道德，不是后代君子所能赶上的。

自从秦、汉以来，著书立说的人逐渐增多，书写工具与文字笔画书法的发展也日趋简便，因而书籍越来越多，社会上到处有书，可是学者读书却越来越马虎了，这是为什么呢？我尚能赶上见到一些老儒学生，说他们年少时，想读《史记》《汉书》却找不到，后来幸运地借到了，就亲手抄录，日夜不停地颂读，惟恐来不及读。近年来，书商辗转翻印，诸子百家之书一天就能印上上万页。学者对于书见得多而且这样容易得到，他们的辞章和学术应当是超过前人几倍，但这些参加科举的年轻人却都把书捆起来而不看，高谈阔论毫无根据，这又是为什么呢？

我的朋友李公择年轻时在庐山五老峰下白石庵的僧舍中读书。公择走后，山里的人怀念他，就把他居住的地方称为李氏山房。公择藏书共有九千余卷。公择已经广泛的涉猎图书，探讨了典籍的源流，吸取书中精华，咀嚼书中韵味，把它变成自己的学问，写在文章里，表现在行动上，因而闻名于当代。但他的书依然

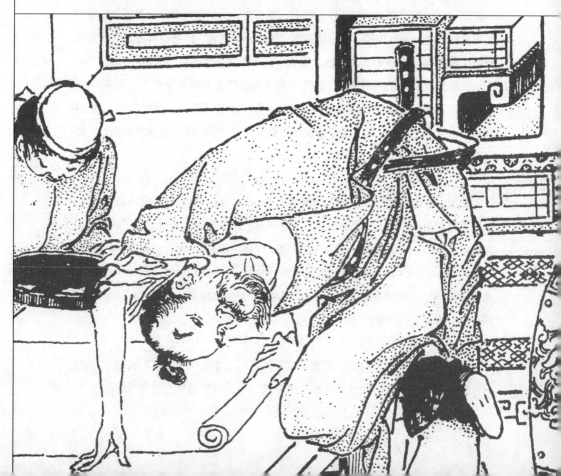

完好，不会有小的破损。公择把它留给以后的读书人，供他们以后对学问作无穷无尽的探求，从而各自取得他们才智天分足以取得的知识。所以这些书不藏在家里，而藏在他过去居住的僧舍里。这真是忠厚长者的良好用心啊！

　　我已经衰老而且多病，对社会起不了什么作用了，只想能有数年的闲暇，读完不曾见过的书。而庐山本来就是我希望游览的地方，但是没有机会，我恐怕要老死在这密州了。但愿能把公择的藏书全部翻开来阅读，拾取他留下的知识来补充自己，应该是很有益处的吧！而公择要求我为李氏山房撰文为记，于是就说了上面的一番话，以便让后来人明白古代君子看书的困难，知道现在的学者有书而不读，是可惜的啊！

◎ 原文注释

〔1〕市人：指书商。转相摹刻，辗转翻印。随着印刷术的进步，北宋刻书业不断发
　　展，尤其是宋神宗时取消了擅刻图书的禁令后，坊刻、私刻图书业日益繁荣。

〔2〕倍蓰于昔人：超过前人好几倍。蓰，五倍。

〔3〕华实：犹言花果。

◎ 拓展阅读

苏轼与佛印针锋相对

苏轼被贬黄州后，一居数年。一天傍晚，他和好友佛印和尚泛舟长江。正举杯畅饮间，苏东坡忽然用手往江岸一指，笑而不语。佛印顺势望去，只见一条黄狗正在啃骨头，顿有所悟，随将自己手中题有苏东坡诗句的扇子抛入水中。两人面面相觑，不禁大笑起来。原来，这是一副哑联。苏东坡的上联是：狗啃河上（和尚）骨；佛印的下联是：水流东坡尸（东坡诗）。

宝绘堂记

君子可以寓意于物，而不可以留意于物。寓意于物，虽微物足以为乐，虽尤物不足以为病[1]。留意于物，虽微物足以为病，虽尤物不足以为乐。老子曰："五色令人目盲，五音令人耳聋，五味令人口爽，驰骋田猎令人心发狂。"然圣人未尝废此四者，亦聊以寓意焉耳。刘备之雄才也，而好结髦。嵇康之达也，而好锻炼。阮孚之放也，而好蜡屐。此岂有声色臭味也哉，而乐之终身不厌。

凡物之可喜，足以悦人而不足以移人者，莫若书与画。然至其留意而不释则其祸，有不可胜言者。钟繇至以此呕血发冢，宋孝武、王僧虔至以此相忌，桓玄之走舸，王涯之复壁，皆以儿戏害其国，凶其身。此留意之祸也。

始吾少时，尝好此二者，家之所有，惟恐其失之，人之所有，惟恐其不吾予也。既而自笑曰："吾薄富贵而厚于书，轻死生而重画，岂不颠倒错谬失其本心也哉？自是不复好。见可喜者虽时复蓄之，然为人取去，亦不复惜也。譬之烟云之过眼，百鸟之感耳，岂不欣然接之，去而不复念也。于是乎二物者常为吾乐而不能为吾病。

驸马都尉王君晋卿虽在戚里，而其被服礼义，学问诗书，常与寒士角[2]。平居攘去膏粱[3]，屏远声色，而从事于书画，作宝绘堂于私第之东，以蓄其所有，而求文以为记。恐其不幸而类吾少时之所好，故以是告之，庶几全其乐而远其病也。

熙宁十年七月二十二日记。

君子可以借物寄兴，可是不可以沉湎于物。如果借物寄兴，即使微小的物品也能得到乐趣，即使珍贵的物品也不会招致祸害。如果沉湎于物，即使微小的物品也会招致祸患，即使珍贵的物品也不能得到乐趣。老子说："缤纷的色彩使人眼花缭乱，纷杂的声音使人听觉不敏，丰盛的食物使人口不知味，纵情狩猎使人心神放荡。"但圣人所以不会废弃这四种事物，不过姑且借物寄托理想罢了。刘备那样的英雄，却喜欢挽结兽毛以为饰；嵇康那样旷达，却喜欢打铁；阮孚那样放纵，却好涂蜡屐。这些东西难道有动人的声色气味吗？而他们终生以此为乐不知厌倦。

大凡物品值得喜爱，能够取悦人而不改变人的心志的，没有能比得上书法和绘画。然而倘使迷恋书法而陷入不能摆脱的境地，就会产生说不尽的祸患。钟繇为蔡邕的书法而呕血掘墓，宋孝武帝为争擅书之名而嫉妒王僧虔，桓玄把书画搬到轻便的小船上，王涯则把书画藏在坚固的墙壁中，都因为陷溺于物而危害他们的国家，伤害了自身，这就是陷溺于物的灾害啊！

当初我在年少时，曾经酷爱绘画。自己家中有的惟恐失去，别人有的又惟恐人家不送给我。后来就自嘲地说：我菲薄富贵而珍爱书法，轻视生命而重视绘画，岂不是错乱荒谬到丧失自己的本心吗？所以从此不再那样爱之如命。看到可喜的书画虽然还常常收存，但被人拿去也不再觉得惋惜。譬如烟云飘荡而寓目，百鸟鸣叫而悦耳，怎么能不高兴的接触他呢？但过后就不再思念了。于是书画常常带给我快乐而不是成为我的累赘。

驸马都尉王君晋卿，虽然是皇亲国戚，但是他奉行礼仪、学问诗书，常常和贫寒读书人相当。他平时屏弃精美食品，远离歌舞女色，倾力于绘画之中，还在自己府第的东面建造了一座宝绘堂，来贮存他的收藏，并请我撰文来记述此事。我担心他不幸而像我少年时那样迷恋书画，就把这些想法告诉他，或许能保持他的乐趣而避开忧患吧！

熙宁十年七月二十二日记。

○ 品画鉴宝　耀州窑青釉莲花形香薰炉·宋

◎ **原文注释**

〔1〕尤物：指奇异珍贵的物品。

〔2〕角：并立不相下。

〔3〕攘：排除。膏粱：精美的食物。

◎ **拓展阅读**

苏轼不动声色

苏轼入狱后，宋神宗为了试探他有没有仇恨之意，特派一个小太监装成犯人入狱和他同睡。白天吃饭时，小太监用言语挑逗他，苏轼却吃得津津有味，答说："任凭天公雷闪，我心岿然不动！"夜里，他倒头便睡，小太监又撩拨道："苏学士睡这等床，岂不可叹？！"苏轼不理会他，用鼾声回答。小太监在第二天一大早推醒他，说道："恭喜大人，你被赦免了。"宋神宗也是糊涂，派个太监去，凭苏轼的才智能瞧不出来吗？

竹之始生，一寸之萌耳[1]，而节叶具焉。自蜩腹蛇蚹以至于剑拔十寻者，生而有之也。今画者乃节节而为之，叶叶而累之，岂复有竹乎！故画竹必先得成竹于胸中，执笔熟视，乃见其所欲画者，急起从之，振笔直遂[2]，以追其所见，如兔起鹘落，少纵则逝矣。与可之教予如此。予不能然也，而心识其所以然。夫既心识其所以然而不能者，内外不一，心手不相应，不学之过也。故凡有见于中而操之不熟者，平居自视了然，而临事忽焉丧之，岂独竹乎！子由为《墨竹赋》以遗与可曰："庖丁，解牛者也，而养生者取之。轮扁，斫轮者也，而读书者与之。今夫夫子之托于斯竹也，而予以为有道者，则非邪？"子由未尝画也，故得其意而已。若予者，岂独得其意，并得其法。

竹子刚刚破土萌生，不过是寸把长的嫩笋罢了，但是竹节叶子都已经具备。从它像蝉翼、蛇皮蜕去那样节节拔高，到长成出鞘宝剑一样的冲天竹竿，本来是自然生成的。现在画竹的人一节节地勾勒，一叶叶地堆积，还能有形象完整的竹子吗？所以画竹必须先在胸中把握住竹的完整形象，执笔凝神构思，从而捉住构思中发现的神态。这种创作过程宛如兔子飞跑、老鹰俯冲一样快捷，稍微放松就消失了。与可是这样教我的。我做不到这一点，但心里明白这个道理。既然心里明白这个道理，却不能这样做，想的和画出来的不一致，心和手不相应，这是没有刻苦练习所造成的缺憾啊！所以凡是胸中有一定见解，但做起来不熟练的人，往往平常自认为很明白，而临到亲手操作时又一下子把握不住了，岂独画竹是如此呢？子由作《墨竹赋》赠给与可说："庖丁是个宰牛的，而讲求养生之道的人吸取了他解牛的道理；轮扁是个砍削木料做车轮的，而读书人很赞许他的实践心得。现在从您借画竹而讲出的一堆道理来看，我认为你是一位有着高深修养的人，难道不是吗？"子由不会画竹，只是理解到与可画竹的道理而已。至于我岂止体会到与可画竹的道理，还学到了他画竹的方法。

◎ 原文注释

[1] 萌：嫩芽。[2] 振笔直：挥笔落纸，一气呵成。遂：完成。

与可画竹，初不自贵重，四方之人持练素而请者[1]，足相蹑于其门。与可厌之，投诸地[2]而骂曰："吾将以为袜。"士大夫传之以为口实。及与可自洋州还，而余为徐州，与可以书遗余曰："近语士大夫，吾墨竹一派，近在彭城，可往求之，袜材当萃于子矣[3]。"书尾复写一诗，其略曰："拟将一段鹅溪绢，扫取寒梢万尺长[4]。"予谓与可，竹长万尺，当用绢二百五十匹[5]，知公倦于笔砚，愿得此绢而已。与可无以答，则曰："吾言妄矣，世岂有万尺竹哉。"余因而实之[6]，答其诗曰："世间亦有千寻竹，月落庭空影许长。"与可笑曰："苏子辩则辩矣，然二百五十匹，吾将买田而归老焉。"因以所画筼筜谷偃竹遗予，曰："此竹数尺耳，而有万尺之势。"筼筜谷在洋州，与可尝令予作《洋州三十咏》，筼筜谷其一也。予诗曰："汉川修竹贱如蓬，斤斧何曾赦箨龙[7]。料得清贫馋太守，渭滨千亩在胸中[8]。"与可是日与其妻游谷中，烧笋晚食，发函得诗，失笑喷饭满案。

元丰二年正月二十日，与可殁于陈州。是岁七月七日，予在湖州曝书画，见此竹，废卷而哭失声。昔曹孟德《祭桥公文》有"车过""腹痛"之语，而予亦载与可畴昔戏笑之言者，以见与可于予亲厚无间如此也。

与可画竹，起初并不把自己的画看的很贵重，四面八方的人拿着白绢来请他画竹的，一个接一个地找上门来。与可厌烦了，就把白绢扔在地上骂着说："我要把这些白绢作袜子穿。"这话传到士大夫那里，成为他们有趣的话题。到了与可从洋州回京，而我移至徐州的时候，与可寄信给我说："最近我告诉士大夫，我们这派擅画墨竹的人在彭城，可以去求他。制袜子的素娟要集中到你那儿去了。"信的末尾又写了一首诗，其中两句说："拟将一段鹅溪绢，扫取寒梢万尺长。"我告诉与可："万尺长的竹竿，该用绢二百五十匹，知道你画竹已经厌倦了，不过想要这批绢罢了。"与可无法回答，就说："我的话是信口而言的，世上哪有万尺长的竹竿呢？"我因而举例证实有万尺竹的可能，答谢他的诗歌说："世间亦有千寻竹，月落庭空影许长。"与可笑着说："苏子巧辩，然而有二百五十匹绢，我就可以用来买田退休了。"因此把他所画的《筼筜谷偃竹》赠给我说："这个竹子仅仅有数尺而已，却有万尺的气势。"筼筜谷在洋州，与可曾经令我作洋州三十咏，《筼筜谷》是其中一篇，诗中说："汉川修竹贱如蓬，斤斧何曾赦箨龙。料得清贫馋太守，渭滨千亩在胸中。"与可这天与他的妻子游筼筜谷，恰巧晚上正在吃炒竹笋，开信见诗，忍不住大笑，口里的饭喷得满桌都是。

○ 品画鉴宝　定窑白釉五兽足薰炉·宋

　　元丰二年正月二十日，与可在陈州去世。这年七月七日，我在湖州曝晒书画，看到这幅偃竹，忍不住丢下卷轴而痛哭失声。从前曹操吊祭桥玄公文，有"车过三步，腹痛勿怪"的话，而我也记下来与可昔日戏笑之言，以此可以见到我和与可的情谊之深到了如此亲厚无间的地步啊！

◎ 原文注释

〔1〕练素：供画画用的细绢。〔2〕投诸地：投之于地，指把别人拿来请他画竹的绢扔在地上。口实：话柄、笑话。〔3〕萃：聚集。〔4〕扫取：画，抹。寒梢：竹竿。〔5〕匹：古时四十尺为一匹，二百五十匹，正合一万尺。〔6〕实之：举例证实有万尺竹的可能。〔7〕箨龙：指竹笋。〔8〕渭滨千亩：形容洋州多竹。渭滨，渭水之滨。这两句说，清贫而贪吃的太守，把渭滨的千亩竹笋都吞到肚子里面去了。这是诙谐的说法。

◎ 拓展阅读

苏轼对联退敌

北宋时期，宋朝屡遭辽国侵犯。一次辽国使者来宋，提出上联要宋人答对，如对出下联则撤兵议和。辽使上联是：三光日月星。看似简单，实不易对。恰逢回京述职的苏轼大笔一挥，巧妙对上下联：四诗风雅颂。该对联妙在"四诗"只有"风雅颂"三个名称，因为《诗经》中有"大雅""小雅"，合称为"雅"。加之"国风""颂诗"共四部分，故《诗经》亦称"四诗"。对句妙语天成，辽使佩服至极。

答秦太虚书

轼启。五月末，舍弟来，得手书劳问甚厚。日欲裁谢，因循至今。递中复辱教[1]，感愧益甚。比日履兹初寒[2]，起居何如？轼寓居粗遣[3]。但舍弟初到筠州，即丧一女子，而轼亦丧一老乳母。悼念未衰，又得乡信，堂兄中舍九月中逝去。异乡衰病，触目凄感，念人命脆弱如此。

又承见喻，中间得疾不轻，且喜复健。吾侪渐衰，不可复作少年调度。当速用道书方士之言，厚自养炼[4]。谪居无事，颇窥其一二。已借得本州天庆观道堂三间，冬至后当入此室，四十九日乃出。自非废放，安得就此。太虚他日一为仕宦所縻[5]，欲求四十九日闲，岂可复得耶？当及今为之。但择平时所谓简要易行者，日夜为之，寝食之外，不治他事，但满此期，根本立矣[6]。此后纵复出从人事，事已则心返，自不能废矣。此书到日，恐已不及，然亦不须用冬至也。

寄示诗文，皆超然胜绝，娓娓焉来逼人矣[7]。如我辈亦不劳逼也。太虚未免求禄仕，方应举求之，应举不可必。窃为君谋，宜多著书，如所示论兵及盗贼等数篇，但似此得数十首，皆卓然有可用之实者，不须及时事也。但旋作此书，亦不可废应举。此书若成，聊复相示，当有知君者，想喻此意也。

轼启。五月底，我的弟弟来到黄州，带来你的亲笔信，慰问之意很诚挚。天天想写信答复，拖延至今。驿车又送来你的书信，更加感激惭愧。近日进入冬寒，身体如何？我寄居在这里，大体还过得去。但舍弟初到筠州就失去了一个女儿，而我的一个老乳母也去世了。正在悲伤中，又接到家乡来信，堂兄中舍在九月中旬病逝。身处异乡，衰老多病，满目凄凉，人的生命竟是如此脆弱。

又承蒙告知，这期间你病的不轻，幸喜重新恢复健康。我辈渐趋衰老，不能再像少年时那样调理安排生活。应当马上采取道家方士的办法，加强修身养性。我谪居无事，稍微了解一点养生术，已经借本州天庆观道堂三间，冬至后便搬入此室，四十九天后再出来。假如不是被贬官放逐，怎么能有机会养炼呢？太虚以后一旦被公务所缠绕，想求四十九日清闲，哪里能有机会呢？应当趁早进行养炼。只要选择一些平时简单易行的项目，日夜去做，除了睡眠吃饭以外，其他事一概不问，能满四十九天，也就为养身打下基础了。从此以后即便出来做事，事情办完后就会心静如初，效力自能保持下去，此信达到之日，恐怕已经来不及了，不过也不必从冬至开始。

你所寄来的诗文都写得绝妙无比，勤勉不倦而咄咄逼人，像我们这些人也用不着催逼了。太虚免不了要求仕禄的，正应该参加科举考试去争取，但是应举未必能如愿。我私下替你考虑，应该多著书，就像你寄来的讨论军事和盗贼的文章，只要能写上几十篇，那都是识见卓异切于实用的，但不必涉及当前的时政。当然立即动手撰写这类著述，也不可以荒废了应举。此书如果写成，不妨寄给我看看，必定会有赏识你的人，想来你能明白这个意思吧！

◎ **原文注释**

〔1〕递中：旅途中。递，指驿车。复辱教：又接到来信。辱，辱承，谦词。

〔2〕比日：近日。履兹初寒，进入今年初寒的天气。作者写这封信时已经接近冬至，所以这样说。履，处。

〔3〕粗遣：大体过得去。

〔4〕养炼：养生炼气，指道家的养生长寿术。

〔5〕为仕宦所麇：指出仕厚为公务所羁绊缠绕。

〔6〕根本立：指为养身打下基础。

〔7〕娓娓：勤勉不倦貌。

○品画鉴宝　青白釉玄武·宋

207

○ 品画鉴宝　苏轼回翰林院图·明·张路　此图绘苏轼在众人的簇拥下回翰林院的情景。画中人物众多，但作者主要着力刻画苏轼，因此尽管人物情态各异，苏轼仍是独领风骚。

公择近过此，相聚数日，说太虚不离口。莘老未尝得书，知未暇通问。程公辟须其子履中哀词，轼本自求作，今岂可食言。但得罪以来，不复作文字，自持颇严，若复一作，则决坏藩墙[1]，今后仍复衮衮多言矣[2]。

初到黄，廪人既绝，人口不少，私甚忧之。但痛自节俭，日用不得过百五十，每月朔便取四千五百钱，断为三十块，挂屋梁上，平旦用画叉挑取一块[3]，即藏去叉，仍以大竹个别贮用不尽者，以待宾客，此贾耘老法也。度囊中尚可支一岁有余，至时别作经画[4]，水到渠成，不须预虑。以此胸中都无一事。所居对岸武昌，山水佳绝。有蜀人王生在邑中，往往为风涛所隔，不能即归，则王生能为杀鸡炊黍，至数日不厌。又有潘生者，作酒店樊口。棹小舟径至店下，村酒亦自醇酽。柑橘椑柿极多[5]，大芋长尺余[6]，不减蜀中。外县米斗二十，有水路可致。羊肉如北方，猪牛獐鹿如土，鱼蟹不论钱。岐亭监酒胡定之，载书万卷随行，喜借人看。黄州曹官数人，皆家善庖馔[7]，喜作会。太虚视此数事，吾事岂不既济矣乎！欲与太虚言者无穷，但纸尽耳。展读至此，想见掀髯一笑也。

子骏固吾所畏，其子亦可喜，曾与相见否？此中有黄冈少府张舜臣者，其兄

尧臣，皆云与太虚相熟。儿子每蒙批问，适会葬老乳母，今勾当作坟[8]，未暇拜
书。岁晚苦寒，惟万万自重。李端叔一书，托为达之。夜中微被酒，书不成字，不
罪不罪！不宣[9]，轼再拜。

　　公择最近路过这里，相聚了几天，他对你赞不绝口。一直没有收到莘公的来
信，知道他没有时间通信联系。程公辟等着要我为他的儿子履中写悼念文章，这
本是我自己要求做的，现在怎么能不履行诺言呢？但自从获罪以来，不再作诗文，
自己控制很严，如果再做，就冲破了原来的约束，今后又将滔滔不绝的惹上麻烦。
　　初来到黄州，俸禄已经断绝，人口不少，自己非常忧虑，只好狠心节俭，一
天的费用不得超过一百五十钱，每月初一便把四千五百钱分作三十份，挂在屋梁
上，早晨就用画叉挑取一份，随即把叉藏起来，节省下来的钱再用竹筒单独存放，
作为招待客人的费用，这是贾耘老用过的法子。度量着囊袋中的钱还能支撑一年
多，到时候再另想办法，水到渠成，不必预先忧虑。因此心地坦然，胸中不存一
事。黄州对面长江南岸的鄂城山水极好，有四川王氏兄弟寓居城中，我常常因风

涛阻隔，不能按时返回，王氏兄弟就给我杀鸡做饭，以至几天不厌烦。还有一位潘大临在樊口开酒店，划着小船一直到他的店下，乡村的酒味道也很淳厚。柑橘和椑柿很多，芋头一尺多长，不比四川的差。外县的大米一斗二十钱，从长江可以运到。羊肉的价格和北方一样，猪牛獐鹿如泥土一样不值钱，鱼蟹便宜得不用讲价钱。岐亭监酒胡定之用船载着很多书出游，乐意借给人家看。黄州官署的几位官员各家都会做饭菜，喜欢举行宴会。太虚看看这些事情，我的生活不是蛮过得去的吗？要对你说的话太多，但纸已经写尽。展读至此，我想你会掀起胡须发出笑声吧！

　　鲜于子骏本来是我敬重的，他的儿子也可爱，曾见过他们没有？这里有黄冈张舜臣，他的哥哥是尧臣，都说和太虚你很熟。儿子承蒙你多次讯问，正好遇到乳母下葬，现今忙于筑造坟墓，没有空闲写信问候。时至岁末，天气严寒，唯望多多珍重。答李端叔一信，托你代为转达。夜中微微醉酒，字不成体，不会怪罪吧！不一一细说了，再拜！

○ 品画鉴宝　青白釉托盏·宋

◎ 原文注释

〔1〕决坏藩墙：比喻冲破了约束。藩墙，篱笆和墙垣，这里比喻指上面所说的贬官后不再写作的决心。

〔2〕衮衮：形容言论滔滔不断。

〔3〕平旦：早晨。

〔4〕别作经画：另想办法。

〔5〕椑：椑柿，果实像柿子而色青，汁可制漆。

〔6〕大芋：就是芋头。

〔7〕善庖馔：很会做菜。庖，厨房。馔，饮食。

〔8〕勾当：办理。

〔9〕不宣：书信末尾用语，犹言不一一详说。

◎ 拓展阅读

苏轼以联气小妹

久未与友谋面的苏轼邀黄庭坚来家做客，小妹见兄长亲自出门迎接，便出了个上句相戏，句云：阿兄门外邀双月。"双月"合为"朋"字。苏轼知小妹是和自己开玩笑，当即对道：小妹窗前捉半风。"半"对"双"，"风"对"月"，甚为妥贴。有趣的是，"风"的繁体字"風"，半风即"虱"，意思是说小妹在窗前捉虱子。小妹气得扭头就走。

轼启。近递中奉书[1]，必达。比日春寒，起居何似。昨日武昌寄居王殿直天麟见过，偶说一事，闻之酸辛，为食不下。念非吾康叔之贤，莫足告语，故专遣此人。俗人区区[2]，了眼前事，救过不暇，岂有余力及此度外事乎？天麟言：岳鄂间田野小人，例只养二男一女，过此辄杀之，尤讳养女，以故民间少女，多鳏夫。初生，辄以冷水浸杀，其父母亦不忍，率常闭目背面，以手按之水盆中，咿嘤良久乃死[3]。有神山乡百姓石揆者，连杀两子，去岁夏中，其妻一产四子，楚毒不可堪忍，母子皆毙。报应如此，而愚人不知创艾[4]。天麟每闻其侧近有此，辄驰救之，量与衣服饮食，全活者非一。既旬日，有无子息人欲乞其子者[5]，辄亦不肯。以此知其父子之爱，天性故在，特牵于习俗耳。闻鄂人有秦光亨者，今已及第，为安州司法，方其在母也，其舅陈遵，梦一小儿挽其衣，若有所诉。比两夕，辄见之，其状甚急。遵独念其姊有娠将产，而意不乐多子，岂其应是乎？驰往省之，则儿已在水盆中矣，救之得免。鄂人户知之。

轼启。最近由驿车进呈给您的信，想必看过了吧！近来春寒，身体如何？昨天寄居武昌的王天麟殿直过访，偶然说起一件事，听后甚感酸楚，吃不下饭。想如非老友您这样的贤人，不值得告诉这些话，所以专门派遣此人到您官衙。俗人胸怀狭窄，只想到眼前的小事，补救罪过还来不及，哪里还有余力照顾到这些与己无关的事情呢？天麟说：岳州、鄂州一带，乡村百姓照例只生两男一女，超过这个数就杀死他，特别忌讳生女孩，因此民间妇女少，而光棍多。婴儿出生，往往用冷水浸杀，孩子的父母也不忍心，常常闭着眼背过脸去，用手把婴儿按在水盆中，咿呀啼叫好久方才死去。神山乡有个叫石揆的百姓，连杀两个婴儿，去年夏天，他的妻子一胎生了四个孩子，痛苦的无法忍受，母子都死去了。上天如此报应，但愚昧的人不知道鉴戒。天麟每天听到附近有溺婴的，就赶快跑去抢救，酌情给些衣服食物，救活的不止一个。十多天后，即使有无子嗣的人想要他的儿子，婴儿父母已经不肯再给了。因此知道父子之爱，天性就是这样，只是受当地习俗的牵累罢了。听说鄂州有个叫秦光亨的，现在已经进士及第，任安州的司法官。当他还没有出生的时候，他的舅父陈遵梦见一个小孩拉着衣服好像要说什么。连着两夜现此梦境，情状十分急切。陈遵一下子想到他的姐姐怀孕临产，而她内心不愿意多要孩子，难道梦是应验这件事吗？于是赶快跑去探望，婴儿已经扔到水盆里，立即把他救上来，才免于一死。鄂州家家户户都知道这个故事。

透隙生微雨虚亭满翠阴
作。新绿满人道己春深
雨中上己日写于西泠
驾水黄媛介

○ 品画鉴宝 虚亭落翠图·清·黄媛介 此图近处四株乔木扶疏直上，中间有一个亭子，亭子后面绿树成林，
远处山峦耸立，山崖间瀑布飞泻而下，呈现出极幽静的景色。整个画面用墨浓淡有致，很见作者功底。

◎ 原文注释

〔1〕 递中：旅居中。递，驿车。

〔2〕 区区：微不足道。

〔3〕 呱嘤：婴儿啼哭声。

〔4〕 创艾：鉴戒。

〔5〕 子息：犹言子嗣。

213

准律[1]，故杀子孙，徒二年。此长吏所得按举。愿公明以告诸邑令佐，使召诸保正，告以法律，谕以祸福，约以必行，使归转以相语，仍录条粉壁晓示[2]，且立赏召人告官，赏钱以犯人及邻保家财充，若客户则及其地主[3]。妇人怀孕，经涉岁月，邻保地主，无不知者。若后杀之，其势足相举，觉容而不告[4]，使出赏固宜。若依律行遣数人，此风便革。公更使令佐各以至意诱谕地主豪户，若实贫甚不能举子者，薄有以赒之。人非木石，亦必乐从。但得初生数日不杀，后虽劝之使杀，亦不肯矣。自今以往，缘公而得活者，岂可胜计哉？

佛言杀生之罪，以杀胎卵为最重。六畜犹尔，而况于人。俗谓小儿病为无辜，此真可谓无辜矣。悼耄杀人犹不死[5]，况无罪而杀之乎？公能生之于万死中，其阴德十倍于雪活壮夫也[6]。昔王浚为巴郡太守，巴人生子皆不举。浚严其科条，宽其徭役，所活数千人。及后伐吴，所活者皆堪为兵。其父母戒之曰："王府君生汝，汝必死之。"古之循吏[7]，如此类者非一。居今之世，而有古循吏之风者，非公而谁？此事特未知耳。

轼向在密州，遇饥年，民多弃子，因盘量劝诱米，得出剩数百石别储之，专以收养弃儿，月给六斗。比期年，养者与儿，皆有父母之爱，遂不失所，所活亦数十人。此等事，在公如反手耳。恃深契[8]，故不自外。不罪！不罪！此外，惟为民自重。不宣。轼再顿首。

依照法律，故意杀死子孙判处两年徒刑，这是州县官吏能够督察检举的。希望您能把这些明确的告诉各县县令以及县丞，让他们召集各村的保长，向他们宣讲法律，晓喻祸福利害，规定必须执行，使他们回去辗转宣传，还要把条款抄录张贴在白墙上，诏告百姓，并且定下奖励办法鼓励揭发溺婴罪，奖金由犯法人、邻居和保正的家里面出，如果是客户，则由他的地主出。夫人怀孕，经历时间很长，邻居保正和地主没有不知道的。若是产后溺婴，按照情形能够互相检举，发觉包庇而不告官的，使他出赏钱当然是合适的。如果按照法律判处几个人，这种溺杀婴儿的风气便能革除。您再让县令、县丞等分别以诚意晓喻地主大户，如果遇到有实在太穷困不能抚养孩子的，稍微周济一些。人非木石，谁能无情？他们也一定乐于听从。只要做到出生几天后不杀，以后即使再劝他们去杀，他们也舍不得了。从今以后，因为您的关注而活下来的婴儿，哪里能数得清呢？

佛经讲杀生之罪，认为杀卵胎的罪孽最重。对六畜尚且如此，何况对人呢？俗话说小孩有病为无辜，这真可以说是无辜被杀了。幼童和老人杀人还不用死罪，何况无罪而把他杀掉呢？您能使婴儿从万死之中获得生命，这种阴德要比给壮夫

洗雪冤情使他保全性命超过十倍。从前王浚任巴郡太守，巴人生了孩子都不养育。王浚严明法律，放宽徭役，救活的有几千人。等到后来讨伐吴国，婴儿长大成人的都能当兵。他们的父母告诫孩子说："王太守使你活下来，你一定要用生命为他效力。"古代的良吏，像王浚这样的不只一个。生活在当今社会，而具有古代良吏风范的，不是您还是谁呢？但这件事究竟结果如何，现在还难以预知啊。

我从前在密州，遇到灾荒年，有很多百姓抛弃孩子，于是我就盘查官库中用于劝农的粮食，拿出剩余的数百石另外储存，专门用来收养遗弃的孤儿，每月供给六斗。等满一年，抱养者与婴儿，都有父母之爱，就不至于流离失所，救活的也有几千人。这种事情对您来说就易如反掌了。我自恃交谊深厚，所以不把自己当局外人。不要怪罪，不要怪罪！此外，希望您为民保重身体。书不尽意，再顿首。

◎ 原文注释

〔1〕准律：依据法律。〔2〕录条：抄录条款。〔3〕客户：宋代无地的佃户称为客户。〔4〕觉容：发觉宽容。〔5〕悼：年幼的人。耄：老年人。〔6〕雪活：洗雪冤情，保全人命。〔7〕循：遵理守法的良吏。〔8〕深契：指交情深，是知己朋友。

◎ 拓展阅读

"巫山""河水"

一次，苏轼约其弟苏辙并佛印大师三人结伴同游。佛印即兴出句：无山得似巫山好。此句关键在"无""巫"谐音。苏辙对上：何叶能如荷叶圆。苏轼听了，对弟弟说：以"何荷"对"无巫"的谐音，固然不错，但改作这样是否更好些：何水能如河水清。佛印与苏辙听了，表示赞同，以"水"对"山"，胜在对仗更加工稳。

予昔为密州,殿中丞刘庭式为通判。庭式,齐人也。而子由为齐州掌书记,得其乡闾之言以告予,曰:"庭式通礼学究[1]。未及第时,议娶其乡人之女,既约而未纳币也。庭式及第,其女以疾,两目皆盲。女家躬耕,贫甚,不敢复言。或劝纳其幼女。庭式笑曰:'吾心已许之矣。虽盲,岂负吾初心哉!'卒娶盲女,与之偕老。"盲女死于密,庭式丧之,逾年而哀不衰,不肯复娶。予偶问之:"哀生于爱,爱生于色。子娶盲女,与之偕老,义也。爱从何生,哀从何出乎?"庭式曰:"吾知丧吾妻而已,有目亦吾妻也,无目亦吾妻也。吾若缘色而生爱,缘爱而生哀,色衰爱弛,吾哀亦忘。则凡扬袂倚市,目挑而心招者[2],皆可以为妻也耶!"予深感其言,曰:"子功名富贵人也。"或笑予言之过,予曰:"不然。昔羊叔子娶夏侯霸女,霸叛入蜀,亲友皆告绝,而叔子独安其室,恩礼有加焉。君子是以知叔子之贵也,其后卒为晋元臣。今庭式亦庶几焉,若不贵,必且得道。"时坐客皆怃然不信也[3]。昨日有人自庐山来,云:"庭式今在山中,监太平观,面目奕奕有紫光[4],步上下峻坂,往复六十里如飞,绝粒不食,已数年矣。此岂无得而然哉!"闻之喜甚,自以吾言之不妄也,乃书以寄密人赵杲卿。杲卿与庭式善,且皆尝闻余言者。庭式,字得之,今为朝请郎[5]。杲卿,字明叔,乡贡进士,亦有行义。元丰六年七月十五日,东坡居士书。

我先前任密州刺史时,殿中丞刘庭式任密州通判。庭式是齐州人。而我的弟弟子由是齐州掌书记,把从庭式乡里了解到的情况告诉我,说:"庭式是通达礼义的儒生,在他还没有中进士之前,他曾经打算娶同乡人的女儿,已经订立婚约,只是还没有交聘礼。庭式考中进士后,乡人的女儿因为患病,两眼全瞎了。女家从事农耕,十分贫穷,不敢再提婚事。有人劝庭式娶乡人的幼女,庭式笑着说:'我心里已经答应了她,她虽然已经失明,但我怎么能违背自己的初衷呢?'终于娶了盲女,和她共同生活到老。"盲女死在密州,庭式为她置办丧事,一年以后,依旧很悲伤,不肯再娶。一个偶然的机会我问庭式说:"悲哀产生于爱恋,爱恋产生于美貌,您娶盲女,与她一起生活到老,这固是情理当然。但您的爱情从何而来,哀痛是怎么产生的呢?"庭式说:"我只知道死了妻子罢了,有眼睛是我的妻子,没有眼睛也是我的妻子。我假如只为了美貌而产生爱情,因为有爱情而产生悲痛,年老色衰就变心,妻子死了也不悲痛,那么凡是镇上那些挥袖招手、倚门卖笑、美目挑逗、居心勾引嫖客的妓女,不都可以成为我的妻子吗?"我听了他的话,深受感动,说:"您将来是一位有功名、享富贵的人啊!"有人笑我的话过当,我说:"我说的并不过分。从前羊叔子娶夏侯霸之女,夏侯霸叛魏降蜀以后,亲友都与夏侯霸的家人断绝往来，而独有叔子安慰自己的妻子，恩爱有增无减。君子因此知道叔子是富贵之人，后来终于成为晋朝的元老忠臣。如今庭式也和他相似，即使不显贵，也必将能够得到长寿。"当时在座的人都十分惊愕，不相信我的话。昨天有人从庐山来，说："刘庭式如今在山中，监太平观，面色眼神紫光闪动，上下陡峻的山坡，往返六十里，健步如飞，不吃粮食已经好几年了。难道不是由于得道而能做到这样吗？"我听到后极为高兴，认为我的话果然并不虚妄，于是写下来寄给密州人赵杲卿。杲卿和庭式友好，并且曾经听说过我的话。庭式，字得之，现在担任朝请郎。杲卿，字明叔，乡贡进士，也讲德操道义。元丰六年七月十五日。东坡居士书。

◎ 原文注释

〔1〕通礼学究：通达礼仪的儒生。学究，泛指儒生。

〔2〕扬袂：举起衣袖。倚市：称妓女的卖笑生涯为倚门卖笑。目挑心招：眉目挑逗，心神召唤。

〔3〕忧然：惊愕的样子。〔4〕峻坂：陡峭的山坡。

〔5〕朝请郎：文职散官名，正七品上。

◎ 拓展阅读

苏轼巧"索"鱼

苏轼的挚友佛印虽是出家人，却顿顿不避酒肉。这一天，佛印煎了鱼下酒，正巧苏轼登门来访，佛印急忙把鱼藏在大磬（木鱼）之下。苏轼早已闻到鱼香，进门不见，心里一转计上心来，故意说道："今日来向大师请教，'向阳门第春常在'的下句是什么？"佛印对老友念出人所共知的旧句深感诧异，顺口说出下句：积善人家庆有余。苏轼抚掌大笑："既然磬（庆）里有鱼（余），那就积点善，拿来共享吧！"

○ 品画鉴宝 青白釉谷仓堆塑盖罐·宋 此罐为圆桶状屋形，圆底平足，盖呈凸状。罐的外壁上塑着十根柱子，下面有两层台阶，这个罐造型精美生动。

○品画鉴宝　梅下赏月图·清·余集　此图画一士人漫步赏月，闲雅而富有诗意。用浓墨烘托出的月亮空旷悠远，显得情深意长。

元丰六年十月十二日，夜。解衣欲睡，月色入户，欣然起行。念无与为乐者，遂至承天寺，寻张怀民。怀民亦未寝，相与步于中庭。庭下如积水空明，水中藻荇交横[1]，盖竹柏影也。何夜无月，何处无竹柏，但少闲人如吾两人耳。黄州团练副史苏某书。

元丰六年十月十二日，我正准备解衣睡觉，皎洁的月光照进屋子里来，于是欣喜得起身散步。想到缺少一个和自己共同享受这月夜乐趣的人，便到承天寺去找张怀民。怀民也还没有睡，就和我一起在庭院中漫步。庭院中的月光宛如一泓积水，清澈透明，水中水藻和荇菜纵横交错，原来是竹柏在月光下的影子啊！哪里的夜里没有月光，哪个地方没有竹柏，只是缺少像我们两个这样的闲人罢了。黄州团练副使苏轼书。

◎ 原文注释

[1] 藻荇：藻，水藻，荇，荇菜，根生水底，叶子浮在水面。

◎ 拓展阅读

苏轼宣传养生

苏轼广读医学专著，并有自己独特的见解，还撰写了医学专著《苏学士方》一书。由于他是书法名家，有些人见他行医开处方，就备了写有自己名字的优质纸张，佯装生病来求他诊治，以盼得墨迹。苏东坡也知此事，但从不拒绝，利用处方来宣传养生知识。他曾在一张处方写道："一日无事以当贵；二日早寝以当富；三日安步以当车；四日晚食以当肉。"这四句话一直流传至今，成为养生名言。

○ 品画鉴宝　钧窑瓶·宋

敕：朕式观古初，灼见天意[1]。将有非常之大事，必生希世之异人[2]。使其名高一时，学贯千载。智足以达其道，辩足以行其言[3]，瑰玮之文[4]，足以藻饰万物[5]；卓绝之行，足以风动四方。用能于期岁之间，靡然变天下之俗。

故观文殿大学士守司空集禧观使王安石，少学孔、孟，晚师瞿、聃。罔罗六艺之遗文，断以己意；糠秕百家之陈迹，作新斯人。属熙宁之有为，冠群贤而首用。信任之笃，古今所无。方需功业之成，遽起山林之兴。浮云何有[6]，脱屣如遗，屡争席于渔樵，不乱群于麋鹿[7]。进退之际，雍容可观。

朕方临御之初，哀疚罔极。乃眷三朝之老，邈在大江之南。究观规模，想见风采。岂谓告终之问，在予谅暗之中[8]。胡不百年，为之一涕。于戏！死生用舍之际，孰能违天？赠赙哀荣之文，岂不在我！是用宠以师臣之位，蔚为儒者之光。庶几有知，服我休命。

敕命：我观太古之初，清楚地看到天命。世上将兴非常的大事业，上天必定会降生少见的奇才。让他的声名高于当世，学业融贯千古。他的智慧足以实现他的理想，见识足以推行他的主张，奇伟多彩的文笔足以描绘各种事物，卓越超绝的品行足以影响天下四方。于是能在一年之间靡然变革天下风俗。

具官王安石，年轻时学习孔孟，晚年师法瞿聃。他搜集儒家经典以及有关研究著作，根据自己的意见进行评释。扬弃百家的旧说，融贯经意开始创新的是他。正好碰到熙宁年间而大有作为，被视为群贤之冠而首先得到重用。所受到的信任之深古今未有。正当需要他完成治国的功业，却突然产生了退隐山林的情兴。他把富贵看作浮云一样与己无关，对爵位就像破鞋一样毫不看重。他经常和渔夫樵夫往来，同麋鹿做朋友，一生出处进退之美，从容闲雅可观。

我正当听政之初，心怀居丧的哀痛。眷念你这位三朝元老远在长江之南。细查卿治国的方略，想象你当年的风采，哪里想到你生命告终的消息竟然发生在我居丧期间！何不能长命百岁呢，真为你溘然长逝而悲泣。呜呼！死生进退的命运，谁能违背天意？封赠褒奖的节仪，岂不是在于人事！今天以太傅的爵位加以优宠，蔚然显示出儒家的光耀。也许你九泉有知，会接受这光荣的诏命。

◎ 原文注释

[1] 灼：明显。[2] 稀世：世上少见。[3] 辩：治理。[4] 瑰玮：奇伟，卓异不凡。[5] 藻饰：用多彩的文笔描绘。[6] 浮云：比喻与己无关。[7] 不乱群：指与麋鹿安然相处。形容王安石不羡慕荣利，心情恬淡。[8] 谅暗：指天子居丧。

◎ **拓展阅读**

王安石与苏东坡同朝做官，既是政敌，又是文友。一次二人下朝同行，偶见一处房子根基松动，有面墙已经向东倾斜。王安石联想到苏轼与自己的不同政见，随口吟出一句道："此墙东坡斜矣。"苏听出了话外意思，心想你王安石真会借题发挥，责罪于人，怎不问问自己是否得当呢？即刻对出一句，反戏王安石曰："是置安石过也。"说罢，二人都不禁笑了起来。

221

夫言有大而非夸，达者信之，众人疑焉。孔子曰："天之将丧斯文也，后死者不得与于斯文也。"孟子曰："禹抑洪水，孔子作《春秋》，而予距杨、墨。"盖以是配禹也。文章之得丧，何与于天，而禹之功与天地并，孔子、孟子以空言配之，不已夸乎？自春秋作而乱臣贼子惧，孟子之言行而杨墨之道废。天下以是为固然而不知其功。孟子既没，有申、商、韩非之学，违道而趋利，残民以厚生，其说至陋也，而士以是罔其上。上之人侥幸一切之功，靡然从之[1]。而世无大人先生如孔子、孟子者，推其本末，权其祸福之轻重，以救其惑，故其学遂行。秦以是丧天下，陵夷至于胜、广、刘、项之祸，死者十八九，天下萧然[2]。洪水之患，盖不至此也。方秦之未得志也，使复有一孟子，则申、韩为空言，作于其心，害于其事，作于其事，害于其政者，必不至若是烈也。使杨、墨得志于天下，其祸岂减于申、韩哉！由此言之，虽以孟子配禹可也。

太史公曰："盖公言黄、老，贾谊、晁错明申、韩。"错不足道也，而谊亦为之，予以是知邪说之移人，虽豪杰之士有不免者，况众人乎！自汉以来，道术不出于孔氏，而乱天下者多矣。晋以老庄亡，梁以佛亡，莫或正之，五百余年而后得韩愈，学者以愈配孟子，盖庶几焉。愈之后三百有余年而后得欧阳子，其学推韩愈、孟子以达于孔氏，著礼乐仁义之实[3]，以合于大道。其言简而明，信而通，引物连类，折之于至理[4]，以服人心，故天下翕然师尊之[5]。自欧阳子之存，世之不说者，哗而攻之，能折困其身，而不能屈其言。士无贤不肖不谋而同曰："欧阳子，今之韩愈也。"

有的言论宏大但是并不夸张，明达的人相信，一般的人却表示怀疑。孔子说："上天将要毁掉这种文化吗，后来的人再也不能传承这种文化了。"孟子说："大禹治理洪水，孔子编著《春秋》，而我抵制杨朱、墨翟的邪说。"大约是以这些功绩来匹配大禹的。文章的得失与上天有什么关系，而大禹治水的功劳和天地相等，孔子、孟子仅仅依靠言论就和大禹相提并论，不是太夸张了吗？自从孔子作《春秋》，而乱臣贼子就害怕了。孟子之学说行于世，而杨朱、墨翟之说被废置，天下认为理所当然，而不理解孟子的功劳。孟子死后，有申不害、商鞅、韩非子的学说盛行，远离道德而趋于财利，损害百姓而富裕人主，他们的学说太鄙陋了。但是士人却用来欺骗人主。人主侥幸于偶然的成功，对他们言听计从。而世上没有像孔子、孟子那样的高明学者来推求事情的本末，权衡祸福的轻重，以解救人主的迷惑，所以他们的学说就盛行起来。秦朝因此而丧失天下，衰败到以致产生陈胜、吴广、刘邦、项羽的战乱，百姓死掉了十之八九，天下萧条冷落。洪水的灾患也不至于到这种地步。当秦国还没有统一天下的时候，假使再有一个孟子出现，那么申不害、韩非子的学说就只能是空谈了，对于人主思想的影响，对于人主事业的危害，对于人主行为的影响，对于人主政治的危害，一定不会像这样严重。假如杨朱、墨翟的学说盛行天下，其灾祸又岂能比申不害、韩非子小呢？这样说来，即使以孟子比大禹也是可以的。

太史公说："盖公喜欢谈论黄老，贾谊、晁错深通申不害和韩非子。"晁错不值得说，而像贾谊竟然也相信他们，我因此知道邪说迷惑人，即使豪杰之士也是难以避免的，何况一般的人呢？自从汉代以来，因为不奉行孔子的道术，而引起天下大乱的事例太多了。晋朝因为崇尚老庄而倾覆，梁朝因为信奉佛教而灭亡。没有人能纠正过来，五百年之后有韩愈力排佛老，学者把他比喻成孟子，大概差不多吧。韩愈之后三百年出了一位欧阳先生，他的学说推崇韩愈、孟子而上通于孔子，彰明仁义礼乐的内容，以符合儒家的道统。他的话简洁明白，真实通达，引喻事物，连类作比，用至理来判断，以折服人心，所以天下人一致尊崇他为老师。欧阳先生在世时，世上反对他的人喧闹着围攻他，只能折磨困扰他的身躯，而不能改变他的主张。士人不论贤愚不肖都不谋而同地说："欧阳先生是今天的韩愈啊！"

◎ 原文注释

〔1〕靡然：草木随风倒伏的样子。

〔2〕萧然：萧条冷落的样子。

〔3〕著：彰明，发挥。

〔4〕折：判断。至理：最正确的道理。

〔5〕翕然：一致的面貌。

○ 品画鉴宝　跽坐人形灯·战国

宋兴七十余年，民不知兵，富而教之，至天圣、景祐极矣，而斯文终有愧于古。士亦因陋守旧，论卑而气弱。自欧阳子出，天下争自濯磨[1]，以通经学古为高，以救时行道为贤，以犯颜纳谏为忠[2]。长育成就，至嘉祐末，号称多士。欧阳子之功为多。呜呼！此岂人力也哉？非天其孰能使之！

欧阳子没十有余年，士始为新学[3]，以佛老之似，乱周孔之真，识者忧之。赖天子明圣，诏修取士法[4]，风厉学者专治孔氏[5]，黜异端[6]，然后风俗一变。考论师友渊源所自，复知诵习欧阳子之书。予得其诗文七百六十六篇于其子棐[7]，乃次而论之曰："欧阳子论大道似韩愈，论事似陆贽，记事似司马迁，诗赋似李白。此非予言也，天下之言也。"欧阳子讳修，字永叔。既老，自谓六一居士云。

大宋建国七十多年来，百姓没有见过兵事，使人民多财而又施以教化，到天圣、景祐年间达到顶峰，但是礼乐文章却有愧于古人。读书人也因袭固陋遵守旧说，见解低下，气格纤弱。自欧阳先生以来，天下争相洗涤磨炼，以通晓古人，学习古人为高尚，以匡救时弊奉行儒道为贤能，以敢于冒犯君主进行诤谏为忠直。长期培育造就人才，至嘉祐末年，已经称得上是人才济济，这里面欧阳先生的功劳居多。啊！这岂是人力所能，不是上天谁能使他如此呢！

欧阳先生去世十多年，读书人才开始研习新学，以佛老的似是而非，混淆周孔儒学的真义，有识见的人对此表示忧虑。依赖天子圣明，诏令修正取士法，激励学者研习孔子，罢斥异端邪说，从此风尚为之一变。探求师友学术渊源的由来，又重新懂得颂读欧阳先生的书。我从欧阳先生的儿子欧阳棐那里得到他的诗文七百六十六篇，于是整理编次加以评论，说："欧阳先生论大道似韩愈，论事似陆贽，记事似司马迁，诗赋似李白。这不是我一个人说的，而是天下人的公论。"欧阳先生名修，字永叔，晚年自号六一居士。

○ 品画鉴宝　编钟·战国　编钟在我国古代，是用于祭祀、朝聘、宴享、歌舞时的主要和声乐器，尤其适合于伴奏，富有中国特点。

◎ 原文注释

〔1〕濯磨：洗涤磨炼。引申为革新的意思。

〔2〕犯颜纳说：敢于触犯天子进谏献策。

〔3〕新学：王安石当政时，曾经设立经义局，重新解释《诗》《书》和《周礼》，颁行天下，史称新学。

〔4〕诏修取士法：王安石变法时，曾经以经义策论取士。到宋哲宗元佑元年司马光执政时，下诏设十科取士法。

〔5〕风厉：教化激励。

〔6〕黜异端：元佑二年曾经下诏科举禁用王安石《经义》。

〔7〕棐：即欧阳棐，字叔弼，欧阳修第三子。

◎ 拓展阅读

乌台诗案

乌台指的是御史台，汉代时御史台外柏树很多，山有很多乌鸦，所以人称御史台为乌台。北宋神宗年间，苏轼反对新法，并在自己的诗文中表露了对新政的不满。由于他是文坛的领袖，诗词在社会上传播对新政的推行很不利。于是，在宋神宗的默许下，苏轼被关进乌台狱受审四个月。由于宋朝有不杀士大夫的惯例，所以苏轼免于一死，但被贬为黄州团练。

轼顿首方叔先辈足下[1]。屡获来教，因循不一裁答，悚息不已[2]。比日履兹秋暑[3]，起居佳胜，录示《子骏行状》及数诗，辞意整暇[4]，有加于前，得之极喜慰。累书见责以不相荐引[5]，读之甚愧。然其说不可不尽。君子之知人，务相勉于道，不务相引于利也。足下之文，过人处不少，如《李氏墓表》及《子骏行状》之类，笔势翩翩，有可以追古作者之道。至若前所示《兵鉴》，则读之终篇，莫知所谓。意者足下未甚有得于中而张其外者；不然，则老病昏惑，不识其趣也。以此，私意犹冀足下积学不倦，落其华而成其实。深愿足下为礼义君子，不愿足下丰于才而廉于德也。若进退之际，不甚慎静，则于定命不能有毫发增益[6]，而于道德有丘山之损矣。古之君子，贵贱相因，先后相援，固多矣。轼非敢废此道，平生相知心，所谓贤者则于稠人中誉之，或因其言以考其实，实至则名随之，名不可掩，其自为世用，理势固然，非力致也。陈履常居都下逾年，未尝一至贵人之门，章子厚欲一见，终不可得。中丞傅钦之、侍郎孙莘老荐之，轼亦挂名其间。会朝廷多知履常者，故得一官[7]。轼孤立言轻，未尝独荐人也。爵禄乃人主所专，宰相犹不敢必，而欲责于轼，可乎？东汉处士私相谥[8]，非古也。殆似丘明为素臣，当得罪于孔门矣。孟生贞曜，盖亦蹈袭流弊，不足法，而况近相名字者乎？甚不愿足下此等也。轼于足下非爱之深期之远，定不及此，犹能察其意否？近秦少游有书来，亦论足下近文益奇。明主求人如不及，岂有终汩没之理[9]！足下但信道自守，当不求自至。若不深自重，恐丧失所有。言切而尽，临纸悚息。未即会见，千万保爱。近夜眼昏，不一[10]！不一！轼顿首。

苏轼顿首方叔先辈足下：屡次收到你的来信，耽误至今没有一一答复，心中十分惶恐不安。最近经过秋天的酷热之后，日常起居舒服多了。抄录给我看的《子骏行状》和几首诗，词意从容完美，比以前又有所提高，得到它非常高兴。多次来信责备我没有推荐你，读信后很惭愧，但话不能不没有保留地说出来。君子和人交往，一定要求在道义上互相劝勉，不能在势力上互相牵引。足下的文章超过别人的地方不少，比如《李氏墓表》和《子骏行状》之类，笔势飞动，可以赶得上古代作家的水平。至于像从前给我看的《兵鉴》，就是读到最后也不知道在说什么。我认为足下没有做到心中深有体会然后用恰当的文词表现出来。如果不是这样，就是我老眼昏花，不理解足下文中的旨趣。因此，我希望足下还要长期不倦的学习，剥落浮华充实内质。深深希望足下成为知礼达义的君子，不希望足下多才而少德啊！假如在进退之际不特别谨慎，那么对于命运不但不能有丝毫的好处，反而对道德修养有重大的损害啊！古代的君子，富贵的跟贫穷的互相依靠，先做官的引荐未做官的，这样的例子确实很多。苏轼不敢废弃这种作风，平生的知己朋友，就是所说的贤者，在大庭广众之中赞誉他，或者根据他的言论来考察他的实际，确实有实绩，名声也就随之而来。名声不可掩盖，自然就会为世人所用，这是势所必然，不是靠外力达到的。陈履常在京城居住多年，从来没有去富贵人家拜见，连章惇想见他一面，也始终没有做到。中丞傅钦之、侍郎孙莘老举荐他，我也挂了个名。正好碰到朝中有很多人了解陈履常的，所以才得到一个官职。我独自一个人说话没有分量，不会单独荐举人。爵位俸禄是用来鼓励世人的，是皇上所专有的，连宰相都不敢擅自用人，你却以此来要求我，怎么可能办到呢？东汉处士私自互相赠送谥号，并不是古法。像左丘明那样被称为素臣，一定会得罪孔门的。孟郊谥号贞耀，也是沿袭过去的弊端，不值得效法学习，更何况近来人们之间的互相吹捧？很不希望足下成为这种人啊！我对于足下，如果不是爱得深，期望高远，一定不会说出这番话，不知道你能不能了解我的心意？最近秦少游有书信来，也说道足下文章近年来更加奇妙。圣明的皇上正在渴望人才，唯恐不及，哪里有始终埋没的道理呢？足下只要笃信道义，持节自守，那么爵禄就会不求自来了。如果不深爱自重，恐怕会丧失一切。我的话直切而没有保留，面对信笺我惶恐不安。近期难得会见，千万保重自爱。近夜眼睛昏花，不一一细说。苏轼顿首。

○ 品画鉴宝
官窑花口壶·宋

◎ 原文注释

〔1〕先辈：科举时代同时考中进士的人互相称呼先辈，唐宋时对没有登科的人也偶尔用这个称呼，这是对李方叔的敬称。

〔2〕悚息：惭愧惊恐的样子。

〔3〕比日：近日，最近。

〔4〕整暇：从容完美。

〔5〕累书：多次来信。

〔6〕定命：命运。宿命论者认为一切都是天注定的。

〔7〕得一官：元祐二年，陈师道被任命为徐州教授。

〔8〕处士：没有做官的士人。私相谥：旧时，帝王公卿等死后，由朝廷大臣商议赠送谥号。凡是亲戚朋友为他赠送的，都称为私谥。

〔9〕泪没：沉沦，埋没。

〔10〕不一：不一一细说了。旧时书信末尾的常用语。

◎ 拓展阅读

左丘明

左丘明是春秋末期鲁国人，司马迁称其为"鲁之君子"。左丘明世代为史官，并与孔子一起"乘如周，观书于周史"，据有鲁国以及其他封侯各国大量的史料，所以依《春秋》著成了中国古代第一部记事详细、议论精辟的编年史《左传》，和现存最早的一部国别史《国语》，成为史家的开山之作。《左传》重记事，《国语》重记言。

庆历三年，轼始总角，入乡校。士有自京师来者，以鲁人石守道所作《庆历圣德诗》示乡先生。轼从旁窃观，则能诵习其词，问先生以所颂十一人者何人也 [1] ？先生曰："童子何用知之？"轼曰："此天人也耶，则不敢知；若亦人耳，何为其不可！"先生奇轼言，尽以告之，且曰："韩、范、富、欧阳，此四人者，人杰也。"时虽未尽了，则已私识之矣。

嘉祐二年，始举进士至京师，则范公没。既葬，而墓碑出 [2]，读之至流涕，曰："吾得其为人。"盖十有五年而不一见其面 [3]，岂非命也欤？是岁登第，始见知于欧阳公，因公以识韩、富，皆以国士待轼，曰："恨子不识范文正公。"其后三年 [4]，过许，始识公之仲子今丞相尧夫。又六年 [5]，始见其叔彝叟京师 [6]。又十一年 [7]，遂与其季德孺同僚于徐 [8]。皆一见如旧，且以公遗稿见属为序。又十三年 [9]，乃克为之。

庆历三年，我刚刚八岁，开始进入学校读书。一天，有一个从京城来的读书人，拿出鲁人石守道所写的《庆历圣德诗》给老师看。我在旁边看着，就能朗读记诵诗中的句子，并问先生诗中所歌颂的十一个人是什么人。老师说："你一个小孩子家，何必知道他们呢？"我回答说："这是天上的人吗？那我就不敢问了。如果也是地上的人，为什么不能问呢？"老师见我出言不凡，就把他们全告诉了我，并且说："韩琦、范仲淹、富弼、欧阳修这四个人，都是人中豪杰啊！"我当时虽然不完全明白，却暗暗记住了他们。

嘉祐二年，我参加进士考试，到达京城，才知道范公已经去世，早已安葬，欧阳公撰写的神道碑、富弼作的墓志铭也已经传出。我读后悲痛地流下眼泪说："自从我知道范公的为人，经历十五年了，却不能见上他一面，难道这不是命运的安排吗？"这一年我考中进士，开始受到欧阳公的知遇，由于欧阳公的介绍我又认识了富弼、韩琦二公，他们都把我看作国家的杰出人才，说："很遗憾，你没有认识范文正公。"此后三年，我路过许州，开始认识范公的次子，也就是现在的丞相范尧夫。又过了六年，才在京城见到范公的三子范彝叟。又过了十一年，又与范公的四子范德孺在徐州同时为官。我们都一见如故，而且三位托付我为范公的遗稿作序。又过了十三年才写成这篇序文。

〔1〕十一人：指韩琦、富弼、杜衍、晏殊、章得象、贾昌朝、范仲淹、欧阳修、余靖、王索、蔡襄。

〔2〕宋仁宗皇祐四年（1052年）范仲淹在赶赴颍州途中病死，同年十二月葬于河南府东南的万安山上。

〔3〕十有五年：由庆历三年到嘉祐二年。

〔4〕其后三年：就是嘉祐五年（1060年）。

〔5〕又六年：即宋英宗治平三年（1066年），苏轼此时在京城任直史官职。

〔6〕叔：排行第三。彝叟：范纯礼，字彝叟，范仲淹第三子。

〔7〕又十一年：即宋神宗熙宁十年（1077年），苏轼任徐州知州。

〔8〕季：排行最后的。德孺：范纯粹，字德孺，范仲淹第四子，当时任藤县县令。

〔9〕又十三年：即宋哲宗元祐四年（1089年）。本年三月，苏轼任龙图阁学士，到杭州做官。四月，为范仲淹文集作序。七月到杭州任职。

○ 品画鉴宝　山水图·清·石涛　此图描绘乡间的山水景色。从画中河流、渔船和民居风格可以看出是山水秀丽的南方乡间。整个画面悠远、宁静，给人以闲适淡雅的感觉。

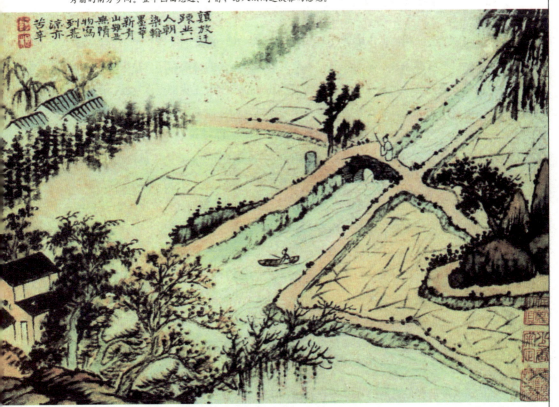

呜呼！公之功德，盖不待文而显，其文，亦不待叙而传。然不敢辞者，以八岁知敬爱公，今四十七年矣。彼三杰者皆得从之游，而公独不识，以为平生之恨；若获挂名其文字中，以自托于门下士之末，岂非畴昔之愿也哉！

　　古之君子，如伊尹、太公、管仲、乐毅之流，其王霸之略，皆定于畎亩中，非仕而后学者也。淮阴侯见高帝于汉中，论刘、项长短，画取三秦，如指诸掌，及佐帝定天下，汉中之言，无一不酬者。诸葛孔明卧草庐中，与先主策曹操、孙权，规取刘璋，因蜀之资，以争天下，终生不易其言。此岂口传耳受，尝试为之，而侥幸其或成者哉？

　　公在天圣中，局太夫人忧，则已有忧天下、致太平之意，故为万言书以遗宰相，天下传诵。至用为将，擢为执政，考其平生所为，无出此书者。其于仁义礼乐，忠信孝弟，盖如饥渴之于饮食，欲须臾忘而不可得。如火之热，如水之湿，盖其天性有不得不然者。虽弄翰戏语，率然而作，必归于此。故天下信其诚，争师尊之。

　　唉！范公的功德，不需要文章就自然能够显现；范公的文章，也不待我写的序文就自然能够流传。然而我所以不敢推辞，为范公的遗稿写序，是因为自从八岁知道敬爱范公，到现在已经四十年了。那三位杰出人才我都得以交游，而惟独没有能够结识范公，我把这看作是一生的遗憾。如果能在范公的文集中留名，从而使自己成为范公最后的门下之士，难道不是向来的愿望吗？

　　古代的君子，比如伊尹、太公、管仲、乐毅等人，他们建立王霸政绩的方略，都是在还没有做官时就制定出来了，而不是出仕以后才学习的。淮阴侯韩信在汉中分析敌我之长短，谋划夺取三秦，对形势了如指掌，等到辅佐高祖平定天下后，在汉中所制定的策略，没有一件没有实现的。诸葛孔明隐居草庐之中，和刘备计议对付曹操、孙权，谋划取代刘璋，凭借蜀地来争夺天下，终生没有改变自己的主张。这岂是听从别人的口头传授，尝试着进行而侥幸成功的吗？

　　范公在天圣年间为太夫人服丧期间，就已经有忧虑天下实现太平的志向，所以写出万言书来进呈丞相，天下人争相传颂。直到被朝廷任用为全国军事长官，提升为副丞相，考察范公一生的作为，无不出自这篇万言书。放在我面前的范公文集二十卷，共计收入诗赋二百六十八首，文章一百六十五篇。他对于仁义、礼乐、忠信、孝悌，就象饥渴时需要食物一样，片刻也离不开。如同火的炎热，水的潮

湿，是天性不得不这样。即使舞文弄墨，随意书写，也必然归到义理上面去。所以天下人都相信他的真诚，争先恐后尊他为师。孔子说："有道德的人一定有言论。"这并不是一般的言论，而是道德从言论中表达出来啊！孔子又说："我战就能胜，祭祀就能受到保佑。"这并不是一般的能战，而是道德表现为震怒啊！元祐四年四月十一日。

◎ 原文注释

〔1〕四十七年：苏轼从庆历三年在学校知道了范仲淹的名字，到元祐四年作此序文，前后共四十七年。〔2〕畎亩：田野。〔3〕宋仁宗天圣四年（1026年），范仲淹的母亲去世，封吴国夫人。太夫人，指范仲淹的母亲。忧，父母之丧称忧。〔4〕根据欧阳修所写的墓志铭，范仲淹年少时就有大节，不为富贵贫贱动心，胸有大志。常常颂读"先天下之忧而忧，后天下之乐而乐"。〔5〕万言书，根据书籍记载，范仲淹《上宰相说》言朝政得失，民间疾苦，洋洋洒洒有万言。〔6〕为将：宋仁宗康定元年（1040年），范仲淹和韩琦同为陕西经略安抚副使，防御西夏。庆历三年，入为枢密副使。〔7〕弄翰戏语：嬉戏的文词。〔8〕率然：不经心的样子。

◎ 拓展阅读

范氏父子善举令人赞

有一次，范仲淹派遣他的儿子范纯佑去苏州买麦子。范纯佑将买来的麦子装到船上往家里运，走到丹阳时，范仲淹的好友石曼卿正处在贫困之中，连饭也吃不饱。范纯佑随即就将麦子全部送给了石曼卿，空着手回到家里。到家后，他把事情的经过一一告诉了范仲淹，范仲淹对他慷慨解囊济贫感到十分满意，连声赞扬："做得对！做得对！"连未曾过门的儿媳妇听说了这件事，也对父子二人深感敬佩。

○ 品画鉴宝 青绿山水图·清·章声 此图描绘江南佳胜繁华的景色。整个画面天空、水面都辽阔大气，山林点缀其间，更有渔船往来于湖面上，透出无限生气。

轼启：比日酷暑，不审起居何如？顷承示长笺及诗文一轴，日欲裁谢，因循至今，悚息！今时为文者至多，可喜者亦众。然求如足下闲暇自得，清美可口者实少也。敬佩厚赐，不敢独飨[1]，当出之知者。世间唯名实不可欺[2]。文章如金玉，各有定价，先后进相汲引[3]，因其言以信于世[4]，则有之矣。至其品目高下，盖付之众口，决非一夫所能抑扬。轼于黄鲁直、张文潜辈数子，特先识之耳。始诵其文，盖疑信者相半，久乃自定，翕然称之[5]，轼岂能为之轻重哉！非独轼如此，虽向之前辈，亦不过如此也。而况外物之进退。此在造物者，非轼事。辱见贶之重[6]，不敢不尽。承不久出都[7]，尚得一见否？

苏轼启：最近天气炎热，不知道您生活得怎么样？不久之前承蒙寄来长信和诗文一卷，每天想回信致谢，却一直拖延到现在，实在惭愧不安。如今写作诗文的人很多，其中值得欣赏的也不少。然而要找到像您这样如此闲暇自得、清新优美的作品实在难得啊！敬佩您寄来的诗文，自己不敢独自享受，还要推荐给懂文章的人来共同鉴赏。人世间只有名和实不能假冒骗人，文章如同金石一样，好坏高下是有客观标准的。后辈的文章由于前辈的推荐而受到社会重视，从前就有这种情况。至于文章品格的高下，应该交给大家来评论，决不是个人可以随便压低抬高的。我对于黄庭坚、张耒等人只是认识得早一点罢了。当初人们传颂他们文章的时候，有部分人认为好，有部分人表示怀疑，过了好久自然就有了定论，得到大家的一致称许。我个人哪里有能力决定他们作品的价值呢？不仅仅我是这样，即使是过去的文坛前辈也不过这样吧！况且富贵爵禄这些身外之物的得失升降是天意决定的事，更不是我苏轼所能干预的。承蒙您给予重托，不敢不尽言。得知您不久就要离开汴京，还能有机会再见一面吗？

○ 品画鉴宝　红釉描金狮子戏球尊·清

◎ **原文注释**

[1] 飨：享用酒食，这里比喻欣赏好文章。

[2] 名实不可欺：名与实不可以假冒。

[3] 汲引：推荐的意思。

[4] 信：伸展，施展。

[5] 翕然：聚合的样子。这里是一致的意思。

[6] 辱：谦词，犹言承蒙。见贶：受赐。

[7] 承：承蒙告知的省略语，就是得知的意思。

◎ **拓展阅读**

苏轼读书的方法

苏轼曾向求教于他的人介绍了一条读书经验，"每次作一意求之""勿生余念"，意思是每一次读书只带着一个方面的问题去探求、去研究，不要涉及别的问题。他读《汉书》时列出治道、人物、地理、官制、兵法、财货等若干方面，每读一遍研究一个方面的问题，几遍读下来，对这几个方面都有了比较精深的理解。苏轼的这种读书方法，被人们称之为"八面受敌"。

绍圣元年十月十二日，与幼子过，游白水佛迹院[1]。浴于汤池[2]，热甚，其源殆可熟物。循山而东，少北，有悬水百仞，山八九折，处辄为潭。深者磓石五丈[3]，不得其所止，雪溅雷怒，可喜可畏。水㳇有巨人迹数十[4]，所谓佛迹也。暮归，倒行，观山烧火甚[5]。俯仰度数谷。至江山月出，击汰中流[6]，掬弄珠璧[7]。到家，二鼓矣。复与过饮酒，食余甘煮菜[8]，顾影颓然，不复能寐。书以付过。东坡翁。

绍圣元年十月十二日，我和幼子苏过一起游览白水山佛迹院。在温泉里洗澡，水很热，它的源头大概能烫熟食物。顺着山势向东走，偏北方向有一条自上而下悬在空中的大瀑布。山势重叠迂回、曲曲折折，每一个拐弯的地方就有一泓碧绿的水潭，用绳子拴住石头垂下五丈都不能到达潭底。水石相激，雪浪飞溅，雷声轰轰，那情形使人既兴奋又心惊。水边的山石上有几十处巨人的脚印，这便是人们所说的"佛迹"。黄昏时候打算回家，向相反的方向走，看到那燃烧的野火十分壮观，上上下下越过好几道山谷。来到江边上的时候，月亮正从山的上面升起来。我们在江心划船，捧起辉映着月影的晶莹水珠赏玩。回到家中，已经是二更天了，又和苏过一起饮酒，吃橄榄煮菜。虽然觉得自己有些倦怠，却又无法入眠。于是记下这次游踪交给儿子苏过。东坡翁。

○ 品画鉴宝　仿古山水·清·高简　此图雪峰高耸，寒林萧疏，山林间有民居隐约其间。此图用多种色彩画出山石，衬托出积雪皑皑的厚重感。

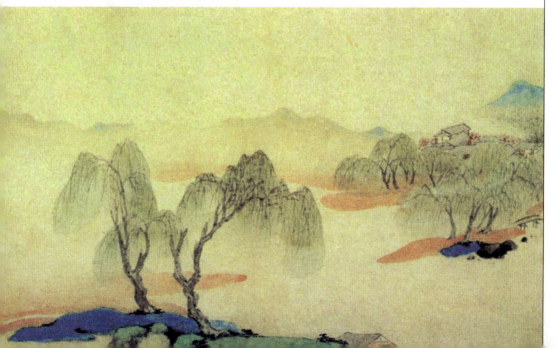

◎ 原文注释

〔1〕佛迹院：佛教寺院，因为佛迹严岩而得名。

〔2〕汤池：温泉。根据《汤泉记》记载，白水山佛迹院有二泉，东为汤泉，西为
　　雪如，汤泉水非常热。

〔3〕硾石：用绳子拴住石头放下去。

〔4〕水厓一句：水边的山石。根据记载，巨人足迹长三肘，散印在岩石上，深的
　　有二寸多。

〔5〕山烧：山上枯草燃烧的野火。

〔6〕击汰中流：指在江心划船。汰，水波。中流，江心激流。

〔7〕掬：捧。珠：指水滴。璧：指映在水中的明月。

〔8〕余甘：就是橄榄。

○ 品画鉴宝　竹简形青玉执壶·明　此执壶壶身呈三节竹简
状，柄由两枝细竹扭成，顶端有镂空的孔眼，可以系绳。

◎ 拓展阅读

苏轼改对联

有一天，苏轼在门前写了一副对联："识遍天下字；读尽人间书。"没料到，几天
之后，一位鹤发童颜的老者请苏轼认一认他带来的书。苏轼满不在乎地接过一看，
心中顿时发怔，书上的字一个也不认识。心高气傲的苏轼汗颜了，只好连连向老
者道不是，老者含笑飘然而去。苏轼羞愧难当，跑到门前，在那副对联上各添上
两字，变为："发愤识遍天下字；立志读尽人间书。"

238

记游松风亭

余尝寓居惠州嘉佑寺，纵步松风亭下，足力疲乏，思欲就林止息。仰望亭宇，尚在木末[1]，意谓是如何得到。良久忽曰："此间有甚么歇不得处？"由是如挂钩之鱼，忽得解脱。若人悟此，虽兵阵相接，鼓声如雷霆，进则死敌，退则死法，当甚么时，也不妨熟歇[2]。

我曾经寄居在惠州嘉佑寺里面，纵情漫步在松风亭下，走得腿脚发麻，就想找一张床睡一觉。远望亭宇还在高山上，心里想着如何才能到达目的地。过了很久，忽然对自己说："这里有甚么歇不得的？"由此就像是被挂钩挂住的鱼，突然之间得到解脱了一样。如果人们能够醒悟这个道理，即使临阵两军对垒，战鼓像雷霆一般轰鸣，前进就死在敌人手中，后退就死于法律，面对这样的处境，也不妨自在的歇息一下。

◎ 原文注释

〔1〕木末：树梢，这里指高的地方。

〔2〕熟歇：很好的休息一下。

◎ 拓展阅读

难兄难妹

一天，苏轼对苏小妹说："都说你才智不凡，你要是能在一夜对好我出的对子，我就佩服你。"苏小妹笑答："何须一个晚上。"苏轼看她蛮有把握，就说出他的上联：水仙子持碧玉簪，风前吹出声声慢。苏小妹听罢，暗称难度大，一时竟对不上。过了一会，她见月光下一个丫环端来茶水，触景生对：虞美人穿红绣鞋，月下引来步步娇。苏轼听了妹妹对的下联，连声赞妙。

颖沙弥书迹巉耸可畏[2]，他日真妙总门下龙象也[3]，老夫不复止以诗句字画期之矣。老师年纪不少，尚留情诗句字画间为儿戏事耶？然此回示诗超然，真游戏三昧也[4]。居闲，不免时时弄笔。见索书字要楷法，辄往数篇，终不甚楷也。只一读了，付颖师收，勿示余人也。

雪浪斋诗尤奇伟[5]，感激，感激！转海相访[6]，一段奇事。但闻海船遇风，如在高山上坠深谷中。非愚无知与至人，皆不可处。胥靡遗生[7]，恐吾辈不可学。若是至人无一事，冒此险做什么？千万勿萌此意。颖师喜于得预乘桴之游耳，所谓无所取裁者[8]，其言不可听，切切！相知之深，不可不尽道其实耳。自揣余生，必须相见，公但记此言，非妄语也。轼再拜。

颖沙弥的书法险峻奇峭，令人敬畏，将来定会成为妙总门下的高僧啊！老夫不再只是以诗句字画期望他了。老师年纪不小了，还留意于字画来作为一种娱乐吗？然而这次寄给我看的诗，意境超拔脱俗，真是能够深刻领会到艺术的奥妙啊！我闲居无事，不免时时舞弄笔墨。你向我要楷书书法，就寄过去几篇，但终究不是规范的楷书。只是大略看看，就交给颖师收藏，不要给其他人看啊！

雪浪斋诗尤其奇特珍异，感激！感激！你要渡海前来探望我，诚然是一件妙事。但是听说海船遇到风浪就好像从高山上坠落到深谷中，不是愚昧无知和超人都不能去冒险。刑徒自杀抛弃生命的事，恐怕我们这些人不能学。像您这样道德高尚的人，本来没有什么事，为什么要去冒这种险呢？千万不要萌生这种想法。颖沙弥喜欢一起乘船渡海游玩罢了，这正是缺乏见识。他的话不可以听，切切注意！我们交情深厚，不能不把真实情况全说出来。我想有生之年必能再次相见，您只要记得这句话，就会知道我不是胡言乱语啊！苏轼再拜。

◎ 原文注释

〔1〕参寥：即僧道潜，钱塘（今浙江杭州）人，苏轼任杭州通判时交的朋友。

〔2〕颖沙弥：即法颖，字德秀，参寥子法孙。沙弥，佛教谓男子出家初受十戒者为沙弥。书迹，指书法。巉耸：山势高险耸峙，这里形容笔势险峻奇伟。

〔3〕妙总：参寥子法号。门下：弟子。龙象：佛家语。水行龙力最大，陆行象力最大。所以称在诸罗汉中，修行勇猛有最大力者为龙象。

〔4〕超然：指意境混成，超脱于物像之外。

〔5〕雪浪斋诗：参寥子为苏轼书斋所赋诗。

〔6〕转海：入海。参寥子曾经准备和颖沙弥渡海探视，所以苏轼写信劝阻。

〔7〕胥靡：古代服劳役的刑徒。遗生：不顾性命。

〔8〕乘桴：乘竹木小筏。无所取材：缺乏裁夺事理的见识。

〇 品画鉴宝　青白釉伏听俑·宋

◎ 拓展阅读

苏小妹的"哑谜"助夫

一天，苏轼和妹夫秦观到郊外游玩，见小路上有个用三块石头垒起的"磊桥"。苏轼用脚踢了一下石桥，同声吟出一句上联：踢破磊桥三块石。他回头看看秦观，要他对出下联。秦观想了很久也没对出下联，回到家里闷闷不乐。苏小妹知道后，二话没说，就在一张纸上写了个"出"字，同时用剪刀剪成两段。秦观顿时大悟，立即道出下联：剪断出字两重山。

书谤

吾昔谪黄州^[1]，曾子固居忧临川，死焉。人有妄传吾与子固同日化去^[2]，且云如李长吉死时事，以上帝召也。时先帝亦闻其语，以问蜀人蒲宗孟，且有叹息语^[3]。今谪海南，又有传吾得道，乘小舟入海，不复返者。京师皆云，儿子书来言之。今日有从黄州来者，云："太守何述言，吾在儋耳，一日忽失所在，独道服在耳，盖上宾也^[4]。"吾平生遭口语无数^[5]，盖生时与韩退之相似，吾命在斗牛间，而退之身宫亦在焉^[6]。故其诗曰："我生之辰，月宿南斗。"且曰："无善声以闻，无恶声以扬。"今谤我者，或云死，或云仙。退之之言，良非虚尔。

　　我从前被贬谪到黄州的时候，曾子固在临川为母亲居丧，不幸病逝。有人就妄传我和子固同一天死去了，并且说就和李贺死的时候一样，是上帝召唤了去的。后来神宗皇帝也听到了这些话，便问四川人蒲宗孟，并且有叹息的话，似乎很惋惜。如今被贬谪到海南，又有人传言我得道升仙了，乘坐小船入海以后就再也没有回来。京城的人都这么说，儿子来信告诉了我。今天有人从黄州来，说："太守何述说，东坡在儋耳，一天突然不知道去向了，只留下了道服，大概飞升仙界了。"我平生遭受毁谤不计其数，大约生辰与韩退之相似。我的命宫在斗、牛二星之间，而退之的身宫也在这里，所以他有诗说："我诞生的时辰，月亮正在南斗。"并且说："没有美名已经流传，没有恶声已经远扬。"现在毁谤我的，有的说我死去，有的说我成仙。退之的话，实在是不虚妄的。

○ 品画鉴宝
德化窑白釉犀角怀·明

◎ 原文注释

[1] 元丰三年（1080 年），苏轼被贬为黄州团练副使本州安置，元丰七年（1084
年）四月离去。

[2] 化去：死去。

[3] 先帝：指宋神宗赵顼。蒲宗孟：字传正，元丰五年官拜尚书左丞。

[4] 上宾：指道家飞升。

[5] 口语：毁谤。

[6] 古代以星推算人命贵贱，认为月亮宿于斗、牛之间，逼进箕星，必定遭到毁
谤。一般的看法，命宫灾福不如身宫重，但是苏轼和韩退之一样，命宫在斗、
牛间，韩愈身宫在斗、牛，所以遭遇相近而毁谤尤其重于韩愈。韩退之，韩
愈。命宫，立命之宫。星象术士的说法，用本人生时加太阳所在地，顺数遇
到卯为其人命宫。斗，南斗星。身宫，指生日干支。

◎ 拓展阅读

苏轼赶考遇"刁难"

苏轼乘船赴考，因遭遇风浪，误了开考的时辰。主考大人听了他的诉说，便口诵
一联让他对，若对得出，便破例允他入试。主考官出的联是："一叶小舟，载着二
三位考生，走了四五六日水路，七颠八倒到九江，十分来迟。"苏轼不愧为一代才
子，稍一思索便应声对出下联："十年寒窗，读了九八卷诗书，赶过七六五个考场，
四番三往到二门，一定要进。"主考大人只得破例允他入试。

书上元夜游

己卯上元[1]，余在儋耳[2]，有老书生数人来过，曰："良月佳夜，先生能一出乎？"予欣然从之。步城西，入僧舍，历小巷，民夷杂揉[3]，屠酤纷然[4]。归舍已三鼓矣。舍中掩关熟寝，已再鼾矣。放杖而笑，孰为得失？过问先生何笑[5]，盖自笑也。然亦笑韩退之钓鱼无得，更欲远去[6]，不知钓者未必得大鱼也。

元符二年正月十五，我在儋州，有几位老书生来访问我。说："如此皎洁的明月，美好的夜色，先生能出去一游吗？"我高兴地跟随他们出去，漫步城西头，进入僧舍，经过小巷，汉族和少数民族的人民混杂居住在一起，卖肉卖酒的生意人熙熙攘攘的很多。回到家已经三更天了。屋子里面的人关门熟睡，已经睡到第二觉了。我放下手杖大笑，心里想什么叫作得，什么叫作失呢？苏过问我为什么发笑，我是在自笑，但也笑韩退之在浅水边上没有钓到鱼便想远去钓鱼，不知道下海的人也未必能捕到大鱼啊！

○ 品画鉴宝　月梅图·清·高其佩　此图描绘圆月映衬下的梅枝，整个画面色彩鲜明，给人以豁达明亮的感觉。

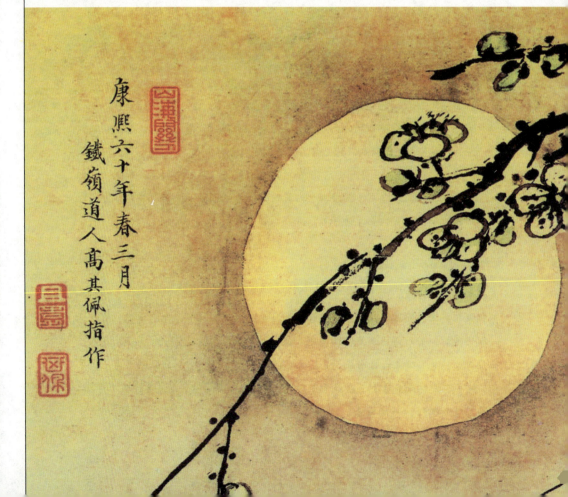

康熙六十年春三月
铁岭道人高其佩指作

◎ 原文注释

〔1〕己卯: 元符二年, 1099年。上元, 农历正月十五。〔2〕儋州: 古代郡名。宋代为昌化军, 治所在今海南省儋县西北。〔3〕民: 指汉族。夷: 指当地少数民族。杂糅: 混杂在一起。〔4〕屠沽: 泛指做生意的人。屠, 卖肉的。沽, 卖酒的。〔5〕过: 苏轼的小儿子苏过, 字叔党。〔6〕韩愈《赠侯喜》: 诗中有"君欲钓鱼须远去, 大鱼岂肯居沮洳"的句子。

◎ 拓展阅读

上元

古时候以阴历正月十五日为上元节, 又名元宵节。这一天夜里张灯为戏, 所以又叫灯节。此外还有吃元宵(汤团)、踩高跷、猜灯谜等风俗。《旧唐书·中宗纪》: "(景龙四年)丙寅上元夜, 帝与皇后微行观灯。"清代潘荣陛《帝京岁时纪胜·登高》: "岁上元夜, 寺僧燃灯遶塔奏乐, 金光明空, 乐作天上矣。"上元夜是重要的"八节"(上元、清明、立夏、端午、中元、中秋、冬至和除夕)之一。

○ 品画鉴宝 梅下横琴图·明·杜堇 此图描绘文人在山林间抚琴赏梅的情景。梅花树弯如苍龙般盘空，绽放鲜红的花朵，文人倚坐在树干上，仰视梅花，表达了文人高雅的情趣。

轼启。近奉违[1]，亟辱问讯[2]，具审起居佳胜，感慰深矣。轼受性刚简[3]，学迂材下，坐废累年，不敢复齿缙绅[4]。自还海北，见平生亲旧，惘然如隔世人，况与左右无一日之雅[5]，而敢求交乎？数赐见临，倾盖如故，幸甚过望，不可言也。

所示书教及诗赋杂文，观之熟矣。大略如行云流水，初无定质[6]，但常行于所当行，常止于不可不止，文理自然，姿态横生。孔子曰："言之不文，行之不远。"又曰："辞达而已矣。"夫言止于达意，疑若不文，是大不然。求物之妙，如系风捕影，能使是物了然于心者，盖千万人而不一遇也。而况能使了然于口与手者乎？是之谓辞达。辞至于能达，则文不可胜用矣。扬雄好为艰深之词，以文浅易之说，若正言之，则人人知之矣。此正所谓雕虫篆刻者[7]，其《太玄》《法言》皆是类也。而独悔于赋，何哉？终身雕虫，而独变其音节，便谓之经，可乎？屈原作《离骚经》，盖风雅之再变者，虽与日月争光可也。可以其似赋而谓之雕虫乎？使贾谊见孔子，升堂有余矣，而乃以赋鄙之，至与司马相如同科！雄之陋，如此比者甚众。可与知者道[8]，难与俗人言也。因论文偶及之耳。欧阳文忠公言文章如精金美玉，市有定价，非人所能以口舌定贵贱也。纷纷多言，岂能有益于左右。愧悚不已。

所须惠力法雨堂字。轼本不善作大字，强作终不佳，又舟中局迫难写，未能如教。然轼方过临江，当往游焉。或僧有所欲记录，当作数句留院中，慰左右念亲之意[9]。今日已至峡山寺，少留即去。愈远。惟万万以时自爱，不宣。

苏轼敬上。最近分别后，又多次承蒙来信询问，知道您生活情形良好，十分感谢和欣慰。我秉性刚直粗疏，学识迂阔而才力低下，遭受贬谪多年，不敢再和士大夫同列。

自从渡海北还以来，见到已往的亲朋好友，十分惆怅，觉得自己好像是另一个世界里来的人一样，况且和您原来没有什么交往，怎么敢希求和您定交呢？承蒙您多次看望，一见如故，喜出望外，难以用言语来形容啊！

您给我看的书信和诗赋文章我都已经仔细拜读了。大致来说，像行云流水一样，不固守固定的模式，只是在该运行的时候运行，在不可不停的地方停止，文理自然，姿态横生。孔子说："言论没有文采，流传就不会长远。"又说："文词只要能通达意思就可以了。"说文词只限于通达意思，也就会误以为用不着文采，其实完全不是这样。把握客观事物的奥妙底蕴，就像捕风捉影一样困难。能够深刻了解事物内质的，大概千万人中也碰不到一个，何况还要清晰地用口和笔表达出来呢！这样才能称得上词达。文章能够做到准确表达心中的意思，那么文采也就绰绰有余了。扬雄喜欢用艰深的语言来掩饰浅易的内容。如果直截了当地说出来，不过是人人都懂得的一些内容。这种故作艰深就是所谓雕虫篆刻的小技，他的《太玄》《法言》都是这类东西。而他偏偏只后悔不该作赋，究竟是为什么呢？他一生写文章艰深丑陋，《太玄》等音节不同于赋，就把它称为经书，这难道可以吗？屈原作《离骚经》，是《诗经》风雅传统的继承变化，即使说他和日月一样光芒四射都是可以的，难道能够因为它形式上和赋相近而称它为雕虫小技吗？如果贾谊生逢其时，能够作孔子的弟子，升堂入室学力有余，扬雄却因为他写过赋就鄙视他，以至于把他和司马相如相提并论。如扬雄这般见识浅陋的人很多。这些话可以给有见识的人说，但难以和流俗之辈讲，因为谈到文章之道顺便说一下罢了。欧阳文忠公曾经说："文章如同精金美玉，社会上自有定价，不是某一个人随意说说就能品定他的高下

的。"纷乱地说了这么多，哪能对您有什么帮助？深感惭愧惶恐。

所要的慧力寺法雨堂诸字的题额，因为我本来不善于写大字，勉强去写终究是写不好的，加上船中狭窄难以挥笔，未能写成应命。但我将要路过临江，当会去那里游览一番。也许寺僧要我写些什么，定当为他们题写几句留在寺院里，以答慰你思念家乡父母的心情。今天达到峡山寺，稍微停留一下就离去。离开您越来越远了，请您千万保重自己。

◎ 原文注释

〔1〕奉：敬词，违，离别。奉违，和人分别的客气说法。

〔2〕亟：屡次。

〔3〕受性：秉性，受之于天的性格。

〔4〕齿：并列，引申为同类。缙绅：官僚士大夫。缙：是插的意思。绅：腰带。古代官员把笏插在腰带之间，所以用缙绅作为官员的代称。

〔5〕一日之雅：意思是一面之交。雅，平素，指旧交情。

〔6〕定质：固定的形态。

〔7〕雕虫篆刻见《法言》：比喻辞赋为雕虫小技。西汉童子学习秦朝八种书体，虫书、刻符是其中纤巧难学的两种，雕虫篆刻，是说雕琢虫书，篆写刻符，都是儿童所学的小技。

〔8〕知：通"智"。

〔9〕念亲之意：新淦属于临江军管辖，所以慧力寺是谢民师的乡土。

◎ 拓展阅读

苏轼打饼祭佛

苏轼和黄庭坚同住金山寺时，有一天，他们打面饼吃，二人决定不告诉寺中的佛印和尚。饼熟后，二人把饼献到观音菩萨座前，殷勤下拜，祷告一番。不料佛印预先已藏在神帐中，趁二人下跪祷告时，伸手偷了两块饼。等苏轼拜完之后，起身一看，少了两块饼，便又跪下祷告说："观音菩萨如此神通，吃了两块饼，为何不出来见面？"佛印在帐中答道："我如果有面，就与你们合伙做几块吃吃，岂敢空来打扰？"

予尝论书，以谓钟、王之迹，萧散简远，妙在笔画之外。至唐颜、柳，始集古今笔法而尽发之，极书之变，天下翕然以为宗师，而钟、王之法益微。

至于诗亦然，苏、李之天成，曹、刘之自得，陶、谢之超然，盖亦至矣。而李太白、杜子美以英玮绝世之姿，凌跨百代，古今诗人尽废，然魏、晋以来，高风绝尘，亦少衰矣。李、杜之后，诗人继作，虽间有远韵，而才不逮意，独韦应物、柳宗元发纤秾于简古，寄至味于淡泊[1]，非余子所及也。唐末司空图，崎岖兵乱之间，而诗文高雅，犹有承平之遗风。其论诗曰："梅止于酸，盐止于咸。"饮食不可无盐、梅，而其美常在咸、酸之外。盖自列其诗之有得于文字之表者二十四韵，恨当时不识其妙。予三复其言而悲之[2]。

闽人黄子思，庆历、皇祐间号能文者。予尝闻前辈诵其诗，每得佳句妙语，反复数四，乃识其所谓，信乎表圣之言，美在咸酸之外，可以一唱而三叹也。予既与其子几道、其孙师是游，得窥其家集，而子思笃行高志[3]，为吏有异材，见于墓志详矣，予不复论，独评其诗如此。

我曾经评论书法，认为钟繇、王羲之的墨迹洒脱舒放，朗洁悠远，妙处在于书画之外。到了唐代的颜真卿、柳公权，才融会了古今书法的特长而全力发扬，极尽书法的变化，天下学者一致把他们奉为师表，而钟繇、王羲之的书艺影响渐渐衰弱。

至于诗歌也是这样。苏武、李陵的赠答诗天然浑成，曹植、刘桢的诗歌自然从容，陶渊明、谢灵运的诗淡远超尘，差不多都达到了极致。而李太白、杜子美以英玮超绝的雄姿，逾越百代，在他们面前，古今的诗人都被淹没，魏晋以来的超逸洒脱的风调也不免衰减了。李、杜以来，诗人不断出现，虽然偶尔有情韵高远的作品，但是才不及意。只有韦应物、柳宗元在简略古朴中蕴含着缜密浓郁的风神，在清淡恬静中寄托着淳厚的韵味，不是其他人能够赶得上的。唐代末年的司空图在兵荒马乱之中颠沛流离，而诗文高雅，有前代太平盛世的遗风。他论诗歌说："梅只有酸味，盐只有咸味，饮食不能没有盐、梅，而那纯美的味道常在酸、咸以外。"他有得于文字之外的诗歌二十四首，遗憾的是当时不理解他的高妙，我反复玩味他的话而感慨系之。

福建人黄子思庆历、皇祐年间以能文著称于世。我曾经听说前辈颂读他的诗，每得到佳句，就反复吟诵，才能理解他的内在意蕴，的确像司空图所说的美味在酸、咸之外，可以一唱三叹啊。我和他的儿子黄几道、孙子黄诗相交往，得以见到他家藏的黄氏诗集。黄子思品性敦厚，志操高尚，从政有卓异的才华，这在他的墓志铭中有详细的论述，我不再细说，这里只是评论他的诗作。

○ 品画鉴宝
太白醉酒图·清·苏六朋

◎ 原文注释

〔1〕至味：纯厚的韵味。淡泊：清淡恬静。〔2〕三复：反复玩味。〔3〕笃行：
品性笃厚诚挚。

◎ 拓展阅读

苏轼与佛印最绝妙的对诗

苏轼在黄州时，做了一首赞佛的诗："稽首天中天，毫光照大千。八风吹不
动，端坐紫金莲。" 他将诗抄下来，叫人送给长江南岸的佛印。佛印拆信看
后，仅批上"放屁"两字，就派人送回。看到佛印批语，苏轼不由恼火，决
定亲自过江理论此事。当他走到佛印门前，忽然发现门扉的一张字条上面端
正地写着："八风吹不动，一屁过江来。" 苏东坡见后顿悟，随即坦然回家。

前赤壁赋

壬戌之秋，七月既望，苏子与客泛舟，游于赤壁之下。清风徐来，水波不兴。举酒属客，诵《明月》之诗，歌《窈窕》之章。少焉，月出于东山之上，徘徊于斗、牛之间。白露横江，水光接天。纵一苇之所如[1]，凌万顷之茫然。浩浩乎如冯虚御风[2]，而不知其所止；飘飘乎如遗世独立，羽化而登仙[3]。

于是饮酒乐甚，扣舷而歌之。歌曰："桂棹兮兰桨，击空明兮溯流光[4]。渺渺兮予怀，望美人兮天一方。"客有吹洞箫者，依歌而和之。其声呜呜然，如怨如慕，如泣如诉；余音袅袅，不绝如缕。舞幽壑之潜蛟，泣孤舟之嫠妇[5]。

○ 品画鉴宝 赤壁赋图·清·杨晋 此图绘赤壁的景色。岸边山峦叠翠，树叶密密麻麻，有草木皆兵之感，江面上波光粼粼，似有大战在即的迹象。

苏子愀然，正襟危坐，而问客曰："何为其然也？"客曰："月明星稀，乌鹊南飞，此非曹孟德之诗乎？西望夏口，东望武昌，山川相缪，郁乎苍苍，此非孟德之困于周郎者乎？方其破荆州，下江陵，顺流而东也，舳舻千里[6]，旌旗蔽空，酾酒临江[7]，横槊赋诗，固一世之雄也；而今安在哉！况吾与子渔樵于江渚之上，侣鱼虾而友麋鹿，驾一叶之扁舟，举匏樽以相属[8]。寄蜉蝣于天地，渺沧海之一粟。哀吾生之须臾，羡长江之无穷。挟飞仙以遨游，抱明月而长终。知不可乎骤得，托遗响于悲风。"

苏子曰："客亦知夫水与月乎？逝者如斯[9]，而未尝往也；盈虚者如彼[10]，而卒莫消长也。盖将自其变者而观之，则天地曾不能以一瞬；自其不变者而观之，则物与我皆无尽也，而又何羡乎？且夫天地之间，物各有主，苟非吾之所有，虽一毫而莫取。惟江上之清风，与山间之明月，耳得之而为声，目遇之而成色，取之无禁，用之不竭。是造物者之无尽藏也，而吾与子之所共适。"

客喜而笑，洗盏更酌。肴核既尽，杯盘狼藉。相与枕藉乎舟中，不知东方之既白。

壬戌年秋天，七月十六日，苏轼与友人划船在赤壁下游玩。清风阵阵吹来，水面未起波澜。主人举起酒杯向同伴敬酒，朗诵《明月》的诗句，吟唱《窈窕》之篇。不一会儿，明月从东山升起，盘桓在斗、牛星宿之间。白茫茫的雾气横贯江面，清泠泠的波光连着天际。众人听任小船随意飘流，凌驾于苍茫的江面之上。乘着轻风在江面上无所不至，并不知到哪里才会停栖，感觉身轻得似要离开尘世飘飞而去，有如成仙一般。

在这时，大家喝酒喝得兴起，敲着船舷，打着节拍，应声高歌。歌中唱道："桂木船棹呵香兰船桨，击打清澈的粼波，逆着流水的泛光。我的心怀无比宽广，我思念的伊人在天涯那方。"同伴吹起洞箫，按着节奏伴和。洞箫呜呜作声，有如怨恕，有如倾慕；既像啜泣，又像低诉。余音在江上回荡，丝丝缕缕缭绕不绝，能使深谷中的蛟龙为之起舞，能使孤舟上的孀妇为之哭泣。

苏轼的神色也愁惨起来，整好衣襟坐端正，向同伴问道："箫声为什么如此哀怨呢？"同伴回答："'月明星稀，乌鹊南飞'，这不是曹公孟德的诗么？这里向西可以望到夏口，向东可以望到武昌，山川缭绕，目力所及一片郁郁苍苍。这不正是曹孟德被周瑜所围困的古战场么？当初曹操攻陷荆州，夺取江陵，沿长江顺流东下，麾下的战船延绵千里，旌旗遮天蔽日，在江边持酒而祭，横转矛槊赋诗明志，委实是当世的一位英雄人物，而今天又在哪里呢？何况我与你在江边的水渚上打渔砍柴，与鱼虾为伴，与麋鹿为友，驾着这一叶小舟，举起杯盏相互劝酒，如同蜉蝣置身于广阔的天地中，像沧海中的一粒粟米那样渺小。唉，哀叹我们的一生只是太短暂了，不由羡慕长江的流水没有穷尽。想与仙人携手遨游太空，与明月相拥而永存世间。知道这些不能实现，只得将遗憾化为箫音，托寄在悲凉的秋风中了。"

苏轼问道："你可知道这江水与月亮么？江水虽然流逝不停，但并没有真正逝去；月亮时圆时缺，它本身并未盈亏。可见，从事物变化的方面看来，天地一瞬

○ 品画鉴宝　粉彩牡丹纹盘口瓶·清　此瓶形体各部分比例协调，轮廓线条过渡柔和，画面构图疏朗有致，色彩淡雅宜人。

间没有不发生变化的；而从事物不变的方面看来，万物与自己的生命永存，又有什么可羡慕的呢？况且天地之间，凡物各有自己的归属，若不是自己本该拥有的，即便一分一毫也不能求取。只有江上的清风，以及山间的明月，用耳朵便能听到美妙音乐，用眼睛便会看见美丽的图画，这些不会有人禁止，也不必忧虑会枯竭。这是自然界的无穷尽的大宝藏，你我尽可以一起享用。"

客人听后高兴地笑了，洗净酒杯重新斟酒。直道菜肴果品都已吃尽，杯盘凌乱一片。大家互相依偎着睡在了船上，不知不觉中，东方已经露出白色的曙光。

◎ 原文注释

〔1〕一苇：小船。〔2〕冯虚：凌空。冯，通"凭"；虚，太空。〔3〕羽化：变化飞升。道家谓人升仙为"羽化"。〔4〕空明：指明澈如空的江水。流光：月光浮动的水面。〔5〕嫠妇：寡妇。〔6〕舳舻：长方形大船。〔7〕酾酒：滤酒。这里指饮酒。〔8〕匏樽：用葫芦做的酒器。相属：互相敬酒。〔9〕逝者如斯：《论语·子罕》："子在川上曰：'逝者如斯夫，不舍昼夜。'"斯，指江水。〔10〕盈虚：月亮的圆缺。

◎ 拓展阅读

赤壁遗址辨析

赤壁分文赤壁和武赤壁，都在湖北。武赤壁在今蒲圻县，公元208年，刘备、孙权联合破曹操的赤壁之战就发生在这里，所以有此名。文赤壁位于黄冈市黄州区，背靠宝石山和玉山，俯瞰长江。《黄州府志》中载有"崖石屹立如壁，其色赤，亦称赤壁"。1080年，苏轼被贬到黄州任团练副使，他非常喜欢这个地方，误以为这里是赤壁之战的赤壁，并两次月夜泛舟于赤壁下的江中，写出了著名的前后《赤壁赋》和《念奴娇·赤壁怀古》。

屈原庙赋

浮扁舟以适楚兮，过屈原之遗宫。览江上之重山兮，曰惟子之故乡。伊昔放逐兮，渡江涛而南迁。去家千里兮，生无所归而死无以为坟。悲夫！人固有一死兮，处死之为难[1]。徘徊江上欲去而未决兮，俯千仞之惊湍[2]。赋《怀沙》以自伤兮，嗟子独何以为心。忽终章之惨烈兮，逝将去此而沉吟。吾岂不能高举而远游兮[3]，又岂不能退默而深居？独嗷嗷其怨慕兮，恐君臣之愈疏。生既不能力争而强谏兮，死犹冀其感发而改行[4]。苟宗国之颠覆兮，吾亦独何爱于久生。托江神以告冤兮，冯夷教之以上诉。历九关而见帝兮，帝亦悲伤而不能救。怀瑾佩兰而无所归兮，独悸悸乎中浦[5]。峡山高兮崔嵬[6]，故居废兮行人哀。子孙散兮安在？况复见兮高台！

自子之逝今千载兮，世愈狭而难存[7]。贤者畏讥而改度兮，随俗变化斫方以为圆[8]。黾勉于乱世而不能去兮，又或为之臣佐。变丹青于玉莹兮，彼乃谓子为非智。惟高节之不可以企及兮，宜夫人之不吾与。违国去俗死而不顾兮[9]，岂不足以免于后世。

呜呼！君子之道，岂必全兮。全身远害，亦或然兮。嗟子区区，独为其难兮。虽不适中，要以为贤兮[10]。夫我何悲，子所安兮。

我乘着小舟漂流到楚地啊，经过祭祀屈原的祠庙。观望江上重重叠叠的山峦啊，众人说：这里是你的故乡。你昔日被流放啊，渡过汹涌的浪涛而被放逐到南方。离开故乡几千里啊，在世时不能回乡，而死后也没有座坟墓下葬。可悲啊！人固有一死啊，可是决定结束自己的生命是多么艰难！当你在江边徘徊，想告别人世而未做出最后的决断啊，俯视着千仞峭壁下的滚滚波涛。写下《怀沙》来自我感怀啊，感叹你独自用什么作立身之本？乐章到了结尾突然变得剧烈啊，将要告别世间时你沉吟低语。难道我不能远走高飞啊，难道也不能隐退沉默而幽居独处？我独自悲哀愤懑又思慕啊，害怕君臣关系更加疏远。既然活着不能争取和进谏啊，死后还希望能感动国君并使他改变错误的做法。如果自己的祖国遭受败亡啊，我自己活着还有什么意思？期盼共神为自己申冤啊，水神冯夷教你上告于天帝。你走过九重天门才见到天帝啊，天帝也为你悲愤却不能相救。你戴着美玉，佩着香草却没有归宿的地方啊，独自忧伤地徘徊在水滨之间。峡谷幽深啊山高峻峭，故居荒废啊行人悲伤。你的子孙离散啊而现在何方？又怎能再望见你过去的高高的楼台！

自从你去世至今已有千年了啊，世道愈加沉沦而且难以存活。贤人惧怕谗言诬陷而改变自己的为人准则啊，随着世道变化把方的削为圆。他们在混乱的世道中勤奋努力而不会离去，有的成为君王的辅臣。把晶莹剔透的玉石变成颜料啊，这些人说你不够聪慧。你高尚的情操不是他们踮起脚跟就能够触及到的啊,这些人不同意我对你的态度也符合常理。离开自己的祖国和可恶的世俗而死再不必眷恋什么啊,难道这样的事情不值得后世避免吗?

唉!有德有才之人遵循的道理哪里一定要完备啊!明哲保身远离祸害也许不错啊!感叹你区区一人独自用这么高的准则来要求自己啊!即使不符中庸之道,却也是位贤德之士。我为什么这么悲伤?你是安心于此的啊!

◎ 原文注释

〔1〕处:决定,决断。为:是。〔2〕惊湍:惊涛,大浪。〔3〕高举远游:远走高飞,意即到外面去。〔4〕冀:希望,期望。其:代词,他,指楚王。感发:感动抒发。改行:改变他昔日的错误做法。〔5〕惸惸(qióng):忧愁孤单的样子。中浦:水边。〔6〕崔嵬:山石高低不平的样子。〔7〕世愈狭:世道愈加狭隘、沉沦。难存:难以存活。〔8〕斫(zhuó):砍,削。〔9〕违国去俗:"违""去",都作离别解。顾:眷恋、眷顾。〔10〕要(yāo):总而言之。

◎ 拓展阅读

梅尧臣:五月五日
屈氏已沉死,楚人哀不容。
何尝奈谗谤,徒欲却蛟龙。
未泯生前恨,而追没后踪。
沅湘碧潭水,应自照千峰。

张榘:念奴娇
三闾何在,把离骚细读,几番击节。蕙蕙椒兰纷江渚,较似艾萧终别。清浊同流,醉醒一梦,此恨谁能说。忠魂耿耿,只凭天辨优劣。

须信千古湘流,彩丝缠黍,端为英雄设。堪笑儿童浮昌歜,悲愤翻为嬉悦。三叹灵均,竟罹谗网,我独中情切。薰风窗户,榴花知为谁裂。

亡妻王氏墓志铭

治平二年五月丁亥，赵郡苏轼之妻王氏卒于京师。六月甲午殡于京成之西[1]。其明年六月壬午，葬于眉之东北彭山县安镇乡可龙里先君、先夫人墓之西北八步。轼铭其墓曰：

君讳弗，眉之青神人，乡贡进士方之女。生十有六年而归于轼。有子迈。君之未嫁，事父母；既嫁，事吾先君、先夫人，皆以谨肃闻。其始，未尝自言其知书也[2]。见轼读书，则终日不去，亦不知其能通也。其后轼有所为于外，君未尝不问知其详。曰："子去亲远，不可以不慎。"日以先君之所以戒轼者相语也。轼与客言于外，君立屏间听之，退必反覆其言曰："某人也，言辄持两端[3]，惟子意之所乡[4]，子何用与是人言？"有来求与轼亲厚甚者，君曰："恐不能久。其与人锐，其去人必速[5]。"已而果然。将死之岁，其言多可听，类有识者[6]。其死也，盖年二十有七而已。始死，先君命轼曰："妇从汝于艰难，不可忘也。他日汝必葬诸其姑之侧。"未期年[7]，而先君没[8]。轼谨以遗令葬之。铭曰：

君得从先夫人于九原[9]，余不能。呜呼哀哉！余永无所依怙[10]。君虽没，其有与为妇何伤乎？呜呼哀哉！

治平二年五月的丁亥日，赵郡人苏轼的妻子王氏死在了京城。六月甲午日，尸首收殓在京城的西郊。到了第二年六月壬午日，葬在眉州东北的彭山县安镇乡可龙里先父母墓地西北面，距离先父母的墓地有八步远。我给她写了如下的墓志铭：

你名弗，眉州青神人，乡贡进士王方之女。十六岁嫁给了我，生下一个儿子叫苏迈。你未出嫁时，侍奉父母；出嫁后，又侍奉我的父母，都因细微谨慎、恭敬孝顺而闻名。初嫁过来时，你并未说读过书。每当我读书时，你就整日不离身边，我不知道你也懂得书中的内容。从这以后，当我忘记书中内容时，你却常常能记起。问到其他的书，你也大体上都能知道。自此我才发现你聪明而且娴淑。我到凤翔去赴任新职，你也跟我一起去了，我在外做的事你都会详细询问的，并说："你离开亲人很远，不能够不谨慎、小心。"常常把先父警示我的话说给我听。我与客人在外面谈话，你在屏风后面仔细听。当我回到内室后，你必定反复对我说："某人说话敷衍，没有自己的见解，只是顺着你的意思说。你何必跟这种人商量呢？"有人来想要跟我结交，显出特别亲密的样子，你会说："恐怕不能持久。这人很快就和你结交，离开你也一定很快的。"事实真的是这样。你将离世的那一年，所说的话很多值得我铭记，很像有学问的人。你离世的时候，年纪才二十七岁。你刚故去时，先父就严肃对我说："你妻子和你一起生活时正是在艰难时期，不该忘记她啊。将来你一定要把她安葬在你母亲墓旁。"此后不到一年，先父就故去了。

我恭谨地记着先父的遗命来将你安葬。铭文如下：

你能在九泉之下跟随先父、先母，而我不能。唉！真令人痛心啊！我永远没有了依靠。你虽然离去了，但你是知道如何用妇德在地下侍奉公婆的，死对于你又有什么呢？唉！真令人痛心啊！

◎ 原文注释

〔1〕殡：收殓而没下葬，俗谓停枢。〔2〕知书：读过书，有文化功底。〔3〕持两端：两面敷衍，没有自己的主见。〔4〕嚮：同"向"。〔5〕"其与人"两句：那些与你结交很快的人，离开你也一定很快。〔6〕类有识者：很像是有学问的人。〔7〕期（jī）年：一周年。未期年：不到一年。〔8〕没：同"殁"，去世，离世。〔9〕九原：九泉，指阴间。〔10〕依怙（hù）：依靠，凭恃。《诗·小雅·蓼莪》："无父何怙？无母何恃？"

◎ 拓展阅读

苏轼：江城子·乙卯正月二十日夜记梦

十年生死两茫茫。

不思量，自难忘。

千里孤坟，无处话凄凉。

纵使相逢应不识，

尘满面，鬓如霜。

夜来幽梦忽还乡。

小轩窗，正梳妆。

相顾无言，惟有泪千行。

料得年年断肠处，

明月夜，短松冈。

某则以谓受命于人主，议法度而修之于朝廷，以授之于有司，不为侵官；举先王之政，以兴利除弊，不为生事；为天下理财，不为征利；辟邪说，难壬人，不为拒谏。

王安石

王安石（1021－1086）字介甫，江西临川（今江西东乡县）人，小字獾郎，晚年号半山，谥文，封荆国公，又称王荆公。

王安石自少年时就喜爱读书，有很强的记忆力。宋仁宗庆历二年（1042年），王安石考中进士，此后历任淮南判官、鄞县知县、舒州通判、常州知州、提点江东刑狱等官职。宋英宗治平四年（1067年），王安石任江宁知府，很快又入京担任翰林学士。宋神宗熙宁二年（1069年）被提升为参知政事。从第二年起，王安石两度以同中书门下平章事的官职主持推行新法。熙宁九年（1076年）被罢官后，归隐山野，最后病死于江宁（今江苏南京）钟山。王安石的变法对北宋后期社会具有很大的影响，因此列宁称赞王安石为是"中国十一世纪伟大的改革家"。

王安石不仅是北宋杰出的政治家之一，同时也是一位杰出的文学家。他把文学创作和政治活动紧密地联系起来，主张文学创作的作用主要在于为社会服务，反对西昆派空泛的靡弱文风，以"务为有补于世"的观点进行文学创作。因此，他的作品多揭露时弊、反映社会矛盾，具有较浓厚的政治色彩。他的散文多是阐述政治见解与主张的议论文，雄健简练，奇崛峭拔，具有观点鲜明，分析深刻的特点。他在被罢官之前的诗歌长于说理，倾向性十分鲜明，涉及许多重大而尖锐的社会问题。被罢官之后的诗歌题材变得狭窄，写了大量的写景诗和咏物诗，表现出他的闲恬的情趣。王安石的文学主张虽过于强调实用，但也不失大家风范，也堪称是我国文学史上的一颗明星。

今存《王临川集》《临川集拾遗》《临川先生歌曲》。

本朝百年无事劄子 [1]

臣前蒙陛下问及本朝所以享国，百年天下无事之故[2]。臣以浅陋，误承圣问[3]，迫于日暮[4]，不敢久留，语不及悉[5]，遂辞而退。窃惟念圣问及此，天下之福，而臣遂无一言之献，非近臣所以事君之义，故敢冒昧而粗有所陈。

伏惟太祖，躬上智独见之明，而周知人物之情伪[6]；指挥付托，必尽其材；变置设施，必当其务。故能驾驭将帅，训齐士卒[7]，外以捍诸夷狄，内以平中国。于是除苛赋，止虐刑，废强横之藩镇，诛贪残之官吏。躬以简俭为天下先[8]，其于出政发令之间，一以安利元元为事[9]。太宗承之以聪武，真宗守之以谦仁，以至仁宗、英宗，无有逸德[10]。此所以享国百年，而天下无事也。

前一次承蒙皇上问起臣下本朝建立百年以来，天下所以能够太平无事的原因。我因为见识浅薄，受到皇帝的询问，当时由于时间紧迫，不敢久留，来不及详细说明，就告辞退出来了。我认为皇上问到这个问题，是天下百姓的幸福，而我却没有一言半语的进言，不符合近臣侍奉君主所应该有的道理，所以才敢冒昧上书给您，粗略陈述我的看法。

我想太祖具有极高的智慧和独到的见解，而且完全了解各方面人事的真假虚实，所以他调度委派工作，必定做到人尽其材；变更制度实行措施，必定做到适合当时的需要。因此他能够统率将领，训练士兵，对外抵御外族的侵略，对内平定中原地区的割据势力。然后废除苛捐杂税，禁止酷刑，废黜强横霸道的藩镇，惩办贪污残暴的官吏。自己又能以简朴勤俭的生活作风成为天下人的表率，在制定政策发布命令的时候，一概以安定社会和有利于百姓为准则。太宗以聪明勇武继承了太祖的事业，真宗以谦和仁爱守住了江山，一直到仁宗、英宗，都没有什么过失。这就是百年以来，天下太平无事的原因所在。

◎ 原文注释

〔1〕百年：指宋朝从宋太祖建隆元年（公元960年）建国到宋神宗熙宁元年（1068年）这段时间。劄子：上给皇帝的奏章。〔2〕享国：享有其国，即统治国家。〔3〕误承：这是谦恭的说法，有辱蒙、误受的意思。〔4〕迫于日暮：限于时间。日暮，日影，这里指时间。〔5〕语不及悉：还来不及详细说明。悉，详尽。〔6〕伏：表示敬意的意思。太祖：赵匡胤，宋朝的开国皇帝。躬：自身具有。情：真情。〔7〕训齐士卒：使士兵齐心协力。〔8〕先：先导，表率。〔9〕元元：老百姓。事：根由。〔10〕无有逸德：没有失德。

○ 品画鉴宝　山水图·清·徐枋　此图山峦叠翠、山峰、树木、河流有序地布局其间。民居则深隐在山林间。

仁宗在位，历年最久，臣于时实备从官[1]，施为本末[2]，臣所亲见。尝试为陛下陈其一二，而陛下详择其可[3]，亦足以申鉴于方今[4]。伏惟仁宗之为君也，仰畏天，俯畏人；宽仁恭俭，出于自然，而忠恕诚悫[5]，终始如一。未尝妄兴一役，未尝妄杀一人；断狱务在生之，而特恶吏之残扰；宁屈己弃财于夷狄，而终不忍加兵；刑平而公，赏重而信；纳用谏官御史，公听并观，而不蔽于偏至之谗；因任众人耳目，拔举疏远，而随之以相坐之法[6]。盖监司之吏，以至州县，无敢暴虐残酷，擅有调发以伤百姓；自夏人顺服，蛮夷遂无大变，边人父子夫妇，得免于兵死，而中国之人，安逸蕃息，以至今日者，未尝妄兴一役，未尝妄杀一人，断狱务在生之，而特恶吏之残扰，宁屈己弃财于夷狄，而不忍加兵之效也。大臣贵戚，左右近习，莫敢强横犯法，其自重慎，或甚于闾巷之人，此刑平而公之效也。募天下骁雄横猾以为兵，几至百万，非有良将以御之，而谋变者辄败；聚天下财物，虽有文籍，委之府史，非有能吏以钩考[7]，而断盗者辄发；凶年饥岁，流者填道，死者相枕，而寇攘者辄得；此赏重而信之效也。大臣贵戚，左右近习，莫能大擅威福，广私货赂，一有奸慝，随辄上闻；贪邪横猾，虽间或见用，未尝得久，此纳用谏官御史、公听并观、而不蔽于偏至之谗之效也。自县令京官以至监司台阁，升擢之任[8]，虽不皆得人；然一时之所谓才士，亦罕蔽塞而不见收举者，此因任众人之耳目、拔举疏远而随之以相坐之法之效也。升遐之日[9]，天下号恸，如丧考妣[10]，此宽仁恭俭，出于自然，忠恕诚悫，终始如一之效也。

仁宗皇帝在位的时间很长。我那个时候充数担任侍从官，亲眼目睹了一切政策措施实施的全过程。我在这里试着为陛下您陈说一二，请详细考虑选择其中的可取之处，也就足够作为今天的借鉴了。我想仁宗皇帝作为一个君主，对上敬畏苍天，对下敬畏百姓，宽和仁爱谦恭简朴，推己及人，而且忠恕诚恳，始终如一。他没有随便发起一宗劳役，没有随便杀害一个人。审理判决案件务必给犯人留下活路，而且特别厌恶愤恨官吏对百姓的残害骚扰。宁可委屈自己拿出钱财给辽和西夏，也始终不忍心对他们用兵，刑法公平合理，奖赏优厚而且言出必行。采纳谏官、御史的意见，冷静地听取多方面的意见，而不受片面的谗言蒙蔽。相信众人的见闻，提拔任用和自己疏远但是有才能的人，同时又用相坐之法对举荐的人加以限制。从负责检察的官员到州县的官吏，没有敢暴虐残酷，擅自征调劳役赋税来伤害百姓的。自从西夏人顺服以后，其他民族也就没有什么大的变乱了，边地百姓父子夫妻能够免于战乱而死，内地百姓能够休养生息，一直到今天，这就是仁宗没有任意兴办一宗劳役，没有任意杀害一个

264

人，审理判决案件务必给犯人留有活路，而特别厌恶官吏残害、骚扰百姓，宁可委屈自己拿出钱财来给辽和西夏，而始终不忍心讨伐他们所带来的效果。大臣贵戚、左右亲信，没有谁敢横行霸道，触犯法令，他们自重谨慎，有的甚至超过一般的平民百姓，这就是刑法公平合理所带来的效果。招募天下勇猛强暴而奸诈的人来当兵，将近百万，并没有好的将领来统率他们，然而阴谋叛变的人总是败亡。聚集天下的财物，虽然没有账册，但只是委派书吏一类小官管理，并没有委派能干的官吏去检查考核，而从中贪污盗窃的人总是被检举揭发。灾荒年间，流亡的人堵塞了道路，尸体互相堆叠，而乘机抢夺财物的强盗总是被抓获，这就是重赏守信所带来的效果。大臣贵戚、左右亲信，没有谁能够大肆作威作福和广受贿赂，一旦有奸邪的行为，随时有人上报，贪婪狡诈的人虽然偶尔也会被任用，但从来都不会长久，这是采纳谏官、御史的意见，多听多看，而不受片面的谗言蒙蔽的效果。从县令、京官以至监察、执政大臣，提升任用，虽然不是人人都称职，然而当时所谓有才能的人，也很少有被埋没而不加以任用的，这是相信众人的见识，提拔任用和自己疏远但是有才能的人，同时又用连坐之法对举荐者加以限制的效果。仁宗逝世那天，天下的人都号啕痛哭，如同死了自己的父母一样，这是仁宗宽和仁爱，谦恭简朴，推己及人，并且忠恕诚恳和始终如一的效果。

◎ 原文注释

〔1〕臣于时实备从官：我当时担任侍从官。宋仁宗嘉祐六年时，王安石曾任知制诰，代皇帝起草文件，是侍从官。〔2〕施为本末：一切措施的经过和原委。〔3〕详择其可：详细选择那些可取之处。〔4〕申鉴于方今：作为今天的借鉴。〔5〕悫：诚实、忠厚。〔6〕耳目：视听，引申为审查了解。相坐之法，指推荐别人做官，如果被推荐的人不称职或者犯了罪，推荐人也依法连带受罚。〔7〕钩考：查核。〔8〕升擢之任：提拔他们的职务。擢，选拔，提升。〔9〕升遐：对皇帝死亡的讳称。〔10〕考：旧称已经死亡的父亲。妣：旧称已经死去的母亲。

然本朝累世因循末俗之弊，而无亲友群臣之议。人君朝夕与处，不过宦官女子；出而视事，又不过有司之细故[1]，未尝如古大有为之君，与学士大夫讨论先王之法，以措之天下也。一切因任自然之理势，而精神之运，有所不加；名实之间，有所不察；君子非不见贵，然小人亦得厕其间；正论非不见容，然邪说亦有时而用；以诗赋记诵求天下之士，而无学校养成之法；以科名资历叙朝廷之位，而无官司课试之方；监司无检察之人，守将非选择之吏；转徙之亟[2]，既难于考绩，而游谈之众，因得以乱真；交私养望者，多得显官，独立营职者，或见排沮。故上下偷惰取容而已，虽有能者在职，亦无以异于庸人。农民坏于徭役，而未尝特见救恤[3]，又不为之设官，以修其水土之利。兵士杂于疲老，而未尝申敕训练，又不为之择将，而久其疆场之权。宿卫则聚卒伍无赖之人，而未有以变五代姑息羁縻之俗[4]。宗室则无教训选举之实，而未有以合先王亲疏隆杀之宜[5]。其于理财，大抵无法，故虽俭约，而民不富；虽忧勤，而国不强。赖非夷狄昌炽之时，又无尧、汤水旱之变，故天下无事，过于百年。虽曰人事，亦天助也。盖累圣相继，仰畏天，俯畏人，宽仁恭俭，忠恕诚悫，此其所以获天助也。

伏惟陛下，躬上圣之质[6]，承无穷之绪[7]，知天助之不可常恃，知人事之不可怠终，则大有为之时，正在今日。臣不敢辄废将明之义，而苟逃讳忌之诛[8]，伏惟陛下幸赦而留神[9]，则天下之福也。取进止[10]。

然而本朝历代也都沿袭着陋俗弊端，却没有亲戚朋友和大臣们议论批评。和皇帝早晚相处的不过是宦官和宫女，出来处理政事也不过是讨论有关部门的一些小事，而没有像古代大有作为的君主那样，与学士、大夫讨论先王治国的方法，用来实施于天下。一切听任自然发展的趋势，而主观努力有所不够。名义和实效之间是否相符，也不加以考察。君子不是不被看重，但是小人也能混杂其中。准确的意见不是不被采纳，但是邪说有时也会被采用。用诗赋和记诵来选拔天下的读书人，却没有设立学校培养人才的法令制度。用科举名次、资历来排列朝廷官位的高低，而没有考核官员的方法。监察部门没有设置监察的人，守将也不是经过选择的官吏。官员调动频繁，既难于考核成绩，而使那些夸夸其谈的人可以冒称有才干的人。私下勾结以猎取声望的人大多得到显要的官职，而不靠别人、忠于职守的人却受到排斥压抑。所以上下官吏都偷闲懒惰，只求讨好上级而已，虽然有能干的人在职，但也和平庸的人没有什么区别。农民苦于各种劳役，而没有看见朝廷有什么特别的救济抚恤，也没有为他们设置专门部门，负责兴修农田水利。兵士中掺杂着老弱病残，而没有加以整顿训练，也没有为他们选派得力的将

266

领，而让他们长期驻守边疆掌握兵权。近卫军中则聚集着一些兵痞无赖之人，而没有改变五代以来纵容笼络他们的坏习惯。皇族宗室缺乏进行教育、训导和选拔人才的实际措施，并没有符合先王的规定，对亲疏尊卑的人给予不同待遇。至于治理国家的财政，大都没有法度，所以皇上虽然简朴节约，而百姓并不富裕；虽然奋发图强，而国家并不强盛。幸亏不是外敌强盛的时候，又没有唐尧、商汤时代的水旱灾害，所以天下太平无事，超过了一百年。这虽然说是人为的努力，但也是上天保佑的结果。本朝先帝几代相继，都是上敬畏天，下敬畏人，宽厚仁和，谦恭简朴，忠恕诚恳，这就是所以得到老天保佑的原因了。

　　我想陛下具备最圣明的资质，继承着永无穷尽的帝业，知道上天的保佑是不可能长期依赖的，又知道人的努力是不可以长期忽视马虎的，那么大有作为的时候正是在今天。我不敢随便放弃人臣应有的辅佐赞理的职责，去逃避因为触犯忌讳所受的惩罚。我恭请陛下赦免我的冒犯，并考虑我的意见，那就是普天下人们的幸运了。是否妥当，听候裁决。

○ 品画鉴宝　山水图·清·恽寿平　此图描绘的是春日的风景。远处清风霞翠，云漫山间，近处花红柳绿，晴波相映，一幅春意盎然的美景。

〔1〕视事：办公治事。有司：古代设官分职，各有专司，因此称官吏为有司。细故：细小的事情。

〔2〕转徙之亟：调动频繁。转徙，迁移、调动。亟，急切，频繁。

〔3〕坏：衰败。恤：抚恤、周济。

〔4〕羁縻：笼络。

〔5〕隆：厚，多。杀：薄、减少。宜：合宜，应该做的。

〔6〕躬上圣之质：自身具备最圣明的资质。

〔7〕承无穷之绪：继承永久无穷的帝业。绪，指前人留下来的功业。

〔8〕将：奉行。明：辨明。讳忌之诛：因为触犯皇帝的忌讳而受到惩罚。

〔9〕幸赦而留神：宽恕并考虑我的意见。

〔10〕取进止：听候裁决。这是封建时代写给皇帝奏章的套语。

◎ 品画鉴宝　钧窑玫瑰紫釉花盆·宋

◎ 拓展阅读

札

札又称札子，是古代官府的一种简便公文，始于宋代。因为札与"劄"意义相通，所以札与"劄"没有意义上的区别。宋代以后的札文，既可作上行文，又可作下行文。向朝廷上奏的上行文称"札子"，而用作朝廷和官府发布命令的下行文称作"御札""省札""札子"等。清代使用札文最普遍，上级官厅向下级官厅行文，凡委任事项、督催某事等，都用札。

○品画鉴宝　上塞锦林图·清·关槐　此图描绘的是塞外的风光。色彩艳丽的树林点缀在河流间，使全景显得真实而独特。整个画面用笔工细，构思巧妙。

夫事有人力之可致，犹不可期[1]；况乎天理之溟溟，又安可得而推？惟公生有闻于当时，死有传于后世，苟能如此足矣，而亦又何悲[2]？

如公器质之深厚，智识之高远，而辅以学术之精微，故充于文章，见于议论[3]，豪健俊伟，怪巧瑰琦。其积于中者，浩如江河之停蓄；其发于外者，烂如日星之光辉。其清音幽韵，凄如飘风急雨之骤至；其雄辞闳辨，快如轻车骏马之奔驰。世之学者，无问乎识与不识，而读其文，则其人可知[4]。

呜呼！自公仕宦四十年，上下往复，感世路之崎岖，虽屯邅困踬[5]，窜斥流离，而终不可掩者，以其公议之是非。既压复起，遂显于世。果敢之气，刚正之节，至晚而不衰。

方仁宗皇帝临朝之末年，顾念后事[6]，谓如公者，可寄以社稷之安危。及夫发谋决策，从容指顾，立定大计[7]，谓千载而一时。功名成就，不居而去。其出处进退，又庶乎英魄灵气[8]，不随异物腐散[9]，而长在乎箕山之侧与颍水之湄。

然天下之无贤不肖，且犹为涕泣而歔欷[10]；而况朝士大夫，平昔游从，又予心之所向慕而瞻依！

呜呼！盛衰兴废之理，自古如此，而临风想望不能忘情者，念公之不可复见，而其谁与归！

事情有人力可以做到的，但还不能够肯定成功，更何况自然法则深奥难测，又怎么可能预料呢？您生前在社会上享有声誉，去世后有业绩在后代流传，如果能够这样就足够了，还悲痛什么呢？

正因为像您这样具有深广厚实的气度和资质，高瞻远瞩的智慧和见识，加上精深入微的学术修养，所以表现在文章里，反映在议论上，是那么的豪健俊伟，奇妙卓异。蕴藏在您胸中的如同大江大河一样浩瀚，在您身上所展现的就像日月星辰一样光辉灿烂。您那清雅幽怨的音韵，像暴风急雨突然降临一样寒凉。您那闳辞雄辩，像轻车骏马奔驰一样迅捷。世上的读书人，不论认识不认识您，读到您的文章，就可以知道您的人品了。

啊！自从您做官四十年以来，几经反复升降，深感人生道路的艰难曲折，即使处境困顿失意，遭到放逐流亡，也始终不能将您埋没，是因为是非自有公论。您在遭受压抑之后重新被起用，便显称于世。您勇于决断的气概，刚强正直的节操，一直到晚年也不衰退。

仁宗皇帝执政的最后几年，考虑身后的事情，认为像您这样的人，可以托付国家安危的大事。当您出谋划策时沉着迅速，毫不犹豫地决定国家大计，可以说是短时间内建立了千年的功勋。功成名就以后，不肯居功而辞职。您出仕、隐退既然能够如此，大概您的英灵魂魄不会随着躯体的腐烂而散失，会长存在箕山之侧与颍水之滨。

既然天下无论贤和不肖的人都为您的逝世而哭泣哽咽，何况身为朝廷官员，平素友好相处，并对您仰慕追随的我呢！

啊！事物盛衰兴废的道理，从古以来就是如此，但我临风想望不能忘怀，就是由于想到再也不能见到您了，今后我又能和谁一道呢！

◎ 原文注释

〔1〕致：做到。期：必，一定。〔2〕又：同"有"。〔3〕见：同"现"，显现、表现。〔4〕而：同"如"，如果。〔5〕屯邅困踬：处境艰难，困厄不得升官。屯，艰难。邅，难行。踬，被绊倒。〔6〕顾念后事：考虑到死后皇位继承的事。〔7〕指顾：手指眼看，比喻迅速。立定大计：指宋仁宗忽然病死，欧阳修当机立断，立宋英宗为皇帝。〔8〕庶乎：庶几乎，大概可以说。英魄灵气：指死者的精神。〔9〕异物：指尸体。〔10〕歔欷：抽泣，叹息。

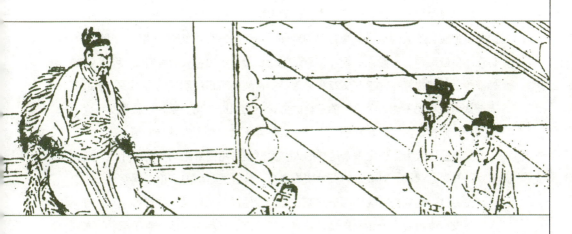

◎ 拓展阅读

王安石改诗

王安石有《泊船瓜洲》诗一首：京口瓜洲一水间，钟山只隔数重山。春风又绿江南岸，明月何时照我还？据洪迈《容斋续笔》载，王安石写这首诗时，"春风又绿江南岸"的"绿"字原为"到"，圈去后改为"过"，又改为"入""满"，换了十多字，才定为"绿"。这一"绿"字，把春风的作用形象化地展示出来，呈现了一个视觉鲜明的画面，营造了生机盎然积极向上的气氛，也暗合了王安石当时再次被召用的欣喜心理。

吾友深父，书足以致其言[1]，言足以遂其志[2]，志欲以圣人之道为己任，盖非至于命弗止也。故不为小廉曲谨以投众人耳目[3]，而取舍、进退、去就必度于仁义。世皆称其学问文章行治[4]，然真知其人者不多，而多见谓迂阔，不足趣时合变[5]。嗟乎！是乃所以为深父也。令深父而有以合乎彼，则必无以同乎此矣。

尝独以谓天之生夫人也[6]，殆将以寿考成其才[7]，使有待而后显，以施泽于天下。或者诱其言[8]，以明先王之道，觉后世之民。呜呼！孰以为道不任于天，德不酬于人，而今死矣。甚哉，圣人君子之难知也！以孟轲之圣，而弟子所愿，止于管仲、晏婴，况余人乎？至于扬雄，尤当世之所贱简[9]，其为门人者，一侯芭而已。芭称雄书以为胜《周易》，《易》不可胜也，芭尚不为知雄者。而人皆曰：古之人生无所遇合，至其没久，而后世莫不知。若轲、雄者，其没皆过千岁，读其书，知其意者甚少。则后世所谓知者，未必真也。夫此两人以老而终，幸能著书，书具在[10]，然尚如此。嗟乎深父！其智虽能知轲，其于为雄虽几可以无悔，然其志未就，其书未具，而既早死，岂特无所遇于今？又将无所传于后。天之生夫人也，而命之如此，盖非余所能知也。

我的好朋友深父，著作足以表达他的言论，言论足以反映他的志向，他的志向就是把履行圣人的道义作为自己的责任，不到生命终止就决不罢休。因此他不是谨小慎微地迎合一般人的趣味，而是无论取舍、进退、去留都必定遵循仁义的标准。世人都称赞他的学问文章和道德品行，然而真正理解他的人不多，而很多人却认为他拘泥不切实际，不能迎合时势，不能适应变化。唉，这就是所以成为深父啊！假使让深父迎合那些人，那么必然就不会出现现在这样的情况了。

我曾经自认为上天生下来这样的人，大概是将用高寿来培养他的才能，使他有朝一日显达起来，对天下的百姓实施恩惠，或者通过他的言论来阐明先王的道义，使后世百姓觉悟。啊！哪里知道对于上天他没有来得及充分履行道义，对于人间他没有来得及充分布施恩德，就离开了我们。真难呢，圣人君子难以让人理解啊！如孟轲这样的圣人，他的学生所倾慕的不过是管仲、晏婴，更何况其他的人呢？至于扬雄，尤其被当时的人所轻视怠慢，做他学生的只有侯芭一人罢了。侯芭称赞扬雄的著作，认为胜过《周易》，《周易》是不可以胜过的，侯芭还不算是理解扬雄的人。而人们都说：古人在世时没有遇到赏识，到他死后很久，后世的人却没有不知道的。像孟轲、扬雄，他们都去世已经超过千年，读他们的著作、理解他们的人很少。那么后世所谓理解他们的人，未必是真正理解。这两人因为年老而去世，幸而能够写书，书都在，尚且如此。啊，深父！他的智慧虽然达到理解孟轲意思的地步，他和扬雄相比虽然几乎没有什么悔恨，然而他的志向却没有实现，他的著作没有写成，却已经过早地离开了人世，难道只是在当今没有遇到赏识吗？他又没有什么流传于后世。上天生下这样的人，却让他的命运如此，这不是我所能知道的。

◎ 原文注释

〔1〕致：表达。〔2〕遂：顺，也就是如意。〔3〕小廉曲谨：小处廉洁谨慎，意思是不识大体，只是拘泥于小节。〔4〕行治：行为。〔5〕趣：同"趋"，趋附。〔6〕夫人：这人，那人。夫，指示词，这，那。〔7〕殆：大概，恐怕。〔8〕诱：诱导、教导。〔9〕贱简：轻视怠慢。〔10〕具：副词，同"俱"，都，全。

深父讳回，本河南王氏。其后自光州之固始迁福州之侯官，为侯官人者三世[1]。曾祖讳某，某官；祖讳某，某官，考讳某，尚书兵部员外郎。兵部葬颍州之汝阴，故今为汝阴人。深父尝以进士补亳州卫真县主簿，岁余自免去。有劝之仕者，辄辞以养母。其卒以治平二年七月二十八日，年四十三。于是朝廷用荐者，以为某军节度推官，知陈州南顿县事。书下而深父死矣。夫人曾氏，先若干日卒。子男一人某，女二人皆尚幼。诸弟以某年某月某日葬深父某县某乡某里，以曾氏祔[2]。

铭曰：呜呼深父！维德之仔肩[3]，以迪祖武[4]。厥艰荒遐[5]，力必践取[6]。莫吾知庸[7]，亦莫吾侮[8]。神则尚反[9]，归形此土。

深父名回，本来是河南人氏，姓王。王氏的后代从光州的固始迁到福州的侯官，成为侯官人已经有三代了。深父的曾祖父名某，任某官；祖父名某，任某官；父亲名某，任尚书兵部员外郎，死后安葬在颍州的汝阴，所以现在成为汝阴人。深父曾经以进士担任亳州卫真县主簿，做了一年多就自己辞职离开了。有人劝他做官，他总是用要赡养老母作为理由推辞。他在治平二年七月二十八日去世，终年四十三岁。这时朝廷采纳推荐者的意见，任命他为某军节度推官，知陈州南顿县事。任命书下达时深父已经死了。夫人曾氏早于他几日死去。儿子一人名某，女儿两人都还年幼。几个弟弟在某年某月某日安葬深父于某县某乡某里，和曾氏的灵枢合葬在一起。

铭文说：啊，深父！担负道义的责任，追随先人的足迹。道路艰难而又僻远，努力追求既定的目标。没有人像我一样了解您的善行，也没有人像我一样对你不敢轻慢，充满敬意。神魂还要返回人间，形体归宿于此土之中。

○ 品画鉴宝　钧窑月白釉尊·宋

◎ 原文注释

〔1〕三世：疑当作五世。

〔2〕祔：合葬。

〔3〕仔肩：所担任的任务。

〔4〕迪：追随。祖武，祖先的往迹。

〔5〕厥：代词，同"其"。

〔6〕践：依循。

〔7〕庸：善，善行。

〔8〕亦莫吾悔：意思是说很恭敬，不敢安行，不敢侮慢。

〔9〕反：同"返"，返回。

◎ 拓展阅读

王安石对诗做女婿

王安石年轻时赴京赶考，半路上遇见一个大户人家在用对诗的方法选女婿。许多人围在那里，但就是没有一个能对上诗的。王安石凑上去一看，小姐出的上联是："天连碧树春滋雨，雨滋春树碧连天。"王安石觉得这位小姐很有文采，不觉已有几分好感。他略一思索，便吟道："地满红香花连凤，凤连花香红满地。"众人齐声称好，小姐也十分满意。后来，王安石果真与小姐成婚。

○ 品画鉴宝 华山图·明·王履 此图描绘华山奇险峻伟的景色，以中景、近景为着重点，构成了气势磅礴的全景，成功地表现了华山"秀拔之神，雄特之观"的特点。

褒禅山亦谓之华山[1]，唐浮图慧褒始舍于其址[2]，而卒葬之，以故其后名之曰褒禅。今所谓慧空禅院者，褒之庐冢也。距其院东五里，所谓华山洞者，以其乃华山之阳名之也[3]。距洞百余步，有碑仆道，其文漫灭，独其为文犹可识，曰花山。今言"华"如"华实"之"华"者，盖音谬也。

其下平旷，有泉侧出，而记游者甚众，所谓前洞也。由山以上五六里，有穴窈然，入之甚寒。问其深，则其好游者不能穷也，谓之后洞。余与四人拥火以入，入之愈深，其进愈难，而其见愈奇。有怠而欲出者，曰："不出，火且尽。"遂与之俱出。盖予所至，比好游者尚不能十一，然视其左右，来而记之者已少。盖其又深，则其至又加少矣。方是时，予之力尚足以入，火尚足以明也。既其出，则或咎其欲出者，而予亦悔其随之，而不得极乎游之乐也。

于是予有叹焉。古之人观于天地、山川、草木、虫鱼、鸟兽，往往有得，以其求思之深，而无不在也。夫夷以近，则游者众；险以远，则至者少。而世之奇伟瑰怪非常之观，常在于险远，而人之所罕至焉。故非有志者，不能至也。有志矣，不随以止也，然力不足者，亦不能至也。有志与力而又不随以怠，至于幽暗昏惑，而无物以相之，亦不能至也。然力足以至焉，于人为可讥，而在己为有悔。尽吾志也而不能至者，可以无悔矣，其孰能讥之乎？此予之所得也。

余于仆碑，又有悲夫古书之不存，后世之谬其传而莫能名者，何可胜道也哉！此所以学者不可以不深思而慎取之也。

四人者：庐陵萧君圭君玉，长乐王回深父，余弟安国平父、安上纯父[4]。

褒禅山，也被称为华山。唐代高僧慧褒最初在这里建房居住，圆寂后就葬在这里。由于这个缘故，以后就把这座山称作褒禅山。现在称为慧空禅院的，就是慧褒和尚生前居住的屋舍和圆寂后埋葬的墓地。距离慧空禅院东面五里，有个叫华山洞的地方，是因它在华山的南面而得名的。离洞百余步，有一块石碑倒在路旁，碑文已经模糊不清了，唯有"花山"二字还能辨认出来。现在将"华"字读成"华实"的"华"，大概是读错音了。

华山洞下面平坦而开阔，有泉水从侧壁涌出，到这里游览并题字留念的人很多，这就是人们说的"前洞"。沿山向上走五六里，有一个山洞幽暗深邃，走进去感到很寒冷。询问这个洞有多深，就是那些喜欢游山玩水的人也没有走到过尽头，人称"后洞"。我和四个同游的人举着火把走进去，进去越深，前进越困难，而见到的景色就越奇妙。有人感到疲倦而想出来，就说："不回去，火把就要烧完了。"于是大家就和他一起出来了。大概我们走到的地方，与那些喜欢游山玩水的人相比，还不到十分之一，然而看看左右洞壁，来到这里并且题字留念的人已经很少了。大概再往深处，进去的人就更少了。这时候，我的力气还足够继续往里面走，火把也还足够照明。出洞以后，有人就责怪那吵着出来的人，我也后悔跟着他一起出来，而不能尽情享受游览的乐趣。

于是，我颇有感慨。古代的人在观察天地、山川、草木、虫鱼、鸟兽的时候，往往有心得，这是因为他们思考问题很深刻，所考虑的无所不在。道路平坦而距离又近的地方，游览的人就很多；道路艰险而又遥远的地方，去的人就少。然而世界上奇特壮丽又罕见的自然风景，往往是在艰险遥远而且人们很少到过的地方。因此，不是有志向的人是不能到达的。有了志向，不随别人轻易停止前行，但是气力不足，也不能到达目的地。既有志向又有气力，也不随着别人后退，但是到了幽深昏暗又神迷目乱之处，没有得到照明的辅助，也不能达到目的地。然而，体力足够到达的情况下却没有到达，是要被别人讥笑的，而且自己也会感到懊悔。已经尽了自己的努力却不能达到目的的人，可以不感到后悔，还有谁能讥笑他呢？这就是我的心得。

我看到倒在地上的石碑，又感慨古书没有保存下来，使后世的人以讹传讹而不能弄清许多事情的真相，哪里能说得完呢！这就是治学的人不能不深思熟虑和谨慎择取的原因。

和我同游的四个人是：庐陵的萧君圭字君玉，长乐的王回字深父，我的弟弟安国字平父、安上字纯父。

◎ 原文注释

〔1〕褒禅山：在今安徽含山北。

〔2〕唐浮图慧褒：唐代的和尚慧褒。浮图，或作浮屠、佛图，梵语译者，有佛、佛徒、佛塔等义。这里指佛教。

〔3〕华山之阳：华山之南。

〔4〕庐陵：今江西吉安。萧君圭君玉：萧君圭，字君玉，生平不详。长乐：今福建长乐。王回深父：王回，字深父（或作深甫），宋代理学家。安国平父：王安国，字平父（或作平甫），王安石之弟。安上纯父：王安上，字纯父（或作纯甫），也是王安石之弟。

○ 品画鉴宝 桃花蛱蝶图·清·陈子

◎ 拓展阅读

塔的来历

塔缘起于古代印度，被称作窣坡，是用来供奉或收藏佛舍利、佛像、佛经、僧人遗体等的高耸型点式建筑，又称"佛塔""宝塔"。佛教传入中国后，窣坡与中土的重楼结合后，经历了唐宋元明清各朝的发展，并与临近区域的建筑体系相互交流融合，逐步形成了楼阁式塔、密檐式塔、金刚宝座式塔等多种形态结构，建筑平面从早期的正方形逐渐演变成了六边形、八边形乃至圆形，所使用的材质也从传统的夯土、木材扩展到了砖石、陶瓷、琉璃、金属等。

答司马谏议书

某启：昨日蒙教，窃以为与君实游处相好之日久，而议事每不合，所操之术多异故也。虽欲强聒[1]，终必不蒙见察，故略上报，不复一一自辨。重念蒙君实视遇厚，于反复不宜卤莽，故今具道所以[2]，冀君实或见恕也。

盖儒者所争，尤在名实，名实已明，而天下之理得矣[3]。今君实所以见教者，以为侵官、生事、征利、拒谏，以致天下怨谤也[4]。某则以为受命于人主，议法度而修之于朝廷，以授之于有司，不为侵官；举先王之政[5]，以兴利除弊，不为生事；为天下理财，不为征利；辟邪说[6]，难壬人[7]，不为拒谏。至于怨谤之多，则固前知其如此也。人习于苟且非一日，士大夫多以不恤国事、同俗自媚于众为善[8]，上乃欲变此，而某不量敌之众寡，欲出力助上以抗之，则众何为而不汹汹然？盘庚之迁，胥怨者民也[9]，非特朝廷士大夫而已。盘庚不为怨者故改其度，度义而后动，是而不见可悔故也。如君实责我以在位久，未能助上大有为，以膏泽斯民[10]，则某知罪矣；如曰今日当一切不事事，守前所为而已，则非某之所敢知。

无由会晤，不任区区向往之至。

安石启：昨天承蒙来信指教，我私下认为与您交往共处的日子很久了，可是商讨起政事来意见常常不一致，这是因为所持的政治主张在许多方面不同的缘故啊。虽然很想对您勉强罗嗦几句，但终究不能蒙受您的理解，所以就简单地给您写了封回信，不再一一为自己辩解了。又念及君实很看重我，书信往来不应该粗疏草率，所以现在详细地说出我所以这样做的理由，希望您能够谅解我。

有学问的读书人所争论的问题，特别注重于概念和实质。概念和实质已经明确了，那么天下的大道理也就清楚了。现在您用来指教我的，是认为推行新法侵夺了官吏们的职权，挑起了事端，争夺了百姓的财利，拒绝接受不同的劝谏，因而招致天下人的怨恨和诽谤。但我却认为遵照皇帝的命令议订法令制度，又在朝廷上修定，把它交给相关部门去执行，这不能算是侵夺官吏职权；实行古代贤明君主的政策，用它来兴办有利的事业，消除各种弊病，不能算是制造事端；为治理国家整顿财政，不能算是夺利于百姓；抨击不正确的言论，驳斥巧辩的小人，不能算是不虚心接受别人的规劝。至于社会上的那么多怨恨和诽谤，那是我本来早就料到的。人们习惯于苟且偷安、得过且过由来已久。士大夫们多数把不顾国家大事、附和世俗之见解，把向众人献媚讨好当作美德。皇上才要革除这种风气，那么我不去计较反对者的多少，想出力帮助皇上来抵制这股风气，那些人大吵大闹又有什么奇怪的呢？当年盘庚迁都，连老百姓都反对啊，并不只是朝廷上的士大夫反对啊。盘庚并不因为有人反对的就改变自己的计划，他考虑到迁都合理，然

后坚决行动。这是因为他认为对。看不出有什么可以后悔的缘故
啊。如果您责备我在位任职很久，没能帮助皇上大有作为，没能使
这些老百姓得到好处，那么我承认自己有责任。如果说现在应该
什么事都不必做，墨守前人的陈规旧法就是了，那就不是我敢领
教的了。

没有与您见面，内心却对您十分仰慕。

◎ 原文注释

〔1〕强聒：勉强地啰嗦。

〔2〕具道所以：详细说明这样做（指推行新法）的原因。具，详尽。
道，说明。

〔3〕天下之理得矣：天下一切事情的道理也就明白了。得：获得，
明了。

〔4〕致：导致。怨谤：埋怨、毁谤。

〔5〕举：兴盛。先王之政：古代圣王的政事。

〔6〕辟邪说：打击错误的言论。

〔7〕难壬人：批驳巧于诡辩谄媚的坏人。难，反驳。壬人，奸伪巧
辩的坏人。

〔8〕同俗：指随波逐流，附和世俗之见。善：美好的。

〔9〕胥怨：相互埋怨。

〔10〕膏泽：恩泽，这里做动词用。

◎ 拓展阅读

司马光墓

司马光墓位于山西夏县城北十五千米的鸣冈。坟园占地近三万平方
米，东倚太岳余脉，西临同蒲铁路，司马光祖族多人群厝于此。墓
侧翁仲分列。宋哲宗御篆"忠清粹德之碑"额，碑文为苏轼撰并书，
曾埋没于土中，后来从杏树下掘出，于是名杏花埤，已剥蚀难辨。
金代摹刻四石嵌壁，今仍完好。明嘉靖年间特选巨石依宋碑复制，
并建碑亭。东有守坟祠，再东为北宋元丰元年（1078年）敕牒建香
火寺余庆禅院，牒文刻石仍在寺后。寺内有大殿五间，殿内现存大
佛三尊，西壁罗汉八尊。有历代碑古二十通，记载坟园沿革。

兴贤

国以任贤使能而兴，弃贤专己而衰[1]。此二者必然之势，古今之通义，流俗所共知耳。何治安之世有之而能兴？昏乱之世虽有之亦不兴？盖用之与不用之谓矣。有贤而用，国之福也；有之而不用，犹无有也。

商之兴也有仲虺、伊尹，其衰也亦有三仁。周之兴也，同心者十人[2]；其衰也，亦有祭公谋父、内史过。两汉之兴也，有萧、曹、寇[3]、邓之徒；其衰也，亦有王嘉、傅喜、陈蕃、李固之众。魏、晋而下，至于李唐，不可遍举，然其间兴衰之世，亦皆同也。由此观之，有贤而用之者，国之福也，有之而不用，犹无有也，可不慎欤？

今犹古也，今之天下亦古之天下，今之士民亦古之士民。古虽扰攘之际[4]，犹有贤能若是之众，况今太宁[5]，岂曰无之，在君上用之而已。博询众庶，则才能者进矣；不有忌讳，则谠直之路开矣[6]；不迩小人[7]，则谗谀者自远矣；不拘文牵俗，则守职者辨治矣[8]；不责人以细过[9]，则能吏之志得以尽其效矣。苟行此道，则何虑不跨两汉、轶三代[10]，然后践五帝、三皇之涂哉。

国家因选用贤能的人士而兴旺强盛，因为抛弃贤能的人士、独断专行而衰落颓败。这两点是必然趋势，古今相通的理论，普通人也会知道的。为何政治清明、百姓安居时，有贤能的人士就兴旺强盛，而政治昏暗、社会动荡即使有贤能的人士也不会兴旺强盛？这就是能否任用贤能的缘故。有贤能的人士，并重用他们，这就是国家的幸运；有贤能的人士，但不加以重用，就如没有贤能的人士一样。

殷商兴起时，有仲虺、伊尹两位贤臣；它衰落时，也有三位仁德之士。周朝兴起时，有十位同心同德的大臣，到它衰亡的时候，也还有祭公谋父、内史过这些贤臣。西汉和东汉兴起时，有萧何、曹参、寇恂、邓禹这些大臣；当它衰落时，还有王嘉、傅喜、陈蕃、李固这些大臣。魏晋两代一直到李唐王朝，这类事无法一一列举。然而历朝历代盛衰之际都有一批贤臣，这都是相同的。如此看来，有贤能的人士并能重用他们是国家的福气；有贤能的人士而不任用，就和没有一样。在选用贤能这件事上难道不该慎重吗？

现在与古时一样，现在的国家是古时国家的延续，现在的人民是古时人民的后裔。古时纵使在战乱动荡的时期，还有如此多贤能的人士，何况当今天下太平，百姓安居乐业，怎么能说没有贤能的人士？关键在于君主怎么使用他们罢了。多多询问众人的看法，有才能的人就会被选拔上来；不设置禁忌，那么直接进言的大路就敞开了；不亲近奸佞小人，那么进谗和奉承的人自然就会离开了；不受条文旧俗约束，那么忠守职责的人就能明辨事理了；不因细小的过失去责骂人，那

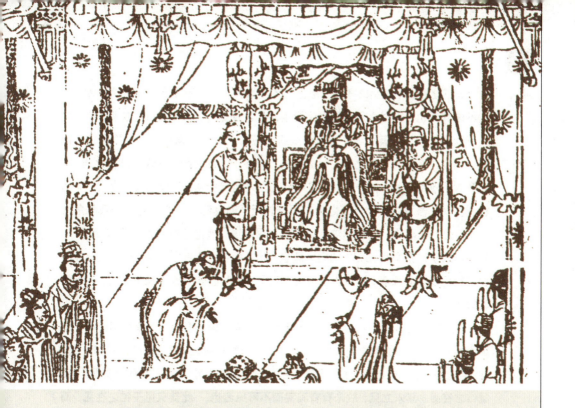

么有才能的人士的志向就能得到最大的发挥了。如果能采用这种用人的方法，那么何愁不能跨过两汉、超越三代，达到五帝、三皇之时天下大治的效果呢！

◎ 原文注释

〔1〕专己：按自己的见解独断行事。〔2〕同心者十人：《尚书·泰誓中》："予有乱臣十人，同心同德。"句中，乱臣意思是指治理国家的良臣。乱即治。〔3〕寇：寇恂，东汉开国功臣。〔4〕扰攘：社会纷争动荡。〔5〕太宁：社会安宁稳定。〔6〕谠（dǎng）直：正直的言论。〔7〕迩（ěr）：亲近，接近。〔8〕辨治：明辨治理。〔9〕细过：细小的过失。〔10〕轶（yì）：超过。

◎ 拓展阅读

征辟、家举制

这是汉代擢用人才的一种制度。征是指皇帝下诏聘召，有时也称为特诏或特征。皇帝下诏指名征聘，往往是由于被征聘者在社会上颇负声望，或是出于大臣的推荐。辟是指公卿或州郡征调某人为掾属，汉时人也称为辟召、辟除。家举是由地方州郡以"贤良""孝廉""秀才"等名目，选拔德才兼备者举荐给朝廷，经国家考核合格后，授予官职。征辟、家举制，对士家大族集团的形成起有重要作用，后来被九品中正制取代。

材论

　　天下之患，不患材之不众，患上之人不欲其众[1]；不患士之不欲为，患上之人不使其为也。夫材之用，国之栋梁也，得之则安以荣，失之则亡以辱。然上之人不欲其众、不使其为者，何也？是有三蔽焉[2]。其尤蔽者，以为吾之位可以去辱绝危，终身无天下之患，材之得失，无补于治乱之数，故偃然肆吾之志[3]，而卒入于败乱危辱，此一蔽也。又或以谓吾之爵禄贵富，足以诱天下之士，荣辱忧戚在我，吾可以坐骄天下之士，而其将无不趋我者[4]，则亦卒入于败乱危辱而已，此亦一蔽也。又或不求所以养育取用之道，而諰諰然以为天下实无材[5]，则亦卒入于败乱危辱而已，此亦一蔽也。此三蔽者，其为患则同，然而用心非不善而犹可以论其失者，独以天下为无材者耳。盖其心非不欲用天下之材，特未知其故也。

　　且人之有材能者，其形何以异于人哉？惟其遇事而事治，画策而利害得，治国而国安利，此其所以异于人也。故上之人苟不能精察之、审用之，则虽抱皋、夔、稷、契之智，且不能自异于众，况其下者乎？世之蔽者方曰："人之有异能于其身，犹锥之在囊，其末立见，故未有有其实而不可见者也。"此徒有见于锥之在囊，而固未睹夫马之在厩也。驽骥杂处[6]，饮水食刍，嘶鸣蹄啮，求其所以异者蔑矣。及其引重车，取夷路，不屡策，不烦御，一顿其辔而千里已至矣。当是之时，使驽马并驱，则虽倾轮绝勒，败筋伤骨，不舍昼夜而追之，辽乎其不可以及也，夫然后骐骥騕褭与驽骀别矣。古之人君，知其如此，故不以天下为无材，尽其道以求而试之，试之之道，在当其所能而已。

　　夫南越之修簳，镞以百炼之精金，羽以秋鹗之劲翮，加强弩之上而彏之千步之外，虽有犀兕之捍，无不立穿而死者，此天下之利器，而决胜觌武之所宝也[7]，然而不知其所宜用而以敲扑，则无以异于朽槁之挺也。是知虽得天下之瑰材桀智，而用之不得其方，亦若此矣。古之人君，知其如此，于是铢量其能而审处之[8]，使大者小者、长者短者、强者弱者无不适其任者焉。如是则士之愚蒙鄙陋者，皆能奋其所知以效小事，况其贤能智力卓荦者乎[9]！呜呼，后之在位者，盖未尝求其说而试之以实也，而坐曰天下果无材，亦未之思而已矣。

　　或曰："古之人于材有以教育成就之，而子独言其求而用之者，何也？"曰：天下法度未立之先，必先索天下之材而用之。如能用天下之材，则能复先王之法度，能复先王之法度，则天下之小事无不如先王时矣，况教育成就人材之大者乎？此吾所以独言求而用之之道也。

　　噫！今天下盖尝患无材。吾闻之，六国合从，而辩说之材出；刘、项并世，而筹划战斗之徒起；唐太宗欲治，而谟谋谏诤之佐来[10]。此数辈者，方此数君未出

之时，盖未尝有也，人君苟欲之，斯至矣，今亦患上之不用之耳。天下之广，人物之众，而曰果无材可用者，吾不信也。

　　天下的祸乱不是人才不多，而是在于统治者不愿搜罗人才；不是有才能的人无所作为，而在于统治者不让他们有所作为。人才的作用在于他们是国家的脊梁，得到人才国家就能安稳而变得繁荣，失去人才国家就会衰败而导致屈辱。但统治者不愿广罗人才，不让有才能的人施展抱负，这是为何呢？这是因为有三种错误

观点存在。最突出的一个是，感觉自己的地位可以排除耻辱杜绝危害，一辈子没有国家存亡的忧虑，人才的得失不会对国家的治乱兴亡有影响，因而坦然地纵容自己的作为，而最终使国家陷入战乱衰败、充满屈辱的境地，这是第一种错误的观点。另有一种观点认为自己的地位和财富足以吸引天下的能人，他们的荣辱忧伤都由自己主宰，自己可以坐在那里傲视天下贤能的人，而他们不会不来投奔自己的，结果最后也只能陷入战乱衰败、充满屈辱的境地罢了，这又是一种错误观点。另外有一种人不去寻找培养和选用人才的方法，而是担忧不已，以为天下真的没有人才，那样最后也陷入了战乱衰败、充满屈辱的境地，这也是一种错误观点。上述三种错误观点的危害是相同的。但用心不坏而且还可以指出它的不足之处的，只是那种以为天下缺少人才的观点。他们不是不想重用天下人才，只是不知道其中的缘由罢了。

再说有才的人在外表上和普通人能有什么不一样呢？只不过这些人遇事能把事情办得完美，出谋划策能够获得好处，管理国家就能使之安定昌盛，这就是他们与普通人的不同地方。因此如果统治者不能细心考察他们，谨慎地录用他们，那么即便他们有皋陶、夔、后稷、契一样的才智，尚且不能使自己和其他人有区别，何况那些才能不如他们的人呢？世上受错误观点影响的人会这样说："有特殊才能的人，如同锥子放在口袋里，锥尖儿马上就会露出来，所以具有真才实学的人没有不被发现的。"这种人只看到放在口袋里的锥子，却没有看到养在马棚里的马。劣马与良马混杂一起，饮水吃草，嘶叫踢咬，想找出它们之间的差别很难。如果让马拉重车，良马挑平路走，不用经常鞭打，不用劳神驾御，一拉缰绳，千里的路程一会就到了。这时，如果让劣马和良马并驾齐驱，即便用坏了车轮拉断了缰绳，伤及筋骨，日夜不停地追赶，也追不上良马拉的车，在这之后就可见良马与劣马的差别。古代的君王懂得这个道理，因此并不认为天下没有人才，而是想尽办法搜罗、考察人才。考察人才的方式，就是让他们担负所能胜任的工作。

南越的长箭，箭头是百炼精钢做的，箭尾是秋天鱼鹰的硬翮做的，用强弓将长箭射出千步以外，即使是用犀牛皮制成的盾也能被穿透并置人于死地。这是天下最尖锐锋利的武器，是尚武之人所重视的。然而如果不知它适于做什么，却用来做打人的棍子，这箭和一根干木棍就没有区别了。由此可知，即使得到了天下怪才，如果任用他们不得当，也和上面的例子一样了。古时的君王懂得这个道理，于是仔细考核人才并慎重地加以选用，让才能不论大小、长短、强弱的人才都有适合他们所承担的职位的。这样，人群中那些愚钝、浅薄的，也都能尽力发挥他们的长处，让他们做一些小事情，何况那些贤能者和智力出众的人呢？唉！后世的君王没有研究用人的方法并以之来指导现实，反而坐在那里说"天下确实没有人才"，也是没有思考这事罢了！

有人说："古人是用教育来培养人才的，你只是说该如何寻找和使用人才，这是为什么呢？"回答说："天下的法规制度建立之前，必定要先寻访天下的能人并重用他们。如果能重用天下贤能的人士，就可以恢复古代贤明君王的法规制度。如果能够恢复古代贤明君王的法规制度，那么天下的细微之事就和古代贤明君王时是一样的，何况培养人才这样的大事呢？这就是我只说寻访、重用人才的道理了。"

唉！现在还有世人担忧没有人才。我听说为六国合纵而有辩论游说的人才已经出现，为刘邦、项羽争霸而出谋划策、能征善战的人才继之而起，唐太宗为实现天下清平而希望多谋善断、直言规劝的人才前来投奔。这几种人才，当这些君王未出现时是不曾有的；君主如果希望招纳他们，他们就会前来。天下广博，人物众多，但说真的没有人才可供使用，我并不相信这一点。

◎ 原文注释

〔1〕患：忧虑，担忧。上之人：统治者，是指皇帝而言。〔2〕蔽：遮挡、遮蔽，此处引申为错误的见解。〔3〕偃（yǎn）然：安然，坦然。肆：放纵，放肆。〔4〕趋：投向，奔向。〔5〕偲（xǐ）偲然：畏惧的样子。〔6〕驽骥：劣马与良马。〔7〕觌（dí）武：崇尚武力。〔8〕铢量：考核，考量。铢，古代重量单位，一两合二十四铢。处：处理，安排。〔9〕卓荦（luò）：才能卓越超出一般人。〔10〕谟（mó）谋：谋划，策划。谏诤：直言劝说。佐：佐吏，即辅臣。

◎ 拓展阅读

伯乐

伯乐（约公元前680年－前610年）原名孙阳，春秋中期郜国（今山东省成武县）人。在秦国富国强兵过程中，他立下相马功劳，得到秦穆公信赖，被封为"伯乐将军"。后来将毕生经验总结写成我国历史上第一部相马学著作——《伯乐相马经》。此书长期被相马者奉为经典，在隋唐时代影响较大。后失传。此外，伯乐在研究医治马病方面也建树颇多，成为春秋时期著名的畜牧兽医。有《伯乐针经》《伯乐疗马经》《疗马方》《伯乐治马杂病经》等传世。

以赂秦之地封天下之谋臣，以事秦之心礼天下之奇才，并力西向，则吾恐秦人食之不得下咽也。

苏　洵

苏洵（1009－1066）字明允，眉山（今四川眉山县，在成都西南）人，北宋著名文学家苏轼、苏辙之父，号老泉。

苏洵年轻时屡试不中，后经韩琦举荐，先后任秘书省校书郎、文安县主簿，自27岁开始才发奋读书。宋仁宗嘉祐元年（1056年），他到京城拜访欧阳修。欧阳修很赏识他，认为他的文章可与贾谊、刘向相提并论，于是极力向宋仁宗推荐他。苏洵自此出名。嘉祐五年（1060年），苏洵任秘书省校书郎，后与姚辟同修《太常因革礼》。《太常因革礼》刚修成，苏洵就去世了，被追赠为光禄寺丞。

苏洵是个有政治抱负的人。他认为写文章的主要目的是"言当世之要"和"施之于今"，这个观点与王安石的相近。他的政论散文论点鲜明有力，语言锋利恣肆，很有说服力。在政论散文中，他提出了很多政治主张，比方加强吏治，破苟且之心和怠惰之气，激发世人的进取心，等等。虽然苏洵的抒情散文很少，但其中也有不少优秀之作，不仅很有气势，而且塑造人物形象鲜明生动，被世人称道。这类文章出名的有《木假山记》《张益州画像记》《送石昌言使北引》等。苏洵擅长写五言古诗，风格质朴苍劲，虽然数量很少，但也不乏佳作。在文学主张上，苏洵反对浮艳怪涩的"时文"，提倡古文，强调文章要写胸中之意。他还善于比较品评各散文名家的风格和艺术特色。

今存《嘉祐集》十五卷。

木假山记 [1]

木之生，或蘖而殇[2]，或拱而夭[3]；幸而至于任为栋梁，则伐；不幸，而为风之所拔，水之所漂，或破折或腐；幸而得不破折不腐，则为人之所材，而有斧斤之患[4]。其最幸者，漂沉汩没于湍沙之间[5]，不知其几百年，而其激射啮食之余[6]，或仿佛于山者，则为好事者取去，强之以为山[7]，然后可以脱泥沙而远斧斤。而荒江之濆，如此者几何，不为好事者所见，而为樵夫野人所薪者，何可胜数？则其最幸者之中，又有不幸者焉。

予家有三峰。予每思之，则疑其有数存乎其间。且其蘖而不殇，拱而不夭，任为栋梁而不伐，风拔水漂而不破折不腐，不破折不腐，而不为人所材，以及于斧斤，出于湍沙之间，而不为樵夫野人之所薪，而后得至乎此，则其理似不偶然也。

然予之爱之，则非徒爱其似山[8]，而又有所感焉；非徒爱之，而又有所敬焉。予见中峰，魁岸踞肆，意气端重，若有以服其旁之二峰。二峰者，庄栗刻峭[9]，凛乎不可犯，虽其势服于中峰，而岌然决无阿附意[10]。吁！其可敬也夫！其可以有所感也夫！

树木的生长，有的还在幼苗时就死掉了，有的长到两手合围粗细时死去了。幸而长成可以用作栋梁的，也就被砍伐了。不幸而被大风拔起，被水冲走，有的折断了，有的腐烂了。幸而能够没有折断，没有腐烂，被人认为是有用之材，于是遭到斧头砍伐的灾祸。其中最幸运的在急流和泥沙之中漂流沉没，不知道经过几百年，在水冲虫蛀之后，有的形状像山峰，就被喜欢多事的人拿走，加工做成木假山，从此以后它就可以脱离泥沙避免斧砍刀削的命运了。但是，在荒野的江边，像这样形状似山峰的树木有多少啊！不被好事的人发现，却被樵夫农民当作木柴的，哪里数的清呢？那么在这最幸运的树木之中，又存在着不幸的啊！

我家有一座三个峰头的木假山，每当我想起它，总觉得在这个中间似乎命运在起着作用。况且它在发芽抽条时没有死，在长成两手合抱粗细时没有死，可以用作栋梁而没有被砍伐，被风拔起和在水中漂浮而没有折断、没有腐烂。没有折断腐烂，就没有被人当作木材，避免遭受到斧头的砍伐，从激流泥沙之中出来，也没有被樵夫、农民当作木柴，然后才能来到这里，那么这里面的理数似乎不是偶然的啊。

然而，我喜欢木假山，不光是喜欢它像山的样子，而是将感慨寄予其间。不仅喜爱它，而且对它又充满敬意。我看到中峰魁梧奇伟，神情高傲舒展，意态气概端正庄严，好像有什么办法使它旁边两峰倾服似的。旁边的两座山峰庄严谨慎，威严挺拔,凛然不可侵犯,虽然他们所处的地位是服从于中峰的,但那高耸挺立的神态,绝然没有丝毫逢迎依附的意思。啊!它们是令人敬佩的呀!它们是令人感慨的呀!

◎ 原文注释

〔1〕木假山:是树木经过大水漂泊,沉没在急剧冲流的沙石中间,经历长远的年代,经受沙石的冲击,水的侵蚀而发生变化,有的竟然变成峭拔嶙峋像小山的形状,人们称之为木假山。

〔2〕蘖:树木的嫩芽。殇:还没有成年就死去了。

〔3〕拱:指树木有两手合围那么粗。夭:夭折,没有存活到自然应有的年数。这里指树木被砍伐、催折。

〔4〕斤:古代一种砍伐树木的工具。

〔5〕汩没:沉没。湍:急流。

〔6〕激射:指激流水浪冲击。啮食:指虫子的蛀蚀。啮,咬。

〔7〕强:使用强力,引申为加工的意思。

〔8〕非徒:不只是,不仅。

〔9〕庄栗:庄重谨敬。刻削:如刀刻,如斧削,形容峻峭挺拔。

〔10〕岌然:高耸的样子。阿附:曲从依附。

◎ 拓展阅读

苏洵"藏"书教子

苏洵的两个儿子苏轼和苏辙自小十分顽皮,在多次说服教育不见成效的情况下,苏洵决定改变教育方法。从此,每当孩子玩耍时,他就有意躲在角落里读书,孩子一来,便故意将书"藏"起来。苏轼和苏辙好生奇怪,于是趁父亲不在家时,把书"偷"出并认真地读起来,并由此逐渐养成读书的习惯,切切实实感受到了读书的无穷乐趣,终成一代名家。

项籍

吾尝论项籍有取天下之才，而无取天下之虑；曹操有取天下之虑，而无取天下之量；刘备有取天下之量，而无取天下之才。故三人者，终其身无成焉。且夫不有所弃，不可以得天下之势；不有所忍，不可以尽天下之利。是故地有所不取，城有所不攻，胜有所不就，败有所不避。其来不喜，其去不怒，肆天下之所为，而徐制其后，乃克有济[1]。

呜呼！项籍有百战百胜之才，而死于垓下，无惑也。吾观其战于钜鹿也，见其虑之不长，量之不大，未尝不怪其死于垓下之晚也。方籍之渡河，沛公始整兵向关。籍于此时，若急引军趋秦[2]，及其锋而用之[3]，可以据咸阳，制天下[4]。不知出此，而区区与秦将争一旦之命。既全钜鹿，而犹徘徊河南、新安间[5]，至函谷，则沛公入咸阳数月矣[6]。夫秦人既已安沛公而雠籍，则其势不得强而臣[7]。故籍虽迁沛公汉中而卒都彭城，使沛公得还定三秦，则天下之势，在汉不在楚。楚虽百战百胜，尚何益哉？故曰：兆垓下之死者，钜鹿之战也。

或曰："虽然，籍必能入秦乎？"曰："项梁死，章邯谓楚不足虑，故移兵伐赵，有轻楚心，而良将劲兵，尽于钜鹿。籍诚能以必死之士，击其轻敌寡弱之师，入之易耳。且亡秦之守关，与沛公之守，善否可知也；沛公之攻关，与籍之攻，善否又可知也。以秦之守，而沛公攻入之；沛公之守，而籍攻入之。然则亡秦之守，籍不能入哉？"

我曾经这样议论：项羽有夺取天下的才能，却没有夺取天下的谋略；曹操有夺取天下的谋略，却没有夺取天下的度量；刘备有夺取天下求贤若渴的度量，却没有夺取天下的才能。因此这三个人一辈子都没有成功。况且不能有所抛弃，就不可能得到天下的优势；不能有所容忍，就不能尽得天下的利益。因此，土地要有所不取，城池要有所不攻，胜利要有所不从，失败要有所不避。优势和利益到来时不必喜悦，优势和利益失去时也不必发怒，放任天下人所为，而慢慢地后发制人，才能成功。

唉！项羽有百战百胜的才能，却死在垓下，这没有什么不可以理解的。我考察他在巨鹿作战时的情景，发现他考虑问题不长远，心胸度量不广大，曾经对他迟迟才死于垓下反而感到奇怪。当项羽渡河时，刘邦才开始向咸阳进发。项羽在这个时候如果赶紧带领军队奔袭秦中，乘着士卒新胜的锐气而用兵，就可以占据咸阳，控制天下。项羽不懂得这样的部署，却和秦将斤斤计较，不肯放过他们早晚必亡的生命。既然已经保全了巨鹿，却还在河南、新安之间徘徊不前，等到他到达函谷关时，刘邦已经进入咸阳几个月了。秦地人民既然已经安心于刘邦的统治而和项羽对抗，那么，依照形势，就不可能强迫他们称臣了。因此，项羽虽然把刘邦另外封在汉中，而自己最后定都彭城，却使得刘邦可以回去平定三秦，那么天下的优势，就已经在汉而不在楚了。项羽的楚兵即使百战百胜，还有什么益处啊？因此说：预兆项羽垓下之死的，是巨鹿之战啊！

有人问："即使这样，项羽就一定能够进入咸阳吗？"回答说："项梁死后，秦将章邯认为楚兵不足以忧虑，因此调动军队去攻打赵国，显然有轻视楚兵之心，料想不到自己的良将强兵，却会在巨鹿之战中被项羽消灭干净。项羽这时如果真的能使用不怕死的勇士，去打击那些轻敌而又数量少、力量弱的秦军，进入关中是很容易的。再说秦兵的守关与刘邦的守关，谁守得好谁守得不好，是可想而知的。刘邦攻关的本领与项羽攻关的本领，谁好谁差，又是不言而喻的。既然秦兵守关刘邦能够攻打进去，而刘邦守关项羽照样也能够攻打进去。那么，秦兵的守关，项羽岂有不能进攻的道理呢？"

◎ 原文注释

〔1〕乃克有济：方能成功。克，能。济，成功。

〔2〕趋：向。秦：指秦都咸阳。

〔3〕及：趁。锋：兵锋，这里指军队作战时的锐气。

〔4〕制：控制。

〔5〕徘徊河南新安间：指巨鹿之战后项羽恋战于漳等地，并在新安坑杀秦国降卒之事。

〔6〕至函谷，则沛公入咸阳数月：当项羽到达函谷关时，刘邦的军队已经进入咸阳了。

〔7〕安：服，服从于。雠：仇，这里是对抗的意思。不得强而臣：豪门宴上，刘邦设计逃脱。宴后，项羽率领大军进入咸阳，焚烧秦朝宫室，杀掉秦王子婴，纵军掳掠，使人们大失所望。

或曰："秦可入矣，如救赵何？"曰："虎方捕鹿，罴据其穴，搏其子，虎安得不置鹿而返[1]，返则碎于罴明矣。军志所谓攻其必救也[2]。使籍入关，王离、涉间必释赵自救，籍据关逆击其前，赵与诸侯救者十余壁蹑其后，覆之必矣。是籍一举解赵之围，而收功于秦也。战国时，魏伐赵，齐救之，田忌引兵疾走大梁，因存赵而破魏。彼宋义号知兵，殊不达此[3]，屯安阳不进，而曰待秦敝。吾恐秦未敝，而沛公先据关矣。籍与义俱失焉。"

是故，古之取天下者，常先图所守。诸葛孔明弃荆州而就西蜀[4]，吾知其无能为也。且彼未尝见大险也。彼以为剑门者，可以不亡也。吾尝观蜀之险，其守不可出，其出不可继，兢兢而自完[5]，犹且不给[6]，而何足以制中原哉？若夫秦、汉之故都[7]，沃土千里，洪河大山，真可以控天下，又乌事夫不可以措足如剑门者[8]，而后曰险哉？今夫富人，必居四通五达之都，使其财布出于天下，然后可以收天下之利，有小丈夫者，得一金椟而藏诸家，拒户而守之[9]。呜呼！是求不失也，非求富也。大盗至，劫而取之，又焉知其果不失也[10]？

有人问："项羽可以进攻咸阳，但是他又怎么能够救赵呢？"回答说："老虎正在捕捉鹿，而罴却占据了虎穴，并且在搏击虎崽，老虎怎么可能不放下鹿而回到自己的洞里面去呢？回去以后就会被撕碎吃掉，这是明摆着的事情。这就是《孙子兵法》上所说的'攻其必救'啊！假使项羽进入函谷关，秦将王离、涉间必然会放弃攻赵而回兵自救。项羽占据了函谷关在前面迎击，赵军和十多支诸侯的援军在秦军后面追击，秦军的覆灭是必然的。这样，项羽就能一举两得，既解救了赵国的围困，又能在关中取胜。战国时，魏国攻打赵国，齐国去救赵国，田忌带领军队奔赴大梁，因而保存了赵国而击破了魏国。那个宋义号称是懂得兵法的，其实一点也不懂得围魏救赵的道理。他屯兵安阳而不向前，却说坐等秦军失败，我想照他这样，恐怕攻赵的秦军还没有受到挫败，而刘邦就已经早早的占据函谷关了。项羽和宋义都失策了。"

因此，古代夺取天下的人，常常先谋取可以占据的地方。诸葛亮放弃了荆州而进入西蜀，我就知道他不能有所作为了。况且他不曾见过大的险隘之处。他认为有了剑门这个地方，蜀汉就可以不灭亡了。我曾经观察过蜀地的险峻之处，在那里防守了，就不能再出兵；在那里出兵了，就没有后继的援兵。小心谨慎地保全自己，尚且还不够，又怎么可以制控中原呢？至于秦代、汉代的故都咸阳和长安，周围有沃土千里，又有高山大河，才是真正可以控制天下的，又何必去死守像剑门那样的简直不可以立足的地方，然后还称说这是天险呢？现在的那些有钱

294

人，一定要居住在四通八达的都市，使得他的财物货币在天下流通，然后可以收取天下的利益。有个平庸的人，得到一个金匣子就把它藏在家里，关起门来看着。唉！这是只求不丢罢了，不是求大富裕啊！大盗来了，抢劫夺走了它，又怎么能够保证金匣子确实不会丢失呢？

◎ 原文注释

〔1〕安得：怎么能。置：放下。

〔2〕军志：兵法。

〔3〕达：通达，知晓。此：指围魏救赵的道理。

〔4〕这句是说，诸葛亮隐居隆中，留心世事。西蜀，指四川西部地区。

〔5〕兢兢：小心谨慎的样子。自完：保全自己。

〔6〕给：丰足。

〔7〕若夫：发语词，引起下文的议论。秦汉之故都：指咸阳、长安。

〔8〕措足：指放脚、立脚。

〔9〕拒户：关起门来防御。拒，拒绝，抵御。

〔10〕焉：如何，怎么。果：副词，终于。

○ 品画鉴宝 御尊·商

◎ 拓展阅读

项羽扛鼎

秦末，项羽和叔父项梁在江南起兵。为了扩大力量，项梁派项羽去联络桓楚一起反秦。桓楚趾高气扬地说："院中有一大鼎，足千斤，你能举起来，我们就服你。"项羽先让桓楚手下四名健壮的大汉一起举鼎，然而大鼎却纹丝未动。接着，他自己撩起衣襟，大步走到鼎前，握住鼎足，大喝一声："起！"大鼎被高高举起，而且三起三落。于是，桓楚满口答应，合兵与项羽起义。

内翰执事：洵布衣穷居，尝窃有叹[1]，以为天下之人，不能皆贤，不能皆不肖。故贤人君子之处于世，合必离，离必合。往者天子方有意于治，而范公在相府，富公为枢密副使，执事与余公、蔡公为谏官[2]，尹公驰骋上下，用力于兵革之地。方是之时，天下之人，毛发丝粟之才[3]，纷纷然而起，合而为一。而洵也自度其愚鲁无用之身，不足以自奋于其间，退而养其心，幸其道之将成[4]，而可以复见于当世之贤人君子。不幸道未成，而范公西，富公北，执事与余公、蔡公分散四出[5]，而尹公亦失势，奔走于小官。洵时在京师，亲见其事，忽忽仰天叹息[6]，以为斯人之去[7]，而道虽成，不复足以为荣也。既复自思，念往者众君子之进于朝，其始也必有善人焉推之，今也亦必有小人焉间之。今之世无复有善人也则已矣。如其不然也，吾何忧焉？姑养其心，使其道大有成而待之，何伤？退而处十年，虽未敢自谓其道有成矣，然浩浩乎其胸中[8]，若与曩者异。而余公适亦有成功于南方，执事与蔡公复相继登于朝，富公复自外入为宰相。其势将复合为一。喜且自贺，以为道既已粗成，而果将有以发之也。既又反而思，其向之所慕望爱悦之而不得见之者，盖有六人，今将往见之矣。而六人者，已有范公、尹公二人亡焉，则又为之潸然出涕以悲。呜呼！二人者不可复见矣。而所恃以慰此心者，犹有四人也，则又以自解。思其止于四人也，则又汲汲欲一识其面[9]，以发其心之所欲言。而富公又为天子之宰相，远方寒士未可遽以言通于其前，余公、蔡公，远者又在万里外，独执事在朝廷间，而其位差不甚贵，可以叫呼扳援而闻之以言。而饥寒衰老之病，又痼而留之，使不克自至于执事之庭[10]。夫以慕望爱悦其人之心，十年而不得见，而其人已死，如范公、尹公二人者。则四人之中，非其势不可遽以言通者，何可以不能自往而遽已也！

翰林学士阁下：我是个穷乡僻壤的读书人，曾经私下感叹，认为天下的人不可能都贤明，也不可能都不贤明。因此贤德正直的人处在世上，聚合久了必定要分离，分离久了必定要聚合。先前，正当皇帝用心治理国家的时候，范仲淹大人任宰相，富弼大人任枢密副史，您与余靖大人、蔡襄大人为谏官，尹洙大人出入朝廷，在边防疆场施展才力。正是这个时候，天下的人只要稍微有一点才干能力的，都纷纷而起，聚合一起齐心报效朝廷。然而，我自思是个愚笨无用的人，不能够在这些人中间奋身而有所作为，就回到家中修养身心，希望自己的道德学问能够有所成就，从而可以再现于当代的贤人君子面前。不幸的是，我的道德学问还没有修养好，而范仲淹大人已经西去，富弼大人已经北行，您和余靖大人、蔡襄大人也已经分散到四方任职，而尹洙大人也失势，在小官任上奔走。我当时在

京城，亲眼见到这些事情，心烦意乱，仰天叹息，觉得这些人离开了朝廷，即使自己的道德学问有所成就，也不能够以此为荣了。后来自己再三寻思，想到当初众君子进身于朝廷，开始时，一定有好人推荐他们。而现在也一定有小人中伤他们，来离间君臣之间的关系。当今之时，不再有好人的话也就罢了，如果不是这样，我又有什么可以担忧的呢？姑且修养我的身心，使自己的道德学问大有成就而等待时机，这又有什么妨害呢？回家居住了十年，我虽然不敢自以为道德学问有所成就，然而感到心胸开阔，好像是和过去不一样了。余靖大人恰好这时在南方建立了功业，您和蔡襄大人又先后进入了朝廷，富弼大人又从地方上回到朝廷中任职。我既高兴又为自己庆贺，认为自己的道德学问已经略有成就，而且果真将有施展才能的机会。接着又反过来一想，自己过去所仰慕敬爱而不能见面的共有六个人，现在有机会去拜访他们了。可是六人之中，范、尹两位已经去世，这又使我为此悲伤流泪。唉！这两位大人是不能再见到了，而我聊以自慰的是，还有四位大人在，就又用这点来自我宽解。想到只有这四位大人了，就又急切地想见到他们，以便倾吐自己心中的肺腑之言。但是富弼大人是皇帝的宰相，像我这样的远方书生是不可能马上到他面前用言语来交换意见的。余靖大人、蔡襄大人又远在万里之外，惟有您在朝廷里，而地位还未达到十分尊贵，有可能呼求援引而把话讲给您听。但我当时因为饥寒衰老的病体久治不愈就又耽搁了下来，不能亲自到您的府上去拜见。我怀着仰慕敬爱诸位大人的心情，十年不能相见，而现在有的人已经去世，如范公、尹公两位。那么健在的四位大人中，如果不是因为他的地位不容许我贸然求见的话，我怎么可以由于不能亲自前往而就此罢休呢？

○ 品画鉴宝 黄海秋石图·清·姚宋 此图绘秋季的山林景色。作者用简单的笔划精心勾勒山峦，使山峰显得更大陡峻高大，衬托出了秋的幽静。远处有小桥码头，虽然看不到水，但能使人感知到水。

◎ 原文注释

〔1〕窃：就是说私下，作为表示个人意见的谦词。

〔2〕执事：这是上述抬头用法的延伸，在书信正文中用为指称对方的代词，示敬意。这里就是指欧阳修，庆历三年他任谏官。余公：指余靖，庆历三年为右正言。蔡公：指蔡襄，庆历三年为秘书丞、知谏院。

〔3〕毛发丝粟：比喻细小平凡。

〔4〕幸：希冀。

〔5〕分散四出：庆历五年，欧阳修出知滁州，余靖出知吉州，蔡襄出知福州。

〔6〕忽忽：心绪愁乱的样子。

〔7〕斯人：指上述范仲淹等六人。

〔8〕浩浩乎：广大的样子。

〔9〕汲汲：心情急切的样子。

〔10〕不克：不能。

执事之文章，天下之人莫不知之。然窃自以为洵之知之特深，愈于天下之人。何者？孟子之文，语约而意尽，不为巉刻斩绝之言[1]，而其锋不可犯。韩子之文，如长江大河，浑浩流转，鱼鼋蛟龙，万怪惶惑，而抑遏蔽掩，不使自露，而人自见其渊然之光[2]，苍然之色，亦自畏避，不敢迫视。执事之文，纡余委备[3]，往复百折，而条达疏畅[4]，无所间断，气尽语极，急言竭论，而容与闲易[5]，无艰难劳苦之态。此三者，皆断然自为一家之文也。惟李翱之文，其味黯然而长，其光油然而幽[6]，俯仰揖让[7]，有执事之态。陆贽之文，遣言措意，切近的当，有执事之实。而执事之才，又自有过人者，盖执事之文，非孟子、韩子之文，而欧阳子之文也。夫乐道人之善，而不为谄者，以其人诚足以当之也。彼不知者，则以为誉人以求其悦己也。夫誉人以求其悦己，洵亦不为也。而其所以道执事光明盛大之德，而不自知止者，亦欲执事之知其知我也。

虽然，执事之名，满于天下，虽不见其文，而固已知有欧阳子矣。而洵也不幸，堕在草野泥涂之中[8]，而其知道之心，又近而粗成，而欲徒手奉咫尺之书，自托于执事，将使执事何从而知之，何从而信之哉？洵少年不学，生二十五年，始知读书，从士君子游。年既已晚，而又不遂刻意厉行[9]，以古人自期，而视与己同列者，皆不胜己，则遂以为可矣。其后困益甚，然每取古人之文而读之，始觉其出言用意，与己大别。时复内顾，自思其才，则又似夫不遂止于是而已者。由是尽烧曩时所为文数百篇，取《论语》《孟子》、韩子及其他圣人贤人之文，而兀然端坐，终日以读之者七八年矣。方其始也，入其中而惶然，博观于其外而骇然以惊。及其久也，读之益精，而其胸中豁然以明。若人之言固当然者，然犹未敢自出其言也。时既久，胸中之言日益多，不能自制，试出而书之。已而再三读之，浑浑乎觉其来之易矣[10]。然犹未敢以为是也。近所为《洪范论》《史论》凡七篇，执事观其如何？嘻！区区而自言，不知者又将以为自誉以求人之知己也。惟执事思其十年之心，如是之不偶然也而察之。

您的文章，天下的人没有不知道的，而我私下以为自己研究的特别深，超过了天下所有的人。为什么这样说呢？孟子的文章语言简约而意思详尽，不用锐利尖刻的言词，但是他的锋芒不可以逼近。韩愈的文章就像长江大河，汹涌澎湃，鱼鳖蛟龙，千奇百怪，惊心动魄，而又隐伏深藏不显露出来，人们望见那深黑的波光和苍青的颜色，就会畏惧退避，不敢走到近前观看。您的文章文词从容委婉详备，回环变化生动，条理清楚，自然冲畅，文脉连贯从无间断，气势布足了，言语的表达也到了极致，急切的言词，透彻的论述，却显得游刃有余，没有艰苦费力的表现。你们三人的文章都截然不同，自成一家。此外只有李翱的文章意味深长，文采自然流溢而含蓄，行文自如，谨严有序，有您的意态风格。陆贽的文章遣词立意准确得当，有您的实质。而您的才能又自有超过他人的地方，您的文章不是孟子、韩愈的文章，而是您欧阳先生的文章。那些乐于称道他人的长处，而不流于谄媚的，是因为这个人确实当得起这样的赞美。那些不了解情况的人，却以为是赞誉别人以求取对方对自己的好感。用赞美他人来换取对方对自己的好感，我是不会那样做的。我之所以称道您光明正大的才能德行，而不想抑止自己这么做的原因，也就是使您了解我是您的知己。

虽然如此，您的美名已经传遍天下，即使没有见过您的文章的人也早已知道有位欧阳先生了。我苏洵不幸，降生在穷乡僻壤之中，然而自己对于道德学问的心得，近来又稍有成就。于是想空手奉上一纸书信，把自己托付给您，使您如何来了解我，来信任我呢？我在少年时期没有好好学习，到了二十五岁才开始懂得读书的意义，跟有道德学问的士人交游学习。年龄已经老大，却又不能严格锻炼意志，砥砺德行，用古人的标准来要求自己，只看到那些和自己一起学习的人都不能超过自己，就以为可以了。后来越来越感到文思困窘，然后再拿古人的文章来读，才觉得古人的文章用词达意与自己的大不相同。这时再回头看看自己，思考自己的才学，就觉得好像不应该到此为止。从这时起，我把过去所作的几百篇文章全部烧掉，拿出《论语》《孟子》、韩愈以及其他圣人贤士的文章，正襟危坐，整天颂读，读了有七八年。在开始的时候，深入钻研书中的意思还有些恐惧不安，从外部通观浏览这些书籍又让人吃惊。等到读书时间久了，越读越精了，自己的胸中也豁然开朗起来，才感到写文章就像人们说话一样，本来就应当是这样，但是自己不敢写出来自己想说的话。时间又过了很久，我胸中想说的话一天天增多，连自己也控制不住，便试着把自己想要说的话写了出来。过后再反复阅读他们，便觉得文思泉涌，写起来容易多了，然而我还是不敢自以为是。近来我所写的《洪范论》《史论》等共七篇，您看看如何。唉！我一个小人物，这样自我介绍，不了解我的人又将认为我是在夸耀自己，以求别人对自己的赏识，我只希望您想想我这十年来的一番苦心，像这样做决不是偶然的，以此来了解我。

○ 品画鉴宝　兽首衔环银熏炉·唐　此炉呈三级覆钵形,顶沿上有桃形和梅花形镂孔。下边有六只虎头腿足,虎头紧贴上部炉体,神态凶猛,给人以望而生畏的感觉。

◎ 原文注释

〔1〕巉刻斩绝:形容文词锐利尖刻。巉,山势险峻。

〔2〕渊然:深邃的样子。

〔3〕纡余委备:形容文词曲折详备。

〔4〕条达舒畅:指文章条理清楚,意思明白。

〔5〕容与闲易:形容文章风格从容舒缓、不急迫。容与,从容。闲易,安闲和悦。

〔6〕油然:自然流畅的样子。幽:深长。

〔7〕俯仰揖让:形容文章的架构既有变化又森然有序。揖让,宾主相见的礼仪。

〔8〕草野泥途:荒野乡村,穷乡僻壤,跟庙堂是相对而言的。

〔9〕刻意厉行:锻炼意志,砥砺德行。

〔10〕浑浑乎:泉水涌流的样子,这里比喻文思喷涌。

◎ 拓展阅读

内翰

唐宋称翰林为内翰。唐徐夤《辇下赠屯田何员外》诗:"内翰好才兼好古,秋来应数到君家。"原注"员外与杨老丞翰林同年,恩义最"。《西湖老人繁胜录》:"从驾官单行马:丞相、太师……内翰。"《古今小说·史弘肇龙虎君臣会》:"后来南渡过江,文章之士极多。惟有洪内翰才名,可继东坡之作。"此外,清代也称内阁中书为内翰。清钮琇《觚賸·石经》:"余既购西安石经全本,而未详书者姓名及刊立始末,走书频阳,询李子德内翰。"

○品画鉴宝　云山幽趣图·明·陈继儒　此图山峦层叠，意项丰富，除山峦之外，道路、树木、小桥、民居错落有序地点缀其间，突出了云、山的『幽』和『趣』。

管仲相威公[1]，霸诸侯，攘夷狄[2]，终其身齐国富强，诸侯不敢叛。管仲死，竖刁、易牙、开方用[3]，威公薨于乱，五公子争立[4]，其祸蔓延，讫简公[5]，齐无宁岁。

夫功之成，非成于成之日，盖必有所由起；祸之作，不作于作之日，亦必有所由兆。则齐之治也，吾不曰管仲，而曰鲍叔。及其乱也。吾不曰竖刁、易牙、开方，而曰管仲。何则？竖刁、易牙、开方三子，彼固乱人国者，顾其用之者，威公也。夫有舜而后知放四凶[6]，有仲尼而后知去少正卯。彼威公何人也？顾其使威公得用三子者，管仲也。仲之疾也，公问之相。当是时也，吾意以仲且举天下之贤者以对，而其言乃不过曰：竖刁、易牙、开方三子，非人情，不可近而已。呜呼！仲以为威公果能不用三子矣乎？仲与威公处几年矣，亦知威公之为人矣乎？威公声不绝于耳，色不绝于目，而非三子者则无以遂其欲。彼其初之所以不用者，徒以有仲焉耳。一日无仲，则三子者可以弹冠而相庆矣。仲以为将死之言可以絷威公之手足耶？夫齐国不患有三子，而患无仲。有仲，则三子者，三匹夫耳。不然，天下岂少三子之徒哉？虽威公幸而听仲，诛此三人，而其余者，仲能悉数而去之耶？呜呼！仲可谓不知本者矣。因威公之问，举天下之贤者以自代，则仲虽死，而齐国未为无仲也。夫何患三子者？不言可也。

五霸莫盛于威、文。文公之才，不过威公，其臣又皆不及仲；灵公文虐[7]，不如孝公之宽厚[8]。文公死，诸侯不敢叛晋，晋袭文公之余威，犹得为诸侯之盟主百余年。何者？其君虽不肖，而尚有老成人焉。威公之薨也，一败涂地，无惑也，彼独恃一管仲，而仲则死矣。

夫天下未尝无贤者，盖有有臣而无君者矣。威公在焉，而曰天下不复有管仲者，吾不信也。仲之书，有记其将死，论鲍叔、宾胥无之为人，且各疏其短。是其心以为数子者，皆不足以托国。而又逆知其将死，则其书诞谩不足信也。

吾观史鰌[9]，以不能进蘧伯玉而退弥子瑕[10]，故有身后之谏。萧何且死，举曹参以自代。大臣之用心，固宜如此也。夫国以一人兴，以一人亡。贤者不悲其身之死，而忧其国之衰，故必复有贤者，而后可以死。彼管仲者，何以死哉？

管仲做丞相辅助齐桓公，称霸诸侯，攘斥夷、狄等异族，直到他死，齐国一直富强，诸侯不敢反叛。管仲死后，竖刁、易牙、开方被齐桓公重用，导致齐桓公死于宫廷内乱，五位公子争抢君位，此祸蔓延不绝，直到齐简公，齐国无一年安宁。

功业的成就不是在成功到来之日，而是必有一定的因素；祸乱的产生不是出现在作乱之时，也必有根源预兆。因此，齐国的安定强盛，我不认为是由于管仲，而是由于鲍叔牙；至于齐国的祸乱，我不认为是竖刁、易牙、开方，而是由于管仲。为什么呢？竖刁、易牙、开方三人本就是乱国者，但重用他们的是齐桓公啊。有了舜才知道该流放"四凶"，有了仲尼才知道该杀掉少正卯，那齐桓公是什么人？回头看来，使齐桓公重用这三个人的正是管仲啊！管仲病危时，齐桓公问及丞相人选。此时，我想管仲将推荐天下最贤能的人来答复齐桓公，但他不过是说竖刁、易牙、开方三人不讲人情，不能亲近罢了。唉，管仲以为齐桓公真的能不用这三个人吗？管仲和齐桓公相处多年了，该知道他的为人了吧。齐桓公是个音乐不绝于耳、美色离不眼睛的人。如不重用三人，就无法满足他的欲望。齐桓公开始不重用他们，只是由于管仲在，一旦管仲没了，这三人就弹冠相庆了。难道管仲以为自己的遗言就可束缚齐桓公手脚吗？齐国不怕有这三人，而是怕失去管仲。有管仲在世，这三人就只是普通人罢了。若不是这样，天下难道缺少这样的三个坏人吗？即使齐桓公侥幸听了管仲的话，杀了这三人，但其余的这类人管仲能全部数出而除掉吗？唉！管仲是没从根本上着眼的啊！如果借齐桓公问询时，推荐天下贤人来代替自己，那么管仲虽死，齐国却不能说没有管仲了。这三人又有什么可怕的，不对齐桓公说也可以啊！

　　五霸中没有比齐桓公、晋文公更强的了。晋文公的才干不及齐桓公，他的大臣也都不及管仲。晋灵公为人暴虐，不如齐孝公仁厚，然而晋文公死后，诸侯不敢背叛晋国，晋国承袭文公的余威，还能维持一百多年的盟主地位。为什么呢？因为晋国后来的君主虽不贤明，但还有年高有德的大臣

存在。齐桓公死后，齐国一败涂地，这不足为奇啊！他仅靠一个管仲，可管仲死了。

天下并非无贤人，而是有好臣子却无明君啊。齐桓公在世时，竟说天下不会再有管仲那样的人才。这种话我不相信。管仲的书《管子》里这样记载：管仲临死前，论及鲍叔牙、宾胥无的为人，并列出他们的缺点。他认为这几个人都不能托以国家重任，而且预料到自己将要死去。《管子》一书实在荒诞，不足为信。

我看史蜎因生前不能荐用贤者蘧伯玉，疏远宠臣弥子瑕，所以在死后用尸首劝谏。汉相萧何临死前推荐曹参代替自己。大臣的用心本应这样啊！国家往往因一个贤者的能力兴盛，因一个贤者的离去而灭亡。贤人悲的不是自己死亡，而忧虑自己死后国家的衰败。所以一定要在生前找到贤者接班继承自己，然后才能死去。那管仲凭什么可以死掉呢？

◎ 原文注释

〔1〕威公：即齐桓公。宋避钦宗讳，作"威"。

〔2〕攘：排斥。戎狄：古代对少数民族的蔑称。

〔3〕竖刁、易牙、开方：三人都是齐桓公的宠幸近臣。

〔4〕五公子：齐桓公的五个儿子，即惠公元、孝公昭、昭公潘、懿公商人、公子雍。

〔5〕简公：即齐简公，名壬，公元前484－前481年在位，为田常所弑。

〔6〕四凶：传说被舜流放的四个凶人，指浑敦、穷奇、梼杌、饕餮。一说指共工、驩兜、三苗、鲧。

〔7〕灵公：指晋灵公，晋文公之孙。

〔8〕孝公：指齐孝公，齐桓公之子。

〔9〕史蜎：即史鱼，春秋时卫国大夫，字子鱼。

〔10〕蘧伯玉：春秋时卫国大夫，名瑗。弥子瑕：卫灵公幸臣。

◎ 拓展阅读

管仲不谢私恩

据《韩非子》记载，管仲青年时期因罪被捆绑着，从鲁国囚送到齐国，路上又饥又渴，便求见驻在绮乌邑的守卫官员求取食物。绮乌邑的守卫官员跪着把食物献给他吃，十分恭敬。守卫人员于是私下对管仲说："如果你到齐国侥幸不被处死，而被齐国任用执掌政务，将用什么来报答我？"管仲说："假如能像您所说的，我在齐国执掌了政务，我将任用贤德的，使用有能力的，论功劳行赏。我又能用什么报答您呢？"守卫人员因此怨恨管仲。

六国论

六国破灭，非兵不利，战不善，弊在赂秦[1]。赂秦而力亏，破灭之道也。或曰："六国互丧[2]，率赂秦耶？"曰："不赂者以赂者丧，盖失强援，不能独完[3]。故曰'弊在赂秦'也！"

秦以攻取之外，小则获邑，大则得城，较秦之所得，与战胜而得者，其实百倍；诸侯之所亡，与战败而亡者，其实亦百倍。则秦国之所大欲，诸侯之所大患，固不在战矣。

思厥先祖父，暴霜露[4]，斩荆棘，以有尺寸之地。子孙视之不甚惜，举以予人，如弃草芥。今日割五城，明日割十城，然后得一夕安寝。起视四境，而秦兵又至矣。然则诸侯之地有限，暴秦之欲无厌，奉之弥繁[5]，侵之愈急。故不战而强弱胜负已判矣。至于颠覆，理固宜然。古人云："以地事秦，犹抱薪救火，薪不尽火不灭。"此言得之。

齐人未尝赂秦，终继五国迁灭[6]，何哉？与嬴而不助五国也[7]。五国既丧，齐亦不免矣。燕赵之君，始有远略，能守其土，义不赂秦。是故燕虽小国而后亡，斯用兵之效也。至丹以荆卿为计，始速祸焉[8]。赵尝五战于秦，二败而三胜。后秦击赵者再，李牧连却之[9]。洎牧以谗诛，邯郸为郡，惜其用武而不终也。且燕赵处秦革灭殆尽之际，可谓智力孤危，战败而亡，诚不得已。向使三国各爱其地，齐人勿附于秦，刺客不行，良将犹在，则胜负之数，存亡之理，当与秦相较，或未易量。

呜呼！以赂秦之地封天下之谋臣，以事秦之心，礼天下之奇才，并力西向，则吾恐秦人食之不得下咽也。悲夫！有如此之势，而为秦人积威之所劫，日削月割，以趋于亡。为国者，无使为积威之所劫哉[10]！

夫六国与秦皆诸侯，其势弱于秦，而犹有可以不赂而胜之之势；苟以天下之大，下而从六国破亡之故事，是又在六国下矣。

战国时的六国灭亡，不是因为武器不锋利，仗打得不好，弊病在于贿赂秦国。贿赂秦国，自己的实力就遭到削弱，这正是灭亡的原因啊。有人说：六国相继灭亡，难道都是因为贿赂秦国的缘故吗？回答说：不贿赂秦国的国家是由于贿赂秦国的国家而灭亡的。因为不贿赂秦国的国家失去了其他国家强有力的援助，就不能单独自保。所以说六国灭亡的弊病在于贿赂秦国啊。

秦国除了用攻战获取土地之外，还从诸侯的贿赂中得到土地，小到邑镇，大到城市。秦国通过受贿赂得到的土地比因战胜而得到的土地多了百倍。六国贿赂秦国所丧失的土地与战败而丧失的土地相比，实际上也多了百倍。那么，秦国最想要的和六国诸侯最担心的，当然不在于战争这点上了。

想想祖辈父辈，冒着霜露，披荆斩棘，才有了一点土地，子孙对待土地却很不爱惜，轻易地把它送给别人，好像丢弃小草一样。今天割让五座城，明天割让十座城，然后换得一夜的安宁，第二天起来一看四周边境，秦国的军队又围了上来了。诸侯的土地有限，强秦的欲望却没法满足，诸侯送给秦国土地越多，秦国侵略诸侯就越急迫。所以，不用战争，谁强谁弱、谁胜谁负已经确定了。六国最终走向灭亡是理所当然的。古人说："用土地侍奉秦国，好像抱着柴草去救火，柴烧不完，火不会熄灭。"这话对了。

齐国不曾贿赂秦国，最后也随着五国灭亡，为什么呢？这是因为齐国亲附秦国而不帮助其他五国导致的。五国已经灭亡，齐国也不能幸免了。燕国与赵国的君主起初有远大的谋略，能够守住他们的疆土，坚持正义而不贿赂秦国，所以燕国虽然是个小国却最后灭亡，这就是用兵抗敌的结果啊。等到燕太子丹采用派遣荆轲刺杀秦王作为对付秦国的策略时，才招致祸患。赵国曾经与秦国交战五次，败了两次，胜了三次，后来秦国两次攻打赵国，李牧连续打退了秦国的进攻。等到李牧因为受诬陷而被杀害，赵国都城邯郸才变成秦国的一个郡。可惜赵国能使用武力抵抗却不能坚持到底。况且燕赵两国是处在秦国即将把其他国家几乎消灭干净的时候，可以说是计尽力穷，国势孤立危急，战败而灭亡，实在是不得已。如果当初韩、魏、赵三国各自爱惜自己的土地，齐人不亲附秦国，燕国的刺客不刺秦王，赵国的良将还活着，那么胜败存亡的命运，应当可以与秦国相对比，或许不能轻易判定。

唉！如果六国用贿赂秦国的土地封赏天下的谋臣，用侍奉秦国的心意礼遇天下的奇才，合力向西抵抗秦国扩张，那么，恐怕秦国人吃饭也不能咽下去吧。可悲啊！有这样的好形势，却被秦国积渐的威势所胁迫，土地天天消减，月月割让，所以逐渐走向灭亡。治理国家的人不要使自己被积渐的威势所胁迫啊！

六国与秦国都是诸侯，他们的势力比秦国弱，却还有可以不贿赂秦国而战胜它的优势。假如凭着一统天下的大国的实力，却仍然走着六国灭亡的老路，这就使自己又在六国之下了。

◎ 原文注释

〔1〕弊：弊端。〔2〕互丧：相继灭亡。〔3〕独完：单独获得完整。〔4〕厥：那些，指六国现在在任的国君。先祖父：这里指六国的开国之君。〔5〕弥繁：更加频繁。
〔6〕未尝：没有。迁灭：灭亡。古时一个国家被打败后，这个国家的贵重器物都

会被迁走，因此称为"迁灭"。〔7〕与赢：帮助秦国。与：帮助。赢：在这里指秦国，因为秦国的国姓是"赢"，所以常常用"赢"来指代秦国。〔8〕始速祸焉：才导致了灾祸的发生。〔9〕连却之：接连打退秦国的进攻。〔10〕积威：长期形成的威势。劫：胁迫。

◎ 拓展阅读

图穷而匕首见

战国时，燕太子秘密派壮士荆轲前去行刺秦王。荆轲和助手带着燕国督亢一带的地图和秦将樊於期的人头前往秦国，谎称燕国愿意归顺秦国，并割让督亢给秦国。在秦王宫殿里，荆轲见到秦王，将樊於期的人头给秦王看了，并将地图展示给秦王看。当地图展到尽头时，卷在地图里的匕首露了出来。秦王大惊失色。荆轲抓起匕首便向秦王刺去，但没有刺中。秦王逃跑，荆轲又跟着追去。这时秦王的医生夏无且用手中药袋掷向荆轲，荆轲躲闪之际，秦王趁机抽出剑来砍死了荆轲。

古之取士，取于盗贼，取于夷狄。古之人非以盗贼、夷狄之事可为也，以贤之所在而已矣。夫贤之所在，贵而之所在而已矣。夫贤之所在，贵而贵取焉，贱而贱取焉。是以盗贼下人，夷狄异类，虽奴隶之所耻，而往往登之朝廷，坐之郡国，而不以为怍[1]；而绳趋尺步、华服华言者[2]，往往反摈弃不用。何则？天下之能绳趋而尺步、华言而华服者众也，朝廷之政、郡国之事，非特如此而可治也。彼虽不能绳趋而尺步，华言而华服，然而其才果可用于此，则居此位可也。

古者，天下之国大而多士大夫者，不过曰齐与秦也。而管夷吾相齐，贤也，而举二盗焉；穆公霸秦，贤也，而举由余焉。是其能果于是非而不牵于众人之议也[3]，未闻有以有盗贼、夷狄而鄙之者也[4]。今有人非盗贼、非夷狄，而犹不获用，吾不知其何故也。

夫古之用人，无择于势。布衣寒士而贤则用之，公卿之子弟而贤则用之，武夫健卒而贤则用之，巫医方技而贤则用之，胥史贱吏而贤则用之。今也，布衣寒士持方尺之纸，书声病剽窃之文，而至享万钟之禄；卿大夫之子弟饱食于家，一出而驱高车，驾大马，以为民上；武夫健卒有洒扫之力，奔走之旧，久乃领藩郡，执兵柄；巫医方技一言之中，大臣且举以为吏。若此者，皆非贤也，皆非功也，是今之所以进之之涂多于古也[5]。而胥史贱吏，忽之而不录[6]，使老死于敲搒趋走，而贤与功者不获一施，吾甚惑也。不知胥吏之贤，优而养之[7]，则儒生武士或所不若[8]。

昔者，汉有天下，平津侯、乐安侯辈皆号为儒宗，而卒不能为汉立不世大功；而其卓绝隽伟、震耀四海者，乃其贤人之出于吏胥中者耳。夫赵广汉，河间之郡吏也；尹翁归，河东之狱吏也；张敞，太守之卒史也；王尊，涿郡之书佐也：是皆雄隽明博，出之可以为将，而内之可以为相者也，而皆出于吏胥中者，有以也。夫吏胥之人，少而习法律，长而习狱讼，老奸大豪畏惮慑伏，吏之情状、变化、出入无不谙究[9]，因而官之，则豪民猾吏之弊，表里毫末毕见于外，无所逃遁。而又上之人，择之以才，遇之以礼，而其志复自知得自奋于公卿，故终不肯自弃于恶，以贾罪戾，而败其终身之利。故当此时，士君子皆优为之，而其间自纵于大恶者，大约亦不过几人，而其尤贤者，乃至成功如是。

今之吏胥则不然，始而和之不择也，终而遇之以犬彘也。长吏一怒，不问罪否，袒而笞之；喜而接之，乃反与交手为市。其人常曰："长吏待我以犬彘，我何望而不为犬彘之行，不肯为吏矣，况士君子而肯俛首为之乎？然欲使谨饬可用如两汉，亦不过择之以才，待之以礼，恕其小过，而弃绝其大恶之不可贳忍者[10]，而后察其贤有功，而爵之、禄之、贵之，勿弃之于冗流之间。则彼有冀于功名，自尊其身，不敢勾夺，而厅奇绝智出矣。

　　夫人固有才智奇绝而不能为章句、名教、声律之学者，又有不幸而不为者。苟一之以进士制策，是使奇才绝智有时而穷也。使吏胥之人得出为长吏，是使一介之才无所逃也。进士、制策网之于上，此又网之于下，而曰天下有遗才者，吾不信也。

　　古时选拔人才，有的从盗贼当中选拔，有的从夷狄当中选拔。古人并不是认为盗贼、夷狄的事可以做，只是认为有贤士在那里罢了。看贤能的人在何处，如果在高贵者中间，那么就从高贵者中间选拔；如果在卑贱者中间，那么就从卑贱者中间选拔。所以，盗贼这样的低级下贱角色，夷狄这样的少数民族，虽然奴隶也以他们为耻，可是当把他们擢升到朝廷，让他们坐进州郡的公堂，却不认为是羞愧的事。但是对那些循规蹈矩、言辞气派、服饰华丽的人常常弃之不用，这是什么原因呢？因为天下循规蹈矩、言辞气派、服饰华丽的人很多，朝廷的政务和州郡的公事不是按照那样就能做好的。他们虽然不循规蹈矩、言辞气派、服饰华丽，但是他们的才能如果真能用在这里，那么就可以处在这个职位上。

　　古代天下堪称国家强大而且士大夫又多的，只有齐国和秦国。管仲担任齐国丞相，很贤能，却推荐了两个盗贼；秦穆公称霸诸侯，很贤能，却推荐由余。如此说来，他们在是非问题上敢于下决断，不受众人议论的干扰，也没听说有人因为用了盗贼、夷狄出身的人就瞧不起他们。现在有人不是盗贼，不是夷狄，可还是得不到重用，我不知道这是什么原因。

　　古时用人不看门第出身高低、社会势力大小。普通平民、贫寒士子如果贤能，就可任用他们；公卿大臣的子弟如果贤能，就可任用他们；武士健儿如果贤能，就可任用他们；巫师医生、算卦相面的如果贤能，就可任用他们；书吏衙役如果贤能，就可任用他们。现在普通平民、贫寒士子手持一尺大小的纸片，写上不符声律、摘取经典的文章，就能达到享受万钟的俸禄；公卿士大夫的子弟在家饱食终日，一出门就乘着高车，骑着大马，去管理百姓；武夫壮兵有的曾为达官显要洒扫，也有的为达官贵人奔走效劳，干得久了就可以镇守州郡，执掌军权；巫师医生、算卦相面的因为某一句话合大臣顺心意，大臣就推举他们做官吏。像这种情形，既不是因为贤能，也不是因为功业，而是现在用来推荐人才的途径比古代多了。书吏衙役被忽略，不予录用，让他们天天鞭笞罪犯、奉命执行差役，直到老死，可是他们中有贤能、有功业的人却得不到施展才华的机会，我很疑惑。人们不知道，贤能的文书小吏用丰厚的俸禄来供养他们，就连有的儒生武士也比不上他们。

从前，汉朝占据天下，平津侯公孙弘、乐安侯医衡这些人都号称儒学大师，然而他们最终也不能为汉朝建立惊世奇功，而那卓越超群、威震四海的，不过是那些文书小吏出身的贤士罢了。赵广汉曾当过河间的郡吏，尹翁归曾当过河东的狱吏，张敞曾当过太守的卒史，王尊曾当过涿郡的书佐。这些人都是才艺高超、见多识广，出征在外可以做统帅，回到朝廷里可以任宰相的人，但他们都是出自文书小吏，这是有原因的。文书小吏这类人，年轻时熟悉刑律，年长以后熟悉诉讼审讯，那些奸吏豪绅都惧怕因而屈服他们，官场的情况、变化、出入，没有陌生的。所以让他们做官吏，那些豪绅奸吏的舞弊行为，从里到外、大大小小都会完全暴露出来，没法遮掩。而且他们内心里也知道自己奋发努力，可以擢升为公卿大臣，所以始终不会自暴自弃，不会甘心作恶，以致招来祸患，毁掉自己终身的名利。所以，有操守和学问的很多人都干这种差使。他们中放任自流、作恶多端的人，也不过几个人；而那特别贤能的竟然至于成就这样大的功业。

现在的文书小吏却不是这样了。开始不加挑选就接受他们；后来就像猪狗一般对待他们。长官一发怒，不问有罪无罪，就命令他们裸露上身，然后用鞭子抽打他们；高兴了就与他们交接，而且竟然会跟他们在公开场合相互拱手作礼。那些人常常说："长官对待我们就像对待猪狗一样，我不当猪狗还能期待什么呢？"因此，平民百姓不甘做猪狗一样的事，所以不愿做小吏，何况有操守和学问的能卑躬屈膝做这样的差使吗？然而要让他们谨慎细致、能够被任用，像两汉时的人那样，也只是按才能选用他们，用优厚的礼遇对待他们，宽恕他们小的错误，清除那些罪大恶极、不可宽恕、不能容忍的，然后查清他们中的贤能有功的，然后授予爵位，供给俸禄，使他们显贵，不要将他们置入闲散官员的行列。那么，他们希望求取功利，能自尊，不强取抢夺，这样具有超群才艺、绝代智慧的人就出现了。

人本来有才艺和智慧超群却不擅弄章句、名教、声律这类应举学问的，不幸又有不肯这样的。假如用进士制策来统一要求，这样就会让才艺和智谋超常的人有时处于窘境。如果能选拔书吏之类的人出来做长官，这样就使有一些才智的人也不至于被埋没。用进士、制策从上面网罗人才，又用这种方法从下面选拔人才，却说天下还有被遗弃、埋没的人才，我是不相信这种说法的。

◎ 原文注释

[1] 怍（zuò）：惭愧，愧疚。[2] 绳趋尺步：形容儒生行为举止符合法度。绳、尺本是工匠取直和测长的工具，引申为行事的法度。趋，急走。步，行走。华言华服：

言辞堂皇，服饰华丽，也是儒生的特点。〔3〕果：果断。牵：这里意思是固守，拘泥。〔4〕鄙：动词，鄙视。〔5〕进：引荐，介绍。涂：通"途"。〔6〕录：录取，录用。〔7〕优：优待。〔8〕或：有的，个别人。不若：不如。〔9〕谙 (ān)：熟悉，懂得。究：穷尽。〔10〕贳 (shì) 忍：宽恕，容忍。贳，赦免，宽恕。

◎ 拓展阅读

苏洵诗二首

题白帝庙

谁开三峡才容练，长使群雄苦力争，

熊氏凋零馀旧族，成家寂寞闭空城。

永安就死悲玄德，八阵劳神叹孔明。

白帝有灵应自笑，诸公皆败岂由兵。

昆阳城

昆阳城外土非土，战骨多年化墙堵。

当时寻邑驱市人，未必三军皆反虏。

江河填满道流血，始信武成真不误。

杀入应更多长平，薄赋宽征已无补。

英雄争斗岂得已，盗贼纵横亦何数。

御之失道谁使然，长使哀魂啼夜雨。

为将之道，当先治心。泰山崩于前而色不变，麋鹿兴于左而目不瞬[1]，然后可以制利害，可以待敌。

凡兵上义[2]；不义，虽利勿动。非一动之为利害，而他日将有所不可措手足也。夫惟义可以怒士，士以义怒，可与百战。

凡战之道，未战养其财，将战养其力，既战养其气，既胜养其心。谨烽燧[3]，严斥堠[4]，使耕者无所顾忌，所以养其财；丰犒而优游之，所以养其力；小胜益急，小挫益厉，所以养其气；用人不尽其所欲为，所以养其心。故士常蓄其怒、怀其欲而不尽。怒不尽则有余勇，欲不尽则有余贪。故虽并天下，而士不厌兵，此黄帝之所以七十战而兵不殆也[5]。不养其心，一战而胜，不可用矣。

凡将欲智而严，凡士欲愚。智则不可测，严则不可犯，故士皆委己而听命，夫安得不愚？夫惟士愚，而后可与之皆死。

凡兵之动，知敌之主，知敌之将，而后可以动于险。邓艾缒兵于蜀中，非刘禅之庸，则百万之师可以坐缚，彼固有所侮而动也。故古之贤将，能以兵尝敌，而又以敌自尝，故去就可以决。

凡主将之道，知理而后可以举兵，知势而后可以加兵，知节而后可以用兵。知理则不屈，知势则不沮，知节则不穷。见小利不动，见小患不避，小利小患，不足以辱吾技也，夫然后有以支大利大患。夫惟养技而自爱者，无敌于天下。故一忍可以支百勇，一静可以制百动。

兵有长短，敌我一也。敢问："吾之所长，吾出而用之，彼将不与吾校；吾之所短，吾蔽而置之，彼将强与吾角，奈何？"曰："吾之所短，吾抗而暴之[6]，使之疑而却；吾之所长，吾阴而养之，使之狎而堕其中[7]。此用长短之术也。"

善用兵者，使之无所顾，有所恃。无所顾，则知死之不足惜；有所恃，则知不至于必败。尺棰当猛虎[8]，奋呼而操击；徒手遇蜥蜴，变色而却步，人之情也。知此者，可以将矣。袒裼而案剑[9]，则乌获不敢逼[10]；冠胄衣甲，据兵而寝，则童子弯弓杀之矣。故善用兵者以形固。夫能以形固，则力有余矣。

作为将领的关键，首先应该修养心性，能够做到泰山在眼前崩塌，而面不改色；麋鹿在身边奔突，不眨眼睛，然后才能控制利害形势，才可以抵御敌人来犯。

用兵要崇尚正义。如果不符合正义，即使有利可图也不要妄动。并非一采取行动就造成危害，而是担心日后有事不能应付。只有正义能够激扬士气，用正义激扬士气，就可以投入百战而不败。

作战的关键问题是：当战争发生之前要积蓄所需资财；当战争即将发生时要

培养战斗力；当战争发生时要培养士气；当战争获胜时，士兵要保持良好心态。小心谨慎地做好报警的事宜，严格认真地在边境巡逻，使百姓无后顾之忧，能安心耕作，这就是为了积蓄财力。用丰盛的酒食犒劳士兵，让他们放松自在，养精蓄锐，就是为了培养战斗力。获小胜要使战士有紧迫感，遇小挫折要让士兵得到鼓励、劝勉，这是培养士气的做法。使用士兵不能完全满足他们的愿望，这就是修养心性的做法。所以要让士兵们积蓄战斗意志，怀有不能完全实现的愿望。战斗意志没有消除干净就会余勇常在，愿望没有完全满足就会继续追求，所以即使得到了天下，士兵也不厌战。这就是黄帝经历七十次战斗也不懈怠的原因。如果不修养心性，士兵们打了一次胜仗后就不能再战了。

将领要睿智而威厉，士兵要愚昧。睿智就不可预测，威厉就不可冒犯，所以士兵们都把自己的生命交出来听从指挥，这样士兵怎能不愚昧呢？惟其士兵愚昧，然后才能跟他们一道拼死作战。

大凡军队有行动，要了解敌方的统帅，了解敌方的将领，然后才可以出兵于危险之地。魏将邓艾率兵伐蜀汉，用绳子拴着士兵从山上坠下深谷，进入蜀国。如果不是蜀汉后主刘禅昏庸无能，那么邓艾的百万大军也会被蜀军擒获。邓艾本来就轻视刘禅，所以才出兵于危险之地。因此，古代的贤将能用自己的兵力去试探敌人的虚实，同时也用敌人的反应来估量自己的实力，这样就可以决定是否行动了。

作为将领的关键是明白战争规律然后可以出兵，了解敌我双方形势然后可以增兵，知道有所节制然后可以用兵。明白战争规律就不会屈服，了解敌我双方形势就不会丧气，知道有所节制就不会困窘。见了小利不动心，遇小难不回避。小利、小难不值得施展我的本领，然后才能够应对大利、大难。只有善于掌握本领又珍惜自己军队的人，才天下无敌。所以，忍可以抵御敌人百次进犯，静可以控制敌人百次妄动。

军队各有优势和劣势，敌我双方都如此。试问：我方的优势，我拿出来运用，敌人却不与我较量；我方的劣势，我隐蔽起来，敌人却竭力与我较量，怎么办呢？回答道：我方的短处我故意张扬出来，使敌人心存疑虑而退却；我方的长处我暗中隐蔽，使敌人轻率大意而陷入圈套。这就是灵活运用自己的长处和短处的方法。

善于用兵的人，要使战士们没有顾忌而有所依靠。士兵们没有顾忌，就知道牺牲了自己也不可惜；有所依靠就明白不至于一定战败。手握尺把长的棍子，面对猛虎，敢于奋力呼喊而挥棒击打；空手遇上蜥蜴，吓得面容改色而后退，这是人之常情。明白这个道理就可以当一名将领了。假如赤裸上身但手持宝剑，那大力士乌获也不敢接近；要是戴盔穿甲，靠着武器睡觉，那么就是小孩也敢弯弓射

杀他。所以善于用兵的人应该利用各种形势来巩固自己，能够利用各种形势来巩固自己，那就威力无穷了。

◎ 原文注释

〔1〕麋 (mí) 鹿：野兽名，俗称"四不像"，善跳跃。〔2〕上：通"尚"。〔3〕烽燧：即烽火。古代边防报警的两种信号。白天放烟叫"烽"，夜间举火叫"燧"。此处泛指军队的警戒工作。〔4〕斥堠 (hòu)：古代瞭望敌情的土堡。〔5〕七十战：相传黄帝和炎帝之间发生过七十多场战争，黄帝一方始终士气旺盛。〔6〕抗：举，拿出来。〔7〕狎 (xiá)：轻视，轻慢。〔8〕箠(chuí)：马鞭，棍棒。〔9〕袒裼 (tǎn xī)：赤裸上身。〔10〕乌获：战国时秦国的勇士，能举千钧之重。以后用作勇士的通称。

◎ 拓展阅读

心外无物

心外无物是明代哲学家、政治家王阳明提出的一个著名的哲学论题。王阳明所说的"心"，指最高的本体，也指个人的道德意识。心外无物是说，心与物同体，物不能离开心而存在，心也不能离开物存在。离却灵明的心，便没有天地鬼神万物；离却天地鬼神万物，也没有灵明的心。客观的事物没有被心知觉，就处于虚寂的状态，如深山中的花，未被人看见，则与心同归于寂；既使被人看见，则此花颜色一时明白起来。王阳明的心外无物思想把心学唯心论发展到极端，对后世产生了广泛的影响。

天下皆怯而独勇，则勇者胜；皆暗而独智，则智者胜。勇而遇勇，则勇者不足恃也；智而遇智，则智者不足用也。

苏　辙

苏辙（1039－1112）字子由，眉山（今四川眉山县，在成都西南）人，苏洵之子，苏轼之弟，因此人称小苏，晚年自号颍滨遗老。

宋仁宗嘉祐二年（1057年），苏辙与苏轼一起考中进士。嘉祐六年（1061年），又与苏轼一起考中制举科，但未任官职，此后曾任大名府推官。宋神宗熙宁三年（1070年），苏辙上书皇上，称"法不可变"；又写信给王安石，表示反对新法。熙宁五年（1072年）任河南推官。元丰二年（1079年），苏轼因"谤讪朝廷"而被捕入狱，他上书皇上，请求以自己的官职为苏轼赎罪，但被贬官。元丰八年（1085年），王安石变法失败，苏辙被召回京城，升任秘书省校书郎、右司谏，后任起居郎，又升任中书舍人、户部侍郎。宋哲宗元祐四年（1089年），代理吏部尚书出使契丹，回来后任御史中丞。元祐六年（1091年）任尚书右丞，第二年以门下侍郎的官职执掌朝政。绍圣元年（1094年），他再次上书反对变法派，被贬官，任汝州、袁州知府等职。宋徽宗崇宁三年（1104年），苏辙定居颍川，过起田园隐居的生活。政和二年（1112年）死去，谥号"文定"。

苏辙是北宋著名散文家，受父亲苏洵、哥哥苏轼的影响很大。他的散文汪洋澹泊，有秀杰深醇之气，以政论和史论见长，在当时自成一家，很有影响。他的赋也很有名，最具代表的是《墨竹赋》。他早年的诗歌大都写生活琐事，文采一般，晚年的成就却超过早期。

庚辰之冬，予蒙恩归自南荒，客于颍川，思归而不能。诸子忧之曰[1]："父母老矣，而居室未完，吾侪之责也[2]。"则相与卜筑，五年而有成。其南修竹古柏，萧然如野人之家[3]。乃辟其四楹，加明窗曲槛，为燕居之斋[4]。斋成，求所以名之，予曰："子颍滨遗老也，盍以'遗老'名之[5]！汝曹志之[6]，予幼从事于诗书，凡世人之所能，茫然不知也。年二十有三，朝廷方求直言，有以予应诏者。予采道路之言，论宫掖之秘[7]，自谓必以此获罪，而有司果以为不逊。上独不许曰：'吾以直言求士，士以直言告我，今而黜之，天下其谓我何？'宰相不得已，置之下第。自是流落凡二十余年。及宣后临朝，擢为右司谏，凡有所言，多听纳者。不五年而与闻国政。盖予之遭遇者再[8]，皆古人所希有，然其间与世俗相从，事之不如意者十常六七。虽号为得志，而实不然。予闻之乐莫善于如意，忧莫惨于不如意。今予退居一室之间，杜门却扫，不与物接。心之所可，未尝不行；心所不可，未尝不止。行止未尝少不如意，则予平生之乐，未有善于今日者也。汝曹志之，学道而求寡过，如予今日之处遗老斋可也。"

元符三年的冬天，我蒙受皇帝的恩典，从南方的荒远地区回到北方，客居在颍川，想回到故乡却不能够实现。儿子们忧虑地说："父母老了，而住宅还没有建成，这是我们的责任呀！"就相互一起选择地点建筑房屋，经过五年的时间建成了住宅。它的南面栽种了修长的竹子和古老的柏树，清净得就像乡下农夫的住家。于是开辟出四间房屋，加上明亮的窗户和曲折的栏杆，作为平时休息的屋子。屋子建成以后不久，儿子们让我取个名字。我说："我是'颍滨遗老'，何不用'遗老'来命名。你们要记住，我从小就读诗书，凡是社会上一般人所能做的俗事，我却茫然不知。在我二十三岁那年，正当朝廷征求敢于直言议论朝政的人，有人推荐我去应制科考试，在试卷的对策中，我采集了社会舆论，议论了宫廷中的秘事，自认为必定因此而获罪，而有关部门的官吏果然认定我无礼，冒犯了皇上。偏偏只有皇上不同意，说道：'我要求士大夫直言，士大夫用直言告诉我，现在我却黜落他，天下的人会怎样议论我呢？'宰相不得已，就把我放在下一等。从此我流落沉沦共二十多年。等到宣仁高太后临朝听政，我才被提升为右司谏，凡是我所说的，多数被听取采纳，不到五年就让我参与国家的重大政事。我两次所蒙受的恩遇，都是古人所少有的。然而在这个过程当中与世俗的人共事，不称心的事情常常十件中有六七件。我虽然号称得志，其实却并不如此。我听说人生的快乐没有比称心如意更好的了。而忧愁没有比不称心更惨的了。现在我退隐居住在一室之中，闭门谢客，不和外界接触，心中所认可的，就没有不做的，而心中

所不认可的，就没有不停止的。做或者不做，没有稍稍不如意的，那么，我平时的快乐没有超过今天的了。你们要记住，学习道理而力求少犯错误，像我目前这样身处在遗老斋中就可以了。"

◎ 原文注释

〔1〕诸子：苏辙有三个儿子，长子苏迟，次子苏适，幼子苏逊。〔2〕侪：辈，类。〔3〕野人：乡野之人，农夫。〔4〕燕居之斋：平时闲居的房屋。燕居，闲居。斋，屋舍。〔5〕盍：何不。〔6〕汝曹：你们这些人。曹，辈。志：记。〔7〕宫掖：宫中。掖，掖庭，正宫两侧的房子，指嫔妃所居住的地方。〔8〕遭遇者再：两次遭遇，指上述在仁宗朝和高太后听政的哲宗朝两次受到恩遇。

◎ 拓展阅读

苏辙与僧道广泛交游

苏轼、苏辙兄弟从少年时代起就已经兼读儒、释、道的著作。由于苏辙曾染过肺炎，身体状况一直不好，从担任陈州教授起，就特别注重道家的养生之术，与道士交往，学习"吐故纳新"的养生术，借活络筋骨以调养疾病，使得病况渐趋好转。又陆续结识佛门中人，因而洞悉各种虚妄的现象而返归质朴的本性，自然免除了先前的忧虞，逐渐达到"是非荣辱不接于心"的境界。

○ 品画鉴宝 溪山会友图·明·王鹏 图绘两位文人相约前往山中会友的情景，身后童子抱着书画。从不远处的民居可以知道，他们已经到了友人家。

臣闻困急而呼天，疾痛而呼父母者，人之至情也。臣虽草芥之微，而有危迫之恳，惟天地父母哀而怜之。

臣早失怙恃[1]，惟兄轼一人相须为命。今者窃闻其得罪，逮捕赴狱，举家惊号，忧在不测。臣窃思念轼居家在官，无大过恶。惟是赋性愚直，好谈古今得失。前后上章论事，其言不一。陛下圣德广大，不加谴责。轼狂狷寡虑[2]，窃恃天地包含之恩，不自抑畏。顷年通判杭州及知密州日，每遇物托兴，作为歌诗，语或轻发。向者曾经臣寮缴进[3]，陛下置而不问。轼感荷恩贷[4]，自此自深悔咎，不敢复有所为，但其旧诗已自传播。臣诚哀轼愚于自信，不知文字轻易，迹涉不逊[5]。虽改过自新，而已陷于刑辟，不可救止。

轼之将就逮也，使谓臣曰："轼早衰多病，必死于牢狱，死固分也。然所恨者，少抱有为之志，而遇不世出之主，虽龃龉于当年，终欲效尺寸于晚节。今遇此祸，虽欲改过自新，洗心以事明主，其道无由。况立朝最孤，左右亲近，必无为言者。惟兄弟之亲，诚求哀于陛下而已。"臣窃哀其志，不胜手足之情，故为冒死一言。

昔汉淳于公得罪，其女子缇萦请没为官婢，以赎其父，汉文因之遂罢肉刑[6]。今臣蝼蚁之诚，虽万万不及缇萦，而陛下聪明仁圣，过于汉文远甚。臣欲乞纳在身官以赎兄轼，非敢望末减其罪[7]，但得免下狱死为幸。兄轼所犯，若显有文字，必不敢拒抗不承，以重得罪。若蒙陛下哀怜，赦其万死，使得出于牢狱，则死而复生，宜何以报？愿与兄轼洗心改过，粉骨报效，惟陛下所使，死而后已！

臣不胜孤危迫切，无所告诉，归诚陛下。惟宽其狂妄，特许所乞。臣无任祈天请命激切陨越之至[8]。

我听说困难危急的时候呼唤苍天，疾病疼痛的时候呼唤父母，这是人最真切的感情流露。我虽然像草芥一样微贱，却有危急迫切的恳求，切望像天地、父母一般的皇上同情并顾怜我吧！

我很早就失去父母，惟有兄长苏轼一人同我相依为命。现在我听说他犯了罪，被逮捕进了监狱，全家因此惊恐号哭，担心他遭到意想不到的惩罚。我私下认为苏轼无论是在家里或是在朝廷做官，都没有大的罪过，只是天性愚拙刚直，喜欢谈论古往今来的是非得失，前后多次上奏章议论国事，他的言论有不一致的地方。陛下英明神圣恩德广大，对他不加以谴责，苏轼却狂妄急躁缺少思虑，私下自恃皇恩浩荡，能像天地那样包含万物，就自己不加收敛和顾忌。近年来在杭州任通判和在密州任知州期间，每天遇到一些事情就托物寄兴，写作诗歌，有些话说得太轻率。过去曾经有同僚把这些诗送给朝廷，但是陛下搁置在一边不予问罪。苏轼受到这种宽恕十分感激皇上的恩德，因此自己深深地悔过，不敢再做这样的诗，但是他的旧作已经传播开来。我实在可怜他过于自信，到了愚蠢的地步，不懂得文字的轻重利害，诗中表现出一些不恭敬的迹象，现在虽然想悔过自新，却已经深陷刑律，不可以挽救了。

苏轼将要被逮捕入狱时，派人告诉我说："我过早衰老，而又多病，一定会死在牢狱之中。在劫难逃，然而遗憾的是，我从小就怀着有所作为的志向，而且遇到难得的明主，虽然当年和执政者的意见有所不合，但是始终想在晚年为国家报效一点微力。现在遭到这场灾祸，即使想要改过自新，洗心革面来侍奉明主，却无从寻找献身之路。况且我在朝廷里最为孤立，皇帝的左右亲近肯定没有替我说话的人，只有依靠你我兄弟的情分，试着替我向陛下乞求哀怜了。"我私下同情他的心思，又经不住手足之情的促使，因此冒死替他说几句话。

从前汉代的淳于公犯了罪，他的小女儿缇萦请求把自己没入官府做奴婢，为她的父亲赎罪，汉文帝因此废除了肉刑。现在我这个微不足道的诚意，虽然万万不及缇萦，但是陛下的聪明仁爱圣明却是大大超过了汉文帝。我想乞求缴出我目前的官职来为兄长苏轼赎罪，我不敢奢望对他从轻

论罪，只要免得死在狱中就很幸运了。我兄长苏轼所犯的罪，如果明显的有文字证据，一定不敢拒不承认而罪上加罪。如果陛下哀怜他，赦免他的万死之罪，使他能够走出牢狱，那么对于他来说，等于是死而复生，应该怎么样报答陛下呢？我愿意和兄长苏轼一起洗心革面改过自新，粉身碎骨来报效陛下，任凭陛下驱使，我们将竭尽心力，全力以赴。

我承受不了这种孤危、急迫又无处诉说的痛苦，只能把内心想法都禀告陛下，希望陛下能够宽恕我的狂妄，特许我的乞求。我祈祷苍天为兄请命的激切癫狂的心绪，到了无法自制的地步。

◎ 原文注释

〔1〕怙恃：父母的代称。〔2〕狂狷：狂妄急躁。〔3〕寮：同"僚"，同官为僚。缴进：上缴，呈进。〔4〕感荷：为承受恩惠而感谢。荷，承受。恩贷：赐恩而宽免。贷，宽恕，饶恕。〔5〕迹：指诗中表现的一些迹象。不逊，不谦虚，不恭敬。〔6〕"汉淳于公"四句：淳于公，名意，西汉临淄人，因故获罪，他的小女儿缇萦上书汉文帝，请求自己为官婢，代父赎罪。汉文帝被她的心意感动，决定废除肉刑。没，没入，旧时刑法的一种，就是没收财物、妻室、家人都入官。官婢，古时没入官府做奴婢的女子。肉刑，残害肉体的刑罚。古时有墨、劓、宫等刑罚。〔7〕末减：从轻论罪或者减刑。〔8〕无任：就是不胜。天：比喻宋神宗。请命：请求保全生命或者解除痛苦。陨越：举止失措，神魂颠倒。

◎ 拓展阅读

"调水符"与"无忧符"

嘉祐六年，苏轼任凤翔签判，苏辙则留京事父。苏轼在游终南山下的玉女洞时，发现泉水甘美，带了两瓶回去。以后又派士卒专程至玉女洞取水，为防士卒用其他地方的水来冒充，于是与寺僧破竹为契，僧与己各藏其一，作为往来的凭据，戏称为"调水符"，并作了一首《调水符》的诗。苏辙也作了一首《和子瞻调水符》，劝哥哥与其大费周折取水，还要担心士卒欺骗，不如减少欲望，自可免此忧烦。两人个性上的差异由此可见。

高安丐者赵生，弊衣蓬发，未尝沐洗，好饮酒，醉辄欧詈其市人[1]，虽有好事时召与语[2]，生亦慢骂，斥其过恶。故高安之人皆谓之狂人，不敢近也。然其与人遇，虽未尝识，皆能道其宿疾[3]，与其平生善恶。以此，或曰："此非有道者耶？"

元丰三年，予谪居高安。时见之于途，亦畏其狂，不敢问。是岁岁莫[4]，生来见予，予诘之曰："生未尝求人，今谒我，何也[5]？"生曰："吾意欲见君耳。"既而曰[6]："吾知君好道而不得要，阳不降，阴不升[7]，故肉多而浮，面赤而疮。吾将教君挽水以溉百骸[8]，经旬诸疾可去。经岁不怠，虽度世可也。"予用其说，信然，惟怠不能久，故不能究其妙。生尝告予："吾将与君夜宿于此。"予许之。既而不至，问其故，曰："吾将与君游于他所，度君不能无惊，惊或伤神，故不敢。"予曰："生游何至？"曰："吾常至太山下，所见与世说地狱同。君若见此，归当不愿仕矣。"予曰："何故？"生曰："彼多僧与官吏。僧逾分，吏暴物故耳。"予曰："生能至彼，彼人亦知相敬耶？"生曰："不然，吾则见彼，彼不吾见也。"因叹曰："此亦邪术，非正道也。君能自养，使气与性俱全，则出入之际将不学而能，然后为正也。"予曰："养气请从生说为之，至于养性，奈何？"生不答。一日遽问曰："君亦尝梦乎？"予曰："然。""亦尝梦先公乎？"予曰："然。""方其梦也，亦有存没忧乐之知乎？"予曰："是不可常也。"生笑曰："尝问我养性，今有梦觉之异，则性不全矣。"予瞿然异其言，自此知生非特挟术[9]，亦知道者也。

高安有个乞丐赵生，穿着破烂衣服，蓬头垢面，不洗头不洗澡，喜欢喝酒，醉了就打骂市场上的人。虽然有喜欢惹事的人有时找他说话，赵生也要轻侮、辱骂对方，斥责他的过错和罪恶。因此高安人都称赵生为疯子，不敢接近他。然而他和人相遇，即使以前从不相识的，他都能说出这个人过去所患的疾病以及一向的善和恶。因此有人说："这乞丐莫非是个有道术的人啊！"

元丰三年，我贬谪居住在高安，常常在路上遇到他，也怕他的疯狂，不敢向他问话。这一年的年底，赵生来见我，我问他说："你从来不求人，现在却来拜访我，这是为什么呢？"赵生说："我心中想要见您罢了。"过了一会儿又说："我知道您爱好养生之道，但是不得要领。阳不降，阴不升，因此身上肉多而虚胖，面红而生疮。我特地教您运用'挽水以溉百骸'的方法，经过十天这些疾病就能祛除。连续一年不松懈地去做，即使要想成仙也可以。"我采用他的说法去做，效果确实像他说的那样，只是我懈怠而不能持久，因此不能极尽它的妙处。赵生曾经对我说："晚上我将睡在这里。"我同意了他的要求。过后他没有来，我问他是什么缘故，他说："我将要和您去其他地方游历，估计您不能不害怕，受了惊或许会伤神，因此我不敢带您去。"我问："你到哪里去游历呢？"赵生说："我常常到泰山下面，所见的情景与世上说的地狱的情况相同。您如果见到这种情形，回来就会不愿再出去做官了。"我问："这是为什么？"赵生说："那里有很多僧侣和官吏，这是由于僧侣不守本分，官吏任意疟害人民的缘故罢了。"我说："你能到那里，那里的人也知道敬重你吗？"赵生说："并不如此，我能看见他们，他们不能看见我。"因而又叹息说："这也是邪术，不是正道啊！您若是能够自己修养，使元气本性都饱满，那么吐故纳新之时，不需学习自然而能，然后就成正道了。"我说："请让我听从你所说的来做养气之功，至于养性又该怎么样呢？"赵生不回答。一天突然问我说："您也曾做梦吗？"我说："是的。""你也曾梦到过您所死去的父亲吗？"我说："是的。""当您做梦的时候，也有生死忧乐的知觉吗？"我说："这不是一定的。"赵生笑着说："您曾经问我如何养性，现在您有做梦和梦醒的不同感觉，那么您的性还不齐全。"我感到他的话很奇怪，不觉为之一惊，从此知道赵生不光是一个持有术数的人，而且也是个懂得养性之道的人。

◎ 原文注释

〔1〕詈：骂。

〔2〕好事：这里指好事者。

〔3〕宿疾：如同说旧病。

〔4〕莫：暮。

〔5〕谒：晋见。

〔6〕既而：时间副词，不久，过了一会儿。这里是后来的意思。

〔7〕阳不降，阴不升：中医诊断术语，从下面"肉多而浮，面赤而疮"来看，当为阳亢阴虚兼有里热之症，可取养阴、增液、润燥兼利水渗湿、清热解毒之法治疗。

〔8〕挽水溉百骸：字面上的意思是用水溉润骨骼以祛除疾病，这里或许是取水能克火，育阴潜阳的意思。然而所说的不都合于中医传统之法，因为语焉不详，所以不可理喻。

〔9〕非特挟术：不光是拥有法术。挟：拥有，持有。

生两目皆翳，视物不明。然时能脱翳，见瞳子碧色。自脐以上，骨如龟壳；自心以下，骨如锋刃。两骨相值，其间不合如指。尝自言生于甲寅，今一百二十七年矣。家本代州，名吉，事五台僧，不能终，弃之游四方，少年无行，所为多不法。与扬州蒋君俱学，蒋恶之，以药毒其目，遂翳。然生亦非蒋不循理[1]，槁死无能为也[2]。是时予兄子瞻谪居黄州，求书而往，一见喜子瞻之乐易，留半岁不去。及子瞻北归，从之兴国。知军杨绘见而留之。生喜禽鸟六畜，常以一物自随，寝食与之同。居兴国畜骏骡，为骡所伤而死，绘具棺葬之。元祐元年，予与子瞻皆召还京师，蜀僧有法震者来见，曰："震溯江将谒公黄州，至云安逆旅，见一丐者曰：'吾姓赵，顷于黄州识苏公[3]，为我谢之。'"予惊问其状，良是。时知兴国军朱彦博之子在坐，归告其父，发其葬，空无所有，惟一杖及两胫在[4]。

予闻有道者恶人知之，多以恶言秽行自晦[5]。然亦不能尽掩，故德顺时见于外[6]。今余观赵生鄙拙忿隘[7]，非专自晦者也，而其言时有合于道。盖于道无见，则术不能神；术虽已至，而道未全尽。虽能久生变化，亦未可以语古之真人也[8]。道书："尸假之下者[9]，留脚一骨。"生岂假者耶[10]？

赵生两眼生障膜，看不清东西，但他常常能揭去障膜，显露出清碧色的瞳仁。他的肚脐上部骨骼像是乌龟壳，心口以下部分，骨骼又像锋利的刀刃。两种骨骼相连接的地方，其间不能合拢就像手指缝似的。他曾经说自己生于后周甲寅年间，现在已经一百二十七岁了，老家本来在代州，自己的名字叫吉，曾经在五台山出家做和尚，可是未能坚持到底，就离开五台山云游四方。年轻时品性不检，所作所为大多是不法之事。与扬州人蒋某一起学习，蒋某憎恶他，用毒药毒害他的眼睛，于是他的眼睛就长了障膜。但是，赵生如果没有蒋某的这一举动，就不会把握妙理，到老死也不会有所作为。这时，我的兄长子瞻被贬谪到黄州。赵生求人写信给子瞻，请求前往，一见之下，就喜欢子瞻的乐观平易，在黄州逗留了半年还不想离开。等到子瞻北归，他也跟着到了兴国。兴国知军杨绘见到他，把他留了下来。赵生喜爱禽鸟六畜，常常带着一种动物跟随在自己身边，同它一起吃睡。居住在兴国期间，畜养了一头雄健的骡子，被骡子踢伤而死。杨绘准备了棺材安葬了他。元祐元年，我与子瞻都被朝廷召回京城，四川有个法震的和尚来见我说："我沿着长江逆水而上，准备到黄州去拜见您，到了云安的旅馆里，遇到了一个乞丐说：'我姓赵，不久前在黄州结识了苏公，请替我向他致意。'"我惊奇地问起他的具体模样，确实是赵生。当时兴国知军朱彦博之子也在座，就回去告诉了他的父亲，发掘赵生的坟墓，棺材中空无所有，只有一根手杖和两根小腿骨。

我听说有道术的人不愿意有人知道他，就多以粗俗的言语和肮脏的行为来掩饰自己，但是也不能完全掩饰住，因此美好的品德还会显露出来。现在我看赵生这人质朴倔强，愤世嫉俗，不是善于掩饰自己本相的人，然而他的话时时有合于正道的。大概一个人还没有明白大道时，那么他的法术就不能达到神奇的程度。法术虽然已经学到了，但是大道还没有全部修养到家，那么虽然能长时间的生出种种变化，也还不可以同古代的修真得道的人相提并论。道书上说："'尸假'的下等者，留下一根脚骨。"赵生难道也是凭借"尸假而去的吗？"

◎ **原文注释**

〔1〕循理：把握妙理。

〔2〕槁死：就如同说老死。槁，干枯，这里指老年人枯瘦的样子。

〔3〕顷：时间副词。表示时间很短。

〔4〕胫：小腿。

〔5〕晦：隐藏。

〔6〕德顺：顺德，美德。

〔7〕鄙拙：粗鄙笨拙。忿：愤。隘，狭隘，此处指量小。

〔8〕真人：道家称修真得道或者成仙的人。

〔9〕尸假：道家认为修道者死后，留下形骸魂魄散去成仙，称为"尸假"。

〔10〕假：凭借。

◎ **拓展阅读**

阴阳

阴阳源于中国古代的哲学思想，认为万物都有阴阳两个对立面，以阴阳来解释自然界的各种现象，例如天是阳，地是阴；日是阳，月是阴。阴阳的对立和统一，是万物发展的根源。凡是旺盛、萌动、强壮、外向、功能性的，均属阳；相反，凡是宁静、寒冷、抑制、内在、物质性的，均属阴。阴阳学说亦应用于中医学上，用来解释人体生理现象及病理变化的规律，阴阳协调则身体健康，阴阳失调则百病丛生。

余既以罪谪监筠州盐酒税[1]，未至，大雨，筠水泛溢，蔑南市，登北岸，败刺史府门。盐酒税治舍，俯江之浒，水患尤甚。既至，敝不可处，乃告于郡，假部使者府以居。郡怜其无归也，许之。岁十二月，乃克支其欹斜[2]，补其圮缺，辟听事堂之东为轩，种杉二本，竹百个，以为宴休之所。然盐酒税旧以三吏共事。余至，其二人者适皆罢去[3]，事委于一。昼则坐市区鬻盐、沽酒、税豚鱼，与市人争寻尺以自效[4]。莫归筋力疲废，辄昏然就睡，不知夜之既旦。旦则复出营职，终不能安于所谓东轩者。每旦莫出入其旁，顾之未尝不哑然自笑也。

余昔少年读书，窃尝怪颜子以箪食瓢饮居于陋巷[5]，人不堪其忧，颜子不改其乐。私以为虽不欲仕，然抱关击柝[6]，尚可自养，而不害于学，何至困辱贫窭自苦如此！及来筠州，勤劳盐米之间，无一日之休，虽欲弃尘垢，解羁絷，自放于道德之场，而事每劫而留之[7]。然后知颜子之所以甘心贫贱，不肯求斗升之禄以自给者，良以其害于学故也。嗟夫！士方其未闻大道，沉酣势利，以玉帛子女自厚，自以为乐矣。及其循理以求道，落其华而收其实，从容自得，不知夫天地之为大与死生之为变，而况其下者乎？故其乐也，足以易穷饿而不怨，虽南面之王，不能加之，盖非有德不能任也。余方区区欲磨洗浊污[8]，晞圣贤之万一[9]，自视缺然，而欲庶几颜氏之乐，宜其不可得哉！若夫孔子周行天下，高为鲁司寇，下为乘田委吏，惟其所遇，无所不可，彼盖达者之事而非学者之所望也。

余既以谴来此，虽知桎梏之害而势不得去，独幸岁月之久，世或哀而怜之，使得归伏田里，治先人之敝庐，为环堵之室而居之[10]，然后追求颜氏之乐，怀思东轩，优游以忘其老，然而非所敢望也。

元丰三年十二月初八日，眉山苏辙记。

我因为获罪被贬筠州做管理盐酒税收政策的税官，还没到任，筠州就下起了大雨。大水泛滥成灾，淹没了南岸，漫上了北坡，冲坏了州府的大门，盐酒税所临近锦江边，遭受水灾尤其严重。我到任时，房屋损毁，无处安身，于是把灾情向郡府的长官作了报告，请求借用户部巡察使衙门暂居。郡府长官同情我无处安身的境况，同意了我的请求。直到这年十二月，才把倾斜的房子勉强支立起来，倒塌的墙壁修补完整，又在厅事堂的东边盖了一间小屋，屋前种了二棵杉树，栽了百多竿翠竹，做为我读书休息的处所。但是盐酒税务的差事，本来由三个人来管，我来到这里时，其余二人刚好都卸职离去，所有的事务便都落在我一个人头上。白天我得坐守在市场，卖盐沽酒，收猪、鱼交易的利税，与市场上的商人为小利争执计较，来尽我的职责。晚上回来已经筋疲力尽，就昏然睡去，天已经亮了都不知道。第二天又得出去工作，始终也不能在所谓的东轩安闲地休息。每天早晚都从它旁边出入，回头看看，不禁从心里产生一种无奈的苦笑。

从前读书时，曾经暗自责怪颜回用一个竹器盛饭，一个瓢盛水，住在简陋的小巷里，别人都忍受不了这种困苦，颜回却自得其乐。我私下认为即使不从政做官，做点看门打更的小差事也可以自己养活自己，而且不妨碍治学，何至于自己贫苦到如此地步呢？等到我来到筠州，每天却为盐米这些琐事辛勤操劳，没有一天能有闲暇时间。虽然很想离开人声喧嚣、尘土飞扬的市场，摆脱繁琐的事务，回到能修心养性、培养情操的地方去，但总是被繁杂的事务缠绕住而身不由己。从这以后才知道颜回所以甘心贫贱，不肯谋求微薄的薪禄来养活自己的原因，恰是因为这样的处境对治学是有害的缘故啊。唉！读书人在他还没有达到最高理想境界的时候，所以他沉醉于权势利益，看重财帛仆妾，并以此为乐趣。等到他按着规律去寻求人生的最高理想的时候，就能摆脱

〇 品画鉴宝　登封窑珍珠地划花人物瓶·宋　此瓶小口圆唇，短头，溜肩，腹体呈橄榄形，浅圈足。器身以细线刻划一醉态可掬、袒胸露怀、肩挑葫芦的长衫醉汉，形象极为生动。

虚华而追求真正的实质性的东西。那时就会从容自得，天地的大小、人的生死都不在话下，何况其他事情呢！所以那种乐趣足够对穷困饥饿的处境做到毫无怨言，即使让他称王他也不会达到这种境界。我正想洗心革面，勤学求道，希望能达到古代圣贤的万分之一。可是我自知不足，希望达到颜回自得之乐的境界，不是更做不到吗！至于孔子那样周游列国，处位高时当上了鲁司寇，位低时则做了乘田、委吏，只要是他接触的官职，没有不可以当的。他所做的都是"达者"的事情，不是一般的学者所能企望的。

我已经被谪这里，虽然知道受职事的限制不能离开，只希望随着时间的推移，世人或许能同情可怜我，让我返回家乡，修整先人留下的荒破家园，盖起简陋的房屋来安身，然后追求颜回安贫乐道的志趣，实现所希望的东轩之乐，悠闲自得，其乐无穷，安度余生。然而这不过是幻想，我是不敢有这样的奢望的。

元丰三年十二月初八日，眉山苏辙记。

◎ 原文注释

〔1〕以罪谪：这里是说作者受苏轼的"乌台诗案"牵连遭贬。

〔2〕克支：支撑起。欹斜：倾斜。

〔3〕罢去：离开。

〔4〕寻尺：这里指细小之物。自效：愿为别人贡献出自己的力量。

〔5〕箪食瓢饮：用来说生活俭朴，贫困。

〔6〕抱关击柝：守门打更的小官吏。

〔7〕劫：约束、阻碍。

〔8〕区区：四处奔走的意思。

〔9〕睎：仰望、向上看。

〔10〕环堵：四面为墙屋里空空。

◎ 拓展阅读

子贡借粮

据清代陈皋谟《笑倒》记载，孔子绝粮于陈，命颜回往回回国借粮，以其名与国号相同，冀有情熟。比往通说，大怒曰："汝孔子要攘夷狄，怪俺回回，连你也骂着，说'回之为人也择（贼）乎？'粮断不与。"颜子怏怏而归。子贡请往，自称："平昔奉承，常曰：'赐也，何敢望回回。'"群回大喜，以白粮一担先令携去，许以陆续运付。子贡归，述诸孔子。孔子攒眉曰："粮便骗了一担，只是文理不通。"

子瞻迁于齐安，庐于江上。

齐安无名山，而江之南武昌诸山，陂陁蔓延[1]，涧谷深密，中有浮图精舍，西曰曲山，东曰寒溪。依山临壑，隐蔽松枥，萧然绝俗[2]，车马之迹不至。每风止日出，江水伏息，子瞻杖策载酒，乘渔舟，乱流而南。山中有二三子，好客而喜游。闻子瞻至，幅巾迎笑，相携徜徉而上[3]。穷山之深，力极而息，扫叶席草，酌酒相劳。意适忘反，往往留宿于山上。以此居齐安三年，不知其久也。

然将适西山，行于松柏之间，羊肠九曲，而获少平[4]。游者至此必息，倚怪石，荫茂木，俯视大江，仰瞻陵阜，旁瞩溪谷，风云变化，林麓向背[5]，皆效于左右。有废亭焉，其遗址甚狭，不足以席宾客。其旁古木数十，其大皆百围千尺，不可加以斤斧。子瞻每至其下，辄睥睨终日[6]。一旦大风雷雨，拔去其一，斥其所据，亭得以广。子瞻与客入山视之，笑曰："兹欲以成吾亭邪？"遂相与营之。亭成，而西山之胜始具。子瞻于是最乐。

昔余少年，从子瞻游。有山可登，有水可浮，子瞻未始不褰裳先之。有不得至，为之怅然移日。至其翻然独往，逍遥泉石之上，撷林卉，拾涧实，酌水而饮之，见者以为仙也。盖天下之乐无穷，而以适意为悦[7]。方其得意，万物无以易之。及其既厌，未有不洒然自笑者也。譬之饮食，杂陈于前，要之一饱[8]，而同委于臭腐。夫孰知得失之所在[9]？惟其无愧于中，无责于外，而姑寓焉[10]。此子瞻之所以有乐于是也。

子瞻被贬到齐安，在长江边上建庐而居。

齐安没有什么名山，而长江南岸武昌的群山高低起伏，连绵不绝，山谷多且幽深，里面有佛塔、寺庙、僧舍，西边的叫西山寺，东边的叫寒溪寺。佛寺背靠山梁，面对山沟，隐蔽在茂密的松树枥树丛中，寂寞清静，与世俗隔绝，见不到车马，看不见人行。每当风止，太阳出来的时候，江面波平浪静，子瞻就拄着拐杖，带上好酒，乘坐渔船横渡长江直奔南山而来。山中有几个人，热情好客，喜游山觅水，听说子瞻来了，都裹着头巾笑着出来迎接他，然后携手同行，逍遥自在地前行，一直走到深山尽处，等大家都筋疲力尽了，方才停下歇息，扫开落叶席地而坐，彼此举起酒杯互相敬酒，玩到心情舒适时，竟至忘记了回家，于是就常常在山上夜宿。因为生活惬意，所以子瞻在齐安住了三年，都没觉得时间有多长。

可是要往西山去时，就要从松柏之间经过，走过羊肠山路，才会见到稍微平坦的地方，游览者一定会在此停下休息。人们倚靠在怪石上玩赏，躲在浓密林阴

○ 品画鉴宝　定窑白釉水波纹海螺·宋

下小憩，向下可俯视大江，向上可仰望高山，旁边可扫视小溪幽谷。风云变化和树林山脚阴面、阳面的种种景象都在显于人们身边。平地上有一座破旧的亭子，它的遗址很狭小，不能容纳众多游客。亭子旁有几十棵古树，似都有百围之粗、千尺之高，不能用刀斧砍伐掉。子瞻每次一到树下，就整天观察着它们。一天，来了一阵暴风雷雨，其中一棵古木被连根拔起，子瞻趁机将那倒下老树的地方清理平整一番，亭子的地基才得以扩大。子瞻与朋友们进山看了看，相视而笑，说道："这大概是上天想成全我们建成亭台吧？"于是大家一起努力构建新亭子。亭子建成后，西山的胜景才算完备了。子瞻对这件事极为高兴。

从前我年轻时跟随子瞻游览各地，遇山就登山，遇水就乘舟，子瞻都是带头提起衣服卷起裤脚走前面，遇到不能到达的地方，子瞻就会为这事闷闷不乐。有时他一个人悠闲自在地独游，在泉石上玩赏，采摘林中的花草，拾取落在山中的果实，从溪中舀取山泉来喝，看到他这样子，人们会以为他是神仙呢。其实天下的乐事很多，只有使人心情畅快的事最叫人喜爱。当他心满意足的时候，万事万物都不能替代这种快乐；到了他兴尽的时候，没有不感到吃惊、自我嘲笑的。这就好比喝酒吃饭，五花八门的菜肴摆在面前，总之是为了吃饱，而吃下去后，那些食物进肚的酒菜同样变成了腐臭的东西，有谁还会去在乎哪些得、哪些失呢？在外不受指责，把心思寄托在山林之间又能怎样呢？这就是子瞻在这里感到快乐的原因了。

○ 品画鉴宝　双树楼阁图·明·项元汴　此图构图运用了近大远小的手法。近处高树巨石层层叠叠，给人以强烈的压迫感，而远处的群山则又给人以悠远的感觉。

◎ 原文注释

〔1〕陂陁：起伏不平的样子。

〔2〕萧然：清静寂寞的样子。

〔3〕徜徉：自由自在地走。

〔4〕获少平：得到了一块稍微平缓的地方。

〔5〕向背：正面、背面。

〔6〕睥睨：侧目斜视，这里有观察、端详的意思。

〔7〕适意：合乎自己的心意，表示自得其乐。

〔8〕要之：总之。

〔9〕"夫孰知"句：意谓没有人能够知道人生乐趣是从哪里获得的，又是在哪里失掉的。

〔10〕姑：姑且。

◎ 拓展阅读

竹林七贤

竹林七贤是指三国时七位名人嵇康、阮籍、山涛、向秀、刘伶、阮咸、王戎的合称。他们常集于山阳（今河南修武）竹林之下肆意酣畅，故史称竹林七贤。他们大都崇尚老庄之学，不拘礼法，生性放达。在政治上，阮籍、刘伶、嵇康对司马氏集团均持不合作态度，嵇康更因此被杀。而王戎、山涛等则先后投靠司马氏，历任高官，并成为其政权的心腹。在文章创作上，以阮籍、嵇康为代表，透过七贤的文章创作，可窥略到他们各自的志向意趣。

与可以墨为竹，视之良竹也。客见而惊焉，曰："今夫受命于天，赋形于地，涵濡雨露，振荡风气，春而萌芽，夏而解驰[1]，散柯布叶，逮冬而遂。性刚洁而疏直，姿婵娟以闲媚[2]。涉寒暑之徂变[3]，傲冰雪之凌厉。均一气于草木，嗟壤同而性异。信物生之自然，虽造化其能使。今子研青松之煤，运脱兔之毫，睥睨墙堵，振洒缯绡，须臾而成。郁乎萧骚[4]，曲直横斜，稼纤庳高[5]，窃造物之潜思，赋生意于崇朝[6]。子岂诚有道者耶？"

与可听然而笑曰[7]："夫予之所好者道也，放乎竹矣[8]。始予隐乎崇山之阳，庐乎修竹之林，视听漠然，无概乎予心，朝与竹乎为游，莫与竹乎为朋，饮食乎竹间，偃息乎竹阴。观竹之变也多矣。若夫风止雨霁，山空日出，猗猗其长[9]，森乎满谷，叶如翠羽，筠如苍玉。澹乎自持，凄兮欲滴，蝉鸣鸟噪，人响寂历。忽依风而长啸，眇掩冉以终日。笋含箨而将坠，根得土而横逸，绝涧谷而蔓延，散子孙乎千忆。至若丛薄之余，斤斧所施，山石荦埆，荆棘生之。蹇将抽而莫达[10]，纷既折而犹持，气虽伤而益壮，身已病而增奇。凄风号怒乎隙穴，飞雪凝冱乎陂池。悲众木之无赖，虽百围而莫支。犹复苍然于既寒之后，凛乎无可怜之姿。近松柏以自偶，窃仁人之所为，此则竹之所以为竹也。始也余见而悦之，今也悦之而不自知也。忽乎忘笔之在手与纸之在前，勃然而兴，而修竹森然。虽天造之无朕，亦何以异于兹焉？"

客曰："盖予闻之，庖丁，解牛者也，而养生者取之。轮扁，斫轮者也，而读书者与之。万物一理也，其所从为之者异尔。况夫夫子之托斯竹也，而予以为有道者，则非耶？"

与可曰："唯唯。"

文与可用墨来画竹子，看上去就如同真的一样。有的来客看到他画的墨竹，感觉十分惊奇，说："那竹子拥有大自然赋予的生命，在地上生长，饱受雨露的润泽，承受着风与气的涤荡。春天它们萌动发芽，夏天破笋壳而出并茁壮成长，将枝叶全部舒展开来，到冬天就长成了。竹子的品格是纯洁、正直，姿态是优美、闲雅。它经历了寒暑的更迭，傲视冰雪的凌厉。竹和其他的草木一样吸收天地之气，生长在相同的土壤中，而品性却各异，这的确让人感叹！这是万物与生俱来的自然属性，即使是老天恐怕也不能改变。现在您用研磨松炭制成的墨，挥动兔毫笔，或者在墙壁上任性随意作画，或在绢帛上奋笔自由挥洒，不久繁茂的竹子就被勾画出来了，而且似乎风吹竹动的声音也能听得到。这些竹子有曲有直，有横有斜，有浓密，有纤细，有低小，有高大。你似乎摸透了天意，很快地就能画出生机蓬勃的竹子。难道你真是有道之人吗？"

文与可笑了笑，说："我喜欢的是'道'，寓于竹子上了。从前，我在高山南坡幽居，在修长的竹林中结庐，无论是看见的，还是听到的，都没影响到我，都不会令我牵挂。白天我以竹子为游伴，晚上我以竹子为朋友，吃喝于竹林中，栖息于竹阴下，看到竹子不同形态的变化太多了。譬如在风雨停歇的时候，太阳出来，山中一片明朗，满山布满了秀颀繁茂的竹子，竹叶如翠绿的羽毛，竹皮如同青色的玉石，那竹子淡泊自立，竹上凝结的寒露，好像要滴洒下来一样。这时，除了大自然中的蝉声、鸟叫声外，没有其他的声响。风忽然刮起来了，竹子随着风左右摇摆，发出长长的啸声。竹笋正在茁壮生长，外面的笋壳似乎随时都会掉下来，而竹根周围只要有土，就会向四周生长。竹子们遍布山谷，四处蔓延，在山野中又繁殖出成千上亿的幼竹。那些长满杂草的竹林边缘地带的竹子经常被刀斧砍伐，加上这里乱石满山，又有荆棘生长。在这种恶劣条件下，竹子艰难地抽生却不能顺畅地生长，但即使被砍得零乱折断，它们依然挺立不倒。尽管竹子们受到了砍伤，却愈发显示出强大的生命力，也正因为有了伤痛，它们长得奇特。凛冽寒风在树的缝隙、石洞中怒号，大雪将河池沼泽全部封冻上了，可叹其他许多草木都凋零枯萎了，即使粗大树木也抵御不住严寒。但竹子却能在冰天雪地里仍然苍翠地挺立着，傲然于霜雪之上而没有显出让人怜悯的样子。竹子以松柏为效法的典范，力争赶上它们，并进入它们的行列，这是仿效仁德之人的做法。这就是竹子自身所具有的特征。最初，我看见竹子很高兴，现在我对竹子的喜爱已到了能被明显感觉到的地步了。心与竹相契合以至忘了手中的笔和面前的纸了，灵感一来，画笔一挥，一幅优美繁茂的墨竹就跃然纸上了。即使是自然生长的竹子，我的墨竹和它又有什么不同呢？"

来客说："我听说，庖丁是个杀牛的屠夫，而注重养生的人却能从他那里得到了启示；轮扁是一个做车轮的匠人，读书人却十分赞同他的见解。由此可见，天下所有事物的规律是相同的，只不过是每个人看问题、做事情的角度和方法不同罢了。何况像您这样把高洁品质寄托在竹子上的人，我认为是有道的人，不是吗？"

文与可说："哦，哦。"

◎ 原文注释

〔1〕解弛：指脱掉竹笋笋壳。

〔2〕婵娟：多指形态美好的样子。

〔3〕徂（cú）变：往来变化，此处指寒暑之变迁。

〔4〕萧骚：象声词，此处形容风吹的响声。

〔5〕庳（bēi）：低，低下。

〔6〕崇朝：终朝。从天明到吃早饭之间，此处喻时间短促。《诗经·卫风·河广》："谁谓宋远，曾不崇朝。"

〔7〕听（yǐn）然：笑的样子。《史记·司马相如列传》："亡是公听然而笑。"

〔8〕放乎：推广至，寄托于。

〔9〕猗猗（yī yī）：秀美茂盛的样子。《诗经·卫风·淇奥》："瞻彼淇奥，绿竹猗猗。"

〔10〕蹇（jiǎn）：艰难，费力。此处指竹子费力地抽出枝来，却又不能顺畅地生长的样子。

◎ 拓展阅读

郑板桥画竹

郑板桥擅画兰、竹、石。他所画的墨竹写意居多，且生活气息十分浓厚，一枝一叶都极富变化之妙，画风清劲秀美，超尘脱俗，给人一种与众不同之感。他在《墨竹图》中题记："凡吾画竹，无所师承，多得于纸窗、粉壁、日光、月影中耳。"郑板桥画竹还讲究书与画的有机结合，"以草书之中竖长撇法运之"。他说："书法有行款，竹更要有行款，书法有浓淡，竹更要有浓淡，书，要有疏密，竹更要有疏密。"这些人们都能从他的字画中体会到。

338

　　江出西陵，始得平地，其流奔放肆大。南合沅、湘，北合汉沔，其势益张。至于赤壁之下，波流浸灌，与海相若。清河张君梦得谪居齐安，即其庐之西南为亭，以览观江流之胜，而余兄子瞻名之曰"快哉"。

　　盖亭之所见，南北百里，东西一舍[1]。涛澜汹涌，风云开阖。昼则舟楫出没于其前[2]，夜则鱼龙悲啸于其下[3]。变化倏忽[4]，动心骇目，不可久视。今乃得玩之几席之上，举目而足。西望武昌诸山，冈陵起伏，草木行列，烟消日出，渔夫樵父之舍[5]，皆可指数：此其所以为快哉者也。至于长洲之滨[6]，故城之墟，曹孟德、孙仲谋之所睥睨，周瑜、陆逊之所骋骛，其流风遗迹，亦足以称快世俗。

　　昔楚襄王从宋玉、景差于兰台之宫，有风飒然至者[7]，王披襟当之，曰："快哉此风！寡人所与庶人共者耶？"宋玉曰："此独大王之雄风耳，庶人安得共之！"玉之言盖有讽焉。夫风无雌雄之异，而人有遇不遇之变；楚王之所以为乐，与庶人之所以为忧，此则人之变也，而风何与焉？士生于世，使其中不自得，将何往而非病？使其中坦然，不以物伤性，将何适而非快？

　　今张君不以谪为患，窃会稽之余，而自放山水之间，此其中宜有以过人者。将蓬户瓮牖[8]，无所不快；而况乎濯长江之清流，揖西山之白云[9]，穷耳目之胜以自适也哉！不然，连山绝壑，长林古木，振之以清风，照之以明月，此皆骚人思士之所以悲伤憔悴而不能胜者[10]，乌睹其为快也哉！

　　元丰六年十一月朔日，赵郡苏辙记。

　　长江从西陵峡流出，便进入平坦地带，水势奔腾浩荡。向南与沅水、湘水汇合，向北与汉水汇聚，水势愈加壮阔。江水流到赤壁之下，灌溉了大片土地，就像是无际的大海。清河张梦得贬官后居住在齐安，在居住的房舍西南方修建了一座亭子，用来观赏长江江流的胜景，我的兄长子瞻给这座亭子起名叫"快哉亭"。

　　在亭子里能观赏到长江南北上百里、东西三十里之遥的景色，江面波涛汹涌，风云时而骤起，时而消失。白天，船只不断在亭前穿梭；夜间，亭下传来鱼龙悲嚎。景物瞬间变化无穷，叫人惊心动魄，不敢长久观赏。如今可以在亭中的小桌旁席上尽情观赏景色，抬起眼来就一览无余了。向西岸望武昌的群山，但见山脉起伏蜿蜒，草木排列成行，云霭消散，阳光普照，捕鱼、打柴人的房舍可以一一指数。这就是亭子被称为"快哉"的缘故。至于沙洲边缘的故城废墟，是曹操、孙权所藐视之处，是周瑜、陆逊率兵驰骋的战场，那些英雄人物流传下来的风范和事迹也足以使世俗之人称快不已了。

　　从前，楚襄王带着宋玉、景差游览兰台宫，一阵飒飒之风吹来，楚襄王敞开衣襟，迎着风说："这风多么使人痛快啊！这是我和百姓共享的吧。"宋玉说："这只是大王的雄风，百姓怎么能和你共同享受它呢？"宋玉的话大概有讥讽的意味吧。风并没有雄雌的区别，而人却有是否赶上机遇的差别。楚襄王感到痛快，而百姓感到忧愁，正是由于人们所处环境的不同，跟风又有什么关系呢？士人生活在世上，假使他的内心不坦然，那么到哪里会没有忧愁呢？如果胸怀坦荡豁达，不因为外界事物而伤害本性，那么还有什么地方没有快乐呢？

现在，张梦得不因被贬而感忧伤，利用公事之余，自己纵情山水之间，可见他心中该有过人之处。即便是用蓬草编门，以破瓦片为窗，也没有什么不快乐，更何况在清澈的江流中洗涤，在西山观赏白云，让耳目尽享美景而自求舒适呢？如果不是这样，连绵的山峦、陡峭的沟壑、广阔的树林、参天的古木，清风吹拂其中，明月高悬夜空，这些都是失意文人感到悲伤憔悴而不能忍受的景象，哪里能看得出它会令人畅快呢！

元丰六年十一月初一，赵郡苏辙记载。

○ 品画鉴宝　长江积雪图·宋　此图手法大气，构思巧妙，冰天雪地和银装素裹的树林已经表现了主题，紧闭的民居更显出了天气的寒冷。

◎ **原文注释**

〔1〕舍：古代称行军三十里为一舍。〔2〕舟楫 (jí)：船和桨，泛指船只。〔3〕鱼龙：文中泛指各种怪鱼。〔4〕倏 (shū) 忽：一瞬间。〔5〕樵父：打柴的老者。父，古时对从事种行业的老人的尊称。〔6〕长洲：指江中的沙洲。〔7〕飒 (sà)：风吹的响声。〔8〕蓬户瓮牖 (yǒu)：指贫苦人家的简陋的房屋。蓬，一种有韧性的草。牖，窗子。〔9〕挹 (yì)：舀取液体，引申为吸取。西山：此处指黄州的樊山，在今湖北鄂城西。〔10〕骚人思士：指失意的文人墨客。

◎ **拓展阅读**

沧浪亭

沧浪亭位于苏州市城南三元坊附近，原为废园，后被文人苏舜钦以四万贯钱买下，并进行修筑，傍水造亭，称"沧浪亭"。欧阳修长诗《沧浪亭》中以"清风明月本无价，可惜只卖四万钱"题咏此事。自此，"沧浪亭"名声大振。后来沧浪亭几度荒废，南宋初年一度为抗金名将韩世忠的宅第，清康熙三十五年 (1696年)，巡抚宋荦重建此园，把傍水亭子移建于山巅，并以文徵明隶书"沧浪亭"为匾额。清同治十二年 (1873年) 又再次重建，终成今日之景观。

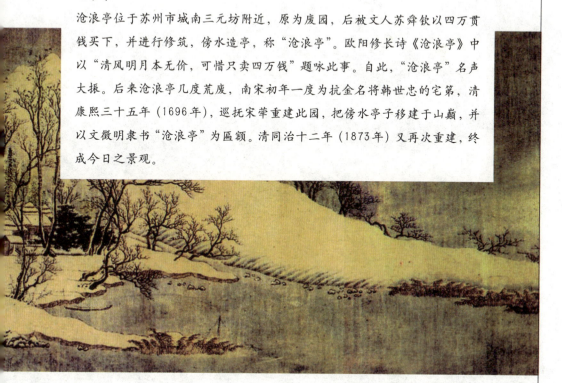

盖凡人之起居、饮食、动作之小事，至于修身为国家天下之大体，皆
自学出，而无斯须去于教也。

曾 巩

曾巩（1019－1083）字子固，建昌南丰（今江西南丰）人，世称南丰先生。北宋著名
文学家，尤擅散文。

宋仁宗嘉祐二年（1057年），39岁的曾巩终于考中进士，被授予太平州司法参军的官
职，从此踏上了仕途。第二年，曾巩被调入京城任职，负责编校史馆书籍，升任馆阁
校勘、集贤校理等官职。自宋神宗熙宁二年（1069年）起，年过半百的曾巩先后在齐
州、襄州、洪州、福州、明州、亳州等地任知州，很有政绩。元丰三年（1080年），曾
巩转任沧州知州，路过京城时，皇帝召见了他，他向宋神宗"提出节约为理财之要"的
主张，很得宋神宗赏识，被留在三班院供事。元丰四年（1081年），因为精于史学的
缘故，曾巩被任命为史馆修撰，编纂五朝史纲，但没有完成。元丰五年（1082年），曾
巩升任中书舍人。曾巩死后的一百多年后，宋理宗追谥他"文定"。

曾巩在政治上的表现并不算是很出色，他的更大贡献在于学术思想和文学事业。他是
北宋诗文革新运动的积极参加者，师承西汉的司马迁和唐代的韩愈，主张"文以明道"，
他把欧阳修"事信""言文"的观点推广到了碑铭文学和史传文学方面。他的散文具有
古雅、平正的风格，并深为世人称道。议论性散文阐明疑义，分析辩难；援古事以证
辩，论得失以重规；不露锋芒而又卓然自立。记叙性散文记事翔实而又生动，论理切
题而又自然。曾巩写的书信、序言和铭文更堪称散文佳作，以语言简明凝练，结构严
谨深沉著称，极为时人推崇。

今存《元丰类稿》。

熙宁八年夏，吴越大旱。九月，资政殿大学士、右谏议大夫知越州赵公，前民之未饥，为书问属县[1]：灾所被者几[2]？乡民能自食者有几？当廪于官者几人[3]？沟防构筑可僦民使治之者几所[4]？库钱仓粟可发者几何？富人可募出粟者几家[5]？僧道士食之羡粟书于籍者其几具存[6]？使各书以对，而谨其备。

州县吏录民之孤老疾弱不能自食者二万一千九百余人以告。故事，岁廪穷人，当给粟三千石而止[7]。公敛富人所输，及僧道士食之羡者，得粟四万八千余石，佐其费[8]。使自十月朔，人受粟日一升，幼小半之。忧其众相蹂也，使受粟者男女异日，而人受二日之食。忧其且流亡也，于城市郊野为给粟之所，凡五十有七，使各以便受之，而告以去其家者勿给。计官为不足用也[9]，取吏之不在职而寓于境者，给其食而任以事。不能自食者，有是具也[10]。能自食者，为之告富人，无得闭粜。又为之出官粟，得五万二千余石，平其价予民。为粜粟之所凡十有八，使糴者自便如受粟。又僦民完城四千一百丈，为工三万八千，计其佣与钱，又与粟再倍之。民取息钱者，告富人纵与之，而待熟，官为责其偿。弃男女者，使人得收养之。

熙宁八年夏天，吴、越一带旱情严重。九月，资政殿大学士、右谏议大夫、越州知州赵抃，在百姓发生灾荒之前，写了文书询问下属各县：遭受灾荒的乡有几个？百姓能买粮食养活自己的有多少？应该由官府供给粮食的人有多少？沟渠堤坝、工程建筑应该雇人去维修的有几处？官府官仓中的钱粮可以发放救灾的有多少？富人中可以劝募拿出粮食来救济穷人的有几家？和尚、道士食用之外的余粮登录在簿籍上的还有多少？命令各县书面上报，以便做好周密的救灾准备。

州县官吏把百姓中老弱病残、不能自给粮食的二万一千九百余人登记上报。按照旧例，每年官府救济穷人的粮食应当以三千石为限。赵公募集富人上交的以及和尚、道士的余粮，得到稻谷四万八千余石，以补充救灾的费用。命令从十月初一起，每人每天领取稻谷一升，小孩每人每天则领取半升。他担心人多会互相拥挤践踏，就规定男女隔日来领取，每人一次领取两天的粮食。他担心百姓会逃荒外流，就在城里郊外都设立了发放救济粮的场所，共有五十七处，使各人就便领取，同时告示他们，凡是离家外流的就不再发给他们救灾粮了。他估计办理救灾的官员不够用，就把没有实职而又居住在越州境内的闲散官员集中起来，发给他们口粮，委派他们工作。对于那些不能自给粮食的人，他就采取了这些措施。对于能够买粮食养活自己的人，他替他们告诫富人，不许屯粮不卖，又拿出五万二千多石官仓中的粮食，平价卖给他们。卖粮食的地方共有十八处，让买粮的人和领救济粮的人一样方便。

　　他又雇佣民工修建城池四千一百多丈，做了三万八千工，根据做工的多少发给他们工钱，又给了他们两倍的粮食。百姓有要借有息贷款的，他告诉富人放手借给他们，等到庄稼有了收成，由官府责成他们如数偿还。有被遗弃的孩子，也派人把他们收养起来。

　　◎ 原文注释

〔1〕为书问属县：写了公文，去问属下的各县。

〔2〕被：蒙受、遭受。

〔3〕当廪于官者：应该由官仓发给粮食的。廪，本来指粮仓，这里有由官仓供给粮食的意思。

〔4〕僦：雇佣。几所：几处。

〔5〕可募出粟者：可以募捐出粮食来的。

〔6〕羡：余。籍：账簿。具存：实存。

〔7〕故事：向来的定例。石：中国古代的容量单位，一石等于十斗。

〔8〕佐其费：补助救灾的费用。

〔9〕计官为不足用：估计办理救灾事务的官吏不够用。

〔10〕是具：此具，指这些救济措施。

明年春，大疫。为病坊，处疾病之无归者[1]。募僧二人，属以视医药饮食，令无失所恃。凡死者，使在处随收瘗之[2]。

法[3]：廪穷人，尽三月当止。是岁尽五月而止[4]。事有非便文者[5]，公一以自任，不以累其属。有上请者，或便宜，多辄行。公于此时，蚤夜惫心力不少懈[6]，事细巨必躬亲。给病者药食，多出私钱。民不幸罹旱疫，得免于转死，虽死，得无失敛埋，皆公力也。

是时旱疫被于吴越，民饥馑疾厉，死者殆半，灾未有巨于此也。天子东向忧劳，州县推布上恩，人人尽其力。公所拊循，民尤以为得其依归。所以经营绥辑先后始终之际，委曲纤悉，无不备者[7]。其施虽在越，其仁足以示天下；其事虽行于一时，其法足以传后。盖灾沴之行，治世不能使之无，而能为之备。民病而后图之，与夫先事而为计者，则有间矣；不习而有为，与夫素得之者，则有间矣。予故采于越，得公所推行，乐为之识其详，岂独以慰越人之思？将使吏之有志于民者，不幸而遇岁之灾，推公之所已试，其科条可不待顷而具，则公之泽岂小且近乎？

公元丰二年以大学士加太子少保致仕，家于衢。其直道正行在于朝廷，岂弟之实在于身者[8]，此不著。著其荒政可师者[9]，以为《越州赵公救灾记》云。

第二年春天，瘟疫流行。他设立了病院，安置了无家可归的病人。招募了两个僧人，嘱咐他们照顾病人的医药饮食，使这些病人不至于失去依靠。凡是死人，随时就地收尸埋葬。

法令规定：由官府供给粮食救济穷人，满三个月就应该停止。但是这一年满五个月才停止。有便利百姓但是不合法规的事情，赵公一概自己承担下来，不使他的下属受到牵累。有向上请示的事情，只要是利公利民的，大都不等批复就先实行。这一段时间，赵公不分昼夜，操心劳累，不敢有丝毫懈怠，无论事情大小，必定亲自处理。救济病人的药物、粮食费用，许多是他自己拿出来的私钱。百姓不幸遭遇旱灾瘟疫，能够免于流离死亡，即使死了，也能得到及时收葬，都是赵公的功劳。

这时候，灾荒瘟疫遍及吴越地区，百姓因为饥饿疫病，死亡的将近半数，灾害没有比这次更大的了。皇帝遥望东方的吴越，忧心劳神。州县官吏为了推广皇帝的恩德，人人竭尽自己的力量。赵公所安抚的地方，百姓都额外觉得有了依靠和归宿。他精心策划安置灾民的前后各个环节，委曲细致，没有不周到的地方。他的措施虽然只是在吴越地区施行，但他的仁德精神足以示范天下。他的救灾措施虽然推行一时，但他的经验足以流传后世。自然灾害的发生，就是太平盛世也无法避免，而他却能够事先做好准备。百姓有了忧患，然后才设法救助他们，与在事发之前就筹划救治办法的人相比，就有差别了。不学习而有所作为，与那些平时就有所得的人相比，就有差异了。我之所以在吴越采访，得知赵公推行救灾措施的方法，乐于为他记下详细的情况，难道仅仅是为了慰藉越地百姓对赵公的怀念吗？我是想使那些希望为人民做点好事的官吏，在不幸遇到灾荒年景时，推行赵公已经试行过的办法，那么，他们的救灾的章程条例不需要片刻就可以完备了。这样看来，赵公的恩泽难道只是体现在现在吗？

元丰二年，赵公以大学士加太子少保的官衔退休，回到衢州居住。他在朝廷正直的事迹，本身平易近人的品质，这里就不一一加以详述了。我把他救济灾荒的那些值得后人效法的政事纪录下来，写成这篇《越州赵公救灾记》。

◎ **原文注释**

〔1〕病坊：古时临时设置的类似现在的医院。

〔2〕在处：所在之处。瘗：埋葬。

〔3〕法：指已往的规定。

〔4〕是岁尽五月止：这年满五个月才停止。

〔5〕非便文者：不便于见之公文的，就是说不能随便处理的。

〔6〕蚤：同"早"。惫：乏，用尽。少：稍。这句说，不分早晚，用尽全部精力，不肯有一点懈怠。

〔7〕绥辑：安抚召集。委曲纤悉：周到细密。

〔8〕岂弟：慈祥和蔼，平易近人。

〔9〕师：效法。

◎ **拓展阅读**

曾巩真诚待人

曾巩和王安石在年轻的时候就是好朋友，他为人正直宽厚，襟怀坦荡，对朋友也直言不讳。有一次，宋神宗召见曾巩，问他："王安石这个人到底怎么样呢？"曾巩很客观直率地回答说："王安石勇于作为，而'吝'于改过。他不善于接受别人的批评意见而改正自己的错误，倒不是说他贪惜财富！"宋神宗听了这番话，虽感到很惊异，却称赞"此乃公允之论"。

巩顿首介甫足下：比辱书，以谓时时小有案举，而谤议已纷然矣。足下无怪其如此也。夫我之得行其志而有为于世，则必先之以教化，而待之以久，然后乃可以为治，此不易之道也。盖先之以教化，则人不知其所以然，而至于迁善而远罪，虽有不肖，不能违也。待之以久，则人之功罪善恶之实自见，虽有幽隐，不能掩也。故有渐磨陶冶之易，而无按致操切之难[1]；有恺悌忠笃之纯，而无偏听摘抉之苛。己之用力也简，而人之从化也博。虽有不从而俟之以刑者[2]，固少矣。古之人有行此者，人皆悦而恐不得归之。其政已熄而人皆思[3]，而恨不得见之，而岂至于谤且怒哉！

今为吏于此，欲遵古人之治，守不易之道，先之以教化，而待之以久，诚有所不得为也。以吾之无所归[4]，而不得不有负冒于此[5]，则姑汲汲乎于其厚者，徐徐乎于其薄者，其亦庶几乎其可也。顾反不然[6]：不先之以教化，而遽欲责善于人；不待之于久，而遽欲人之功罪善恶之必见。故按致操切之法用，而怨忿违倍之情生；偏听摘抉之势行，而谮诉告讦之害集[7]。己之用力也愈烦，而人之违己也愈甚。况今之士非有素厉之行[8]，而为吏者又非素择之材也。一日卒然除去，遂欲齐之以法，岂非左右者之误而不为无害也哉？则谤怒之来，诚有以召之。故曰：足下无怪其如此也。

虽然，致此者岂有他哉？思之不审而已矣。顾吾之职而急于奉法[9]，则志在于去恶，务于达人言而广视听[10]。以谓为治者当如此。故事至于已察，曾不思夫志于去恶者，俟之之道已尽矣，则为恶者不得不去也。务于达人言而广视听者，己之治乱得失，则吾将于此而观之，人之短长之私，则吾无所任意于此也。故曰：思之不审而已矣。

足下于今最能取于人以为善，而比闻有相晓者，足下皆不受之，必其理未有以夺足下之见也。巩比懒作书，既离南康，相见尚远，故因书及此，足下以为如何？不宣。巩顿首。

曾巩叩首拜上介甫先生：最近承蒙您写信给我，说起每每稍有查察举措，各种各样的诽谤议论就纷至沓来。您对此不必感到奇怪。凡是能够实现自己的志向并且对社会有所作为的人，必定先实施教化，并等待一段时间，然后才可以着手治理，这是千古不变的治国之法。因为先实施教化，人们就会在不知不觉中潜心向善，远离罪恶，即使有不服从的人，也不能违抗。等待一段时间，人们的功罪善恶自然就会如实地显现出来，即使有隐秘的事情，也不能遮盖。所以，这样做容易收到潜移默化的效果，而不至于困难到要使用威胁压制的手段。有平易近人、忠诚笃实的好处，而不会有偏听偏信、指摘挑剔的苛刻行为。自己用力省了，接受教育的人却多了。即使还有不驯服而必须等待刑法处置的人，一定也不会很多。古时侯能够这样做的人，大家都欣悦诚服于他，惟恐不能归他管辖。他的政事虽然已经成为过去，但是人们还在追思怀念他，为不能亲眼目睹而感到遗憾，怎么会埋怨毁谤以至于愤怒呢？

现在有做官的，想要遵循古人的政治，信守不变的法则，先实施教化，并且等待一段时间，确实有办不到的地方。因为自己没有归合天下人心的办法，而不得不负俗冒进，那么，姑且挑选重要的事情迅速加以处理，那些不重要的方面则慢慢来，这样做也许还可以行得通。但是反之就不是这样：不先实施教化，而急于督促他人为善。不等待一段时间，就急于要求人们的功罪善恶显现出来。所以威胁压制的方法通行，怨恨背叛的情绪就会滋长。偏听挑剔的风气盛行，进谗言揭短的弊端就会发生。自己用力越多，人们对自己的反抗也就越剧烈。何况现在的读书人没有经历磨砺的操行，当官的又不是平时考察挑选出来的良材。一日之间突然去除旧法，就要以新法整治一切，这难道不是手下人的失误而有害的吗？如此看来，毁谤愤怒的产生，确实有他的原因。所以说：先生不必对此感到奇怪。

尽管如此，造成这样一个局面难道还有其他的原因吗？考虑问题不慎重、不周到罢了。看重自己的职位，而急于执法，那么，旨在去除邪恶，就必须使人言上达而且开阔视听。我以为治国者应当如此。所以事情已经明察，即使不是曾经立志去除邪恶的人，等待之道也已经尽到了，那么作恶的人就不得不去除掉。务求人言上达而且开阔视听的人，他自己的治乱得失，就将从人们的议论中观察出来，对于别人的长短隐私也就不会去加以注意了。所以说：只是考虑问题不慎重、不周到罢了。

先生如今是最能从别人那里听取意见并且进而做好事的人，但最近以来听说有人把意见明白相告，您都不接受，想必是他们的道理还不足以改变您的看法。我近来懒得写信，既然已经离开南康，相见之日还远，所以借这封信谈到这些问题，不知先生以为如何？余言不尽。曾巩顿首。

○ 品画鉴宝　影青盘龙灯盏台·宋　此灯台灯柱堆塑一条龙，龙身绕柱，龙头向上，龙尾上扬，似要腾空而起。整个灯台造型独特，兼具艺术和实用性。

◎ 原文注释

〔1〕按致操切：以抑制威胁的手段达到使人服从的目的。

〔2〕俟之以刑：等待刑法处置。俟，等待。

〔3〕熄：消亡。这里是成为过去的意思。

〔4〕无所于归：没有归合天下人心的办法。

〔5〕负冒：不顾世俗讥讽而冒昧行事。负，负俗之累。冒，冒进。

〔6〕顾：但是。

〔7〕谮诉告讦：进谗言，攻击别人的短处或者揭发别人的隐私。

〔8〕素历之行：素经磨砺的操行。

〔9〕顾：看。奉法，执法。

〔10〕务：务必，一定。达人言，使人言上达。广，开阔。

◎ 拓展阅读

曾巩的妙联

庆历年间，北宋著名思想家李觏常在江西南城十贤堂讲课，听讲者有太学生百余人，其中就有曾巩。有一次，李觏应邀与学生十余人赴豫章春游。途中李觏手指船橹，高声诵道："两橹并摇，好似双刀分绿水。"诸生依次对出下联，李觏抚髯静听，均不满意。只见曾巩不慌不忙，站起来高声对道："孤桅独立，犹如一笔扫青天！"李觏听罢，连声叫好，赞不绝口，认为是难得的妙联。

抚州颜鲁公祠堂记

　　赠司徒鲁郡颜公，讳真卿，事唐为太子太师，与其从父兄杲卿，皆有大节以死，至今虽小夫妇人皆知公之为烈也[1]。初，公以忤杨国忠斥为平原太守，策安禄山必反，为之备。禄山既举兵，与常山太守杲卿伐其后。贼之不能直窥潼关，以公与杲卿挠其势也。在肃宗时，数正言，宰相不悦，斥去之。又为御史唐旻所构，连辄斥。李辅国迁太上皇居西宫，公首率百官请问起居，又辄斥。代宗时，与元载争论是非，载欲有所壅蔽，公极论之，又辄斥。杨炎、卢杞既相德宗，益恶公所为，连斥之，犹不满意；李希烈陷汝州，杞即以公使希烈，希烈初惭其言，后卒缢公以死。是时公年七十有七矣。

　　被追赠司徒的鲁郡颜公，名字叫真卿，在唐朝担任太子太师的官职，他和堂兄颜杲卿都有崇高的气节，为国尽忠而死，直到今天，即使是平民百姓，也都知道颜公的英烈业绩。当初，颜公因为触犯杨国忠被贬为太原太守。他判断安禄山必反，预先做了准备。安禄山起兵后，他同担任常山太守的颜杲卿攻打贼军的后路。贼军之所以长期不能长驱窥视潼关，就是因为颜公与颜杲卿阻止了他们的进攻势头。在唐肃宗时，颜公屡次正言直谏，宰相很不高兴，便再次贬逐了他。后来又被御史唐旻陷害，一连几次遭到排斥。李辅国逼迫太上皇前往西宫居住，颜公带领百官请安问好，又当即遭到排斥。唐代宗时，颜公同元载争论是非，元载想把百官和皇帝隔绝起来，颜公竭力陈说自己的主张，又当即遭到排斥。杨炎、卢杞当了宰相以后，更加讨厌颜公的所作所为，接连排斥他，但还是对他不满意。李希烈攻陷汝州后，卢杞派颜公为使节去李希烈那里，李希烈开始还因为颜公的批评而感到惭愧，最后还是把颜公害死了。这时颜公已经七十七岁了。

◎ **原文注释**

〔1〕**小夫妇人**：指普通老百姓。

○ **品画鉴宝**　秋坪闲话图·清·汤贻汾

天宝之际,久不见兵;禄山既反,天下莫不震动。公独以区区平原,遂折其锋。四方闻之,争奋而起,唐卒以振者,公为之倡也。当公之开土门,同日归公者十七郡,得兵二十余万。繇此观之[1],苟顺且诚,天下从之矣。自此至公殁,垂三十年,小人继续任政,天下日入于弊,大盗继起,天子辄出避之。唐之在朝臣,多畏怯观望。能居其间,一忤于世[2],失所而不自悔者寡矣。至于再三忤于世,失所而不自悔者,盖未有也。若至于起且仆,以至于七八,遂死而不自悔者,则天下一人而已,若公是也!公之学问文章,往往杂于神仙浮屠之说,不皆合于理,及其奋然自立,能至于此者,盖天性然也。故公之能处其死,不足以观公之大。何则?及至于势穷,义有不得不死,虽中人可勉焉,况公之自信也欤?维历忤大奸[3],颠跌撼顿,至于七八,而终始不以死生祸福为秋毫顾虑,非笃于道者不能如此[4],此足以观公之大也。夫世之治乱不同,而士之去就亦异,若伯夷之清,伊尹之任,孔子之时,彼各有义。夫既自比于古之任者矣,乃欲眷顾回隐[5],以市于世[6],其可乎?故孔子恶鄙夫不可以事君,而多杀身以成仁者。若公,非孔子所谓仁者欤?

今天子至和三年,尚书都官郎中知抚州聂君某,尚书屯田员外郎通判抚州林君某,相与慕公之烈,以公之尝为此邦也,遂为堂而祠之。既成,二君过予之家而告之曰:"愿有述。"夫公之赫赫不可泯者,固不系于祠之有无,盖人之向往之不足者,非祠则无以致其志也。闻其烈足以感人,况拜其祠而亲炙之者欤[7]?今州县之政,非法令所及者[8],世不复议。二君独能追公之节 [9]，尊而祠之 [10]，以风示当世，为法令之所不及，是可谓有志者也。

　　天宝年间，人们已经有很久没有经历战争了。安禄山反叛以后，天下人无不感到震惊。颜公单独以小小的平原郡，挫折了贼军的锋头。四方州县听到这个消息，争先恐后的奋起响应。唐朝最终能够振兴，就是颜公在倡导抵抗贼兵啊！当颜公打开土门要塞时，当天归附他的就有十七个郡，军队有二十多万。由此看来，如果能够顺应民心而且赤诚为国，天下人都会跟着他走。从此以后一直到颜公死去，将近三十年，小人连续执政，天下日趋败坏，大盗接连不断地起来叛乱，天子每每出外避难。朝中的大臣大多畏缩观望。在这样的情况下，能有一次违背时势世情，因而失位却不自悔的人，是很少的。至于一而再、再而三地违背时势世情，因而失位却不自悔的人，大概是没有的。若是起来跌到、跌到又起来有七八次之多，一直到失去性命也不自悔的人，天下不过一个人罢了，像颜公就是这样。颜公的学问文章往往混杂着道教、佛教的说法，不是都合于儒家的义理，至于他奋然自立，能够达到如此境界，大概是由于天性如此吧！所以，颜公能如此对待自己的死，并不足以见到颜公的伟大。为什么呢？因为到了大势已去的时候，在道义上不得不死。这虽然是中等智商的人也可以勉力做到的，何况像颜公这样自信的人呢？因为历次触犯权贵大奸，跌到钝挫，始终不顾忌自己的生死祸福，不是忠于儒道的人是不能如此的，这才足以看出颜公的伟大。时世治乱不同，士子的去就也就各异。比如伯夷的清高自守，伊尹以天下为己任，孔子的适时应变，他们各有各的道理。既然已经把自己比作古代以天下为己任的人了，却还要回顾反思，以讨好世俗，那行吗？所以孔子厌恶那些患得患失的鄙夫，认为他们不可以侍奉君上，而赞美能够杀身成仁的人。像颜公不正是孔子所称道的仁者吗？

　　当今天子至和三年，尚书都官郎中抚州知州聂君某、尚书屯田员外郎抚州通判林君某，一起仰慕颜公的英烈业绩，因为颜公曾经在此任职，于是就地建立祠堂祭祀他。祠堂建成以后，两位来到我家拜访，并且对我说："希望有篇记述。"我以为颜公的赫赫业绩不被埋没，本来同祠堂的有无是没有关系的，但是对于那些仅仅向往而感到不足的人来说，没有祠堂是不足以表达他们的至诚敬意。听到颜公的英烈业绩，已经足以感人，何况拜祭他的祠堂，亲身感受他的熏陶和教益呢？现在州县的政事，凡是不属于法令规定的，世人一般就不再提及了，独独两位能够追念颜公的大节，尊敬他，建祠堂祭奠他，用来感化当世之人，做法令没有规定的事，这真是称得上有志之士了。

○ 品画鉴宝　著书图·清·钱杜　此图明显地表现了画家的绘画特点，即"以元人笔墨运宋人丘壑"，画面幽秀细笔，但过于细弱，缺少魄力。

◎ 原文注释

[1] 繇：由。

[2] 忤于世：违背时势世情。

[3] 维：犹以，因为。

[4] 笃：诚实。

[5] 眷顾回隐：留恋反顾，回思自伤。隐，隐痛。

[6] 市：收买，换取。这里是讨好、迎合的意思。

[7] 亲炙：亲身得到教益。炙，熏陶。

[8] 及：提及。这里意为规定。

[9] 追：追慕，追念。

[10] 祠：原作"事"。

◎ 拓展阅读

颜家庙碑

"颜家庙碑"全称《唐故通议大夫行薛王右柱国赠秘书少监国子祭酒太子少保颜君庙碑铭并序》，楷书，由颜真卿撰文并书写，建中元年（公元780）七月立。碑存西安碑林，碑四面环刻，碑阳二十四行，每行四十七字；碑阴同两侧各六行，每行五十二字，额篆书"颜氏家庙之碑"六字，为李阳冰书写。此碑是颜真卿七十二岁时作，笔力雄健、结体庄密，是"颜体"的典型之作。

予幼则从先生受书，然是时，方乐与家人童子嬉戏上下，未知好也。十六七时，窥六经之言与古今文章有过人者，知好之，则于是锐意欲与之并[1]。而是时，家事亦滋出[2]。自斯以来，西北则行陈、蔡、谯、苦、睢、汴、淮、泗，出于京师；东方则绝江舟漕河之渠，逾五湖，并封、禺、会稽之山，出于东海上；南方则载大江，临夏口而望洞庭，转彭蠡，上庾岭，繇浈阳之泷，至南海上[3]。此予之所涉世而奔走也[4]。蛟鱼汹涌湍石之川，巅崖莽林貆豸之聚[5]，与夫雨旸寒燠、风波雾毒不测之危[6]，此予之所单游远寓而冒犯以勤也。衣食药物，庐舍器用，箕笤碎细之间[7]，此予之所经营以养也。天倾地坏，殊州独哭，数千里之远，抱丧而南，积时之劳，乃毕大事，此予之所遭祸而忧艰也[8]。太夫人所志，与夫弟婚妹嫁，四时之祠，属人外亲之问，王事之输，此予之所皇皇而不足也。予于是力疲意耗，而又多疾。言之所序[9]，盖其一二之略也。得其间时，挟书以学。于夫为身治人，世用之损益，考观讲解有不能至者，故不得专力尽思，琢雕文章，以载私心难见之情，而追古今之作者为并，以足予之所好慕，此予之自视而嗟也。

我幼年就跟着老师读书，但这时我正和家人孩童上上下下一起玩耍为乐，还不知道好好读书。十六七岁时，看到《六经》上的言论和古今超越常人的文章，才知道喜欢他们，于是我决定要和写这些文章的人并驾齐驱。然而这个时候，家事也就多了起来。从此以后，向西北过陈、蔡、谯、苦等地，涉睢、汴、淮、泗诸水，途经京师。向东横渡长江，舟行漕运之河，越过太湖，依傍封、禺、会稽等山，从东海上经过。向南则乘舟长江，到达夏口，远望洞庭，转道彭蠡，登上大庾岭，经过浈阳的汝水到南海上。这是我经历时事，奔走谋生的历程。蛟龙出没、水势汹涌、急流转石的河川、高山危崖、丛莽密林、蛇兽聚居的地方，以及晴雨寒暑、风波毒雾等不可以预料的危害，这是我孤身独游，远离家乡常常遇到的风险。衣食药品，房舍器具，乃至吃饭用的细小器具，这是我筹划营谋，赖以养家糊口的东西。父亲逝世了，我独自在异乡痛哭，从数千里之外扶柩回到南方，经过长时间的劳累辛苦，才办完了治丧大事，这是我大祸临头、丁忧丁艰的日子。实现母亲的愿望，以及弟妹婚嫁，四时祭祀，族人外戚互相问候，向国家交纳赋税，这是使我终日不安、感到力不从心的地方。这时候我心力交瘁，疲劳不堪，而且又多疾病。以上所述，只不过是其中一二大略而已。我一有空闲，就捧着书学习，但是对修身治人，应用兴革之道，还有考察理解不到的地方，所以不能集中精力、尽心竭力地琢磨文章，用以记载自己内心难以表达的感情，从而力追古今的作者，与他们并驾齐驱，以满足我的爱慕之心，这是我自视不足而为之长久叹息的心病。

◎ 原文注释

〔1〕锐意：坚决，决心。〔2〕滋出：增加，增多。〔3〕此句记述了曾巩南行所到之处。夏口，古代城名，在今天湖北武汉西黄鹄山上，三国吴国孙权所筑。洞庭，在湖南，湘、沅、澧等水都汇集在这里，再入长江，是我国五大湖之一。彭蠡，就是鄱阳湖，在江西省北境，北流经过湖口流入长江，是我国五大湖之一。庾岭，就是大庾岭，也叫梅岭，五岭之一。宋代时岭上有关，名梅关，地处赣、粤的要冲。繇，由。浈阳，县名，在今广东英德。泷，水名，就是武水，源出湖南省，经过广东省流入南海。〔4〕涉世：经历世事。〔5〕莽：草木深邃的地方。豭：古代猛兽名。虺：毒蛇。〔6〕旸：日出。燠：热。不测：不可以预料。〔7〕箕筥：都是竹编的盛东西的器具。箕，扬米去糠的用具。筥，饭器。〔8〕天倾地坏：比喻重大变故。这里指父亲去世。按：曾巩父亲易占于庆历七年（1047 年）死于南京（今河南商丘）。殊州：异乡。大事：指为父亲治丧的事情。遭祸：遭祸。忧、艰：都是指亲丧。〔9〕序：同"叙"。叙述。

357

今天子至和之初，予之侵扰多事故益甚，予之力无以为，乃休于家，而即其旁之草舍以学。或疾其卑，或议其隘者，予顾而笑曰："是予之宜也。予之劳心困形，以役于事者[1]，有以为之矣。予之卑巷穷庐，冗衣袲饭[2]，苣苋之羹[3]，隐约而安者[4]，固予之所以遂其志而有待也[5]。予之疾则有之。可以进于道者，学之有不至。至于文章，平生所好慕，为之有不暇也。若夫土坚木好，高大之观，固世之聪明豪隽挟长而有恃者所得为[6]，若予之拙，岂能易而志彼哉？"遂历道其少长出处[7]，与夫好慕之心，以为学舍记。

○ 品画鉴宝　元夜宴集图·明·陆治　此图吸取了宋代院体画的优点，用笔劲峭，意境清朗，勾勒精细，布局严谨，表现了作者"以工笔见胜"的创作特点。

当今天子至和初年，我受到的打搅很多，家里出的事也很多，我已经没有精力做事情了，于是在家里休息，就在住宅旁边的草屋里读书。有人批评这间草屋太卑陋了，又有人说它太狭小了，我朝他们笑着说："这对我正好适宜，我之所以劳心疲形，受到事务驱使奔忙，是为了有所作为。我之所以安于穷舍陋巷，粗衣糙饭，野菜做羹的穷困生活，本是为了实现我的志向而有所等待。我的疾病是有的。对于可以进入大道的学问，我还有学习不到家的地方。至于做文章，那是我平时的爱好，只是恐怕没有闲暇来做它。像那种土木坚好，又高又大的楼台，本是世上的那些豪杰仗着自己的长处而有恃无恐的人才能建造居住的，像我这样的笨人，难道能改变志趣去追求那种生活吗？"于是我一一叙述我从小到大进退去就的情形，以及我的爱慕之心，写成这篇《学舍记》。

○ 品画鉴宝　红石长方砚·宋　此砚台长二十
七厘米，宽十九厘米，高四厘米，是宋代的体形
较大的砚台。

◎ **原文注释**

〔1〕役于事：受事务驱使奔忙。役：驱使。

〔2〕冗衣：粗劣的衣服。砻饭：粗劣的饭食。

〔3〕苣：野菜，类似苦菜。苋：苋菜。

〔4〕隐约：穷愁忧困。

〔5〕遂其志：实现我的志向。遂：成功。

〔6〕挟长：仗着自己的长处。挟：倚仗。有恃：有所依靠。

〔7〕历道：一一叙说。出处：进退去就。出：出仕。处：隐退。

◎ **拓展阅读**

曾巩读书岩

位于江西南丰县琴城南门盱水河畔的半山腰。曾巩幼年曾攻读于此。读书岩深丈
许，高八尺，宽丈余，天然石室，内有石桌、石凳和小洞，岩前有一块石台，宽
阔平坦，石台之上建有亭阁。石柱陶瓦、油漆彩绘、檐牙高矗。石壁上镌刻着南
宋理学家朱熹手书的"书岩"二字，池边石碑上刻着朱熹"墨池"手迹。1983年
是曾巩逝世九百周年，后人又在读书岩旁兴建曾巩纪念馆一处。

墨池记

临川之城东，有地隐然而高[1]，以临于溪，曰新城。新城之上，有池洼然而方以长，曰王羲之之墨池者，荀伯子《临川记》云也。羲之尝慕张芝，临池学书，池水尽黑，此为其故迹，岂信然邪[2]？方羲之之不可强以仕[3]，而尝极东方[4]，出沧海[5]，以娱其意于山水之间，岂有徜徉肆恣[6]，而又尝自休于此邪？羲之之书晚乃善，则其所能，盖亦以精力自致者[7]，非天成也。然后世未有能及者，岂其学不如彼邪？则学固岂可以少哉！况欲深造道德者邪？

墨池之上，今为州学舍。教授王君盛恐其不章也，书"晋王右军墨池"之六字于楹间以揭之，又告于巩曰："愿有记。"推王君之心，岂爱人之善，虽一能不以废[8]，而因以及乎其迹邪[9]？其亦欲推其事以勉其学者邪？夫人之有一能，而使后人尚之如此，况仁人庄士之遗风余思[10]，被于来世者何如哉！

庆历八年九月十二日，曾巩记。

在临川城的东面，有一块突起的高地，临近溪水，名叫新城。在新城上面，有一口低洼的水池，呈长方形，据称是王羲之墨池。这是南朝宋人荀伯子在《临川记》里所记述的。王羲之曾经仰慕东汉书法家张芝，经常在池边练习书法，池水因此变黑了，这就是他当年学书的遗迹。难道真的是这回事吗？当王羲之不愿受人勉强而做官的时候，他遍游了越东各地，泛舟于东海之上，悦心于山光水色之中。莫非当他逍遥遨游尽情游览时，又曾经到此地休息过吗？王羲之的书法到了晚年才达巅峰，看来他所以能有这么深的造诣，是因为他刻苦用功所致啊，而不是天生就有这方面的本事。后人的书法没有能及得上王羲之的，恐怕是他们所下的学习功夫不如王羲之的缘故吧？看来勤学苦练是不可以少的啊！更何况想要在道德方面取得很高的成就的人呢？

墨池旁边现在是抚州州学的校舍。教授王君盛怕关于墨池的事迹被湮没，就写了"晋王右军墨池"这六个大字悬挂在厅堂两柱之间，又对我说："希望你能写一篇叙记文章。"我推测王君的心意，大概是因为爱惜别人的长处，即使是一技之长也希望能够得到保存，因此推及重视他的遗迹吧？或者是想用王羲之临池苦学的事迹来勉励这里的学生吧？人有一技之长，就能使后代尊崇到这种程度，更不用说仁人君子们留下来的风尚和美德是如何影响到后人的了！

庆历八年九月十二日，曾巩作记。

◎ 原文注释

〔1〕隐然：突起来的样子。

〔2〕信：真。

〔3〕强以仕：勉强做官。

〔4〕极：穷尽，这里指游遍。

〔5〕沧：深绿色。海水呈现出深绿的颜色，所以称"沧海"。

〔6〕徜徉：徘徊。肆恣：放纵，没有拘束。

〔7〕则其所能：他所擅长的。致：达到，取得。

〔8〕虽一能不以废：即使一技之长也不能让它埋没。

〔9〕因以及乎其迹邪：因而推及到王羲之的遗迹吗？

〔10〕仁人庄士：有道德修养、可以作为别人学习的对象的人。遗风馀思：留下来的好作风、好品德。

◎ 拓展阅读

王羲之练书法的"秘诀"

王献之幼年开始随父亲王羲之练字，几年之后，书法居然很优秀。为了赶上父亲，一日，他向父亲讨求练字的秘诀，王羲之听罢微微一笑，招招手把他领到庭院中，指着院中十八口大水缸说："练字的秘诀就在这十八口缸的水里，从明天起，你就用这缸里的水磨墨，直到十八口缸中的水全用完了，秘诀也就知道了。"王献之非常聪明，知道父亲话里的深刻含义，就日以继夜地舀水研墨，越发苦练起来，终于练得一手好字，后来的成就竟与父亲齐名，在书法史上并称"二王"。

谈者谓南越偏且远，其风气与中州异。故官者皆不欲久居，往往车船未行，辄以屈指计归日，又咸小其官，以为不足事。其逆自为虑如此[1]，故其至，皆倾摇懈弛，其忧且勤之心。其习俗从古而尔[2]。不然，何自越与中国通已千馀岁，而名能抚循其民者，不过数人邪？故越与闽、蜀，始俱为夷。闽、蜀，皆已变，而俗独尚陋，岂其俗不可更与？盖吏者莫至其治教之意也。意亦其民之不幸也已。

彼不知由京师而之越，水陆之道皆安行，非若闽溪、峡江、蜀栈之不测；则均之吏于远，此非独优与？其风气吾所谙之，与中州亦不甚异。起居不违其节，未尝有疾；苟违节，虽中州宁能不生疾邪？其物产之美，果有荔子、龙眼、蕉、柑、橄榄，花有素馨[3]、山丹[4]、含笑之属[5]，食有海之百物、累岁之酒醋，皆绝于天下。人少斗讼，喜嬉乐。吏者惟其无久居之心，故谓之不可；如其有久居之心，奚不可邪？

古之人为一乡一县，其德义惠爱，尚足以熏蒸渐泽[6]。今大者专州，岂当小其官而不事邪？令其得吾说而思之，人咸有久居之心，又不小其官，为越人涤其陋俗而驱于治[7]，居闽蜀上，无不幸之叹。其事出千余年之表[8]，则其美之巨细可知也，然非其材之颖然迈于众人者，不能也。官于南者多矣，予知其材之颖然迈于众人[9]，能行吾说者，李材叔而已。

材叔久与其兄公翊仕同年，同用荐者为县，入秘书省，为著作佐郎。今材叔为柳州，公翊为象州[10]，皆同时，材又相若也；则二州交相致其政，其施之速、势之便变可胜道也夫！其越人之幸也夫！其可贺也夫！

见多识广的人都说南越地区十分偏远，该地风俗习惯和中原地区差别很大。所以那些被派到这个地方去做官的人都不愿在这里久住，总是还没有启程和上船前，就已经掐指头数着返程的日子了。还瞧不上那个地方的官职，认为在这个地方无需好好干。他们还没来之前就已经计划好如何做了，因此到任后，他们的心思并不在这里，致使政务懈怠松弛，丝毫没有为这个地方忧劳和勤勉的打算。这种官场习气由来已久了。否则，越地同中原早在一千多年前就有联系了，但是号称能安抚此地百姓的官员，难道就这么几个人吗？以前的越地和现在的闽地、蜀地没什么不同，开始时都是蛮夷聚居的地方。闽地、蜀地现在已经变化很大了，只有越地仍然保留着一些陋习，难道只有越地习俗不易改变吗？根本原因是这里做官的人没有做到治理教化的责任啊！唉！这也是越地百姓的不幸啊！

那些来越地做官的人，根本就不知道从京师开封抵达越地所经历的水路和陆路都很安全，而不像闽地的溪流、流经三峡险段的长江、还要经过蜀地的栈道那样容易出事故。由此看来，那些被朝廷选拔委任的官员要到偏远地区赴任，这里难道不是最好的去处吗？我十分了解这里的风俗习惯，同中原地区没有什么不同。日常生活也和别的地方一样，没有什么特殊之处。我到这个地方还没有生过病呢。按一般常规，就算在中原该生病的不还是要生病吗？越地物产丰富，盛产荔枝、龙眼、香蕉、柑橘、橄榄，还有素馨花、山丹花、含笑花等花，还有各种海产品，有多年的老酒陈醋，这些可是绝无仅有的。百姓中很少有人打官司，他们都喜欢一起娱乐，玩耍。在这里做官的人因为没有长期留在这里的打算，因此就说这个地方不适合来。如果他有长期在这里做官的打算，怎么会不想坚持下去呢？

古时候的人治理一个乡或一个县，就用道德、仁义、恩惠、慈爱来对待那里的乡民，把恩惠浸润洒布给那里的百姓。现在所统辖的范围大到了一个州，怎么能把这个地方的官职看成低一等，无心思干好呢？让这些人知道我的想法，能够重新考虑一下，做长期在此供职的思想准备，别把在这里做官看成是低人一等，替越地百姓改变他们的陋俗，能够把他们带到大治的道路上来，使其处于闽地、蜀地之上，这样一来没有百姓会不称赞的。这番事业如果早在一千多年以前就能够实现，那么它本身所得到赞誉的多少就可想而知了。但是若不使他个性锋芒崭露、要超出其他士人好多倍，没人能做到这一点。在南方做官的人也很多，我深知才干锋芒崭露、才能超众，且能采纳我的意见的人，只有李材叔一个而已。

李材叔在年轻的时候就和兄长李公翊同一年为官，一起被人荐举出任县令，升入秘书省，被任命为著作佐郎。现在李材叔在柳州做知州，李公翊到了象州担任知州。这一切都是在同一年，他们的才干也相差无几。这样看来，这两个人相互使自己州的政务达到顶峰，他们的施政速度，形势近捷，能够说得完吗！恐怕这才真正是越地百姓的幸运啊！真值得庆贺啊！

◎ 原文注释

〔1〕小：认为……小。逆：事先打算。

〔2〕懈驰：懈怠，松懈。

〔3〕素馨：长绿灌木，花长得像茉莉。

〔4〕山丹：多年生草本植物，叶长而尖，花有红、黄两种。

〔5〕含笑：是一种兰属植物，可以做香草。

〔6〕渐泽：浸泡、润泽的意思。渐：靠近的意思。

〔7〕驱于治：想出政策来治理。

〔8〕表：外表，外面。

〔9〕颖然：才能出类拔萃。迈：超过的意思。

〔10〕象州：今广西象县。

◎ 拓展阅读

南越王墓

南越王墓是迄今岭南地区发现的规模最大、保存完好、随葬品最丰富的一座汉墓，也是我国考古发现的最早彩绘石室墓，1996年被国务院列为第四批全国重点文物保护单位。陵墓深埋在离山顶二十余米的山腹深处，墓室坐北朝南，按"前朝后寝"的格局建造，内有七室，十五个殉葬人，陪葬品达一千多件（套），对了解和研究秦汉时期岭南地区经济、政治、文化的发展以及汉、越民族的融合情况具有非常重要的价值。

◎ 品画鉴宝　田黄竹节形印章·清

此印章整体呈现竹节形，上面也雕刻了两株较细的竹竿，甚至还有竹叶。刘铭文字为「光绪二年作于吴兴少青」，印面文字为「徐仲珊」。

364

去秋人还，蒙赐书及所撰先大父墓碑铭。反复观诵，感与惭并。

夫铭志之著于世，义近于史，而亦有与史异者。盖史之于善恶无所不书，而铭者，盖古之人有功德、材行、志义之美者，惧后世之不知，则必铭而见之，或纳于庙，或存于墓，一也。苟其人之恶，则于铭乎何有？此其所以与史异也。其辞之作，所以使死者无有所憾，生者得致其严。而善人喜于见传，则勇于自立；恶人无有所纪，则以愧而惧。至于通材达识，义烈节士，嘉言善状，皆见于篇，则足为后法。警劝之道，非近乎史，其将安近？

及世之衰，为人之子孙者，一欲褒扬其亲而不本乎理。故虽恶人，皆务勒铭，以夸后世。立言者既莫之拒而不为，又以其子孙之所请也，书其恶焉，则人情之所不得，于是乎铭始不实。后之作铭者当观其人。苟托之非人，则书之非公与是[1]，则不足以行世而传后。故千百年来，公卿大夫至于里巷之士莫不有铭，而传者盖少。其故非他，托之非人，书之非公与是故也。

然则孰为其人而能尽公与是欤？非畜道德而能文章者[2]无以为也。盖有道德者之于恶人则不受而铭之，于众人则能辨焉。而人之行，有情善而迹非，有意奸而外淑[3]，有善恶相悬而不可以实指，有实大于名，有名侈于实[4]。犹之用人，非畜道德者恶能辨之不惑，议之不徇[5]？不惑不徇，则公且是矣。而其辞之不工，则世犹不传，于是又在其文章兼胜焉。故曰非畜道德而能文章者无以为也，岂非然哉！

然畜道德而能文章者，虽或并世而有，亦或数十年或一二百年而有之。其传之难如此，其遇之难又如此。若先生之道德文章，固所谓数百年而有者也。先祖之言行卓卓，幸遇而得铭，其公与是，其传世行后无疑也。而世之学者，每观传记所书古人之事，至其所可感，则往往蠹然不知涕之流落也[6]，况其子孙也哉？况巩也哉？

其追晞祖德，而思所以传之之由，则知先生推一赐于巩[7]而及其三世。其感与报，宜若何而图之？抑又思若巩之浅薄滞拙而先生进之，先祖之屯蹶否塞以死[8]而先生显之，则世之魁闳豪杰不世出之士[9]，其谁不愿进于门？潜遁幽抑之士，其谁不有望于世？善谁不为，而恶谁不愧以惧？为人之父祖者，孰不欲教其子孙？为人之子孙者，孰不欲宠荣其父祖？此数美者，一归于先生。

既拜赐之辱，且敢进其所以然[10]。所谕世族之次，敢不承教而加详焉？幸甚，不宣。巩再拜。

去年秋天，我派到您那儿请求写碑志的人回来了，承蒙您赐予复信和您为先祖父所撰写的碑铭，反复诵读，心中满怀感激和惭愧。

碑铭这种文体之所以在世上地位显著，是因为它的意义与史书相似，但也有与史书不一样的地方。史书记载了一个人的全部善恶，而碑铭则记载的是古人有功德、有才能，志向超众的事，担心后人不知道，便一定要通过碑铭来宣扬。有的把它存于家庙中，有的把它置于墓中，其目的是相同的。如果死者生前行为恶劣，碑铭还有什么可写的呢？这就是它和史书的不同之处。碑铭的写作，为的是能使死者没有遗憾，生者借此表达对死者的敬意。好人喜欢自己的事迹被后世表彰，就奋发图强；坏人没有什么事迹可记载的，就羞愧而且畏惧。至于那些博学多才、见多识广、忠烈义士、言美行善之人，都能在碑铭中出现，足以为后人效仿。这种警戒、劝勉，不近似史书，还会和什么相似呢？

　　到了世风日下的时代，作为子孙后代，都一心想褒美赞扬已故的亲人，而不以事实为依据。所以即使行为恶劣的人，也设法刻石立铭，用来向后人夸耀。撰写碑铭的人既不能拒绝而不写，又因死者子孙所恳求，如果写上死者丑恶的事迹，就是不符合人之常情，于是碑铭开始失真了。后代要请人给死者写碑铭的人，应当要观察死者是什么样的人。如果所托不合适，就会使碑铭内容不公正和不准确，碑铭也就不足以流行于当世并流传到后代。所以千百年来，上至朝廷的公卿大夫，下到乡里平民，没有不撰写有碑铭的，但后世能够流传下来的很少。不是别的原因，就是因为请托撰写碑铭的人不合适，撰写的内容不公正和不准确。

　　既然如此，什么样的人撰写碑铭能做到公正和准确呢？没有很高的道德水准而又善于撰写文章的人，是不能做好这项工作的。大概道德高尚的人，对于恶人就不会接受请托为其撰写碑铭；对于一般的普通人，则能分辨明白。而人们的品行，有的心地善良，而表现得却不好；有的人内心奸诈，而外面却表现和善；有的人善恶相差太远，而不易如实指出；有的人实际表现要大过名声；有的人的名声要大过实际表现。如同使用一个人一样，不是道德高尚的人，怎么会辩别时不受迷惑，评议时不徇私情？做到不迷惑、不徇私情，就达到公正而且准确了。如果撰写碑铭的人不擅长文辞，那么还是不能流传于世，于是又要求撰写者的文章能胜人一筹。所以说：道德不高尚又不善于写文章的人不能担负这一工作。难道不是吗？

　　然而道德高尚而又善于写文章的人，虽然在当代会同时出现，也许几十年或一二年才能出现。碑铭传世如此困难，碰到能写好碑铭者又是如此的困难。像先生的道德、文章，正如我所说的几百年才能出现的。先祖父的言行卓然超群，幸而遇到先生撰写碑铭，内容才得以公正和准确，能流行于后世是毫无疑问的了。而世上的学者，每当看到传记中古人感人之处就极为伤心，在不知不觉中流下眼泪，何况读书的人是死者的子孙呢？更何况是我曾巩呢？

我缅怀先祖父的道德品行，考虑怎样使他的事迹流传，就能知道是先生赐与我的碑铭，可以使我的子孙三代蒙受恩泽，我的感激和报答之心应该怎样实现呢？可是我又想到，像我这样学识浅薄、思想迟钝的人，能得到先生勉励提携；先祖父颠沛流离，境遇困窘，一直到死，仍得到先生彰扬。这样，世上出类拔萃的豪杰志士，谁不愿投到先生的门下呢？那些隐士有谁不希望在世上有番作为呢？做好事谁不愿意呢？干坏事谁不羞愧畏惧呢？当父亲、祖父的，谁不想教育好他的子孙呢？当子孙的有谁不尊敬、荣耀自己的父亲、祖父？这几种美事，一切都归功于先生。

拜谢承蒙您撰写的碑铭，并冒昧地陈述了请您撰写的原因。来信中论及的我家的世系问题，岂敢不接受您的教诲而详加考证。承蒙您作碑铭，甚感羞愧，就此顿笔了。

◎ **原文注释**

〔1〕是：准确，合乎事实。〔2〕畜：通"蓄"，积聚，聚集。〔3〕淑：贤良，贤淑。〔4〕侈：超过，过多。〔5〕徇：偏袒，随从。〔6〕歔(xī)然：悲痛伤心的样子。涕：泪水。〔7〕推一赐：施加一次恩惠。〔8〕屯(zhūn)蹶：遭遇挫折。否(pǐ)塞：困顿，困窘。"屯""否"均是《易经》中的卦名。〔9〕魁闳(hóng)：超众的才能。不世出：世上不常见。〔10〕敢：古代书信中常用的谦词，"不敢"的省略。

◎ **拓展阅读**

曾巩：胡使

南粟鳞鳞多送北，北兵林林长备胡。

胡使一来大梁下，塞头弯弓士如无。

折冲素恃将与相，大策合副艰难须。

还来里间索穷胄，斗食尺衣皆北输。

中原相观双失色，胡骑日肥妖气粗。

九州四海尽帝有，何不用胡藩北隅？

图书在版编目（CIP）数据

唐宋八大家 / 金敬梅主编 . —— 北京：世界图书出
版公司, 2016.5（2021.4 重印）
ISBN 978-7-5192-0906-3

Ⅰ . ①唐… Ⅱ . ①中… Ⅲ . ①唐宋八大家—古典散文
—散文集 Ⅳ . ① I264.2

中国版本图书馆 CIP 数据核字 (2016) 第 049117 号

书　　　名	唐宋八大家
（汉语拼音）	TANGSONGBADAJIA
编　　　者	金敬梅
总　策　划	吴迪
责　任　编　辑	刘煜
装　帧　设　计	刘陶
出　版　发　行	世界图书出版公司长春有限公司
地　　　址	吉林省长春市春城大街 789 号
邮　　　编	130062
电　　　话	0431-86805551（发行）　0431-86805562（编辑）
网　　　址	http://www.wpcdb.com.cn
邮　　　箱	DBSJ@163.com
经　　　销	各地新华书店
印　　　刷	唐山富达印务有限公司
开　　　本	720 mm×1000 mm　1/16
印　　　张	23
字　　　数	300 千字
印　　　数	1—5 000
版　　　次	2019 年 6 月第 1 版　2021 年 4 月第 3 次印刷
国　际　书　号	ISBN 978-7-5192-0906-3
定　　　价	46.00 元

阅读国学经典·品鉴古今智慧

领悟先贤哲思·创造人生辉煌